Né … n
Ki … e
fa… -tent, grand admirateur de Bloch, Matheson et Shirley Jackson, il inonde de critiques et d'essais le magazine de l'université et publie en 1965 sa première nouvelle : « J'étais un ado pilleur de tombes. »

Il se destine un temps à l'enseignement, puis le succès de *Carrie*, adapté au cinéma par Brian de Palma, puis de *Salem* et *The Shining* en décideront autrement.

Écrivant parallèlement sous le pseudonyme de Richard Bachman, il devient sous son propre nom l'un des auteurs les plus populaires de la planète, un phénomène que les films adaptés de son œuvre, comme *Dolores Claiborne*, *La Part des ténèbres* ou *La Ligne verte* ne font qu'amplifier.

Scénariste, metteur en scène, pionnier de l'édition sur internet, il vit aujourd'hui à Bangor, dans le Maine avec son épouse Tabitha.

Stephen King

Né en 1947 à Portland dans l'État du Maine, Stephen King se passionne très tôt pour la science-fiction et le fantastique. Lecteur boulimique et cinéphile impénitent, grand admirateur de [illegible] Matheson et Shirley Jackson, il aborde ces domaines et [illegible]. Le magazine de l'université [illegible] publie en 1965 sa première nouvelle [illegible].

Il se destine un temps à l'enseignement, puis le succès de *Carrie*, adapté au cinéma par Brian De Palma, puis de *Salem* et *The Shining* en [illegible], [illegible] parallèlement sous le pseudonyme de Richard Bachman, il devient [illegible] l'un des auteurs les plus populaires de la planète, un phénomène que les films adaptés de son œuvre, comme *Dolores Claiborne*, *La Part des ténèbres* ou *La Ligne verte*, [illegible] amplifié.

Scénariste, acteur, metteur en scène, [illegible] édition sur internet, il vit aujourd'hui à Bangor, dans le Maine avec son épouse Tabitha.

LES YEUX DU DRAGON

DU MÊME AUTEUR
CHEZ POCKET

LA PART DES TÉNÈBRES
DOLORÈS CLAIBORNE
SALEM

COLLECTION TERREUR
dirigée par Patrice Duvic

STEPHEN KING

LES YEUX DU DRAGON

ALBIN MICHEL

Traduit de l'américain par
Évelyne Châtelain

Si vous souhaitez recevoir régulièrement
notre zine « **Rendez-vous ailleurs** », écrivez-nous à :

« Rendez-vous ailleurs »
Service promo Pocket
12, avenue d'Italie
75627 PARIS Cedex 13

PRESSECO
PAPIER RECYCLÉ
NATURE PROTÉGÉE

ISBN 2-266-12573-7

Je dédie ce conte
à mon ami Ben Straub
et à ma fille Naomi King.
S.K.

1

Il était une fois un roi qui vivait dans le royaume de Delain avec ses deux enfants. Delain était un vieux royaume qui avait déjà connu des centaines, voire des milliers de rois. Quand les choses durent si longtemps, même les historiens ne se souviennent pas de tout. Roland le Bon n'était ni le meilleur ni le pire des rois à régner sur le pays. Il s'efforçait tant qu'il pouvait de ne pas faire trop de mal, et, la plupart du temps, il y parvenait. Il tentait aussi de toutes ses forces de faire le bien, mais, hélas, il rencontrait moins de succès en ce domaine. Il doutait qu'on se souvienne de lui longtemps après sa mort. Et sa mort pouvait venir d'un moment à l'autre, car il était vieux et son cœur s'affaiblissait. Il lui restait peut-être une année à vivre, peut-être trois. Tous ceux qui le connaissaient et qui avaient remarqué son teint gris et ses mains tremblantes s'accordaient à penser que dans cinq ans au maximum un nouveau roi serait couronné sur la Grand-Place, au pied de l'Aiguille... Effectivement, par la grâce de Dieu, cela ne fut que cinq ans plus tard. Dans le royaume, du plus riche baron, du courtisan le plus enrubanné au plus pauvre serf et à sa femme en haillons, tout le monde parlait de Peter, le futur roi, le fils aîné de Roland. Mais un homme réfléchissait, ruminait, faisait de tout autres projets : il se demandait comment s'assurer que Thomas, le cadet, soit couronné à la place de son frère. Cet homme, c'était Flagg, le magicien du roi.

2

Bien que Roland fût fort âgé – il avouait soixante-dix ans, mais il avait beaucoup plus que cela –, ses fils étaient fort jeunes. Il s'était marié très tard car il ne trouvait aucune épouse à sa convenance. De toute façon, sa mère, la reine douairière de Delain, paraissait immortelle aux yeux de Roland comme aux yeux du peuple. Elle non plus ne songeait pas à la mort, d'ailleurs. Cela faisait déjà près de cinquante ans qu'elle régnait lorsqu'un jour elle mit une rondelle de citron dans son thé pour soulager la toux qui la torturait depuis une bonne semaine. Pendant qu'elle buvait, un jongleur exécutait un numéro pour distraire la reine et sa cour. Il jonglait habilement avec cinq boules de cristal. Au moment où la reine mit la rondelle de citron dans sa bouche, le jongleur laissa tomber une de ces boules qui éclata bruyamment sur le sol de dalles de la grande cour Est. La reine eut un hoquet en entendant ce vacarme; la rondelle de citron glissa au fond de sa gorge et l'étouffa sur-le-champ. Quatre jours plus tard, Roland fut couronné sur la grand-place de l'Aiguille. Le jongleur n'assista pas à la cérémonie; il avait été décapité dans la cour des exécutions au pied de l'Aiguille trois jours plus tôt.

Un roi sans héritier rend toujours le peuple nerveux, surtout lorsqu'il a cinquante ans et qu'il est déjà chauve. Il était donc dans l'intérêt de Roland de se marier au plus vite et d'avoir un fils. Son premier conseiller, Flagg, insistait lourdement sur ce point. Il fit également remarquer au roi qu'à cinquante ans il ne lui restait plus beaucoup d'années pour pouvoir ensemencer le ventre d'une femme. Flagg lui suggérait donc de prendre épouse au plus vite et de ne plus attendre qu'une femme de haute noblesse sache enfin le séduire. S'il n'avait pas rencontré une telle femme à l'âge de cinquante ans, soulignait Flagg, il n'y avait que peu de chances pour qu'il la rencontrât un jour.

Roland reconnut la sagesse de ces propos, sans savoir que Flagg, avec ses cheveux tombants et son visage blême presque toujours caché derrière sa capuche, avait pénétré le plus profond de ses secrets : si Roland n'avait jamais rencontré la femme de ses rêves, c'était simplement parce que les femmes ne l'attiraient pas. Les femmes lui faisaient peur. Et il n'avait jamais désiré accomplir l'acte par lequel les bébés poussent dans le ventre des femmes. Cela aussi lui faisait peur.

Mais il comprit néanmoins la sagesse des conseils du magicien et, six mois après les funérailles de la reine douairière, il y eut une cérémonie beaucoup plus gaie : le mariage du roi Roland et de Sasha, qui serait la mère de Peter et de Thomas.

Roland n'était ni aimé ni haï, mais Sasha était aimée de tous. Quand elle mourut en donnant naissance à son second fils, Thomas, le royaume fut profondément endeuillé pendant un an et un jour. C'était l'une des six femmes que Flagg avait sélectionnées comme épouses possibles. Roland ne connaissait aucune d'entre elles, toutes d'un statut social identique. Toutes étaient nobles de naissance, mais aucune n'avait de sang royal; toutes étaient douces, agréables et calmes. Flagg se garda bien de proposer quelqu'un qui aurait pu le supplanter auprès du roi. Roland choisit Sasha car c'était elle qui paraissait la plus douce et la plus calme de toutes et, donc, la moins susceptible de l'effrayer. Ainsi, on les maria. Sasha, de la baronnie de l'Ouest, une toute petite baronnie en fait, avait dix-sept ans de moins que son mari et n'avait jamais vu d'homme sans son caleçon avant la nuit de noces. Quand, à cette occasion, elle vit cette petite chose toute flasque, elle demanda, fort curieuse :

– Qu'est-ce que c'est, mon mari ?

Si elle avait dit autre chose ou simplement parlé sur un ton légèrement différent, les événements de cette nuit-là – ainsi que toute cette histoire – auraient suivi un tout autre cours. Malgré la potion magique que Flagg avait donnée au roi une heure avant, à la fin du repas de fête, Roland se serait peut-être tout simplement sauvé. Mais il la vit exactement comme elle était; une jeune fille qui en savait encore moins que lui sur la façon dont on fait les bébés. Il remarqua qu'elle avait une bouche tendre et se mit à l'aimer, comme tout le monde à Delain apprendrait à le faire.

– C'est de l'acier de roi, dit-il.

– Cela ne ressemble guère à de l'acier, répondit-elle, incrédule. – Il n'est pas encore passé à la forge.

– Ah ? Et où est la forge ?

– Si tu me fais confiance, je te montrerai, car, sans le savoir, tu l'as apportée avec toi de la baronnie de l'Ouest.

3

Tous les habitants du royaume de Delain aimaient la reine car elle était bonne et gentille. Ce fut la reine Sasha qui fit construire le grand hôpital, la reine Sasha qui pleura tant sur la cruauté des combats d'ours sur la Grand-Place que le roi finit par les interdire, la reine Sasha qui plaida pour une suppression d'impôts l'année de la sécheresse, lorsque les feuilles du grand chêne devinrent toutes grises. Flagg complotait-il contre elle ? pourriez-vous vous demander. Pas au début. Tout cela n'était que peu de chose à son esprit, car c'était un véritable magicien, et il avait vécu des centaines et des centaines d'années.

Il laissa même passer la baisse des impôts car, l'année précédente, la marine de Delain avait écrasé les pirates d'Andua qui pillaient la côte sud depuis plus d'un siècle. Le crâne du chef des pirates grimaçait sur une flèche devant les enceintes du palais, et le trésor de Delain s'était enrichi du butin récupéré. Pour les affaires importantes, les affaires d'État, c'était toujours la bouche de Flagg qui était la plus proche de l'oreille du roi et, au début, Flagg était satisfait.

4

Bien que Roland apprît à aimer sa femme, il n'apprécia jamais cette activité que la plupart des hommes considèrent comme agréable ; cet acte par lequel naissent à la fois les plus modestes apprentis cuisiniers et les plus grands héritiers de la couronne. Lui et Sasha dormaient dans des chambres séparées et il n'allait pas la voir très souvent, pas plus de cinq ou six fois par an. Parfois, même, lors de ses rares visites, aucun fer ne sortait de la forge, en dépit des potions magiques de Flagg de plus en plus puissantes et de la douceur infaillible de Sasha.

Mais, quatre ans après leur mariage, Peter fut conçu dans le lit de Sasha. Cette nuit-là, Roland n'eut pas besoin de l'élixir de Flagg, cette boisson verte et fumante qui lui faisait toujours tourner la tête comme s'il était devenu fou. Pendant la journée, il avait chassé sur la réserve avec douze de ses hommes. La chasse, c'est ce que Roland avait toujours préféré – l'odeur de la forêt, la morsure de l'air frais, le son du cor, la tension de l'arc quand la flèche suit sa course cinglante ! Bien que connue, la poudre à canon était très rare à Delain, et chasser le gibier avec un tube d'acier était considéré comme un acte vil et méprisant de toute façon.

Sasha lisait dans son lit quand son mari entra, le visage rose tout enflammé. Elle reposa son livre sur son sein et écouta, captivée, le récit qu'il lui faisait avec de grands gestes. À la fin, il s'écarta d'elle pour lui montrer comment il avait tiré sur la corde et fait voler Massacreuse, la célèbre flèche de son père, à travers la vallée étroite. En le voyant mimer la scène, la reine se mit à rire, applaudit, et gagna son cœur.

Les réserves de chasse du roi étaient presque totalement épuisées. Il était rare d'y trouver un cerf de bonne taille, et, depuis des temps immémoriaux, personne n'y avait vu de dragon. La plupart des hommes auraient éclaté de rire en entendant parler d'une créature aussi puissante dans la forêt apprivoisée. Pourtant, ce soir-là, une heure avant le crépuscule, alors que Roland et ses hommes s'apprêtaient à rebrousser chemin, ce fut exactement ce qu'ils trouvèrent, ou plutôt ce qui les trouva.

Le dragon sortit avec fracas des sous-bois, il avançait maladroitement, les écailles brillant d'un éclat de cuivre vert au soleil, les narines d'un noir de suie toutes fumantes. Ce n'était pas un dragon trop jeune, mais un mâle, tout proche de sa première mue. Frappés de stupeur, la plupart des hommes furent incapables de tirer une flèche ou même simplement de bouger.

Quand le dragon observa la partie de chasse, ses yeux verts prirent une teinte jaunâtre et il se mit à battre des ailes. Il n'y avait aucun risque de le voir s'envoler, ses ailes resteraient incapables de le porter avant une bonne cinquantaine d'années et deux autres mues. Mais les attaches qui retiennent les ailes collées au corps des bébés dragons jusqu'à l'âge de dix ou douze ans étaient déjà tombées, et un seul battement d'ailes suffit à produire un vent d'une telle force que le premier chasseur en perdit son cor de chasse et fut désarçonné.

Roland fut le seul à ne pas être paralysé de terreur, et, bien qu'il fût trop modeste pour le dire à Sasha, il y eut dans ses gestes autant d'héroïsme que de véritable talent de chasseur. Le dragon aurait bien pu faire rôtir la petite compagnie toute vivante sans la promptitude de Roland. Il fouetta son cheval et le fit avancer de cinq pas, puis ajusta sa grande flèche et tira. La flèche transperça la marque, ce point au-dessous de la gorge du dragon, assez semblable à une branchie, par lequel il respire et crache le feu. Il tomba raide mort dans un dernier jet de flammes qui embrasèrent les buissons alentour. Les chevaliers éteignirent rapidement l'incendie avec quelques baquets d'eau, de bière et surtout avec des jets d'urine – maintenant que j'y pense, l'urine aussi était en fait de la bière, car Roland emmenait toujours beaucoup de cervoise avec lui pour la chasse, et il ne s'en montrait pas chiche non plus.

Le feu fut maîtrisé en cinq minutes et le dragon dépecé en quinze. On aurait pu faire bouillir de l'eau sur ses narines fumantes quand ses entrailles se répandirent sur le sol. En grande pompe, on apporta le cœur à neuf ventricules tout dégoulinant à Roland qui le mangea cru, comme le veut la coutume. Le roi le trouva délicieux. Il regretta simplement d'être quasi certain de ne jamais pouvoir en remanger un autre.

Ce fut peut-être le cœur de dragon qui le rendit si fort cette nuit-là, à moins que cela ne fût la joie de la chasse et la fierté d'avoir gardé son sang-froid et agi promptement quand tous les autres étaient restés bêtement assis sur leur selle (sauf pour le premier chasseur évidemment, qui, lui, gisait sur le dos). Quelle qu'en fût la raison, Sasha battit des mains en disant :

– Bien joué, mon courageux mari.

Et il sauta carrément dans son lit. Sasha l'accueillit avec des yeux grands ouverts et un sourire qui reflétaient son propre triomphe. Cette nuit-là fut la première et la dernière où Roland apprécia les étreintes de sa femme sans être ivre. Neuf mois plus tard, un mois pour chaque ventricule du cœur de dragon, Peter naquit dans ce même lit et tout le royaume se réjouit – la couronne avait enfin un héritier.

5

Vous pensez probablement, si vous vous êtes donné la peine d'y réfléchir, que Roland aurait dû cesser de boire l'étrange élixir vert du magicien après la naissance de Peter. Mais il n'en fut rien. Il l'avalait toujours, de temps en temps. Dans certaines régions, les gens croient que seuls les hommes apprécient la sexualité, et qu'une femme devrait être reconnaissante qu'on la laisse tranquille. Le peuple de Delain, cependant, ne nourrissait pas de telles idées et pensait au contraire que la femme prenait un plaisir normal à l'acte qui engendrait les créatures les plus agréables. Roland était conscient de délaisser trop souvent sa femme dans ce domaine, mais il se montrait aussi attentionné qu'il le pouvait, même si cela signifiait absorber l'élixir de Flagg. Seul Flagg savait que le roi visitait rarement le lit de sa femme.

Environ quatre ans après la naissance de Peter, le soir du Nouvel An, un terrible blizzard souffla sur Delain. Jamais, il n'y eut vent plus épouvantable, sauf une fois, mais cela je vous le raconterai plus tard.

Suivant un instinct qu'il n'arrivait pas à s'expliquer lui-même, Flagg prépara au roi une mixture deux fois plus puissante – c'était peut-être le vent qui l'avait poussé à agir ainsi. Normalement, Roland aurait fait la grimace en buvant le détestable liquide et peut-être l'aurait-il repoussé, mais, à cause de l'excitation provoquée par l'orage, les fêtes de la nouvelle année avaient été particulièrement joyeuses et Roland était fort ivre. Le feu éclatant qui brûlait dans l'âtre lui rappela le dernier souffle explosif du dragon et, maintes fois, il avait porté un toast à la tête qui ornait le mur. Il engloutit la potion en une seule gorgée et fut immédiatement envahi par un désir charnel maléfique. Il quitta aussitôt la salle de banquet et se rendit dans la chambre de Sasha. Mais en essayant de l'aimer, il la blessa.

– S'il te plaît ! cria-t-elle en sanglots.

– Excuse-moi, grommela-t-il, puis il s'endormit profondément et resta sans connaissance pendant vingt-quatre heures. Sasha n'oublia jamais l'étrange odeur du souffle de son mari, cette nuit-là, une odeur de viande faisandée, une odeur de mort. *Qu'avait-il pu manger ou boire?* se demanda-t-elle.

Roland ne retoucha jamais à l'élixir de Flagg, malgré tout Flagg était satisfait. Neuf mois plus tard, Sasha donna naissance à Thomas, son second fils, mais elle mourut en couches. Ces choses-là arrivaient, c'est sûr, et bien que tout le monde fût attristé, personne n'en fut surpris. Tous croyaient savoir ce qui s'était passé. Seuls Anna Crookbrows, la sage-femme, et Flagg, le magicien du roi, connaissaient les véritables circonstances de la mort de Sasha, car Flagg avait fini par perdre patience devant les manigances de la reine.

6

Peter n'avait que cinq ans à la mort de sa mère, mais il s'en souvenait tendrement. Il la trouvait douce, gentille, aimante, compatissante. Mais cinq ans, c'est jeune et la plupart de ses souvenirs restaient flous. Pourtant, il y avait une scène qui restait nettement gravée dans son esprit, un jour où elle l'avait grondé. Plus tard, le souvenir des reproches de sa mère deviendrait absolument vital pour lui. C'était une histoire de serviette de table...

Le premier jour du cinquième mois de l'année, une fête se déroulait à la cour pour célébrer les plantations de printemps. Lorsqu'il eut cinq ans, Peter fut autorisé à y assister pour la première fois. La coutume voulait que Roland fût assis à la tête de la table, l'héritier du trône à sa droite, la reine à l'autre extrémité, si bien que, pendant tout le repas, Peter serait hors de portée de sa mère. Avant la cérémonie, Sasha lui rappela donc soigneusement les règles de savoir-vivre. Elle voulait avant tout qu'il fasse preuve d'une bonne éducation, et, pendant tout le repas, il devrait se débrouiller seul, car son père n'avait aucune idée des bonnes manières.

Certains d'entre vous pourraient s'étonner de voir que cette tâche incombait à Sasha. Ce garçon n'avait donc pas de gouvernante ? Si, en fait, il en avait deux. N'y avait-il aucun serviteur entièrement dévoué au petit prince ? Mais si, des bataillons ! Pourtant, le problème, ce n'était pas que tous ces gens s'occupent de l'éducation de Peter, mais au contraire de les tenir le plus possible à l'écart. Sasha voulait élever son fils elle-même, dans la mesure du possible. Elle avait des idées très précises en ce qui concernait l'éducation de son fils. Elle le chérissait et avait envie d'être souvent avec lui pour des raisons purement égoïstes, mais savait également qu'elle avait une grande responsabilité dans l'évolution de Peter. Un jour, cet enfant serait roi et, par-dessus tout, Sasha voulait qu'il soit un bon roi.

Les banquets à la cour n'étaient pas très collet monté, et bien des nurses se seraient peu formalisées des bonnes ou des mauvaises manières du petit garçon. *Voyons, cet enfant sera roi*, auraient-elles dit, un peu choquées à l'idée d'avoir à lui donner des leçons dans un domaine aussi trivial. *Qu'importe s'il renverse le saucier ? Qu'importe s'il bave sur son col ou s'essuie les mains dessus ? Autrefois, le roi Alan n'avait-il pas vomi dans son assiette et appelé son fou pour qu'il se délecte de cette bonne soupe chaude ? Le roi John n'arrachait-il pas de ses dents la tête des truites pour fourrer ensuite les poissons tout gluants dans le corset des servantes ? Ce banquet ne finira-t-il pas comme tous les banquets, avec les convives qui se lancent la nourriture à la tête ?*

Si, sans aucun doute, mais au moment où les choses dégénéreraient à ce point, Sasha et Peter se seraient retirés depuis longtemps. Ce qui inquiétait la reine, c'étaient justement tous ces *qu'importe ?* Pour elle, *qu'importe ?*, c'était la seule idée à ne pas inculquer dans une jeune tête royale.

Sasha donna donc des instructions très précises à Peter et l'observa attentivement pendant tout le banquet. Et, plus tard, alors qu'il somnolait déjà dans son lit, elle vint lui parler.

Comme c'était une bonne mère, elle lui fit d'abord des compliments sur sa conduite. Ce n'était que justice, car, pour l'essentiel, Peter était exemplaire. Mais comme personne à part elle ne lui ferait jamais de reproches, c'était elle qui devait s'en charger et le faire à présent, au cours des quelques années pendant lesquelles son fils l'idolâtrait. Quand elle en eut terminé avec les compliments, elle lui dit :

– Malgré tout, tu as fait quelque chose de mal, Peter, et je ne veux pas te voir recommencer.

Allongé dans son lit, Peter la regardait solennellement de ses yeux d'un bleu profond.

– Quoi, maman ?

– Tu ne t'es pas servi de ta serviette, dit-elle. Tu l'as laissée pliée à côté de ton assiette, et ça m'a fait de la peine. Tu as mangé le poulet rôti avec tes doigts, et ça, c'était bien, car c'est ainsi que font les hommes. Mais quand tu as eu fini, tu t'es essuyé sur la manche de ta chemise, et c'est mal.

– Mais papa... et monsieur Flagg... et tous les nobles...

– Ne t'occupe donc pas de Flagg et des nobles de Delain ! cria-t-elle avec une telle force que Peter se recroquevilla sous les draps, tant il avait peur et honte en même temps d'avoir provoqué la rougeur sur les joues de sa mère. Tout ce que fait ton père est bien, puisque c'est le roi, et quand tu seras roi, tout ce que tu feras sera bien. Mais Flagg n'est pas le roi, même s'il en a fort envie, les nobles ne sont pas rois et tu n'es pas encore roi, mais seulement un petit garçon qui oublie les bonnes manières.

Elle vit la peur de son fils et sourit en lui passant la main sur le front.

– Ne t'inquiète pas, Peter, c'est une petite chose, mais c'est important quand même, car un jour tu seras roi. Maintenant, va chercher ton ardoise.

– Mais maman, il est l'heure de dormir...

– Tu dormiras plus tard, ça peut attendre. Va chercher ton ardoise.

Peter courut chercher son ardoise.

Sasha prit la craie attachée sur le côté et écrivit soigneusement quelques lettres.

– Sais-tu lire ce mot, Peter ?

Peter hocha la tête. Il ne savait lire que quelques mots, bien qu'il connût déjà toutes les grandes lettres. Mais ce mot-là, il le connaissait.

– Oui, maman, c'est BIEN.

– C'est ça. Et si tu remplaces la première lettre par un C et un H, qu'est-ce que tu auras ?

– Par un C et un H ? demanda Peter, incrédule.

– Oui, par un C et un H.

Peter obéit et dessina des lettres chancelantes sous

l'écriture soignée de sa mère. Il fut étonné de reconnaître l'un des rares mots qu'il connaissait déjà.

– CHIEN ! Maman, cela veut dire CHIEN !

– C'est cela, CHIEN.

La tristesse de la voix refroidit immédiatement l'enthousiasme de Peter. Sa mère lui montra successivement les mots BIEN et CHIEN.

– Ce sont les deux aspects de l'homme. N'oublie jamais ça, car un jour tu seras roi et les rois deviennent grands et beaux, aussi grands que des dragons après leur neuvième mue.

– Papa n'est pas grand et beau, objecta Peter.

En fait, Roland était petit avec les jambes arquées, et il trimballait un gros ventre devant lui à cause de toute la bière et de tout l'hydromel qu'il buvait.

Sasha sourit.

– Si, il est grand et beau. Les rois grandissent de manière invisible, Peter, et cela arrive tout d'un coup, dès qu'ils s'emparent du sceptre et qu'on leur pose la couronne sur la tête, place de l'Aiguille.

– C'est vrai ? demanda Peter, les yeux écarquillés. Il trouvait que sa mère s'était beaucoup éloignée de l'histoire de la serviette, mais il n'était pas mécontent de voir ce sujet délicat abandonné au profit d'un autre, bien plus passionnant. De toute façon, il avait déjà pris la décision de ne jamais plus oublier d'utiliser sa serviette. Si c'était si important pour sa mère, cela l'était pour lui aussi.

– Bien sûr que c'est vrai. Les rois deviennent horriblement grands, et c'est pour cela qu'ils doivent faire très attention, car une personne très grande peut écraser les plus petites sous son pied en marchant, en se retournant ou en s'asseyant n'importe où. Les mauvais rois font souvent ce genre de choses. Je crois que même les bons rois ne peuvent pas toujours l'éviter.

– Je ne comprends pas bien...

– Alors, écoute-moi. (Elle montra de nouveau l'ardoise.) Nos prêtres disent que la nature de l'homme vient en partie de Dieu et en partie du Vieillard au pied fendu. Tu sais qui est le Vieillard au pied fendu ?

– C'est le diable, maman.

– Oui, le diable. Mais en dehors des histoires toutes faites, il n'y a guère de démons, Peter. La plupart des mauvaises gens ressemblent plus à des chiens qu'à des démons. Les chiens sont amicaux, mais stupides, et c'est comme ça que la plupart des hommes et des femmes se conduisent quand ils ont bu. Quand les chiens sont excités ou troublés, ils risquent de mordre ; quand les hommes sont excités ou troublés, ils risquent de se battre. Les chiens font de bons animaux domestiques parce qu'ils sont fidèles et loyaux, mais si l'homme n'est qu'un animal domestique, c'est un mauvais homme. Parfois, les chiens sont courageux, mais ils peuvent aussi se conduire comme des lâches et se cacher dans le noir ou fuir le danger, la queue entre les jambes. Un chien lèche aussi facilement la main d'un mauvais maître que celle d'un bon maître, car il ne fait pas la différence entre bien et mal. Un chien peut boire de l'eau croupie, vomir ce que son estomac ne digère pas et recommencer immédiatement.

Elle garda le silence un moment, se demandant peut-être comment se déroulait le banquet à présent – hommes et femmes devaient hurler de rire, avec la bonne humeur naturelle des ivrognes, se jeter la nourriture à la figure et se retourner de temps en temps pour vomir négligemment à côté de leur chaise. Roland était pareil aux autres et, parfois, ça l'attristait, mais elle ne lui en voulait pas et ne lui faisait pas de reproches. C'était sa nature. Il pourrait promettre de changer pour lui faire plaisir, et peut-être même y parvenir, mais ensuite cela ne serait plus le même homme.

– Tu comprends, Peter ?

Peter fit oui de la tête.

– Parfait. Maintenant, dis-moi, est-ce qu'un chien se sert d'une serviette ?

Humble et honteux, Peter regarda le pied de son lit et hocha la tête. Apparemment, la conversation ne s'était pas autant éloignée de son point de départ qu'il ne le pensait. Peut-être parce que la soirée avait été fort remplie et qu'il était très fatigué, des larmes perlèrent à ses yeux et roulèrent sur ses joues. Il lutta pour ne pas éclater en sanglots et les retenir dans sa poitrine. Sasha le remarqua et admira cette attitude.

– Ne pleure pas pour une malheureuse serviette, mon chéri, dit Sasha. Je ne voulais pas te faire pleurer.

Elle se leva, le ventre rond et fécond devant elle. La naissance de Thomas approchait à grands pas.

– À part ce détail, ta conduite a été exemplaire.

Toutes les mères du royaume auraient été fières d'avoir un fils aussi bien élevé, et mon cœur est plein d'admiration pour toi. Je ne te dis toutes ces choses que parce que je suis la mère d'un prince. C'est difficile, mais on ne peut rien y changer ; et même si je le pouvais, je crois que je n'en ferais rien. Mais souviens-toi qu'un jour, des vies dépendront de tes moindres gestes. Des vies dépendront même des rêves qui te viendront la nuit. Peut-être qu'aucune vie ne dépendra jamais d'une serviette de table, mais on ne sait jamais... Tout est possible. Parfois, des vies ont tenu à moins que cela. Tout ce que je te demande c'est de toujours te conduire en homme civilisé. Souviens-toi du bon côté de ta nature, du côté divin. Tu me le promets, Peter ?

– Je le promets.

– Alors, tout va bien. (Elle lui donna un baiser.) Par chance, je suis jeune et toi aussi. Nous aurons l'occasion de reparler de tout cela quand tu comprendras mieux.

Ils n'en reparlèrent jamais, mais Peter n'oublia pas la leçon ; il se servit toujours de sa serviette, même quand, autour de lui, personne n'en faisait rien.

7

Ainsi, Sasha mourut.

Elle n'a pas grand rôle dans cette histoire, pourtant, il y a encore une chose que vous devez savoir : elle possédait une maison de poupée. C'était une très grande maison, magnifique, un véritable château miniature. Quand l'heure de son mariage approcha, Sasha essayait de paraître aussi heureuse qu'elle le pouvait, mais elle était triste de devoir quitter toutes les personnes et tous les objets parmi lesquels elle avait grandi dans la baronnie de l'Ouest. Et puis, elle avait un peu le trac aussi. Elle en parla donc à sa mère :

– Je n'ai jamais été mariée et je ne sais pas si cela va me plaire.

De tous les souvenirs d'enfance qu'elle laissait derrière elle, c'était la maison de poupée qu'elle avait eue toute petite qu'elle regrettait le plus.

Roland, qui était fort gentil, s'en aperçut je ne sais

comment, et, bien que lui aussi fût assez nerveux en songeant à l'avenir (après tout, lui non plus ne s'était jamais marié), il trouva le temps de charger Quentin Ellender, le meilleur artisan du pays, de construire une nouvelle maison de poupée à sa femme.

– Je veux que cela soit la plus belle maison de poupée que l'on ait jamais vue. Je veux que, dès le premier coup d'œil, elle oublie complètement son ancienne maison de poupée pour toujours.

Sans doute vous dites-vous que si Roland pensait vraiment ce qu'il disait, ce n'était pas très malin de sa part. Personne n'oublie jamais un jouet qui le rend suprêmement heureux enfant, même si on le remplace par un jouet beaucoup plus joli. Sasha n'oublia donc jamais sa vieille maison de poupée, mais elle fut cependant fort impressionnée par la nouvelle. D'ailleurs, il aurait fallu être totalement idiot pour ne pas l'admirer. Tous ceux qui la virent déclarèrent que c'était le chef-d'œuvre de Quentin Ellender, et ils avaient peut-être bien raison.

C'était une maison de campagne miniature, fort semblable à celle où Sasha avait vécu avec ses parents dans la baronnie de l'Ouest. Tout était minuscule, mais si habilement imité qu'on aurait juré que cela marchait pour de vrai... et, en fait, c'était le cas !

Le four, par exemple, chauffait pour de vrai et on pouvait y cuire de minuscules portions de nourriture. Si on mettait un morceau de charbon noir, pas plus gros qu'une boîte d'allumettes, il se consumait toute la journée. Et si on entrait dans la cuisine avec ses gros doigts maladroits de grande personne et qu'on avait l'imprudence de toucher le four, on récoltait une brûlure pour sa peine ! Il n'y avait ni robinets ni chasse d'eau, car, au royaume de Delain, on ne connaissait pas ce genre de choses – d'ailleurs, on ne les connaît toujours pas à ce jour –, mais en faisant très attention, on pouvait pomper de l'eau à la pompe à main, pas plus grande que le petit doigt. Il y avait une salle de couture avec un rouet qui filait vraiment et un métier à tisser qui tissait pour de vrai. L'épinette du salon faisait vraiment de la musique si on frappait le clavier avec un cure-dent, et toutes les notes étaient justes. Les gens criaient au miracle et pensaient que Flagg avait joué un rôle dans cette histoire. Il n'avait rien à voir avec cette maison de poupée ; en fait, il la trouvait même parfaitement stupide, mais il savait également qu'il n'était pas toujours la peine de se vanter et de dire à quel point on était merveilleux pour atteindre la grandeur. Il suffit souvent de prendre un air entendu et de savoir se taire.

Dans la maison de Sasha, il y avait de vrais tapis de Kashamin, de vrais rideaux de velours, de vraies assiettes de porcelaine; le garde-manger conservait les aliments au frais et les lambris du salon et du grand hall étaient en véritable bois de fer travaillé. Il y avait des vitres à toutes les fenêtres et une petite véranda multicolore devant la porte principale.

C'était la plus belle maison de poupée dont un enfant aurait pu rêver. Sasha battit des mains de plaisir lorsqu'on la dévoila pendant le repas de noces et remercia beaucoup son mari. Plus tard, elle se rendit à l'atelier d'Ellender, et, non seulement elle le remercia, mais elle s'inclina profondément devant lui, geste dont on n'avait jamais entendu parler à cette lointaine époque, les reines ne s'inclinaient pas devant de simples artisans. Roland était content, et Ellender, dont la vue s'était passablement affaiblie au cours de cette tâche, fut profondément touché.

Pourtant, cela ne lui fit jamais oublier sa vieille maison de poupée, si ordinaire paraissait-elle comparée à la nouvelle, et elle ne passa pas autant d'après-midi pluvieuses à jouer, réarranger les meubles, allumer le feu et regarder la fumée sortir en feignant de croire qu'il était l'heure du thé ou de préparer un banquet pour la reine, comme elle le faisait autrefois, même quand elle avait déjà quinze ou seize ans. L'une des raisons de ce désintérêt était simple à comprendre. Ce n'était plus drôle de faire semblant de préparer une fête pour la reine, à présent qu'elle était reine. Et peut-être que cette raison était en fait *la* raison. Elle était adulte et cela ne ressemblait pas à ce à quoi elle s'attendait enfant. Elle croyait qu'un jour, elle prendrait consciemment la décision de ranger ses jeux, ses jouets et ses contes de fées. Elle s'apercevait que ce n'était pas ce qui s'était passé. En fait, elle se désintéressait lentement de ce qui l'avait passionnée autrefois, jusqu'à ce que la poussière des ans lui fasse totalement oublier les plaisirs de l'enfance.

8

Peter, le petit garçon qui allait être roi, avait des dizaines de jouets – non, à vrai dire, il en avait des milliers. Il possédait des centaines de soldats de plomb, avec lesquels il organisait des batailles, et des douzaines de petits chevaux. Il avait des jeux, des ballons, des osselets et des billes. Il avait des échasses qui le grandissaient jusqu'à un mètre cinquante ; il avait un ressort magique sur lequel il pouvait sauter et tout le papier à dessin qu'il désirait en un temps où le papier était très difficile à fabriquer, si bien que seuls les riches pouvaient s'en offrir.

Mais de tous les jouets du château, celui qu'il préférait, c'était la maison de poupée de sa mère. Il n'avait jamais connu celle de la baronnie de l'Ouest et, pour lui, c'était donc la maison de poupée entre toutes. Lorsque la pluie tombait à verse ou que le vent d'hiver hurlait à travers les nuages de flocons bleus, il passait des heures d'affilée devant cette maisonnette. Quand il eut la varicelle, un serviteur lui installa le petite maison sur une table qui coulissait au-dessus de son lit, et il joua avec, quasiment sans interruption jusqu'à sa guérison.

Il aimait imaginer les minuscules personnages qui pouvaient habiter cette maison et, parfois, ils lui semblaient si réels qu'il les voyait presque. Il leur inventait un caractère et parlait en leur nom, avec des tas de voix différentes. C'était la famille Roi. Il y avait Roger Roi, courageux et puissant, bien qu'assez petit, avec les jambes arquées, qui avait autrefois tué un dragon. Il y avait la douce Sasha Roi, son épouse, et, bien sûr, leur petit garçon Petie, fort aimé de ses parents qui leur rendait leur amour. Sans parler bien entendu de tous les serviteurs qui faisaient les lits, allumaient le feu, allaient chercher de l'eau, préparaient les repas et réparaient les habits.

Comme c'était un garçon, certaines des histoires qu'il inventait étaient un peu plus sanglantes que celles que Sasha racontait devant sa maison de poupée quand elle était petite. Un jour, la maison de Peter fut prise d'assaut par les pirates anduais qui voulaient massacrer toute la famille. Il y eut un combat farouche. Des dizaines de pirates furent tués, mais ils restaient supérieurs en nombre. Ils s'apprêtaient à lancer l'assaut final quand la propre garde des Roi – ce rôle était tenu par les soldats de plomb de Peter – arriva et extermina jusqu'au dernier de ces chiens d'Anduais. Dans une autre histoire, une nichée de dragons surgit soudain du bois alentour (généralement le bois alentour se trouvait sous le divan de Sasha, près de la fenêtre), bien déterminés à faire griller toute la maisonnée de leur souffle de feu. Mais Roger et Petie se précipitèrent dehors avec leurs arcs et leurs flèches et tuèrent tous les dragons.

– Jusqu'à ce que la terre fût noire du sang glacial, raconta Peter à son père le roi, ce même soir au dîner.

Roland en hurla de contentement.

Après la mort de Sasha, Flagg dit à Roland que les petits garçons ne devraient pas jouer avec des maisons de poupée.

– Il n'en deviendrait pas forcément une poule mouillée pour autant, mais cela pouvait arriver, dit Flagg. Et puis, cela ferait mauvais effet si jamais on apprenait ça à l'extérieur du palais. Ce genre d'histoires étaient toujours répétées. Le palais regorgeait de serviteurs. Les serviteurs voyaient tout et avaient généralement la langue bien pendue.

– Il n'a que six ans, répondit Roland, mal à l'aise.

Avec son visage blême et envieux toujours profondément enfoncé dans son capuchon, Flagg le mettait toujours mal à l'aise.

Six ans, c'est l'âge d'élever un enfant comme il doit être élevé, Messire, dit Flagg. Réfléchissez-y bien. Je suis sûr que votre jugement sera juste en cette manière, comme en toute autre d'ailleurs.

Réfléchissez-y bien, avait dit Flagg, et ce fut exactement ce que fit Roland. En fait, je dois même avouer qu'il ne réfléchit jamais autant pendant les vingt années et quelques que dura son règne sur Delain.

Cela pourrait vous paraître étrange si vous vous êtes penché sur tous les devoirs qui pèsent sur un roi – des problèmes cruciaux comme lever un impôt sur quelque chose et le supprimer sur d'autres, décider de déclarer la guerre ou non, de condamner ou de gracier un sujet. Quelle importance d'autoriser ou non un petit garçon à jouer avec une maison de poupée à côté de tout cela ? vous demandez-vous peut-être.

Aucune, peut-être, à moins que cela ne fût essentiel.

Je vous laisse le soin d'en juger. Mais je peux vous dire que Roland n'était pas, et de loin, le roi le plus intelligent qui régna sur Delain. En y réfléchissant, ce métier avait toujours été très dur pour lui. Il avait l'impression que d'énormes cailloux roulaient dans sa tête. Cela lui donnait les larmes aux yeux et faisait battre ses tempes. Quand il réfléchissait très fort, son nez se bouchait.

Petit garçon, il avait si mal à la tête quand il faisait ses devoirs de mathématiques et d'histoire qu'on l'avait autorisé à abandonner dès l'âge de douze ans pour qu'il se consacre à ce qu'il faisait de mieux, c'est-à-dire la chasse. Il essayait sincèrement d'être un bon roi, mais il avait l'impression de ne jamais être assez bon ou assez intelligent pour résoudre les problèmes du royaume ou pour prendre des décisions judicieuses, et il savait que s'il se trompait son peuple en souffrirait. S'il avait entendu Sasha parler des rois après le banquet, il aurait été tout à fait d'accord avec elle. Les rois étaient vraiment plus grands que les autres, et parfois – souvent, même – il aurait aimé être plus petit. Si vous vous êtes déjà sincèrement demandé si vous étiez à la hauteur d'une tâche, alors, vous savez à peu près ce qu'il ressentait. Mais ce que vous ne savez peut-être pas, c'est que ce genre de sentiments ont tendance à se nourrir d'eux-mêmes au bout d'un certain temps. Même si l'impression de ne pas être à la hauteur n'est pas vraie au début, elle le devient avec le temps. Cela était arrivé à Roland, et, au fil des ans, il comptait de plus en plus sur Flagg. Il s'inquiétait souvent de voir que Flagg avait tout d'un roi, sauf le nom, pourtant il ne s'en souciait que la nuit. Le jour, il n'était que trop reconnaissant de son aide.

Sans Sasha, Roland aurait sans doute été un bien plus mauvais roi, car la petite voix qu'il entendait la nuit quand il n'arrivait pas à dormir était bien plus précieuse que les gratitudes de la journée. En fait, c'était Flagg qui dirigeait le royaume, et Flagg était un fort méchant homme. Il nous faudra parler encore de lui plus tard, malheureusement, mais, pour le moment, laissons-le là où il est, et bon débarras ! Sasha brisait un peu le pouvoir que Flagg exerçait sur Roland. Ses conseils étaient sages et pratiques et beaucoup plus justes et généreux que ceux du magicien. Elle n'avait jamais aimé Flagg – d'ailleurs, à Delain, peu de gens l'aimaient et beaucoup tremblaient en entendant simplement prononcer son nom –, mais elle ne le détestait pas. Les sentiments de la reine auraient peut-être été fort différents si elle avait su à quel point Flagg la surveillait attentivement, et avec quelle haine venimeuse et toujours grandissante.

9

Un jour, Flagg voulut même empoisonner Sasha après qu'elle eut demandé à Roland de pardonner à deux déserteurs que Flagg voulait faire décapiter sur la place de l'Aiguille.

– Les déserteurs, avait-il dit, montraient le mauvais exemple. Si on leur laissait la vie sauve, d'autres suivraient la voie. Pour les décourager, il fallait leur montrer les têtes de ceux qui avaient déjà essayé. Les postulants déserteurs regarderaient ces têtes coupées de leurs yeux écarquillés et réfléchiraient à deux fois sur leurs devoirs envers le Roi.

Sasha, cependant, grâce à ses servantes, avait découvert sur les coupables des faits que Roland ne connaissait pas. La mère de l'aîné des garçons était tombée gravement malade. Il y avait trois petits frères et deux petites sœurs à la maison. Tous auraient pu mourir de froid pendant le rude hiver de Delain si le garçon n'avait quitté sa garnison pour retourner chez lui couper du bois pour sa mère. Sans l'aide d'un garçon plus jeune, il aurait mis deux semaines pour fendre assez de bois pour l'hiver. À eux deux, travaillant avec acharnement, ils n'avaient mis que six jours.

Cela éclairait les choses sous un jour différent. Roland avait lui aussi beaucoup aimé sa mère, et il aurait été heureux de mourir pour elle. Il ouvrit une enquête et découvrit que Sasha disait la vérité. Il apprit aussi que les déserteurs n'étaient partis qu'après qu'un sergent sadique eut refusé à maintes reprises de transmettre leur demande de permission à ses supérieurs. Dès que les quatre stères de bois furent coupés, ils étaient retournés au campement, sachant pertinemment que la cour martiale les attendait et que leur tête tomberait sous le couperet du bourreau.

Roland les gracia. Flagg hocha la tête en souriant et se contenta de dire :

– Votre volonté est celle de Delain, Messire.

Pour tout l'or des quatre royaumes, il n'aurait laissé Roland lire la fureur qui emplissait son cœur quand sa propre volonté était bafouée. L'attitude de Roland fut grandement appréciée dans le pays, car nombre des sujets du roi connaissaient la véritable histoire des deux garçons et les autres l'apprirent rapidement de ceux qui savaient. Lors d'autres décrets, beaucoup moins humains, généralement suggérés par le magicien, on se souvint de la sagesse et de la générosité du roi. Tout cela n'avait aucune importance pour Flagg. Il voulait qu'on leur tranchât la tête et Sasha s'y était opposée. Pourquoi Roland n'en avait-il donc pas épousé une autre ? Il n'avait connu aucune autre femme et d'ailleurs les femmes ne l'intéressaient pas, alors pourquoi celle-là ? Bon, peu importe. Flagg sourit devant le pardon du roi, mais il se jura intérieurement d'assister bientôt aux funérailles de Sasha.

Le soir qui suivit la grâce accordée par Roland, Flagg se rendit dans son sombre laboratoire du sous-sol. Là, il enfila un gant épais et sortit une énorme araignée, dite parfois horloge de la mort, de la cage où il l'élevait depuis vingt ans en la nourrissant de bébés souris. Les souris qu'il lui donnait à manger étaient toujours mourantes et empoisonnées ; Flagg voulait ainsi augmenter les pouvoirs venimeux de l'araignée, d'une force déjà invraisemblable. D'une couleur rouge sang, l'araignée avait la taille d'un rat. Son corps boursouflé regorgeait de venin s'écoulant de son dard en petites gouttes transparentes qui perçaient des trous fumants dans l'établi de Flagg.

– Il est l'heure de mourir, ma jolie, et de tuer une reine, murmura Flagg avant d'écraser l'araignée de sa main protégée par le gant de mailles d'acier magique qui résistait au poison. Pourtant, cette nuit-là, lorsqu'il alla se coucher, sa main, toute rouge et tout enflée, lui élançait terriblement.

Le venin s'écoula du corps écrabouillé et se déversa dans la coupe. Flagg versa un peu de cognac sur le poison mortel et mélangea le tout. Lorsqu'il retira la cuiller, le verre était déjà tout déformé. Il suffirait d'une seule gorgée pour que la reine tombe raide morte. *Sa mort serait aussi fulgurante que douloureuse*, pensa Flagg, très content de lui.

Sasha buvait un verre de cognac tous les soirs, car elle avait beaucoup de mal à s'endormir. Flagg appela un serviteur pour qu'il lui apportât la boisson.

Sasha ne sut jamais avoir frôlé la mort de si près. Quelques instants après avoir préparé son breuvage maudit, juste avant que le serviteur ne frappât à la porte, Flagg renversa le liquide dans la rigole située au milieu de son laboratoire et observa les bulles qui s'écoulaient en sifflant. Il avait le visage tordu de haine. Lorsque le sifflement se tut enfin, de toutes ses forces, il jeta la coupe de cristal contre le mur opposé. Elle explosa comme une bombe.

Quand le serviteur frappa à la porte, Flagg l'autorisa à entrer.

Il lui montra les éclats de verre brisé qui scintillaient.

– J'ai cassé une coupe, nettoie-moi tout ça. Mais prends un balai, idiot ! Si tu y touches, tu le regretteras !

10

Il avait jeté le poison au dernier moment car, soudain, il s'était rendu compte qu'il pouvait très bien se faire prendre. Si Roland avait moins aimé la jeune reine, Flagg aurait tenté sa chance. Mais il craignait que, pris d'un accès de folle douleur, le roi ne trouvât jamais de repos tant qu'il n'aurait pas découvert le coupable et vu sa tête accrochée sur la flèche, tout en haut de l'Aiguille. C'était le seul crime pour lequel le roi voudrait se venger, quel que fût le coupable. Et trouverait-il l'assassin ?

Flagg craignait que cela fût possible.

Après tout, Roland excellait dans l'art de la chasse.

Cette fois-là, donc, Sasha échappa à la mort, protégée par la peur de Flagg et l'amour de son mari. Mais Flagg était toujours le plus proche de l'oreille du roi dans la plupart des affaires importantes.

Pourtant, en ce qui concernait la maison de poupée, ce fut Sasha qui gagna, bien qu'à cette époque Flagg eût finalement réussi à se débarrasser d'elle.

11

Peu de temps après que Flagg eut émis ses commentaires désobligeants sur les maisons de poupées et les poules mouillées de sang royal, Roland se faufila dans le salon du matin de la défunte reine et regarda son fils jouer. Le roi se tint dans l'encoignure de la porte, les sourcils froncés. Il réfléchissait très fort, beaucoup plus fort que d'habitude ; les cailloux roulaient terriblement dans sa tête et il avait le nez pincé.

Il vit donc que Peter se servait de la maison pour se raconter des histoires, des contes de fées, et que les histoires qu'il inventait n'étaient pas du tout celles d'une poule mouillée. Bien au contraire, c'étaient des récits de sang et de tonnerre, d'armées et de dragons. En d'autres termes, c'étaient des histoires qui réchauffaient le cœur du roi. Il se prit du désir secret de se joindre à son fils et de l'aider à imaginer des aventures encore plus passionnantes, où la maison de poupée et toute sa famille imaginaire joueraient un rôle. Mais, surtout, il comprit que Peter se servait de ce jouet pour que Sasha reste vivante dans son cœur, et Roland approuva cette attitude car sa femme lui manquait terriblement. Parfois, il se sentait si seul qu'il en avait presque les larmes aux yeux. Bien sûr, les rois ne pleurent pas... et si parfois Roland se réveillait la nuit avec sa taie d'oreiller humide, qu'à cela ne tienne !

Le roi quitta la pièce aussi silencieusement qu'il y était entré. Cette nuit-là, Roland resta longtemps éveillé à réfléchir sur ce qu'il avait vu. Bien qu'il lui fût extrêmement difficile d'affronter la désapprobation de Flagg, il le convoqua dès le lendemain matin à une audience privée. Avant que son courage ne s'ébranle, il lui annonça qu'il avait réfléchi sérieusement et qu'il avait décidé d'autoriser son fils à jouer avec la maison de poupée aussi longtemps qu'il le désirerait.

– Cette activité, dit-il, ne fait aucun mal à l'enfant.

Sa décision annoncée, il se renfonça dans son siège, mal à l'aise, attendant les rebuffades du magicien. Pourtant, rien ne vint. Flagg se contenta de lever les sourcils – geste que Roland remarqua à peine dans l'ombre profonde du capuchon que Flagg portait toujours rabattu – et de dire :

– Votre volonté, Messire, est celle du royaume.

Le ton du magicien exprimait clairement qu'il réprouvait cette décision, mais il disait aussi qu'il ne discuterait pas plus avant sur ce sujet. Roland fut soulagé de s'en tirer à si bon compte. Plus tard, ce jour-là, quand Flagg suggéra que les fermiers de la baronnie de l'Ouest pouvaient supporter de plus lourds impôts malgré la sécheresse qui avait détruit la plupart des récoltes l'année précédente, Roland fut trop heureux d'accepter.

En fait, que ce vieil imbécile (car c'était ainsi que Flagg jugeait Roland dans ses pensées les plus intimes) s'opposât à ses vœux sur la question de la maison de poupée n'était qu'un problème mineur pour le magicien. Les impôts de la baronnie de l'Ouest avaient bien plus de valeur à ses yeux. De plus, Flagg avait un secret au plus profond de son âme, un secret dont il se réjouissait. Il avait finalement réussi à éliminer Sasha de ce monde.

12

En ces temps lointains, quand une reine donnait naissance à un enfant on appelait une sage-femme auprès d'elle. Les médecins étaient tous des hommes, et aucun homme n'était autorisé à assister à l'accouchement. C'était Anna Crookbrows de la troisième allée Sud qui avait aidé Sasha lors de la naissance de Peter. Elle fut naturellement rappelée lors de celle de Thomas. Anna avait passé la cinquantaine et était déjà veuve à l'époque du second accouchement. Elle avait un fils qui avait contracté la maladie du tremblement à l'âge de vingt ans, mal qui tuait infailliblement ses victimes après quelques années de souffrance.

Elle aimait beaucoup son fils, et, après que toutes ses tentatives eurent échoué, elle se résigna à aller voir Flagg. Cela s'était passé dix ans plus tôt, alors qu'aucun héritier de la couronne n'était encore né et que Roland était toujours célibataire. Le magicien la reçut dans son antre du sous-sol, tout près du donjon, et, durant l'entretien, la femme, mal à l'aise, entendait les cris désespérés de ceux qui avaient été privés de la lumière du jour pour des années et des années. Si *le donjon était proche, la chambre de torture ne devait pas être bien loin*, songea-t-elle. Les appartements de Flagg n'avaient rien non plus pour la réconforter. D'étranges dessins à la craie multicolores ornaient le sol. Si elle clignait des yeux, ils semblaient changer de forme. Dans une cage accrochée à une longue paire de menottes noires, un perroquet à deux têtes croassait et se parlait tout seul, une tête formulant les demandes, l'autre les réponses. Des livres moisis la regardaient sévèrement. Les araignées tissaient leur toile dans les coins sombres. D'étranges effluves chimiques émanaient du laboratoire. Malgré tout, elle réussit à raconter son histoire et attendit, malade d'anxiété.

– Je peux guérir ton fils, lui répondit finalement Flagg.

La joie d'Anna Crookbrows transforma momentanément la laideur de son visage en une sorte de beauté.

– Seigneur, dit-elle. Elle était incapable de prononcer toute autre parole. Oh ! Seigneur ! répéta-t-elle.

Mais, dans l'ombre de son capuchon, le visage de Flagg restait distant et pensif. De nouveau, la femme eut peur.

– Qu'es-tu prête à payer pour ce miracle ?

– Tout ce que vous voudrez, dit-elle sincèrement. Oh ! Flagg, mon Seigneur et Maître, tout ce que vous voudrez !

– Je te demande un service, voudras-tu me le rendre ?

– Avec joie !

– Je ne sais pas encore lequel, mais quand l'heure viendra, je te le dirai.

Elle était tombée à genoux devant lui et il se pencha vers elle. Son capuchon retomba en arrière. Effectivement, il avait un visage épouvantable, un visage de cadavre, tout blanc avec des trous à l'endroit des yeux.

– Et si jamais tu refuses, femme...

– Jamais, jamais, Seigneur ! Je ne refuserai pas ! Je ne refuserai pas ! Je le jure sur le nom de mon cher mari !

– Alors, tout est parfait. Amène-moi ton fils demain à la tombée de la nuit.

Le lendemain, elle conduisit donc son fils auprès du magicien. Il tremblait de tous ses membres et de la bave lui coulait sur le menton. Flagg donna une potion noire, couleur de prune, dans un verre.

– Fais-le boire, dit-il. Cela va lui brûler la langue, mais fais-le boire jusqu'à la dernière goutte. Ensuite, emmène cet idiot hors de ma vue.

Anna murmura quelques mots à son fils. Pendant un instant, le garçon essaya de hocher la tête et se mit à trembler encore plus. Il avala tout le liquide, puis se courba en deux, hurlant de douleur.

– Fais-le sortir, ordonna Flagg.

– Oui, fais-le sortir ! cria l'une des têtes du perroquet.

– Fais-le sortir, il est interdit de crier en ces lieux ! dit l'autre tête.

Elle l'emmena à la maison, sûre que Flagg l'avait tué. Mais le lendemain, la maladie du tremblement avait totalement quitté son fils et il allait bien.

Les années s'écoulèrent. Quand Sasha ressentit les premières douleurs, Flagg fit appeler la sage-femme et lui murmura quelque chose à l'oreille. Ils étaient seuls dans ses appartements, mais, même ainsi, mieux valait ne pas prononcer ce genre de choses à voix haute.

Soudain, Anna Crookbrows devint livide, mais elle se souvint des mots de Flagg : *Si tu refuses femme...*

Finalement, le roi aurait ses deux enfants ; elle, n'en avait qu'un. Et si le roi voulait se remarier pour en avoir d'autres, qu'il le fasse. À Delain, ce n'étaient pas les femmes qui manquaient.

Elle se rendit donc auprès de Sasha, lui parla d'un ton encourageant, et, au moment crucial, un petit couteau se mit à scintiller dans sa main. Personne ne la vit faire la petite coupure. Un instant plus tard, Anna cria :

– Poussez, ma Reine, poussez ! Le bébé arrive !

Sasha poussa. Thomas sortit aussi aisément qu'un enfant qui glisse sur un toboggan. Mais le sang de Sasha inonda les draps. Dix minutes plus tard, Thomas était né et sa mère était morte.

C'est pourquoi Flagg ne se souciait guère d'un sujet aussi trivial qu'une maison de poupée. Ce qui importait, c'était que Roland se faisait vieux, qu'il n'y avait plus de reine pour contrecarrer ses vues et que, à présent, il y avait deux fils entre lesquels choisir et non plus un seul. Peter pourrait être écarté si jamais il ne correspondait pas aux vœux de Flagg. Ce n'était qu'un enfant et il ne savait pas encore se défendre.

Je vous ai déjà dit que Roland n'avait jamais aussi longuement et aussi soigneusement réfléchi pendant toute la durée de son règne qu'il ne l'avait fait sur ce problème : autoriser ou non son fils à jouer avec la maison de poupée de Sasha, si brillamment sculptée par le grand Ellender. Je vous ai dit aussi que sa décision s'opposait aux désirs de Flagg. Je vous ai également précisé que, en fait, Flagg n'y attachait pas beaucoup d'importance.

Était-ce vraiment le cas ? Vous en jugerez par vous-même quand vous m'aurez écouté jusqu'au bout.

13

Laissons maintenant passer en un clin d'œil de bien longues années. L'un des grands avantages des contes, c'est que le temps passe très vite quand il n'est marqué par aucun événement notable. La vie, elle n'est jamais comme ça, et c'est probablement une bonne chose. Le temps passe plus vite dans l'histoire, mais qu'est-ce que l'histoire, sinon une sorte de conte grandiose où les siècles remplacent les années ?

Pendant toutes ces années, Flagg observa attentivement les deux garçons. Il les regardait grandir par-dessus l'épaule du roi vieillissant, se demandant lequel deviendrait roi quand Roland ne serait plus. Il ne mit pas longtemps à décider que ce serait Thomas. Dès que Peter eut sept ans, Flagg sut qu'il ne l'aimait pas. Quand Peter eut neuf ans, Flagg fit une découverte étrange et fort désagréable : il avait également peur de lui.

Le jeune garçon était devenu grand, beau et franc. Il avait les cheveux noirs et les yeux bleu sombre si courants dans la baronnie de l'Ouest. Parfois, lorsque Peter levait rapidement les yeux en penchant la tête sur le côté d'une certaine façon, il ressemblait à son père, mais, le plus souvent, c'était surtout le fils de Sasha, dans son apparence comme dans ses manières. Contrairement à son père, petit, aux jambes arquées et à la démarche maladroite – Roland n'était élégant qu'à cheval – Peter était grand et souple. Il aimait la chasse et était bon chasseur, mais ce n'était pas toute sa vie. Il aimait beaucoup l'école, surtout les cours d'histoire et de géographie, ses matières favorites.

Les plaisanteries intriguaient et énervaient son père : il fallait toujours lui expliquer longuement la chute et cela ôtait tout le charme. Ce que Roland appréciait par-dessus tout, c'était que les bouffons fassent semblant de glisser sur des peaux de banane, se cognent la tête ou se livrent à des batailles de tartes à la crème dans le grand hall. C'était à peu près là que s'arrêtait son sens de l'humour. Peter avait un esprit beaucoup plus vif et beaucoup plus subtil, comme celui de Sasha, et ses éclats de rire enfantins emplissaient souvent le palais et faisaient sourire les serviteurs d'un air approbateur.

Alors que beaucoup d'enfants dans la position de Peter auraient été trop conscients de la grandeur de leur statut pour jouer avec ceux qui n'appartenaient pas à leur classe sociale, Peter se lia d'amitié avec un garçon du nom de Ben Staad, alors qu'ils avaient tous les deux huit ans. La famille de Ben n'avait aucun sang royal, et bien qu'Andrew Staad, le père de Ben, eût quelques vagues attaches aux hautes sphères du royaume du côté de sa mère, on ne pouvait pas même dire qu'ils étaient nobles. « Chevalier » était sans doute le terme le plus flatteur que l'on pouvait attribuer à Andy Staad, et « fils de chevalier » à son fils. Même ainsi, la famille Staad, autrefois prospère, connaissait des temps difficiles, et bien que l'on pût trouver des amitiés plus étranges pour le fils d'un prince, il aurait fallu chercher assez loin.

Ils s'étaient rencontrés à la fête des Prairies organisée par les fermiers. C'était un rituel que la plupart des rois et des reines considéraient comme fort ennuyeux : au mieux, ils y faisaient parfois une brève apparition, portaient le toast traditionnel, souhaitaient aux fermiers de passer une agréable journée, les remerciaient pour cette nouvelle année d'abondance (cela faisait partie du rituel, même lorsque la récolte était maigre) et disparaissaient aussitôt. Si Roland avait été cette sorte de roi, Peter et Ben n'auraient jamais eu la chance de se rencontrer. Mais, comme vous l'avez sans doute deviné, Roland adorait la fête des Prairies. Il l'attendait avec impatience tous les ans, restait généralement jusqu'à la dernière minute et, plus d'une fois, on dut le ramener chez lui, ivre mort et ronflant bruyamment.

Le sort voulut que Peter et Ben furent liés l'un à l'autre pour la course en sac qu'ils allaient remporter... d'une bien plus courte avance qu'il ne l'aurait semblé au début pourtant. Alors qu'ils menaient de six bonnes longueurs, ils firent une mauvaise chute et Peter se coupa le bras.

– Je suis désolé, mon Prince ! s'écria Ben.

Il était livide et pensait sans doute déjà aux sombres donjons (je sais que ses parents qui observaient nerveusement y pensaient, eux, et Andy Staad aimait à grogner que sans la malchance, il n'aurait pas de chance du tout) ou, plus vraisemblablement, il était sincèrement peiné de la blessure qu'il s'imaginait avoir causée, à moins qu'il ne fût simplement surpris de voir que le sang du prince était aussi rouge que le sien.

– Ne fais pas l'idiot, dit Peter, agacé. C'était ma faute, pas la tienne. J'ai perdu l'équilibre. Lève-toi, et vite, ils nous rattrapent !

Les deux garçons, transformés en un drôle d'animal à trois pattes dans le sac où la jambe droite de Peter et la jambe gauche de Ben étaient attachées, réussirent à se relever et à continuer. Tous deux, cependant, étaient assez essoufflés par la chute, et leur avance confortable s'était réduite à une peau de chagrin. En approchant de la ligne d'arrivée où la foule des fermiers acclamait joyeusement les participants (sans parler de Roland qui se tenait parmi eux sans le moindre sentiment de malaise ni l'impression qu'il ne se trouvait pas à sa place), deux garçons de ferme costauds et en sueur commençaient à se rapprocher dangereusement. Il semblait presque inévitable qu'ils dépassent Peter et Ben dans les dix derniers mètres de la course.

– Plus vite, Peter ! hurla Roland, brandissant un gigantesque bock d'hydromel avec un tel enthousiasme qu'il en renversa la moitié sur sa tête, ce qu'il ne remarqua même pas dans son agitation. Allez, vas-y ! Saute comme un lapin ! Vite, comme un lapin, mon fils ! Ces gros lards te collent au train !

La mère de Ben se mit à gémir, maudissant le sort qui avait lié ainsi son fils à Peter.

– S'ils perdent, murmura-t-elle, notre Ben sera jeté dans les oubliettes du donjon.

– Tais-toi, femme, dit Andy. Il n'en fera rien, c'est un bon roi.

Il le croyait vraiment, mais il avait peur malgré tout. La chance des Staad, après tout, ce n'était que de la malchance.

Cependant, Ben se mit à rire. Il arrivait à peine à y croire, mais le fait était là !

– Comme un lapin, il a dit ?

Peter se mit à glousser, lui aussi. Ses jambes le faisaient terriblement souffrir, du sang coulait le long de son bras, et son visage, qui commençait à rougir de manière intéressante, était trempé de sueur. Mais il était incapable de se maîtriser.

– Oui, c'est ça.

– Alors, hop, hop !

Ils ne ressemblaient guère à des lapins en franchissant la ligne d'arrivée, mais plutôt à un couple de corbeaux éclopés. Cela tenait du miracle qu'ils ne soient pas tombés, mais ils tenaient debout. Ils firent trois petits sauts maladroits. Le troisième les emmena de l'autre côté de la ligne d'arrivée, où ils s'écroulèrent, tordus de rire.

– Espèce de lapin ! cria Ben en montrant Peter du doigt.

– Lapin toi-même ! s'écria Peter en faisant le même geste.

Ils se prirent par l'épaule en riant toujours aux éclats et les fermiers les portèrent sur leurs épaules jusqu'à Roland, qui leur enfila un ruban bleu autour du cou et leur versa le reste de son hydromel sur la tête, sous les acclamations et les hourras de la foule. (Andy Staad était parmi eux, et porter en même temps son fils et le fils du roi fut une des choses qu'il n'oublia jamais.) De mémoire d'homme, on n'avait jamais vu course aussi extraordinaire.

Les deux garçons passèrent le reste de la journée ensemble et, cela devint vite clair, ne seraient que trop heureux de passer le reste de leur vie ensemble. Comme un enfant de huit ans a déjà ses devoirs à remplir – et si c'est un futur roi, il risque bien d'en avoir encore plus – ils ne pouvaient pas se voir autant qu'ils l'auraient voulu, mais ils profitaient du moindre moment libre.

Certains regardaient cette amitié avec mépris et disaient qu'un futur roi n'avait pas à se lier avec un garçon qui ne valait guère mieux qu'un simple métayer. Pourtant, la plupart la considéraient avec bienveillance. Plus d'une fois, dans les bars à hydromel de Delain, on entendit que Peter avait hérité du meilleur de ses deux parents : l'intelligence de sa mère et l'amour du peuple de son père.

Apparemment, Peter était dépourvu de méchanceté. Il n'avait jamais arraché les ailes des mouches ni attaché de casseroles à la queue d'un chien pour le faire courir. En fait, il intervint même pour sauver la vie d'un cheval que Yosef, le palefrenier en chef du roi, voulait abattre... D'ailleurs, c'est en entendant ce récit que Flagg, le magicien, commença à avoir peur du fils aîné du roi et à penser qu'il ne lui restait peut-être plus aussi longtemps qu'il le croyait avant d'avoir à l'éliminer. Effectivement, dans cette affaire de cheval à la jambe cassée, Peter avait fait preuve d'un courage et d'une détermination que Flagg n'appréciait pas du tout.

14

Un jour, Peter traversait la cour de l'écurie quand il vit un cheval attaché à la balustrade devant la grange. Il tenait une de ses jambes arrière en l'air. Tandis que Peter l'observait, Yosef cracha dans ses mains et ramassa une lourde masse. Ses intentions étaient évidentes. Peter était à la fois terrifié et scandalisé. Il se précipita vers Yosef.

– Qui t'a dit de tuer ce cheval ? demanda-t-il.

Yosef, la soixantaine, robuste et hardi, était une figure de proue du palais. Il n'était pas du genre à s'en laisser conter par quelque petit morveux, prince ou pas. Il lança à Peter un regard fulminant destiné à lui faire perdre contenance. Peter, qui avait tout juste neuf ans à l'époque, rougit un peu, mais ne flancha pas. Il lui semblait que les doux yeux bruns de l'animal lui disaient : *Qui que tu sois, tu es mon seul espoir. Aide-moi, je t'en supplie !*

– Mon père, son père avant lui, oui, son père avant lui, dit Yosef, voyant qu'il serait bien obligé de s'expliquer qu'il le veuille ou non, c'est eux qui m'ont dit de le tuer. Un cheval avec une patte cassée ne vaut plus rien, et il est le premier à en souffrir, dit-il en soulevant sa masse. Tu crois que ce marteau est une arme meurtrière, mais quand tu seras plus grand, tu comprendras ce qu'elle est vraiment... une bénédiction. Maintenant, recule, sinon tu vas te faire éclabousser.

Il prit la masse à deux mains.

– Repose ça, dit Peter.

Yosef était abasourdi. Jamais personne ne lui avait donné d'ordre sur ce ton.

– Eh là ! qu'est-ce que tu dis ?

– Tu m'as parfaitement entendu. Je t'ai dit de poser ce marteau.

Quand il prononça ces mots, la voix de Peter devint plus grave. Soudain, Yosef se rendit compte que c'était le futur roi, là, dans sa cour poussiéreuse, qui exigeait qu'on obéisse à ses ordres. Si Peter avait simplement ajouté... si Peter avait crié quelque chose comme : *Pose ça, pose ça tout de suite, un jour je serai roi, roi, tu m'entends, alors, pose ça tout de suite !* Yosef aurait eu un rire méprisant, aurait craché dans ses mains et mis fin à la vie de l'animal d'un seul geste de ses bras musclés. Mais Peter n'avait pas besoin d'en rajouter ; son ton et ses yeux suffisaient à montrer son autorité.

– Ton père entendra parler de ça mon petit Prince !

– Et quand il l'entendra de toi, il sera déjà au courant par ma bouche, répondit Peter. Je te laisserai retourner à ton travail sans autre protestation si tu m'autorises à te poser une question et que tu puisses y répondre par oui, seigneur palefrenier.

– Pose donc ta question, dit Yosef, impressionné par le garçon, presque malgré lui.

Quand Peter avait dit à Yosef qu'il parlerait lui-même de l'incident à son père, Yosef l'avait cru ; la vérité nue se lisait dans le regard du garçon. Et puis, personne ne l'avait jamais appelé seigneur palefrenier auparavant, et ce titre lui plaisait beaucoup.

– Est-ce que le médecin des chevaux a examiné cet animal ?

Yosef en resta abasourdi.

– C'est ça, ta question ? C'est ça ?

– Oui.

– Grands dieux de l'enfer ! s'écria-t-il. Voyant que Peter flageolait sur ses jambes, il s'accroupit devant lui et tenta de s'expliquer. Un cheval avec une jambe cassée est un moribond, Votre Altesse, un moribond. Ça ne se répare jamais correctement. Il risque de faire un empoisonnement du sang. Et des douleurs, des douleurs *horrrribles ! Horrrribles !* À la fin, son pauvre cœur va éclater, ou alors il a la cervelle en feu et devient fou.

Alors, maintenant, tu comprends pourquoi je te disais que c'était une arme de miséricorde et non de meurtre ?

Peter réfléchit longuement, le visage grave, la tête baissée. Yosef garda le silence, toujours accroupi devant le prince, dans une attitude proche de la déférence, et le laissa courtoisement prendre tout son temps.

Peter releva la tête et demanda :

– Tu dis que tout le monde sait cela ?

– Oui, tout le monde, Son Altesse. Mon père et...

– Alors, allons voir ce que le médecin des chevaux en pense.

– Oh ! Fi donc ! souffla le palefrenier, et il envoya sa masse voler de l'autre côté de la cour. Elle atterrit dans l'enclos à cochons et les animaux grognèrent, crièrent et l'injurièrent dans leur charabia de cochons. Tout comme Flagg, Yosef, qui n'avait pas l'habitude d'être contredit, ne tenait aucun compte de l'avis des autres.

Il se leva et s'éloigna. Peter observa Yosef, visiblement troublé, sûr d'avoir fait quelque chose de répréhensible et d'être sévèrement fouetté pour sa peine. À mi-chemin, le maître palefrenier tourna la tête, un léger sourire triste et réticent éclairant son visage, comme un unique rayon de soleil par une matinée grisâtre.

– Allez, va le chercher ton médecin ! dit-il. Va le chercher toi-même ! Tu trouveras l'infirmerie au bout de la troisième allée Est. Je te donne vingt minutes. Si tu n'es pas revenu à temps, j'écrase la cervelle de ton cheval, prince ou pas prince !

– Merci, seigneur palefrenier ! cria Peter en courant.

Quand il revint avec le jeune médecin des chevaux, essoufflé et pantelant, Peter était presque sûr que le cheval était déjà mort ; le soleil lui indiquait qu'il s'était écoulé trois fois vingt minutes. Mais curieusement, Yosef avait attendu.

Le soin des chevaux, comme la médecine vétérinaire, était une science toute nouvelle à Delain et ce jeune médecin n'était que le troisième ou le quatrième à pratiquer cet art, si bien que le regard de méfiance de Yosef n'avait rien de surprenant. Le médecin n'était pas non plus très heureux de s'être fait arracher de son infirmerie par le jeune prince en sueur, aux yeux écarquillés, mais il se sentait un peu moins irrité à présent qu'il avait un patient. Il s'agenouilla devant le cheval blessé et palpa gentiment la jambe cassée, tout en chantonnant. À un moment donné, le médecin lui fit mal et le cheval trépigna.

– Tout doux, tout doux, là, dit le médecin d'une voix posée. Le cheval se calma.

Peter observait la scène, plein d'inquiétude. Yosef attendait près de sa masse, les bras croisés sur la poitrine. Il commençait à avoir meilleure opinion du médecin. L'homme était jeune effectivement, mais ses gestes prouvaient sa douceur et sa compétence.

Finalement, le médecin se redressa en hochant la tête et frotta ses mains poussiéreuses.

– Alors ? demanda Peter.

– Il faut l'abattre, dit sèchement le médecin à Yosef sans tenir compte de l'enfant.

Yosef ramassa sa masse sur-le-champ, car il ne s'attendait pas à une autre conclusion. Pourtant, il n'éprouva aucune satisfaction à voir qu'il ne s'était pas trompé ; le regard de détresse du garçon le toucha droit au cœur.

– Attends ! s'écria Peter.

Et bien que son visage fût absolument terrifié, il eut de nouveau cette profondeur dans la voix qui le faisait paraître beaucoup, beaucoup plus vieux.

Le médecin des chevaux le regarda, surpris.

– Vous croyez qu'il va mourir d'un empoisonnement du sang ? demanda Peter.

– Quoi ? répondit le docteur, regardant Peter avec une toute nouvelle attention.

– Il va mourir d'un empoisonnement du sang si on ne l'abat pas tout de suite ? Sa cervelle va éclater ? Il va devenir fou ?

Le médecin était vraiment intrigué.

– De quoi parles-tu ? Empoisonnement du sang ? Il n'est pas question d'empoisonnement du sang ! En fait, la blessure se cicatrise plutôt proprement. (Il regarda Yosef avec dédain.) J'ai déjà entendu ce genre d'histoire. Il n'y a pas un mot de vrai dans tout cela.

– Dans ce cas, vous avez encore beaucoup à apprendre, mon jeune ami, dit Yosef.

Peter ne tint aucun compte de cette remarque. C'était à son tour d'être abasourdi.

– Alors, pourquoi dire au maître palefrenier de tuer un cheval qui peut guérir ?

– Votre Altesse, dit le médecin d'un ton brusque, il

faudrait panser ce cheval matin et soir plus d'un mois pour éviter l'infection. Cela pourrait encore se faire, mais à quoi bon ? Le cheval boiterait toujours. Un cheval boiteux ne peut pas travailler. Un cheval boiteux ne peut pas courir pour que les paresseux puissent faire des paris. Un cheval boiteux ne peut que manger sans jamais gagner sa pitance. C'est pourquoi il faut le tuer.

Il sourit, content de lui. Il avait prouvé le bien-fondé de sa décision.

Alors, tandis que Yosef reprenait sa masse, Peter dit :

– C'est moi qui le panserai. Si jamais un jour je ne peux pas, alors, Ben Staad s'en chargera. Et ce sera un bon cheval car ce sera mon cheval, et je le monterai, même s'il boite à m'en donner le mal de mer.

Yosef éclata de rire et donna une claque dans le dos de Peter d'une telle violence que ses dents grincèrent.

– Ton cœur est aussi généreux que courageux, mon garçon, mais les jeunes gens sont encore plus prompts à oublier leurs promesses qu'à les faire. Je sais bien que tu ne tiendras pas la tienne.

Peter le regarda calmement.

– Ce ne sont pas des paroles en l'air.

Yosef cessa immédiatement de rire. Il regarda Peter attentivement et s'aperçut que le prince pensait vraiment ce qu'il disait... ou du moins en était sincèrement convaincu. Il n'y avait pas la moindre lueur de doute sur ce visage.

– Bon, je ne vais pas passer la journée là-dessus, dit le médecin, reprenant son ton cinglant et imbu de lui-même. Je vous ai donné mon diagnostic. Je présenterai ma note au Trésor au moment voulu... Peut-être préférerez-vous payer sur vos propres deniers, Votre Altesse ? De toute façon, quelle que soit votre décision, la suite ne me regarde pas. Au revoir.

Peter et le maître palefrenier le regardèrent traverser la cour de l'écurie, une ombre longue de fin d'après-midi traînant derrière ses talons.

– Quel petit vaniteux, dit Yosef quand le médecin, de l'autre côté de la porte, fut hors de portée de voix et donc dans l'incapacité de le contredire.

– Croyez-moi, Votre Altesse, et épargnez-vous bien du souci. Je n'ai jamais vu de cheval à la jambe cassée ne pas faire d'empoisonnement du sang. Dieu en a décidé ainsi...

– Je veux en parler à mon père, dit Peter.

– Je pense que cela serait sage, dit Yosef lourdement, mais en voyant Peter s'éloigner, Yosef sourit.

Le garçon arriverait à ses fins. Son père mettrait un point d'honneur à le faire fouetter pour avoir interféré dans le monde des adultes, mais le maître palefrenier savait que, dans son vieil âge, Roland éprouvait une grande tendresse envers ses deux fils, peut-être même plus envers Peter qu'envers Thomas, et il était persuadé que le garçon aurait son cheval. Bien sûr, il aurait le cœur brisé quand il mourrait, mais comme le médecin l'avait si justement dit, cela ne le regardait pas. Il savait entraîner les chevaux, que l'éducation des princes soit laissée en d'autres mains.

Peter fut effectivement fouetté pour s'être mêlé des affaires du maître palefrenier et, bien que cela n'apportât guère de réconfort à son derrière brûlant, il comprit que son père lui avait fait un grand honneur en lui administrant lui-même le châtiment, au lieu d'avoir confié cette tâche à quelque serviteur qui aurait cherché les faveurs du prince en ayant la main légère.

Peter ne put pas dormir sur le dos pendant trois jours et fut incapable de s'asseoir aux repas pendant plus d'une semaine, mais le maître palefrenier avait raison en ce qui concernait le cheval : Roland autorisa Peter à le garder.

– Tu n'auras pas à le panser très longtemps, Peter. Si Yosef dit qu'il va mourir, il mourra.

Roland avait le visage livide et ses vieilles mains tremblaient un peu. Le fouet lui avait infligé plus de peine qu'à Peter, car, en fait, c'était son préféré... bien que Roland s'imaginât un peu bêtement être le seul à le savoir.

– Je ne sais pas, répondit Peter. Il me semblait que ce médecin des chevaux savait de quoi il parlait.

Effectivement, il s'avéra que le médecin avait eu raison. Le cheval n'eut pas d'empoisonnement du sang, il ne mourut pas, et, une fois guéri, il boita si peu que même Yosef dut admettre que c'était imperceptible.

– Du moins, quand il est encore frais, avoua-t-il.

Peter fut plus que zélé pour soigner son cheval et y consacrait une attention quasi religieuse. Il changeait le pansement trois fois par jour et encore une quatrième avant d'aller se coucher. Ben Staad le remplaça effectivement de temps en temps, mais en de très rares occasions. Peter appela le cheval Poeny, et ils devinrent très bons amis.

Flagg avait assurément eu raison sur un point quand il avait conseillé au roi d'interdire à Peter de jouer avec la maison de poupée : les serviteurs étaient partout, voyaient tout et avaient la langue bien pendue. Certains avaient assisté à la scène dans la cour de l'écurie, mais si tous les serviteurs qui prétendaient avoir été présents avaient dit vrai, il y aurait eu une véritable foule entassée devant les écuries par cette chaude journée d'été. C'était loin d'être le cas, bien sûr, mais que tant de personnes prennent la peine de mentir prouvait l'intérêt que l'on portait à Peter. Ils en parlèrent tellement que cela devint en quelque sorte la huitième merveille de Delain. Yosef le racontait, lui aussi, ainsi que le jeune médecin des chevaux. Tout ce qui se disait parlait en faveur du jeune prince. Les paroles de Yosef, en particulier, avaient beaucoup de poids, car il était fort respecté. Il se mit à appeler Peter : le jeune roi, ce qu'il n'avait jamais fait auparavant.

– Je crois que Dieu a épargné le bourrin car le jeune roi l'a défendu courageusement, disait-il. Et puis, il l'a pansé comme un véritable esclave. Un brave garçon, oui, un véritable cœur de dragon. Il sera roi un jour, c'est une bonne chose. Ah ! il faudrait que vous l'ayez entendu me dire de reposer cette masse !

C'était un récit passionnant, effectivement, et Yosef trinqua à cette histoire pendant les sept années qui suivirent... jusqu'à ce que Peter fût arrêté pour un crime odieux, déclaré coupable et condamné à être emprisonné dans la cellule au sommet de l'Aiguille pour le restant de ses jours.

15

Peut-être vous demandez-vous qui était Thomas, et lui attribuez-vous déjà un bien vilain rôle comme partie prenante dans les projets de Flagg pour détourner la couronne de son véritable destinataire ?

Ce n'était pas vraiment le cas, bien que certains

eussent toujours ce sentiment. Mais il est vrai que Thomas y a joué un rôle. Je dois bien admettre qu'il ne donnait guère l'impression d'être un bon garçon, du moins, pas au premier coup d'œil. Ce n'était pas un bon garçon dans la mesure où Peter était un bon garçon. Mais aucun frère n'aurait semblé à la hauteur à côté d'un Peter, et Thomas s'en rendit compte dès l'âge de quatre ans. C'était l'année de la fameuse course en sac et de l'incident de l'écurie. Peter mentait rarement et ne trichait jamais. Il était gentil et intelligent, grand et beau. Il ressemblait à sa mère que le peuple de Delain avait tant aimée.

Comment rivaliser avec tant de bonté ? À question facile, réponse facile : c'était impossible !

Contrairement à Peter, Thomas était le portrait tout craché de son père. Cela faisait un peu plaisir au vieil homme, mais cela ne lui procurait pas la satisfaction incommensurable que la plupart des hommes éprouvent devant un fils qui leur ressemble à s'y méprendre. Regarder Thomas, c'était un peu comme regarder un miroir magique. Il savait que les beaux cheveux blonds de son fils deviendraient vite blancs et tomberaient avant l'âge ; Thomas serait chauve avant la quarantaine. Il resterait petit, et s'il avait la même soif de bière et d'hydromel que son père, il aurait une bedaine à trente-cinq ans. Déjà, ses pieds commençaient à tourner en dedans, et Roland aurait juré qu'il allait attraper la même démarche maladroite et arquée que lui.

Thomas n'était pas ce qu'on appelle un bon garçon, mais n'allez pas penser que c'était un mauvais garçon pour autant. Parfois il était triste, souvent il avait l'esprit embrouillé (ça aussi, d'une autre manière, il le tenait de son père ; quand il réfléchissait, il avait l'impression d'avoir de gros cailloux qui roulaient dans sa tête et son nez se pinçait), il était jaloux aussi, mais ce n'était pas un mauvais garçon.

De qui était-il jaloux ? Oh ! de son frère, bien sûr ! Il était jaloux de Peter. Comme si cela ne suffisait pas que Peter soit le futur roi, oh ! non ! Cela ne suffisait pas que leur père préfère Peter, que les serviteurs préfèrent Peter, que les précepteurs préfèrent Peter, toujours prêt à apprendre ses leçons sans qu'on le pousse. Cela ne suffisait pas que tout le monde aime mieux Peter, ou que Peter ait ce que l'on appelle un meilleur ami. Il y avait encore autre chose.

Quand les gens regardaient Thomas, son père le roi encore plus que les autres, il les entendait penser : *Nous aimions tendrement ta mère et tu l'as tuée en venant au monde. Et qu'est-ce qu'on a eu en échange de la douleur et de la mort ? Un petit garçon idiot avec un visage tout rond et quasiment pas de menton, un petit garçon idiot qui ne connaît même pas quinze de ses grandes lettres à huit ans ! Qu'est-ce qu'on a eu à la place ? Pas grand-chose. Pourquoi es-tu venu au monde, Thomas ? À quoi sers-tu ? Un héritier de secours ? C'est tout ce que tu es. Un héritier de secours au cas où le précieux Peter tomberait de son cheval boiteux et se fracasserait la tête ? C'est tout ? On ne veut pas de toi, personne ne veut de toi. Personne ne veut de toi...*

Le rôle que Thomas a joué dans l'emprisonnement de son frère est peu honorable, mais cela n'en fait pas un mauvais garçon.

Je le crois sincèrement et j'espère qu'au moment voulu vous en serez convaincu aussi.

16

Un jour, alors qu'il avait sept ans, Thomas passa toute la journée à travailler dans sa chambre pour sculpter un voilier miniature à son père. Il n'avait aucun moyen de savoir que, ce même jour, Peter s'était couvert de gloire au tir à l'arc, sous les yeux du roi. D'habitude, Peter n'était pas un très bon archer – dans ce domaine, au moins, Thomas se montrait bien supérieur à son aîné –, mais, ce jour-là, Peter avait atteint toutes les cibles sous le coup d'une soudaine inspiration. Thomas était un enfant triste, un enfant à l'esprit troublé et, souvent aussi, un enfant malchanceux.

Il avait songé à ce bateau, car parfois, le dimanche après-midi, son père aimait se promener autour de la douve et y faire voguer des maquettes de bateaux. Ces plaisirs tout simples apportaient beaucoup de bonheur au roi, et Thomas n'avait jamais oublié le jour où son père l'avait emmené avec lui, lui, tout seul ! À cette époque, Roland avait un conseiller dont la seule tâche consistait à lui apprendre à faire des bateaux de papier et le roi s'était pris d'enthousiasme pour cette activité. Cette après-midi-là, une vieille carpe blanchie par les ans sortant des eaux boueuses n'avait fait qu'une bouchée d'un des bateaux. Roland avait éclaté de rire comme un garçonnet et s'était exclamé que c'était encore mieux que les histoires de monstres marins. En disant cela, il avait serré Thomas très fort dans ses bras. Thomas n'oublierait jamais ce jour-là – le soleil éclatant, les fragrances légèrement moisies et humides de la douve, la chaleur des bras de son père, la rugosité de sa barbe.

Un jour, donc, se sentant particulièrement solitaire, il avait songé à fabriquer un voilier pour son père. Ce ne serait pas une œuvre d'art, Thomas le savait, il était presque aussi malhabile avec ses mains que pour se souvenir de ses leçons. Il savait aussi que, s'il le désirait, son père pouvait s'attacher les services des meilleurs artisans, y compris le grand Ellender pratiquement aveugle à l'époque. La grande différence, pensait Thomas, c'était surtout que lui, son fils, aurait passé toute une journée à lui fabriquer un bateau pour sa grande joie du dimanche après-midi.

Thomas resta patiemment assis près de la fenêtre à sculpter son bateau dans un morceau de bois. Il se servit d'un couteau pointu, se piqua un nombre incalculable de fois et se coupa même assez gravement. Pourtant, il continua, que ses mains lui fissent mal ou non. Tout en travaillant, il rêvait au dimanche où lui et son père iraient faire voguer le petit bateau, tous les deux, seuls, car Peter serait parti en promenade avec Poeny ou s'amuserait avec Ben. Et peu importait si la vieille carpe revenait et engloutissait son bateau de bois, car cela ferait rire Roland qui prendrait son fils dans ses bras en disant que c'était encore mieux que les histoires de monstres marins qui avalaient des bateaux anduais tout ronds.

Pourtant, quand il arriva dans les appartements du roi, Peter était là, et Thomas dut attendre près d'une demi-heure, le bateau caché derrière son dos, tandis que son père s'extasiait devant les talents d'archer de son frère. Thomas voyait bien que Peter se sentait mal à l'aise sous ce flot de louanges. Il voyait aussi que Peter avait compris que Thomas voulait parler à leur père et qu'il essayait de le prévenir. Cela n'avait pas d'importance, rien n'avait d'importance. Thomas le détestait de toute façon.

Finalement, Peter fut autorisé à s'échapper. Thomas s'approcha de son père qui le regardait avec une certaine gentillesse à présent que Peter était parti.

– Papa, je t'ai fait quelque chose, dit-il, soudainement timide. Il tenait toujours le bateau derrière son dos et soudain ses mains devinrent toutes moites et collantes.

– Ah oui ? C'est très gentil de ta part, Tommy. C'est vraiment gentil, pas vrai ?

– Très gentil, Messire, dit Flagg qui se trouvait dans les parages.

Il avait parlé d'un air détaché, mais il observait attentivement Thomas.

– Qu'est-ce que c'est, mon garçon ? Montre-moi !

– Je me suis souvenu à quel point tu aimais faire voguer un ou deux bateaux sur la douve le dimanche après-midi, papa, et... Il avait désespérément envie de dire : *Et je voudrais que tu m'emmènes avec toi de temps en temps, alors, je t'ai fait ça...*

– ... alors je t'ai fabriqué un bateau... Ça m'a pris toute la journée... je me suis coupé... et... et...

Assis près de la fenêtre à sculpter son bateau, Thomas avait préparé un long discours, fort éloquent, qu'il prononcerait devant son père avant de lui présenter en grande pompe le bateau caché dans son dos. Mais il en avait presque oublié jusqu'au dernier mot, et ce dont il se souvenait lui semblait ridicule.

La gorge affreusement nouée, il présenta le bateau avec sa voile branlante et le donna à Roland. Le roi le retourna dans sa grosse main aux doigts courts. Thomas l'observait, sans s'apercevoir qu'il en oubliait de respirer.

Finalement, Roland leva les yeux.

– C'est très joli, très joli, Tommy. Un canoë, c'est ça ?

– Un voilier.

Tu ne vois donc pas la voile ! avait-il envie de crier. *Cela m'a pris une heure rien que pour faire les nœuds, et ce n'est pas ma faute s'il y en a un qui s'est défait et qu'elle vole au vent !*

Le roi toucha la voile à demi détachée que Thomas avait découpée dans une taie d'oreiller.

– Ah ! oui... bien sûr, un voilier ! Au début, j'ai cru

que c'était un canoë et que c'était la lessive d'une fille d'Oranie qui pendait.

Il jeta un coup d'œil à Flagg qui sourit vaguement sans rien dire. Soudain, Thomas fut pris d'une envie de vomir.

Roland regarda son fils plus sérieusement et lui fit signe d'approcher. Craintivement, espérant le meilleur, Thomas obéit.

– C'est un bon bateau, Tommy. Lourd, comme toi, un peu maladroit, comme toi, mais bon, comme toi. Et si tu veux vraiment me faire un beau cadeau, travaille ton tir à l'arc pour obtenir une médaille comme Peter aujourd'hui.

Thomas *avait* obtenu une médaille l'année précédente dans la classe des petits, mais, dans sa joie devant les succès de Peter, son père semblait l'avoir oublié. Thomas ne le lui rappela pas. Il resta planté là, à regarder le bateau dans les grosses mains de son père. Ses joues et son front avaient pris la couleur des vieilles briques.

– Quand il n'y avait plus que deux garçons en course, Peter et le fils de sire Towson, l'instructeur a déclaré qu'ils devaient reculer de quarante pas. Le fils de Towson a baissé les yeux, mais Peter a reculé jusqu'à la marque et a sorti sa flèche. Quand j'ai vu l'étincelle dans ses yeux, j'aurais juré qu'il avait gagné. Grands dieux ! il n'avait pas encore tiré et il avait déjà gagné ! Et il a gagné ! c'est moi qui te le dis ! Dommage que tu n'aies pas vu ça, Thomas ! dommage...

Le roi continua, posant le bateau sur lequel Thomas avait travaillé toute la journée sans même lui accorder un second regard. Thomas écouta en souriant mécaniquement, avec cette rougeur stupide qui ne lui quittait plus les joues. Son père ne prendrait jamais la peine d'emporter le bateau qu'il s'était donné tant de mal à fabriquer. Pour quoi faire ? Le bateau était hideux et donnait envie de vomir ; d'ailleurs, c'était exactement ce que Thomas ressentait. Peter en aurait sans doute fait un beaucoup plus beau les yeux bandés, et en deux fois moins de temps. De toute façon, leur père le trouverait plus beau !

Une éternité plus tard, Thomas eut le droit de s'en aller.

– Je crois que ce pauvre garçon s'est donné beaucoup de mal, remarqua Flagg, de manière insouciante.

– Oui, je m'en doute, dit Roland. Quelle horreur, n'est-ce pas ? On dirait une crotte de chien avec un mouchoir collé dessus.

Et ça ressemble à quelque chose que j'aurais pu faire quand j'avais son âge, pensa Roland intérieurement.

Thomas n'entendait pas les pensées... mais une bizarrerie acoustique lui apporta les mots de Roland au moment où il quittait le grand hall. Soudain, l'horrible pression verdâtre dans son estomac empira. Il se précipita dans sa chambre et alla vomir dans la cuvette.

Le lendemain, alors qu'il se promenait vers les cuisines, Thomas observa un chien estropié qui fouillait dans les poubelles. Il saisit un caillou et le lui lança. La pierre frappa droit au but. Le chien jappa et tomba, gravement blessé. Thomas savait que son frère, bien que de cinq ans son aîné, aurait été incapable d'atteindre une cible cinq fois plus proche, mais c'était une maigre consolation, car Thomas savait que Peter n'aurait jamais lancé de pierre à un pauvre chien affamé, surtout aussi vieux et mal en point que celui-là.

Pendant un instant, Thomas se sentit plein de compassion et il en eut les larmes aux yeux. Mais, sans raison, il repensa aux paroles de son père : *On dirait une crotte de chien avec un mouchoir collé dessus.* Il ramassa une poignée de cailloux et alla à l'endroit où le chien était allongé sur le flanc, estourbi et saignant d'une oreille. Une partie de lui avait envie de le laisser en paix, ou peut-être de le soigner comme Peter l'avait fait pour Poeny, d'en faire son chien à lui et de l'aimer pour toujours. Mais une autre partie de lui avait envie de faire mal, comme si la souffrance du chien pouvait réduire la sienne. Il se tint au-dessus de l'animal, toujours indécis, quand soudain lui vint une pensée : *Et si ce chien, c'était Peter ?*

Sa décision était prise. Thomas jeta des pierres jusqu'à ce que le chien mourût. Personne ne le vit, mais si quelqu'un l'avait vu, il ou elle aurait pensé : *Voici un bien mauvais garçon... un garçon diabolique.* Mais la personne qui n'aurait assisté qu'à ce meurtre cruel n'aurait rien su de ce qui s'était passé la veille, n'aurait pas vu Thomas vomir dans la cuvette et pleurer amèrement. Thomas avait souvent l'esprit embrouillé, c'était un garçon triste et malchanceux, mais j'en reste à ce que j'ai dit, ce n'était pas un mauvais garçon, pas vraiment.

J'ai dit également que personne n'avait assisté au meurtre du chien, mais ce n'était pas tout à fait vrai. Flagg le vit, ce soir-là, dans sa boule de cristal. Il vit tout... et cela lui fit extrêmement plaisir.

17

Roland... Sasha... Peter... Thomas. Maintenant, il ne nous reste plus qu'à parler d'un seul personnage. Le cinquième ; un personnage ombrageux. Il est temps de parler de Flagg, aussi terrible que cela puisse être.

Parfois, les habitants de Delain l'appelaient Flagg la Capuche ; parfois, tout simplement l'Homme noir car, malgré son teint livide, c'était un personnage fort sombre. On le disait bien conservé, mais on prononçait ces mots pour exprimer une sorte de malaise plutôt qu'un compliment. Il avait quitté Garlan pour venir à Delain à l'époque du grand-père de Roland. À ce moment-là, il avait l'allure d'un homme mince et austère d'environ la quarantaine. À présent, dans les dernières années du règne de Roland, il avait l'allure d'un homme mince et austère de la cinquantaine. Pourtant, ce n'étaient pas dix ni même vingt ans qui s'étaient écoulés, mais soixante-seize ans ! Les bébés qui tétaient encore le sein de leur mère et faisaient leurs premières dents quand Flagg était arrivé, avaient grandi, s'étaient mariés, avaient eu des enfants, avaient vieilli et perdu leurs dents avant de mourir dans leurs lits ou au coin du feu. Et pendant tout ce temps, Flagg ne semblait avoir pris que dix ans. C'était de la sorcellerie, murmurait-on, et, bien sûr, c'était une bonne chose d'avoir un magicien à la cour, un vrai magicien et non pas un illusionniste de foire qui savait cacher des pièces de monnaie dans sa main ou faire sortir une colombe endormie de sa manche. Pourtant, au plus profond de leur cœur, les gens savaient qu'il n'y avait rien de bon chez Flagg. Quand les sujets de Delain le voyaient arriver, ses petits yeux rouges observant tout bien à l'abri dans leur capuchon, ils se trouvaient soudain quelque chose de très important à faire à l'autre bout de la rue.

Venait-il réellement de Garlan, ce pays aux lointains horizons et aux montagnes brumeuses et pourpres ? Je n'en sais rien. C'était et c'est encore une terre magique avec des tapis volants, où parfois de saints hommes hissent des cordes du fond d'un panier d'osier et y grimpent pour disparaître à jamais une fois arrivés au sommet. Bien des érudits assoiffés de connaissances ont quitté des contrées plus civilisées comme Delain ou Andua pour se rendre à Garlan. Mais la plupart ont disparu aussi totalement et aussi définitivement que les saints hommes mystérieux sur leurs cordes flottantes, et ceux qui en sont revenus avaient beaucoup changé, et pas toujours en mieux. Oui, Flagg venait peut-être de Garlan, mais si c'était la vérité, cela ne s'était pas passé sous le règne du grand-père de Roland, mais beaucoup, beaucoup plus tôt.

En fait, Flagg était souvent venu à Delain. Il venait chaque fois sous un nom différent, mais toujours avec le même fardeau de tristesse, de malheur et de mort. Cette fois, il se faisait appeler Flagg. La fois précédente, il était connu sous le nom de Bill Hinch et il était le maître bourreau du roi. Bien que cette époque remontât à plus de deux cent cinquante ans, les mamans brandissaient toujours ce nom pour faire peur aux enfants pas sages.

– Si tu n'arrêtes pas de crier, Bill Hinch va venir te chercher, disaient-elles.

En servant de bourreau à trois des rois les plus sanguinaires de toute l'histoire de Delain, Bill Hinch avait, de sa hache sanglante, mis fin à la vie de centaines, voire de milliers de prisonniers.

Lors de son avant-dernier séjour, quatre cents ans avant l'époque de Roland et de ses fils, il se faisait passer pour un chanteur du nom de Brownson et devint le premier conseiller du roi et de la reine. Brownson disparut comme un nuage de fumée après avoir déclenché une longue guerre impitoyable entre Delain et Andua.

Et la fois d'avant...

Mais pourquoi continuer ? Je ne suis pas sûr de pouvoir y arriver, même si je le voulais. Quand cela devient trop long, même les conteurs perdent le fil de leur récit. Flagg se montrait toujours sous un visage différent, avec de nouveaux tours dans son sac, mais il y avait deux choses en lui qui ne changeaient jamais. Il portait toujours un capuchon et ne semblait pas avoir de visage, et, s'il ne devint jamais roi, c'était toujours lui qui déversait du poison à l'oreille du souverain.

Qui était-il en réalité, cet Homme noir?

Je l'ignore.

Où allait-il entre ses passages à Delain?

Je l'ignore également.

Ne l'a-t-on jamais soupçonné?

Si, parfois. Le plus souvent c'étaient des historiens et des conteurs, comme moi, qui avaient la puce à l'oreille. Ils se doutaient que l'homme qui se faisait appeler Flagg était déjà venu à Delain auparavant, et toujours muni de mauvaises intentions.

Mais ils avaient peur de parler. Un homme qui pouvait vivre parmi eux pendant soixante-seize ans alors qu'il ne semblait avoir vieilli que de dix ans était de toute évidence un véritable magicien. Et un homme qui avait vécu dix fois plus longtemps – au minimum – ne pouvait être que le diable en personne.

Que voulait-il? Je crois que je peux répondre à cette question.

Il voulait ce que veulent tous les méchants : avoir le pouvoir et s'en servir pour faire le mal. Être roi ne l'intéressait pas, car les têtes des rois se retrouvaient trop souvent accrochées aux flèches sur les remparts du château quand les choses tournaient mal. Mais les conseillers... les hommes des ténèbres... ces gens-là s'évanouissaient comme les ombres à l'aurore dès que la hache du bourreau tombait. Flagg était une véritable maladie, une fièvre qui cherchait un front à brûler. Il dissimulait ses actions sous sa capuche, aussi bien que son visage. Quand les ennuis s'annonçaient – ce qui ne manquait jamais d'arriver après un certain nombre d'années –, Flagg disparaissait comme une ombre sous le soleil du petit matin.

Plus tard, quand le carnage était terminé et que la fièvre était tombée, qu'on avait tout reconstruit et qu'il y avait de nouveau quelque chose qui valait la peine d'être détruit, Flagg réapparaissait.

18

Cette fois-là, Flagg avait trouvé le royaume de Delain dans une situation florissante, tout à fait exaspérante. Landry, le grand-père de Roland, était un vieil imbécile alcoolique, facile à influencer et à berner, mais une crise cardiaque l'avait emporté prématurément. Flagg n'avait aucune envie de voir Lita, la mère de Roland, tenir le sceptre. Malgré sa laideur, elle avait bon cœur et une volonté de fer. Une telle reine n'était pas un intermédiaire valable pour les projets maléfiques de Flagg.

S'il était arrivé plus tôt au cours du règne de Landry, il aurait eu le temps d'éliminer Lita, comme il espérait le faire pour Peter. Mais il n'avait disposé que de six ans, et ce n'était pas assez long.

Pourtant, elle avait accepté de le prendre comme conseiller, c'était déjà un bon point. Elle ne l'aimait guère, mais elle le tolérait, surtout parce qu'il savait merveilleusement lire l'avenir dans les cartes. Lita adorait entendre des potins et des histoires de scandales sur la cour et son cabinet. Les potins de Flagg étaient d'autant plus appréciables qu'elle n'apprenait pas seulement ce qui s'était passé mais aussi ce qui allait se passer. C'était difficile de se priver d'un tel divertissement, même lorsque l'on pressentait qu'un individu capable de tout savoir pouvait devenir dangereux. Flagg n'annonçait jamais à la reine les mauvaises nouvelles qu'il lisait parfois dans les cartes. La reine voulait surtout savoir qui avait pris un amant, qui avait eu des mots avec sa femme ou son mari. Elle n'avait pas envie d'entendre parler des sombres cabales et des complots meurtriers. Finalement, ses désirs étaient relativement innocents.

Durant le long, très long règne de Lita, Flagg fut chagriné de voir que ses grands projets ne verraient jamais le jour. Il parvenait à se maintenir en place, mais guère plus. Bien sûr, il connut quelques maigres victoires : il avait poussé deux puissants chevaliers de la baronnie du Sud dans des querelles intestines ; il avait discrédité un médecin qui avait trouvé un remède contre certaines infections du sang (Flagg ne voulait d'aucun remède dans le royaume qui ne fût pas magique, c'est-à-dire accordé ou refusé selon son propre gré). Ce sont quelques exemples du travail de Flagg durant cette période. On ne pouvait guère parler de grands chambardements !

Sous le règne de Roland, le pauvre Roland aux jambes arquées et peu sûr de lui, les choses approchèrent plus vite du but final de Flagg. Car il avait un but, à sa manière, et, cette fois, il tenait du grandiose. Il projetait le renversement total de la monarchie, ni plus ni moins, une révolte sanglante qui plongerait Delain dans un millénaire de noirceur et d'anarchie.

Si on lui accordait un an ou deux, bien sûr.

19

Dans le regard calme de Peter, Flagg lisait la possibilité de l'échec de son plan et de tout son travail. De plus en plus, il était convaincu de la nécessité de s'en débarrasser. Flagg n'était déjà resté que trop longtemps à Delain et il le savait. La rumeur commençait à se propager. Le travail si bien commencé sous le règne de Roland – l'augmentation régulière des impôts, les fouilles nocturnes des granges des petits paysans pour démasquer les récoltes non déclarées et la nourriture cachée, l'armement massif des gardes du territoire –, tout cela devait continuer jusqu'au but final sous le règne de Thomas. Il ne pouvait pas se permettre d'attendre la fin du règne de Peter, comme il l'avait fait pour sa grand-mère.

Peter n'attendrait peut-être pas pour agir que les bruits parviennent jusqu'à ses oreilles ; son premier ordre en tant que roi pourrait très bien consister à envoyer Flagg vers l'est, hors des frontières du royaume, pour ne jamais l'autoriser à revenir sans risquer la peine de mort. Flagg serait parfaitement capable de tuer n'importe quel conseiller avant qu'il ne puisse suggérer de telles idées à l'oreille du jeune roi, mais, le problème, c'était que Peter n'aurait pas besoin de conseiller. Il prendrait ses décisions tout seul, et quand Flagg voyait le regard froid que le jeune garçon âgé de quinze ans, très grand déjà, portait sur lui, il pensait que Peter s'était déjà résolu à prendre une telle décision.

Le garçon aimait la lecture, surtout les livres d'histoire, et au cours des deux dernières années, tandis que son père devenait de plus en plus frêle et de plus en plus grisonnant, il avait posé beaucoup de questions aux autres conseillers de son père et à ses professeurs. Beaucoup de ces questions – beaucoup trop – concernaient Flagg ou des voies qui mèneraient à Flagg si on les suivait assez longtemps.

Que le garçon se préoccupât de ce genre de chose à quatorze et quinze ans était vraiment mauvais signe. Et qu'il obtienne des réponses relativement honnêtes de la part d'hommes aussi craintifs que les historiens du royaume et les conseillers de Roland était encore bien pire. Cela signifiait que, dans l'esprit de tous ces gens, Peter était déjà presque roi et qu'ils s'en réjouissaient. Ils l'accueillaient bien et l'appréciaient parce que Peter serait un intellectuel, comme eux. Ils l'accueillaient aussi favorablement parce que, contrairement à eux, c'était un garçon courageux qui pourrait donner naissance à un roi au cœur de lion dont l'histoire alimenterait la légende. À travers Peter, ils voyaient revenir la Pureté, cette force antique et humble, rédemptrice de l'humanité, qui renaissait néanmoins de ses cendres, encore, encore et toujours.

Il fallait l'éliminer. Il le *fallait.*

Flagg se le disait tous les soirs quand il se retirait dans l'obscurité de son antre, et c'était sa première pensée le matin au réveil, dans cette même obscurité.

Il faut l'éliminer ! Il faut l'éliminer !

Hélas, c'était plus difficile qu'il ne le semblait. Roland aimait beaucoup ses fils et il serait mort pour eux, mais il aimait Peter plus que tout au monde. Étouffer l'enfant dans son berceau et faire que la Mort infantile l'eût emporté aurait sans doute été possible, mais à présent, Peter était un adolescent en pleine santé.

Tout accident serait examiné avec l'attention enragée du chagrin de Roland. Plus d'une fois Flagg pensa que la vie lui réservait peut-être une sombre ironie du sort : et si Peter avait vraiment un accident mortel et qu'on en rejetât la faute sur Flagg ? Une légère maladresse en grimpant le long d'une gouttière... un faux pas en rampant sur le toit de l'écurie en jouant à « de l'audace toujours de l'audace » avec son ami Ben Staad... une malencontreuse chute de cheval... Imaginez un peu le résultat ! Roland, dans sa douleur, sa sénilité grandissante et son esprit confus ne verrait-il pas meurtre là où il n'y aurait que simple accident ? Et ses yeux ne se tourneraient-ils pas vers Flagg ? Bien sûr que si ! Il penserait à Flagg avant qui que ce soit d'autre. La mère de Roland ne lui faisait pas confiance, et Flagg savait qu'au fond Roland non plus ne lui faisait pas confiance. Jusque-là, il avait réussi à brider ce sentiment grâce à la crainte mêlée de fascination qu'il inspirait au roi, mais si jamais Roland avait l'occasion de penser que le magicien avait provoqué ou simplement facilité la mort de son fils...

En fait, Flagg imaginait même des situations où il devrait intervenir pour sauver la vie du garçon ! C'était épouvantable, épouvantable !

Il faut l'éliminer ! Il faut l'éliminer. L'éliminer !

Au fur et à mesure que les jours, les semaines et les mois s'écoulaient, cette pensée tambourinait dans l'esprit de Flagg avec un sentiment d'urgence de plus en plus fort. De jour en jour, Roland vieillissait ; de jour en jour, Peter grandissait en âge et en sagesse, et devenait un adversaire de plus en plus dangereux. Que faire ?

Flagg tournait et retournait le problème. Il en devint morose et irritable. Les serviteurs, en particulier le majordome de Peter, Brandon, et son fils Dennis, gardaient leurs distances et parlaient à voix basse des étranges odeurs qui émanaient parfois du laboratoire, tard dans la nuit. Dennis, qui plus tard remplacerait son père dans le rôle du majordome de Peter, était terrifié par Flagg et demanda un jour à son père s'il pouvait glisser un mot à Peter sur le magicien :

– Pour que Peter reste sur ses gardes, c'est à ça que je pense, dit Dennis.

– Non, pas un mot, répondit Brandon en lançant à son fils, qui n'était encore qu'un enfant, un regard autoritaire. Tu n'en souffleras mot. Cet homme est dangereux.

– Alors, raison de plus pour... commença tristement Dennis.

– Un benêt pourrait confondre la crécelle d'un serpent amer avec le son des cailloux dans une gourde creuse et tendre la main pour la toucher, dit Brandon, mais notre prince n'a rien d'un benêt, Dennis. À présent, va me chercher un autre verre de gin et que je n'entende plus un mot à ce sujet.

Dennis ne dit donc rien à Peter, mais son amour pour le jeune maître et sa crainte du conseiller du roi encapuchonné ne firent que grandir après ce bref échange. Chaque fois qu'il voyait Flagg hanter les corridors dans sa longue robe à capuchon, il s'écartait, tout tremblant, en pensant : *Serpent amer, serpent amer ! Fais attention Peter, écoute la crécelle !*

Une nuit, alors que Peter avait seize ans et que Flagg commençait à croire qu'il n'y avait aucun moyen de mettre fin à la vie du jeune homme sans prendre des risques inacceptables, la réponse s'offrit à lui. C'était une nuit de tempête. Un épouvantable orage d'automne faisait rage et hurlait dans les tours du château ; les rues étaient désertes car les gens cherchaient à s'abriter de la pluie glaciale et du vent violent.

Roland avait contracté un rhume avec cette humidité. Il attrapait le rhume de plus en plus souvent ces derniers temps, et les remèdes de Flagg, si puissants fussent-ils, perdaient de leur pouvoir de guérison. L'un de ces rhumes – peut-être bien celui qui le faisait tousser et éternuer en ce moment –, entraînerait la maladie du poumon mouillé et l'emporterait. Les remèdes magiques ne fonctionnaient pas comme les remèdes des médecins. Flagg savait que si les potions qu'il donnait au vieux roi étaient si lentes à produire leur effet, c'était en grande partie parce que lui, Flagg, n'avait plus vraiment envie qu'elles agissent. S'il maintenait encore Roland en vie, c'était uniquement par crainte de Peter.

Je voudrais que la mort t'emporte, vieillard, pensait-il, animé d'une colère infantile devant sa bougie tremblante, en écoutant les hurlements du vent et son perroquet à deux têtes qui murmurait d'un air ensommeillé. *Pour quelques piécettes, et même pour rien du tout, je te tuerais bien moi-même pour tous les ennuis que vous m'avez causés, toi, ta stupide épouse et ton benêt de fils aîné. La joie de t'étriper compenserait presque la peine de voir mes plans s'écrouler. La joie de t'étriper...*

Soudain, il se raidit et se redressa, fixant l'obscurité de son antre souterrain où les ombres s'agitaient maladroitement. Ses yeux étincelèrent d'une lueur d'argent. Une idée enflamma son esprit comme une torche.

La bougie projeta une lumière verdâtre avant de s'éteindre.

– La mort ! cria l'une des têtes du perroquet dans le noir.

– Le meurtre ! hurla l'autre tête.

Et, dans toute cette noirceur, à l'abri de tous les regards, Flagg se mit à rire.

20

De toutes les armes jamais employées pour commettre un régicide – le meurtre d'un roi – aucune ne fut jamais plus utilisée que le poison. Et personne ne connaissait mieux les poisons qu'un magicien.

Flagg, l'un des plus grands magiciens de tous les temps, connaissait tous les poisons que nous connaissons aujourd'hui ; l'arsenic, la strychnine, le curare qui se faufile dans les entrailles et paralyse tous les muscles l'un après l'autre en terminant par le cœur, la nicotine, la belladone, la morelle noire et l'amanite phalloïde. Il connaissait le venin de centaines de serpents et d'araignées ; il savait distiller le lys belle-dame à la douce odeur de miel qui tue ses victimes dans les pires tourments ; il connaissait aussi le pied de griffon qui poussait dans les recoins ombragés des marais de la Terreur. Flagg ne connaissait pas des dizaines de poisons mais des centaines et des centaines, tous plus dangereux les uns que les autres. Ils étaient soigneusement rangés sur des étagères dans une petite pièce aveugle, où aucun serviteur n'était autorisé à entrer, dans des éprouvettes, des fioles ou des petites enveloppes. Chaque objet était soigneusement étiqueté. C'était la chapelle des cris et des tourments, l'antichambre de l'agonie, le foyer des fièvres, le vestiaire de la mort. Flagg y allait souvent s'y réchauffer le cœur lorsqu'il se sentait déprimé. Dans ce marché du diable attendait tout ce que les faibles êtres de chair redoutent : maux de tête lancinants, atroces crampes d'estomac, explosions de diarrhée, vomissements, éclatements de vaisseaux sanguins, paralysie du cœur, aveuglement, boursouflement, langue noircie, folie...

Pourtant, le pire de ses poisons Flagg le gardait à l'écart de cet arsenal. Dans sa bibliothèque, il y avait un bureau. Tous les tiroirs étaient fermés à clé... mais l'un avait trois serrures à lui seul. Le poison se trouvait dans un coffret en teck orné de symboles cabalistiques et d'incantations magiques. La serrure de ce coffret était un modèle unique. Elle semblait faite d'une sorte d'acier orangé, mais en y regardant de plus près on voyait qu'il s'agissait plutôt d'une matière végétale. C'était en fait une carotte enchantée, et, une fois par semaine, Flagg arrosait cette serrure vivante avec un minuscule arrosoir. Cette carotte semblait avoir une vague forme d'intelligence. Si quelqu'un essayait de forcer la serrure, ou même si une autre personne que Flagg tentait de l'ouvrir avec la bonne clé, elle se mettait à crier. À l'intérieur du coffret, se trouvait un écrin plus petit qui s'ouvrait grâce à une clé que Flagg portait toujours autour du cou.

À l'intérieur de ce second écrin, il y avait un petit sachet, et à l'intérieur du sachet, un peu de sable vert. Joli, auriez-vous dit, mais cela n'avait rien de spectaculaire. Pas de quoi en faire tout un plat. Pourtant, ce sable vert était l'un des poisons les plus dangereux du monde, si terrifiant en fait que même Flagg en avait peur. Il venait du désert de Grenh. Cette vaste terre venimeuse se trouvait au-delà de Garlan et était totalement inconnue à Delain. On ne pouvait l'approcher qu'un jour où les vents soufflaient en sens contraire, car une seule bouffée des effluves du désert de Grenh et c'était la mort assurée.

Pas une mort instantanée. Non, le poison ne fonctionnait pas ainsi. Pendant un jour ou deux, trois peut-être, celui qui avait humé les fumées mortelles ou, pire encore, avalé quelques grains de sable se sentait bien, peut-être mieux qu'il ne s'était jamais senti de toute sa vie. Puis, tout d'un coup, ses poumons s'enflammaient, sa peau se mettait à fumer et son corps se racornissait comme celui d'une momie. Ensuite, il tombait raide, le plus souvent la chevelure en feu. Celui qui respirait ou avalait ce sable empoisonné mourait, brûlé de l'intérieur.

C'était du sable de dragon et il n'existait aucun antidote, aucun remède. Quelle joie !

Lors de cette nuit venteuse et pluvieuse, Flagg décida de donner un peu de sable de dragon à Roland dans un verre de vin. Peter avait pris l'habitude d'apporter un verre de vin à son père tous les soirs, un peu avant qu'il ne se couche. Tout le monde le savait au palais et vantait la loyauté filiale de Peter. Roland appréciait autant la compagnie de son fils que le vin qu'il lui apportait, mais une jeune fille avait attiré l'attention de Peter et, ces derniers temps, il passait rarement plus d'une demiheure avec son père.

Si Flagg allait voir Roland un soir après le départ de Peter, le vieil homme ne refuserait sans doute pas un deuxième verre de vin.

Un verre de vin très particulier.

Un cru brûlant, Messire, pensa Flagg, un petit sourire sur son visage étroit. *Un cru brûlant en vérité, et pourquoi pas ? La vigne est à la porte de l'enfer, et quand ce breuvage fera son effet, toi aussi tu te croiras à la porte de l'enfer !*

Flagg rejeta la tête en arrière et rit aux éclats.

21

Une fois son plan établi – un plan qui le débarrasserait à jamais de Peter et de Roland –, Flagg ne perdit plus une seconde. Il se servit d'abord de tous ses talents de sorcier pour que Roland recouvre la santé. Il fut ravi de voir que ses potions magiques marchaient beaucoup mieux que depuis fort longtemps. Autre ironie du sort. Cette fois, il avait vraiment envie que Roland guérisse, alors les breuvages retrouvaient leur pouvoir. Mais il voulait que le roi se sentît mieux pour s'assurer que tout le monde conclurait au meurtre. C'était assez drôle, si on prenait le temps d'y penser.

Par une nuit venteuse, moins d'une semaine après que la toux épouvantable de Roland eut cessé, Flagg ouvrit son bureau et en sortit le coffret de teck.

– Bon travail, murmura-t-il à la carotte enchantée, qui couina stupidement pour toute réponse. Il souleva le lourd couvercle et prit l'écrin. Avec la clé qu'il portait autour du cou, il l'ouvrit et en sortit le sachet qui contenait le sable de dragon. Il avait ensorcelé ce sachet et l'avait immunisé contre les maléfices du poison. Ou, du moins, le croyait-il. Pourtant, Flagg ne prit aucun risque et se saisit du sachet avec une pince d'argent. Il le posa sur son bureau près d'un des verres du roi. De grosses gouttes de sueur toutes rondes ruisselaient sur son front, car c'était une tâche fort délicate. La moindre erreur et il le paierait de sa vie.

Flagg alla dans le corridor qui menait au donjon et se mit à respirer très rapidement. Il s'oxygénait. Quand on respire très fort, on remplit son corps d'oxygène et, ensuite, on peut retenir son souffle pendant beaucoup plus longtemps. Flagg ne voulait pas prendre le risque de respirer pendant le stade critique de l'opération. Il n'y aurait pas la moindre erreur, petite ou grande. Il s'amusait beaucoup trop pour mourir en ce moment.

Il inspira une dernière bouffée d'air pur devant la fenêtre à barreaux juste devant son appartement et réintégra ses foyers. Il s'approcha du sachet, sortit sa dague de sa ceinture et l'ouvrit délicatement. Il y avait une barre d'obsidienne plate sur le bureau dont le magicien se servait comme presse-papiers. À cette époque, l'obsidienne était la roche la plus dure qu'on connaissait. Avec sa pince, il reprit le sachet, le renversa et vida la plus grande partie du sable sur l'obsidienne. Il en garda un peu, guère plus d'une dizaine de grains, mais c'était absolument indispensable pour mener ses projets à bien. Si dure que fût l'obsidienne, elle se mit immédiatement à fumer.

Il s'était écoulé trente secondes.

Flagg prit l'obsidienne en faisant bien attention qu'aucun grain de sable ne touche sa peau – car, sinon, il s'infiltrerait dans son corps jusqu'à ce qu'il mette son cœur en feu. Il inclina la pierre au-dessus de la coupe et versa le sable.

Ensuite, très vite, avant que le sable ne commence à attaquer le verre, il versa le vin favori du roi, le même que celui que son fils devait lui apporter en ce moment. Le sable fut dissous en un éclair. Pendant un instant, le vin rouge émit une sinistre lueur verdâtre, mais il reprit vite sa couleur naturelle.

Cinquante secondes.

Flagg retourna vers son bureau. Il ramassa la pierre et tint sa dague par la garde. Seuls quelques grains de sable avaient touché la lame quand il avait ouvert le sachet, mais, déjà, ils s'infiltraient à l'intérieur et de méchants filets de fumée s'échappaient de l'acier anduais. Il emporta la dague et la pierre dans le corridor.

Soixante-dix secondes : ses poumons commençaient désespérément à manquer d'air.

Dix mètres plus loin, dans le corridor qui menait au donjon si on le suivait pendant assez longtemps – voyage que personne à Delain n'avait envie d'entreprendre –, il y avait une cavité dans le sol. Flagg entendait l'eau gargouiller et s'il n'avait pas retenu son souffle, il aurait senti une odeur âcre. C'était l'un des égouts du château. Il y jeta la pierre et la dague et sourit en entendant le double splatch, malgré sa poitrine qui le brûlait. Ensuite, il se précipita à la fenêtre, se pencha le plus loin possible et, suffoquant, prit inspiration après inspiration.

Après avoir retrouvé son souffle, il retourna à son bureau. Il ne restait plus sur le bureau que la pince, le sachet et la coupe. Pas un grain de sable sur la pince, et celui du sachet ne pouvait rien lui faire tant qu'il prenait des précautions suffisantes.

Pour le moment, tout avait été parfait. Son travail était loin d'être achevé, mais les opérations avaient bien commencé. Il se pencha au-dessus de la coupe et inspira profondément. Il n'y avait plus aucun danger ; quand le sable était mélangé à un liquide, ses effluves étaient aussi inoffensifs qu'imperceptibles. Le sable de dragon n'émettait ses vapeurs meurtrières que lorsqu'il touchait un solide, comme la pierre.

Ou la chair.

Flagg tint la coupe devant la lumière pour admirer ses reflets sanglants.

– Un bon verre de vin, Messire, dit-il, et il se mit à rire jusqu'à ce que l'une des têtes du perroquet se mette à crier de terreur. Quelque chose qui va vous réchauffer le cœur, Messire.

Flagg s'assit, retourna son sablier et se mit à lire un recueil de formules magiques. Cela faisait plus de mille ans que Flagg lisait ce livre, relié en peau humaine, et il n'en avait lu que le quart. Si on lisait trop longtemps cet ouvrage, rédigé sur les hautes plaines lointaines de Leng par un illuminé du nom d'Alhazred, on risquait la folie.

Une heure... rien qu'une heure. Quand le vase supérieur de son sablier serait vide, il serait sûr que Peter aurait quitté son père. Une heure, et il pourrait apporter le vin à Roland. Pendant un instant, Flagg regarda le sable d'un blanc de glace s'écouler par le goulot, puis il se pencha calmement sur son livre.

22

Roland fut touché de voir que Flagg était venu lui apporter un verre de vin ce soir-là, avant l'heure du coucher. Il le but en deux grosses gorgées et déclara qu'il l'avait grandement réchauffé.

En souriant sous sa capuche, Flagg répondit :

– J'espérais bien que cela aurait cet effet, Votre Altesse.

23

Que ce soit le destin ou la chance qui fit que Thomas vit le magicien et son père ce même soir, c'est encore une question à laquelle vous devrez répondre par vous-même. Moi, je sais simplement qu'il les a effectivement vus, et cela essentiellement parce que Flagg avait passé des années à essayer de s'attirer l'amitié de ce pauvre garçon malheureux et solitaire.

Je vous expliquerai tout cela un peu plus tard, mais, avant, je dois rectifier quelques idées fausses que vous risquez d'avoir envers la magie.

Dans toute histoire de sorcellerie, il y a trois choses dont on parle légèrement, comme si n'importe quel apprenti sorcier pouvait les exécuter en un tour de main. Il s'agit de changer le plomb en or, de changer de forme ou de se rendre invisible. Tout d'abord, il faut savoir que la véritable magie n'est jamais facile. Si vous ne me croyez pas, essayez donc de faire disparaître votre tante rabat-joie la prochaine fois qu'elle viendra passer une semaine ou deux chez vous. La vraie magie, c'est difficile, et bien que la magie noire soit un peu plus facile que la blanche, même la magie noire et maléfique est un art difficile à pratiquer.

Changer du plomb en or est chose faisable, une fois que l'on connaît les formules et que quelqu'un vous a expliqué le truc pour couper les feuilles de plomb.

Quant à changer de forme ou se rendre invisible, c'est impossible... ou si près de l'être que l'on peut tout à fait utiliser ce mot.

De temps en temps, Flagg – qui avait un talent fou pour écouter aux portes –, avait entendu bien des imbéciles raconter qu'un jeune prince avait échappé aux griffes du diable en prononçant une formule magique qui l'avait fait disparaître sur l'instant, ou que de jeunes et belles princesses (dans les histoires, les princesses étaient toujours jeunes et belles bien que, comme le lui prouvait son expérience, la plupart des princesses, simples produits de mariages consanguins, étaient laides comme le péché et stupides par-dessus le marché) avaient déjoué des ogres en les changeant en mouches et en les écrasant entre leurs mains. Dans les histoires, les princesses étaient toujours expertes pour attraper les mouches, bien que la plupart des princesses que Flagg connaissait auraient été incapables d'attraper une mouche frigorifiée et mourante sur le rebord de la fenêtre par une glaciale journée de décembre. Dans les histoires, tout paraît toujours facile. Dans les histoires, les gens changent de forme ou se transforment en carreau de fenêtre à tout bout de champ.

Dans la réalité, Flagg n'avait jamais rien vu de pareil. Il avait rencontré un jour un grand magicien anduais qui croyait avoir maîtrisé l'art de changer de forme, mais après six mois de méditation et près d'une semaine d'incantations dans une série de postures corporelles des plus douloureuses, il prononça une dernière formule et réussit tout bonnement à attraper un nez de deux mètres de long et à perdre la raison. Puis, des ongles lui poussèrent au bout du nez ! Flagg se souvint de lui avec un petit sourire malsain. Grand magicien ou pas, l'homme s'était conduit comme le dernier des imbéciles.

L'invisibilité était donc sans doute impossible, du moins d'après ce qu'en savait Flagg. Et pourtant, il était possible de se rendre... imperceptible.

Oui, imperceptible est bien le mot, même si d'autres viennent à l'esprit : fantomatique, transparent, effacé... L'invisibilité n'était pas en son pouvoir, mais en mangeant un nerf de bœuf et en prononçant un certain nombre de formules, il pouvait devenir imperceptible. Quand on était imperceptible et qu'un serviteur venait à vous croiser dans un couloir, on s'écartait un peu sur le côté pour le laisser passer. Dans la plupart des cas, le serviteur regardait ses pieds ou trouvait quelque chose de tout à fait passionnant à voir au plafond. Si l'on traversait une pièce, les conversations s'arrêtaient et les gens avaient tous momentanément un regard de détresse comme s'ils souffraient tous en même temps. Les torches et les chandeliers muraux disparaissaient sous la fumée. Parfois même, les chandelles s'éteignaient. Quand on était imperceptible, il n'était nécessaire de se cacher que si l'on rencontrait quelqu'un que l'on connaissait bien. Que l'on soit imperceptible ou pas, ces gens-là vous voyaient presque toujours. Être imperceptible était pratique, mais ça ne vous rendait pas invisible.

Le soir où Flagg apporta son verre de vin au roi, il se fit imperceptible. Il ne pensait pas rencontrer quelqu'un de sa connaissance. Il était plus de neuf heures, le roi était vieux et malade, les jours étaient courts et le château s'endormait de bonne heure. *Quand Thomas sera roi*, pensa Flagg, en portant rapidement le vin à travers les corridors, *ce sera fête tous les soirs. Il a déjà un penchant pour l'alcool, comme son père, bien qu'il préfère le vin à la bière ou à l'hydromel. Ce sera facile de lui faire adopter des boissons plus fortes... Après tout, ne suis-je pas son ami? Oui, quand Peter sera enfermé bien en sécurité au sommet de l'Aiguille et que Thomas sera roi, il y aura des fêtes tous les soirs... jusqu'à ce que tous les hommes de la rue et que toutes les baronnies soient assez enflammés pour se lancer dans une révolte sanglante. Alors, il y aura encore une fête, la plus belle de toutes... mais je ne crois pas que Thomas l'appréciera. Ce sera comme le vin que j'apporte ce soir à son père... extrêmement brûlant.*

Il ne pensait pas rencontrer quelqu'un qu'il connaissait et il ne vit personne. Seuls quelques serviteurs le croisèrent et ils s'écartèrent de l'endroit où se trouvait Flagg sans même y penser, comme s'ils avaient senti un courant d'air glacial.

Et pourtant, quelqu'un le vit. Thomas le vit à travers les yeux de Nini, le dragon que son père avait tué si longtemps auparavant. Si Thomas avait pu faire une chose pareille, c'est parce que Flagg le lui avait appris.

24

Thomas avait été profondément blessé de voir ainsi son bateau rejeté, et, ensuite, il eut tendance à éviter son père. Néanmoins, Thomas aimait toujours Roland et désirait le rendre heureux, comme son frère Peter. Pire encore, il voulait que son père l'aime autant qu'il aimait Peter. En fait, Thomas se serait contenté que son père l'aime deux fois moins.

Le problème, c'était que Peter avait toujours les bonnes idées le premier. Il essayait souvent de les partager avec Thomas, mais Thomas les trouvait stupides – jusqu'à ce qu'elles plaisent à Roland – ou craignait tout simplement de ne pas être capable de faire sa part du travail, comme lorsque Peter avait proposé de fabriquer des soldats de Bendoh trois ans auparavant.

– Je lui offrirai quelque chose de plus intelligent qu'une bande de pions stupides, avait répondu Thomas d'un ton hautain. En fait, il pensait que s'il n'avait pas réussi à fabriquer un seul voilier de bois, il serait incapable de faire quelque chose d'aussi délicat que les vingt hommes de l'armée de Bendoh. Peter fabriqua donc le jeu à lui tout seul sur une période de quatre mois, les fantassins, les chevaliers, les archers, les fusiliers, le général, le moine, et, bien sûr, Roland les avait adorés, bien qu'ils fussent un peu gauches. Il rangea immédiatement le jeu de Bendoh en jade que le grand Ellender avait sculpté pour lui quarante ans plus tôt et mit celui de Peter à la place. Quand Thomas s'en rendit compte, il alla immédiatement se coucher, au beau milieu de l'après-midi. Il lui semblait qu'on lui avait découpé un morceau de cœur et qu'on l'avait forcé à le manger tout cru. Cela lui faisait un goût amer dans la bouche, et il en détesta Peter plus que jamais, bien que, d'une certaine façon, il aimât encore son grand frère et l'aimerait toujours.

Et bien qu'il ait trouvé le goût amer, cela lui avait plu.

Après tout, c'était son propre cœur.

À présent, il y avait cette sale affaire de verre de vin.

Un jour, Peter était allé voir Thomas.

– Je crois que cela serait une bonne idée d'apporter à papa un verre de vin tous les soirs. Le régisseur ne peut pas nous donner de bouteille, car il doit rendre les comptes au maître sommelier tous les six mois, mais il m'a dit que nous pouvions faire des économies et acheter quelques bouteilles du cinquième tonneau, le cru favori de papa. Et ce n'est même pas cher ! Il nous reste pas mal d'argent sur notre pension, Thomas et...

– Je n'ai jamais entendu chose plus stupide ! explosa Thomas. Tout le vin appartient déjà à papa, tout le vin du royaume, et il peut en avoir autant qu'il en veut... Pourquoi gaspiller notre argent à lui offrir quelque chose qui lui appartient déjà ? On va enrichir ce maudit régisseur, c'est tout ce que l'on va y gagner !

– Cela lui fera plaisir de voir que nous dépensons notre argent pour lui, même s'il a autant de vin qu'il en veut, expliqua patiemment Peter.

– Comment le sais-tu ?

– Je le sais, c'est tout, répondit Peter avec une simplicité exaspérante.

Thomas le regarda d'un air furieux. Comment expliquer que le régisseur l'avait surpris à voler une bouteille dans la cave à vin le mois précédent ? Ce gros porc avait menacé de tout raconter au roi si Thomas ne lui donnait pas une pièce d'or. Thomas avait payé, des larmes de rage et de honte plein les yeux. *Si cela avait été Peter, tu aurais détourné la tête et fait semblant de ne rien voir, fumier ! Parce que bientôt, Peter sera roi et, moi, je ne serai jamais qu'un prince.* Il lui vint également à l'esprit que Peter n'aurait jamais essayé de voler du vin, mais cette pensée ne fit qu'accroître sa fureur.

– Je pensais simplement, dit Peter.

– Tu pensais ! tu pensais ! répéta Thomas sauvagement. Eh bien va penser ailleurs ! Quand papa s'apercevra que tu as versé de l'argent au régisseur pour un vin qui lui appartient déjà, il se moquera de toi et te traitera de niais !

Mais Roland ne s'était pas moqué de Peter et ne l'avait pas traité de niais. Bien au contraire, il lui avait dit qu'il était un bon fils d'une voix tremblante et larmoyante d'émotion. Thomas le savait parce qu'il avait guetté le soir où Peter avait apporté le vin. Il avait guetté par les yeux du dragon et avait tout vu.

25

Si vous aviez demandé à Flagg pourquoi il avait montré le passage secret à Thomas, il aurait été incapable de vous fournir une réponse satisfaisante. En fait, il ne savait pas très bien pourquoi il avait agi ainsi. Il possédait l'instinct du mal, comme certains ont la bosse des maths ou le sens de l'orientation. Le château était très vieux, et il ne manquait pas de portes dérobées menant à des passages secrets. Flagg les connaissait pour la plupart – personne, pas même lui, ne les connaissait absolument tous –, mais il n'en montra qu'un seul à Thomas. Son instinct lui dictait que celui-là seul pourrait un jour provoquer des ennuis, et Flagg n'obéissait qu'à son instinct. Le mal, après tout, c'était toute la vie de Flagg.

De temps à autre, il allait voir Thomas dans sa chambre et s'écriait :

– Pauvre Tommy, vous m'avez l'air bien sombre ! Venez voir, j'ai quelque chose à vous montrer qui devrait vous faire plaisir.

Il lui disait presque toujours : *Vous m'avez l'air bien sombre, vous avez l'air peiné*, ou encore, *on dirait que vous êtes assis sur une pelote d'épingles*, car il arrivait toujours quand Thomas était particulièrement triste ou déprimé. Flagg savait que Thomas avait peur de lui et qu'il trouverait toujours une excuse pour ne pas l'accompagner... à moins qu'il n'ait particulièrement besoin d'un ami et qu'il se sente si abattu qu'il ne soit plus très exigeant envers la nature de celui-ci. Flagg savait tout cela, mais Thomas l'ignorait. Sa peur de Flagg était bien enterrée. En surface, il trouvait que Flagg était un charmant compagnon qui connaissait des milliers de trucs et de divertissements. Parfois, ses divertissements étaient quelque peu amers, mais cela correspondait souvent à l'état d'esprit de Thomas.

Vous trouvez peut-être étrange que Flagg sache sur Thomas des choses que l'enfant lui-même ignorait ? Pourtant, il n'y a rien d'étonnant à cela. L'esprit des gens, en particulier celui des enfants, ressemble à un puits, un puits profond, rempli d'eau douce. Parfois, quand une pensée se fait trop insupportable, la personne l'enferme dans un lourd coffret et la jette dans le puits. Elle écoute le splatch... et le coffret a disparu! Sauf que ce n'est pas vrai, bien sûr, pas tout à fait. Flagg, qui était aussi vieux et sage que méchant, savait que le puits le plus profond a lui aussi un fond et que lorsqu'un objet est hors de vue, cela ne signifie pas pour autant qu'il ait disparu. Il est toujours là, caché au fond de l'eau. Et puis, le coffret dans lequel sont enfermées ces idées néfastes et terrifiantes risque de pourrir; la méchanceté peut fuir et répandre son venin dans l'eau... et quand le puits de l'esprit est empoisonné, le résultat, c'est la folie.

Si le magicien montrait ainsi des choses terrifiantes à Thomas, c'est parce qu'il savait que plus l'enfant aurait peur, plus il serait en son pouvoir... Cela était possible car Thomas était faible et souvent négligé par son père. Flagg voulait donc que Thomas ait peur de lui, et que, au cours des ans, il soit obligé d'enfouir de nombreux coffrets dans les profondeurs de son esprit. Et si Thomas devenait fou après avoir été couronné, qu'allait-il advenir? Pour Flagg, il serait tout simplement plus facile de le régenter, et son pouvoir s'en trouverait accru.

Comment Flagg s'arrangeait-il pour toujours tomber au bon moment afin d'entraîner Thomas dans ces étranges expéditions? Parfois, il avait simplement vu ce qui avait attristé Thomas dans sa boule de cristal. Le plus souvent, il ressentait simplement l'envie d'aller voir Thomas et suivait son instinct, qui d'ailleurs ne le trompait que rarement.

Un jour, il emmena Thomas en haut de la tour Est. Ils grimpèrent les marches jusqu'à ce que Thomas halète comme un vieux chien, mais Flagg semblait ne jamais perdre son souffle. Tout en haut, se trouvait une porte, si petite que même Thomas devait ramper à quatre pattes. Derrière, il y avait une pièce sombre pleine de bruissements, avec une seule fenêtre. Sans un mot, Flagg le conduisit à la fenêtre et quand Thomas aperçut la vue qui s'offrait à lui, toute la cité de Delain, les Villes Proches et les collines qui abritaient la baronnie de l'Est défilant dans une brume bleutée, il ne regretta aucune des marches que ses jambes courbatues avaient grimpées. La magnificence du paysage le frappa droit au cœur et il se tourna vers Flagg pour le remercier. Mais quelque chose dans le flou blanchâtre du visage du magicien figea les mots dans sa gorge.

– Regardez, dit Flagg.

Une flamme bleue jaillit de son index, et les bruissements que Thomas avait d'abord pris pour le murmure du vent se changèrent en un tourbillon de battements d'ailes. Thomas hurla et se débattit en se précipitant aveuglément vers la petite porte. La petite pièce ronde au sommet de la tour Est offrait le meilleur point de vue sur la cité de Delain, avec la cellule du sommet de l'Aiguille, mais, à présent, Thomas savait pourquoi personne n'y allait jamais. Elle était infestée d'immenses chauves-souris. Dérangées par la lumière que Flagg avait fait jaillir, elles se mirent à voleter en tous sens. Plus tard, une fois qu'ils furent sortis, le magicien calma le garçon – Thomas qui détestait les chauves-souris avait piqué une véritable crise de nerfs – et lui dit que ce n'était qu'une plaisanterie et qu'il croyait que cela l'amuserait. Thomas le crut, mais pendant des semaines il fut réveillé par d'horribles cauchemars où des chauves-souris voletaient autour de lui, s'accrochaient à ses cheveux, lui lacéraient le visage de leurs griffes et de leurs dents pointues.

Lors d'une autre excursion, Flagg le conduisit dans la chambre du trésor et lui montra les montagnes de pièces d'or, les lingots et les écrins marqués ÉMERAUDES, DIAMANTS, RUBIS, etc.

– Ils sont tous remplis de bijoux ? demanda Thomas.

– Regardez par vous-même.

Flagg ouvrit l'un des écrins et sortit une poignée d'émeraudes brutes qui étincelaient dans sa main.

– Oh ! mes aïeux ! souffla Thomas.

– Oh ! ce n'est rien, Tommy, regardez là ! Le trésor des pirates !

Il lui indiqua le butin arraché aux pirates anduais douze ans auparavant. Le trésor de Delain était immense, et les vieux clercs n'avaient pas eu le temps de tout trier. Thomas eut le souffle coupé en voyant les lourdes épées aux gardes serties de joyaux, les sabres aux lames incrustées de diamants pour qu'elles soient encore plus coupantes et les lourdes massues de rhodonite.

– Et tout cela appartient au royaume ? demanda Thomas d'une voix empreinte d'effroi.

– Cela appartient à votre père, corrigea Flagg bien que Thomas ne se fût pas trompé. Et, un jour, cela appartiendra à Peter.

– Et à moi, dit Thomas, avec toute la confiance de ses dix ans.

– Non, dit Flagg, avec la nuance de regret nécessaire, à Peter, car c'est l'aîné et c'est lui qui sera roi.

– Il partagera, répondit Thomas, une nuance de doute dans la voix cependant. Peter partage toujours.

– Peter est un bon garçon et je suis sûr que vous avez raison, il partagera sans doute. Mais personne ne peut forcer un roi à partager. Personne ne peut forcer un roi à faire ce qu'il n'a pas envie de faire.

Flagg regarda Thomas pour juger l'effet de ses propos, puis se retourna vers la sombre chambre du trésor. Dans un coin, un clerc sommeillait sur une pile de ducats.

– Un tel trésor, et pour un seul homme, remarqua Flagg. Cela mérite d'y songer, n'est-ce pas, Tommy ?

Thomas ne répondit pas, mais Flagg était satisfait. Tommy y pensait – très bien – et Flagg songea qu'un nouvel écrin empoisonné sombrait dans le puits de son esprit. Splatch ! Effectivement, il avait raison. Plus tard, quand Peter proposa à Thomas de partager les frais de la bouteille de vin quotidienne, Thomas s'était souvenu du trésor, du trésor qui appartiendrait un jour à son frère. *C'est facile pour toi de te montrer si généreux ! Et pourquoi pas ? Un jour, tu posséderas tout l'or du monde !*

Un jour, environ un an avant d'apporter au roi le vin empoisonné, sur une intuition, Flagg avait montré à Thomas le passage secret. Mais, ce jour-là, son infaillible instinct l'avait peut-être trompé. Une fois de plus, ce sera à vous d'en décider.

26

– Tommy, vous m'avez l'air bien sombre ! s'écria Flagg.

Ce jour-là, il avait repoussé son capuchon en arrière et paraissait presque normal.

Presque.

Tommy sombrait. Il avait souffert pendant tout le long du déjeuner au cours duquel son père n'avait cessé de vanter les mérites de Peter en géométrie et en navigation devant ses conseillers, en usant une pléthore de superlatifs. Roland n'avait jamais bien compris ces matières. Il savait qu'un triangle avait trois côtés et un carré quatre, et que l'on pouvait retrouver son chemin lorsqu'on était perdu en suivant la Vieille Étoile, mais là s'arrêtaient ses connaissances. Là aussi s'arrêtaient celles de Thomas, et il avait l'impression que ce repas n'en finirait jamais. Plus encore, la viande était cuite exactement comme l'aimait son père, saignante, presque bleue. Thomas avait horreur de la viande saignante.

– Je crois que je n'ai pas bien digéré mon repas, c'est tout, répondit-il.

– Je connais quelque chose qui va vous remonter le moral. Tommy, mon garçon, je vais vous montrer un secret du château.

Thomas jouait avec un scarabée. Il l'avait posé sur son bureau et l'avait enfermé dans des remparts de livres. Si le scarabée chancelant trouvait une sortie, il changeait les livres de place pour lui barrer le chemin.

– Je suis très fatigué, dit Thomas.

Ce n'était pas un mensonge. Entendre ainsi chanter les louanges de Peter le fatiguait toujours.

– Cela vous plaira beaucoup, dit Flagg d'un ton presque enjôleur, mais malgré tout un peu menaçant.

Thomas le regarda craintivement.

– Il n'y a pas... pas de chauves-souris ?

Flagg rit d'un rire joyeux, qui donna malgré tout la chair de poule à Thomas, et lui donna une petite tape dans le dos.

– Non, pas de chauves-souris ! Pas même de courants d'air ! un endroit douillet ! Et puis, vous pourrez observer votre père, Tommy !

Thomas savait qu'observer était un autre mot pour dire espionner et que c'était mal. Néanmoins, les paroles avaient atteint leur but. Quand le scarabée réussit enfin à se faufiler entre deux livres, Thomas le laissa passer.

– Bon, mais je ne voudrais pas qu'il y ait des chauves-souris.

Flagg passa le bras autour des épaules du garçon.

– Pas de chauves-souris, je le jure. Mais il y a quelque chose que vous devez garder à l'esprit, Tommy. Vous verrez votre père, mais, surtout, vous le verrez à travers les yeux de son plus grand trophée.

Thomas écarquilla les yeux, très intéressé. Flagg était content. Le poisson avait mordu à l'hameçon.

– Que voulez-vous dire ?

– Venez, vous verrez par vous-même, dit Flagg pour tout commentaire.

Il conduisit Thomas dans un labyrinthe de corridors dans lequel je me serais sûrement perdu avant longtemps, mais Thomas connaissait ce chemin aussi facilement que vous reconnaissez votre propre chambre dans le noir, du moins jusqu'à ce que Flagg ne l'emmène à l'écart.

Ils étaient presque parvenus aux appartements du roi quand Flagg poussa une porte de bois dérobée que Thomas n'avait jamais remarquée auparavant. Bien sûr, elle avait toujours été là, mais dans les châteaux il y a souvent des portes, parfois même des ailes entières, qui maîtrisent l'art de se rendre imperceptibles.

Le passage était relativement étroit. Une femme de chambre, les bras chargés de draps les croisa ; elle avait l'air si terrifiée de rencontrer le magicien du roi dans ce mince boyau qu'elle semblait n'avoir qu'une envie, disparaître dans les pores de la pierre pour éviter de le toucher. Thomas se mit presque à rire, car parfois il ressentait la même chose quand Flagg était dans les parages. Ils ne rencontrèrent personne d'autre.

Faiblement, Thomas entendait des chiens aboyer au-dessous de lui, ce qui lui donna une indication grossière de l'endroit où ils se trouvaient. Les seuls chiens du château étaient les chiens de chasse de son père, et sans doute aboyaient-ils car c'était l'heure du repas. La plupart des chiens de Roland étaient aussi vieux que lui, et comme il savait à quel point le froid transperçait ses vieux os Roland avait ordonné qu'on fasse un chenil à l'intérieur du château. Pour se rendre des appartements du roi au chenil, il fallait descendre une volée d'escaliers, tourner à droite et faire une dizaine de mètres dans un couloir. Thomas savait donc qu'il se trouvait à une dizaine de mètres de la chambre de son père.

Flagg s'arrêta si brutalement que Thomas faillit lui rentrer dedans. Le magicien regarda rapidement autour de lui pour s'assurer qu'ils avaient le passage à eux seuls. C'était le cas.

– Quatrième pierre en partant de celle du bas. Vite, appuyez ! Ah, il y avait donc un véritable secret ! Parfait, Thomas adorait les secrets. Il s'attendait à un peu de poudre de perlimpinpin, un panneau coulissant, par exemple, mais il n'était guère préparé à ce qui se passa.

La pierre s'ouvrit facilement sur une profondeur de dix centimètres environ. Il y eut un déclic et toute une section du mur bascula vers l'intérieur révélant une grande fente verticale. Ce n'était pas un mur, c'était une immense porte ! Thomas en resta bouche bée.

Flagg donna une tape sur le derrière de Thomas.

– Vite, petit idiot ! cria-t-il à voix basse.

Il y avait des accents d'urgence dans sa voix et pas pour le seul bénéfice du pauvre Thomas, comme la plupart des émotions que Flagg manifestait. Il vérifia une fois encore que le passage était libre.

– Allez-y ! Vite !

Thomas regarda la sombre fente qui venait de se révéler et repensa aux chauves-souris. Mais un seul coup d'œil au visage de Flagg lui prouva que ce n'était guère le moment d'entamer une discussion sur le sujet.

Il poussa la porte qui s'ouvrit plus grande et avança dans l'obscurité. Thomas entendit le bruissement du manteau du magicien qui refermait le mur derrière lui. Le noir total, le silence complet, l'air desséché. Avant que Thomas eût le temps d'ouvrir la bouche, la flamme bleue jaillit de l'index de Flagg projetant une lueur blanc bleuté, glaciale.

Thomas se recroquevilla sans même y penser et battit des mains.

– Inutile, il n'y a pas de chauves-souris, dit Flagg en riant d'une voix rauque. Pas de chauves-souris, un endroit douillet... comme vous l'avait promis votre magicien !

À la lumière bleue du doigt de Flagg, on voyait que le passage secret mesurait environ sept mètres de long. Murs, sol et plafond étaient recouverts de bois de fer. Thomas ne voyait pas très bien, mais tout lui paraissait vide.

Il entendait toujours les aboiements étouffés des chiens.

– Quand je dis vite, c'est vite, dit le magicien.

Ombre menaçante, semblable à une chauve-souris dans cette obscurité, il se pencha en avant. Thomas fit un pas en arrière, mal à l'aise. Comme à l'accoutumée, une étrange odeur émanait du magicien, une odeur de poudres secrètes et d'herbes maléfiques.

– Maintenant, vous connaissez le passage, et ce ne sera pas moi qui vous interdirai de l'utiliser. Mais si jamais on vous surprend ici, il faudra dire que vous l'avez découvert par hasard.

La forme s'approcha encore plus près, le forçant à reculer d'un autre pas.

– Si jamais vous dites que c'est moi qui vous l'ai montré, Tommy, vous le regretterez.

– Je ne dirai rien, dit Thomas d'une voix fluette et tremblante.

– Bon, d'ailleurs mieux vaut que personne ne vous voie jamais ici. Espionner un roi est une chose grave, pour un prince comme pour le commun des mortels. Maintenant suivez-moi, et pas un bruit.

Flagg le conduisit au bout du passage. Le mur du fond était lui aussi lambrissé de bois de fer, mais quand Flagg leva la flamme qui brûlait au bout de son doigt, Thomas vit deux petits panneaux. Flagg souffla la flamme.

Dans le noir complet, il murmura :

– N'ouvrez jamais ces panneaux à la lumière. Il pourrait vous voir. Il est vieux, mais il n'est pas aveugle. Il risquerait de voir quelque chose, même si les yeux sont en verre teinté.

– Quels yeux ?

– Chuut ! Il n'est pas sourd non plus.

Thomas se tut, le cœur battant dans sa poitrine. Il ressentait une sorte d'excitation qu'il n'arrivait pas à comprendre. Plus tard, il songea qu'il avait été aussi excité parce que, d'une certaine manière, il savait ce qui allait se passer.

Dans l'obscurité, il entendit de faibles sons de glissements et, soudain, une faible lueur, une torche, éclaira le noir. Il y eut un second glissement et un deuxième rai de lumière apparut. Il voyait de nouveau Flagg, mais très faiblement, et apercevait ses mains quand il les levait devant lui. Flagg s'approcha du mur et se pencha légèrement ; la plus grande partie de la lumière s'obstrua tandis que le magicien collait ses yeux devant les trous à travers lesquels elle passait. Il regarda un moment avant de grommeler et de reculer.

– Allez-y, dit-il.

Plus agité que jamais, Thomas mit précautionneusement ses yeux devant les trous. Il voyait nettement, bien que tout revêtît une drôle de nuance jaune verdâtre, comme s'il regardait à travers des verres fumés. Il fut envahi d'un sentiment de perfection et de merveilleux. Il regardait le salon de son père. Il le vit installé devant le feu dans son fauteuil favori, celui avec les hautes ailes qui projetaient des ombres sur son visage ridé.

C'était le salon d'un chasseur bien que dans notre monde on aurait plutôt appelé cette pièce un fumoir, même si elle était aussi vaste que certaines de nos maisons. Des torches illuminaient les longs murs. Il y avait des têtes partout : des têtes d'ours, de cerfs, d'élans, de gnous, de cormorans. Il y avait même une tête de roi des plumes, le cousin de notre légendaire phénix. Thomas ne trouvait pas la tête de Nini, le dragon que son père avait tué avant sa naissance, mais il ne comprit pas tout de suite pourquoi.

Son père grignotait des friandises, morose. Une théière fumait à côté de lui.

C'était tout ce qui se passait dans cette immense pièce qui aurait pu – et cela arrivait parfois – contenir deux cents personnes : son père tout seul dans une robe de chambre de fourrure qui prenait le thé. Thomas regarda pendant une éternité. Il est impossible de décrire sa fascination et son excitation. Son cœur, qui battait très vite auparavant, avait doublé son rythme. Le sang affluait à ses tempes et son cœur tambourinait. Il serrait ses poings avec une telle force qu'il découvrit plus tard des petits croissants de lune sanguinolents là où les ongles étaient entrés dans la chair.

Qu'y avait-il de si excitant à regarder un vieil homme grignoter une part de gâteau sans grand appétit ? Eh bien ! rappelez-vous d'abord que ce vieil homme n'était pas n'importe qui ! C'était le père de Thomas ! Et espionner, c'est bien triste à dire, présente ses propres attraits. Quand vous voyez des gens qui ne savent pas qu'on les voit, les actions les plus triviales semblent de la plus haute importance.

Au bout d'un moment, Thomas se sentit un peu honteux, mais cela n'avait rien de surprenant. Espionner, après tout, c'est une sorte de vol, c'est voler une image de ce que font les gens quand ils se croient seuls. Mais c'est pour cela que c'est si fascinant, et Thomas aurait pu regarder pendant des heures si Flagg n'avait murmuré :

– Tommy, savez-vous où vous êtes en ce moment ?

– Euh... *je ne crois pas*, allait-il répondre, mais bien sûr, il le savait.

Il possédait un bon sens de l'orientation et pouvait facilement imaginer l'inverse de son point de vue. Il comprit soudain ce que Flagg avait voulu dire par : *Vous le verrez à travers les yeux de son plus grand trophée.* Il regardait son père par un trou situé à mi-chemin sur le mur ouest... là où se trouvait la grosse tête de Nini, le dragon de son père.

Il risquerait de voir quelque chose, même si les yeux sont en verre teinté.

À présent, il comprenait aussi cette phrase. Thomas dut mettre les mains devant sa bouche pour étouffer un rire.

Flagg referma les petits panneaux... lui aussi souriait.

– Non ! chuchota Thomas, je veux regarder encore !

– C'est fini pour aujourd'hui. Vous en avez vu assez comme ça. Vous pourrez revenir quand vous voudrez... mais si vous venez trop souvent, vous finirez par vous faire prendre. Allez, venez, nous rentrons.

Flagg ralluma la flamme magique et guida Thomas le long du corridor. À l'autre bout, il éteignit sa lumière et il y eut un bruit tandis que Flagg faisait coulisser un autre panneau. Il guida la main de Thomas pour qu'il sache où il se trouvait et le pria de regarder.

– Voyez, on a vue sur le couloir, des deux côtés. Veillez bien à toujours regarder avant de quitter le passage, sinon, vous risquez d'avoir une mauvaise surprise.

Thomas colla l'œil au judas et vit, juste en face de lui, une fenêtre travaillée dont les vitres formaient un léger angle avec les murs. C'était une fenêtre bien luxueuse pour un si petit couloir, mais Thomas comprit sans qu'on ait eu besoin de le lui expliquer que c'était l'architecte qui avait conçu le passage secret qui l'avait mise là. Effectivement, à travers le judas, on voyait une image fantomatique du couloir de chaque côté.

– Personne ? demanda Flagg.
– Personne, murmura Thomas.

Flagg poussa un bouton intérieur, guidant de nouveau la main de Thomas pour qu'il puisse revenir seul, et la porte s'ouvrit.

– Vite, maintenant !

En un éclair, ils se trouvèrent de l'autre côté et la porte se referma.

Dix minutes plus tard, ils étaient de nouveau dans la chambre de Thomas.

– Assez d'amusements pour une seule journée, dit Flagg. Souvenez-vous de ce que je vous ai dit, Tommy. Ne vous servez pas trop souvent du passage secret pour ne pas vous faire prendre. Et si jamais l'on vous surprend, dites bien que vous l'avez découvert par hasard.

– Oui, dit Thomas rapidement.

Il avait une voix très haut perchée qui grinçait comme une charnière qui manque d'huile. Quand Flagg le regardait de cette façon, il se sentait comme un oiseau mis en cage, qui se débat en tous sens pris de panique.

27

Thomas suivit le conseil de Flagg et n'alla pas trop souvent dans le passage secret. Pourtant, il s'y rendait parfois et observait son père à travers les yeux de Nini, qui donnaient au monde une lueur d'or verdâtre. En le quittant, avec un mal de tête épouvantable – comme d'habitude –, il pensait : *Tu as mal parce que tu vois le monde comme les dragons, comme si tout était sec, sur le point de s'enflammer.* Et peut-être qu'à cet égard, Flagg ne s'était pas laissé tromper par son instinct du mal car en espionnant son père, Thomas commença à éprouver un nouveau sentiment pour lui. Avant de connaître le passage secret, il aimait tendrement son père et était souvent chagriné de ne pouvoir le satisfaire. Parfois aussi, il le craignait. Mais désormais, il découvrait le mépris.

Quand Thomas allait voir son père par l'œil de Nini et qu'il le trouvait en compagnie, il partait aussitôt ; il ne s'attardait que lorsque son père était seul. Autrefois, son père était rarement seul, même au salon qui, après tout, faisait partie de ses appartements privés. Il y avait toujours une affaire urgente à régler, un conseiller à écouter, une requête à considérer.

Mais, pour Roland, l'heure du pouvoir avait déjà sonné. Alors que sa puissance s'évanouissait en même temps que sa santé, il se souvenait des moments où il avait appelé Sasha ou Flagg à son secours.

– Mais est-ce que tous ces gens vont me laisser enfin seul !

Ce souvenir imprima un sourire nostalgique sur ses lèvres.

Maintenant qu'on le laissait seul, toute cette agitation lui manquait.

Thomas découvrait le mépris, car les gens donnent rarement le meilleur d'eux-mêmes quand ils sont seuls. Ils abandonnent généralement leur masque de politesse et de bonnes manières. Qu'y a-t-il en dessous ? Quelque monstre boutonneux ? Un être répugnant qui ferait fuir tout le monde en hurlant ? Parfois, peut-être, mais en général il n'y a rien de mauvais. Les gens se contenteraient de rire s'ils nous voyaient sous nos masques ; de rire ou de prendre une mine dégoûtée, ou les deux à la fois.

Thomas vit que son père, qu'il avait aimé et craint, qui lui avait semblé être le meilleur homme au monde, fouillait souvent dans son nez quand il était seul. Il pêchait dans une narine et ensuite dans l'autre jusqu'à ce qu'il attrape une crotte verdâtre. Il la regardait ensuite avec une sorte de satisfaction solennelle, la retournait dans tous les sens à la lumière, comme un joaillier admirant une précieuse émeraude. La plupart du temps, il se frottait le doigt sous le siège sur lequel il était assis. D'autres fois, j'ai le regret de le dire, il fourrait la crotte dans sa bouche et croquait, une expression réjouie sur le visage.

Il ne buvait qu'un verre de vin le soir, celui que Peter lui apportait, mais après le départ de Peter il engloutissait de grandes quantités de bière – ce n'est que des années plus tard que Thomas comprit que son père ne voulait pas que Peter le vît saoul. Quand il avait envie de se soulager, il se servait rarement du pot de chambre. La plupart du temps, il se levait et urinait dans la cheminée, souvent même il en profitait pour péter.

Il parlait tout seul. Parfois, il marchait de long en large comme un homme qui ne sait pas très bien où il est, invectivant les murs ou les têtes d'animaux.

– Je me souviens du jour où je t'ai attrapé, Bouboule, disait-il à un élan (une autre de ses excentricités consistait à donner des noms à tous ses trophées). J'étais avec Bill Squathings et ce type avec la grosse boule sur le visage. Tu es sorti de ton bosquet, alors Bill a lâché sa flèche, et ce zigue à la grosse bosse a lâché sa flèche, et moi j'ai lâché ma flèche.

Et son père montrait comment il avait lâché sa flèche en levant la jambe et en pétant, tout en mimant le geste de sortir une flèche de son carquois et de tirer. Puis il riait d'un rire de vieillard, éraillé et caquetant.

Thomas refermait les petits panneaux et retournait dans le couloir, pris de migraine, un sourire gêné sur les lèvres; la tête et le sourire d'un garçon qui venait de manger des pommes vertes et savait qu'il serait encore plus malade le lendemain matin.

C'était ça, le père qu'il avait tant aimé et craint?

Un vieillard qui pétait de gros nuages de vapeur malodorante?

C'était ça le roi que ses sujets appelaient le Bon Roland?

Il pissait dans le feu, lâchant d'autres jets de vapeur.

Ça, l'homme qui lui avait brisé le cœur en n'aimant pas son bateau de bois?

Il parlait aux têtes empaillées, leur donnait des noms idiots comme Bouboule, Gros Dur et Petit Nain. Il fouillait dans son nez et mangeait les crottes!

Je ne t'aime plus, pensait Thomas, en vérifiant qu'il n'y avait personne dans le corridor et en retournant dans sa chambre comme un voleur. *Tu n'es qu'un vieillard crasseux et stupide, tu n'es plus rien pour moi, plus rien du tout! Rien!*

Mais, bien sûr, Roland comptait toujours pour Thomas. Une partie de lui continuait à l'aimer comme avant et voulait aller le voir pour qu'il ait mieux à qui parler qu'une bande de têtes empaillées.

Pourtant, une autre partie de lui préférait espionner.

28

La nuit où Flagg vint trouver Roland avec le vin empoisonné, cela faisait longtemps que Thomas n'avait plus osé espionner. Il y avait une bonne raison pour ça.

Un soir, trois mois auparavant, Thomas fut incapable de trouver le sommeil. Il se tourna et se retourna dans son lit jusqu'à ce que le veilleur de nuit annonce onze heures du soir. Il se leva, s'habilla et quitta ses appartements. Il pensait trouver son père endormi, mais il n'en était rien. Roland était éveillé et ivre, complètement ivre.

Thomas avait souvent vu son père saoul, mais jamais dans un pareil état. Le garçon en resta abasourdi et terrifié.

Il y a des gens, bien plus vieux que Thomas, qui pensent que la vieillesse est toujours un âge de douceur. Ils pensent qu'un vieillard peut manifester une douce sagesse, une douce humeur ronchonne ou une douce perspicacité, ou éventuellement la douce confusion de la sénilité. Ils admettent ces manifestations mais auront bien du mal à envisager une véritable fougue. Ils croient que vers soixante-dix ans, toutes les flammes se sont changées en braises. C'est peut-être vrai, mais ce soir-là Thomas découvrit que même les braises peuvent s'enflammer.

Son père faisait les cent pas rapidement, sa robe de chambre volant derrière lui. Il avait perdu son bonnet de nuit, ses quelques cheveux retombaient en boucles échevelées sur ses oreilles. Il ne chancelait pas, comme lors d'autres soirées, et n'avait pas besoin de marcher les mains en avant pour éviter de se cogner aux meubles. Il roulait comme un marin, mais il ne chancelait pas. Quand il heurta par hasard une des chaises à haut dossier près du mur, juste au-dessous de la tête grimaçante d'un lynx, Roland jeta la chaise avec un rugissement qui fit frémir Thomas et lui donna la chair de poule. La chaise vola à travers la pièce et se fracassa contre le mur. Son dossier de bois de fer éclata en mille morceaux. Dans son ivresse, le vieux roi avait retrouvé la force de la maturité.

Il regarda la tête de lynx, de ses yeux rouges et enflammés.

– Allez, mords-moi ! hurla-t-il.

La rugosité de sa voix fit encore frémir Thomas.

– Mords-moi donc ! Tu as peur ? Descends de ton mur, Farceur, saute ! Tu vois ma poitrine, tu vois ?

Il ouvrit sa robe de chambre, montrant son torse décharné. Il découvrit ses quelques dents en face des crocs de Farceur, et leva la tête.

– Tu vois mon cou ? Allez, saute ! Je te tuerai de mes mains nues ! JE T'ARRACHERAI TES TRIPES PUANTES !

Il resta un moment ainsi, torse bombé, tête levée. Il ressemblait à un animal, un vieux cerf aux abois, qui n'aspire qu'à une mort douce. Roland se retourna et s'arrêta sous une tête d'ours à laquelle il montra le poing tout en déversant une bordée d'injures ; des injures si affreuses que Thomas, tapi dans le noir, craignait que l'esprit outragé du vieil ours ne vînt réanimer la vieille tête et sauter à la gorge de son père sous ses yeux.

Mais Roland s'éloigna. Il saisit sa chope, la vida et se retourna encore, avec la bière qui lui dégoulinait sur le menton. Il jeta la chope d'argent à travers la pièce qui alla heurter le coin de la cheminée, ce qui laissa une bosse dans le métal.

Roland se rapprocha de Thomas, balança une autre chaise qui se trouvait sur son chemin, puis cogna une table de son pied nu. Il cligna des yeux et croisa le regard de Thomas. Oui, il croisa son regard. Soudain Thomas se sentit prisonnier, et une immense terreur l'envahit comme un souffle glacé.

Son père s'approcha encore de lui, ses dents jaunies découvertes, ses mèches folles lui retombant sur les oreilles et la bière lui dégoulinant sur le menton.

– Et toi ? chuchota Roland d'une voix effroyable. Qu'est-ce que tu as à me regarder ? Qu'est-ce que tu veux savoir ?

Thomas était paralysé. *Démasqué, démasqué, par tous les dieux du ciel et de l'enfer, je suis démasqué et on va m'exiler !*

Son père restait là, les yeux rivés à la tête de dragon. Dans sa culpabilité, Thomas était sûr que son père s'était adressé à lui, mais il n'en était rien. Roland parlait à Nini, comme il avait parlé aux autres têtes. Pourtant, si Thomas pouvait voir à travers les yeux du dragon, son père pouvait le voir aussi, du moins dans une certaine mesure. S'il n'avait pas été paralysé de terreur, Thomas se serait sûrement sauvé, pris de panique. Et s'il avait eu la présence d'esprit de garder son calme, ses yeux se seraient certainement détournés. Qu'aurait pensé Roland s'il avait vu les yeux du dragon bouger? Qu'il recouvrait la vie? Peut-être, saoul comme il l'était, c'était vraisemblable. Si Thomas avait simplement cligné des yeux, Flagg n'aurait pas eu besoin de poison. Le roi, vieux et fragile, en dépit du bref accès d'énergie que lui procurait la boisson, en serait sans doute mort de peur.

Soudain, Roland fit un bon en avant.

– QU'EST-CE TU AS À ME REGARDER ? hurla-t-il.

Il s'en prenait à Nini, le dernier dragon de Delain bien sûr, mais Thomas ne le savait pas.

– QU'EST-CE QUE TU AS À ME REGARDER COMME ÇA ? J'AI FAIT DE MON MIEUX, J'AI TOUJOURS FAIT DE MON MIEUX ! JE N'AVAIS RIEN DEMANDÉ. DIS-MOI, QU'EST-CE QUE J'AI JAMAIS DEMANDÉ ? RÉPONDS ! J'AI FAIT DE MON MIEUX, ET REGARDE OÙ J'EN SUIS ! REGARDE-MOI UN PEU !

Il ouvrit complètement sa robe de chambre, découvrant son corps nu et sa peau grisâtre, marquée des taches rouges de l'alcool.

– REGARDE-MOI ! hurla-t-il encore, et il baissa les yeux sur son propre corps en pleurant.

Thomas n'en pouvait supporter davantage. Il referma les panneaux derrière les yeux du dragon au moment où son père détourna le regard de Nini pour se pencher sur son corps dévasté. Thomas se précipita dans le corridor en trébuchant et se lança de toutes ses forces sur la porte fermée. Il se heurta violemment la tête et tomba. Il se releva immédiatement sans se rendre compte qu'il s'était blessé et que du sang ruisselait sur son visage. Il appuya sur le bouton secret jusqu'à ce que la porte s'ouvre. Il se précipita dans le couloir sans même s'assurer qu'il n'y avait personne. Il ne pensait qu'aux yeux injectés de sang de son père qui hurlait : *Qu'est-ce que tu as à me regarder comme ça?*

Thomas n'avait aucun moyen de savoir que son père s'était déjà endormi d'un profond sommeil d'ivrogne. Quand Roland se réveilla le lendemain matin, il était toujours par terre, et la première chose qu'il fit, en dépit de son mal de tête et de son corps contusionné et douloureux – Roland n'avait plus l'âge de ce genre d'épreuves épuisantes –, ce fut de regarder la tête du dragon. Il rêvait rarement quand il était saoul ; il se retrouvait simplement plongé dans une obscurité embuée. Mais, cette nuit-là, il avait fait un terrible cauchemar : les yeux de Nini avaient bougé et le dragon était revenu à la vie. Il soufflait son haleine de mort et, bien que Roland ne vît pas le feu, il sentit la chaleur profondément en lui, de plus en plus brûlante.

Ce rêve toujours à l'esprit, il redoutait un peu ce qu'il allait voir en levant les yeux. Mais tout était comme avant. Nini offrait son sourire terrifiant, sa langue pointue roulait entre ses dents, presque aussi longues que des pieux, et ses yeux d'or vert fixaient aveuglément la pièce. Cérémonieusement croisés au-dessus du trophée trônaient l'arc de Roland et sa flèche Massacreuse, dont la pointe était encore noire de sang de dragon. Roland mentionna un jour ce rêve à Flagg qui se contenta de hocher la tête d'un air plus songeur qu'à l'accoutumée. Puis, Roland oublia.

Il n'était pas si facile d'oublier pour Thomas.

Pendant des semaines, il fut hanté par des cauchemars où son père lui criait sans cesse : *Regarde ce que tu m'as fait !* et ouvrait sa robe de chambre pour exhiber son corps nu, lacéré de cicatrices, avec son ventre tombant et ses muscles ramollis, comme pour dire que tout ça était la faute de Thomas, que s'il n'avait pas espionné...

– Pourquoi ne vas-tu plus jamais voir papa ? lui demanda Peter un jour. Il pense que tu es fâché contre lui.

– Fâché contre lui ? dit Thomas, abasourdi.

– C'est ce qu'il m'a dit au goûter aujourd'hui.

Peter observa attentivement son frère et remarqua les cernes noirs sur ses joues et la pâleur de son teint.

– Tom ? Il y a quelque chose qui ne va pas ?

– Non, rien, répondit lentement Thomas.

Le lendemain, Thomas prit le thé avec son père et son frère. Il lui fallut rassembler tout son courage pour y aller, mais Thomas avait effectivement du courage, et, parfois, il arrivait à le prouver, quand il était au pied du mur, le plus souvent. Son père l'embrassa et lui demanda ce qui n'allait pas. Thomas bredouilla qu'il ne s'était pas senti très bien. Roland hocha la tête, le prit maladroitement dans ses bras et reprit son attitude habituelle qui consistait principalement à ignorer Thomas en faveur de Peter. Pour une fois, Thomas s'en réjouissait. Il ne voulait pas que son père ne le regarde plus que nécessaire, du moins pendant un certain temps. Cette nuit-là, Thomas resta longtemps éveillé et écouta le vent gémir. Il finit par conclure qu'il avait frisé la catastrophe et qu'il l'avait échappé belle.

Jamais plus, pensa-t-il. Dans les semaines qui suivirent, les cauchemars s'espacèrent, puis cessèrent.

Pourtant, le maître palefrenier Yosef avait raison sur un point : les garçons sont souvent plus prompts à formuler des promesses qu'à les tenir. Car, finalement, l'envie d'espionner son père se fit plus forte que les bonnes intentions. Et c'est ainsi que le soir où Flagg vint apporter le vin empoisonné, Thomas était à son poste d'observation.

29

Quand Thomas arriva dans le passage et fit coulisser les deux panneaux de bois, son père et son frère terminaient leur verre de vin quotidien. Peter, qui avait presque dix-sept ans, était grand et beau. Ils étaient assis près du feu à bavarder comme de vieux amis, et Thomas sentit sa vieille haine emplir son cœur de fiel. Peter se leva bientôt et quitta courtoisement son père.

– Tu me quittes de plus en plus tôt ces jours-ci, remarqua Roland.

Peter bredouilla une vague excuse.

Roland sourit d'un sourire doux et triste, fort édenté.

– J'ai entendu dire qu'elle était charmante !

Peter sembla troublé, ce qui ne lui ressemblait guère et se mit à bégayer, ce qui lui ressemblait encore moins.

– Allez, va, interrompit Roland. Va, et sois gentil avec elle, sois aimable... et montre-toi chaleureux, s'il y a un peu d'ardeur en toi. Le vieil âge est bien froid, Peter. Sois chaleureux pendant que tu es encore vert, que l'énergie ne te manque pas et que tu peux t'enflammer.

Peter sourit.

– Tu parles comme si tu étais très vieux, père, mais tu me parais toujours fort et vigoureux.

Roland embrassa son fils.

– Je t'aime, mon fils.

Peter eut un sourire dépourvu de gêne ou d'embarras.

– Je t'aime aussi, papa, dit-il.

Dans son obscurité solitaire – espionner est une activité solitaire qui se pratique presque toujours dans le noir –, Thomas fit une horrible grimace.

Peter s'en alla et, pendant près d'une heure, il ne se passa pas grand-chose. Roland resta au coin du feu, morose, à boire verre de bière après verre de bière. Il ne rugissait pas, ne vociférait pas, ne parlait pas aux têtes empaillées. Il ne cassa pas les meubles. Thomas était sur le point de partir quand on frappa deux fois à la porte.

Roland regardait le feu, quasi hypnotisé par le vacillement des flammes. Il se leva et demanda :

– Qui est-ce ?

Thomas n'entendit pas la réponse, mais son père alla vers la porte comme s'il avait entendu. Il l'ouvrit. Tout d'abord, Thomas pensa que la manie de parler aux têtes prenait une tournure encore plus étrange ; que son père s'inventait à présent des compagnons invisibles pour tromper son ennui.

– C'est surprenant de vous voir à cette heure, dit Roland retournant vers le feu, apparemment seul. Je vous croyais entièrement à vos sorts et à vos incantations, une fois la nuit tombée.

Thomas cligna des yeux, se les frotta et finit par apercevoir quelqu'un. Il ne vit pas tout de suite qui... puis se demanda soudain comment il avait pu croire son père seul alors que Flagg se tenait à côté de lui. Il portait un plateau d'argent avec deux verres de vin.

– Des ragots de bonnes femmes, Messire. Les magiciens font leurs incantations le matin aussi bien que le soir. Mais, bien sûr, nous devons entretenir notre sombre légende.

La bière avait un effet favorable sur le sens de l'humour du roi, si bien qu'il riait souvent à des choses qui n'étaient pas drôles du tout. En entendant cette remarque, il rejeta la tête en arrière et rit à gorge déployée, comme si c'était la meilleure plaisanterie qu'il ait jamais entendue. Flagg esquissa un sourire.

Quand le roi fut calmé de son fou rire, il demanda :

– Qu'est-ce que c'est ? Du vin ?

– Votre fils est encore un enfant, et sa déférence et son respect devant le Roi me font honte, moi, un homme. Je vous ai apporté un verre de vin pour vous prouver que, moi aussi, je vous aime.

Il l'offrit à Roland qui semblait absurdement ému.

Ne bois pas ! Papa, ne bois pas ! songea soudain Thomas, l'esprit en proie à une inquiétude qu'il ne pouvait s'expliquer. Roland souleva la tête et se retourna, comme s'il avait entendu.

– C'est un bon garçon, dit Roland.

– Effectivement. Tout le royaume s'accorde là-dessus.

– Ah oui ? demanda Roland, visiblement ravi. Ah, oui ? Vraiment ?

– Oui. Portons-lui un toast, dit Flagg en levant son verre.

Non, papa ! cria intérieurement Thomas. Mais si son père avait entendu sa première pensée, il n'entendit pas celle-là. Son visage s'illuminait de tout son amour pour Peter.

– Alors, à Peter ! dit Roland en levant très haut le verre de vin empoisonné.

– À Peter ! répondit Flagg en souriant. Au Roi !

Thomas se recroquevilla dans le noir. *Flagg porte deux toasts différents ! Je ne sais pas ce que cela veut dire, mais... Père !*

Cette fois, ce fut Flagg qui tourna son noir regard perçant vers la tête du dragon, comme s'il avait entendu la pensée. Thomas se figea sur place, mais Flagg se retourna bientôt vers Roland.

Ils trinquèrent et burent. Tandis que son père avalait le verre de vin, Thomas sentit une flèche de glace lui percer le cœur.

Flagg fit demi-tour sur sa chaise et jeta le verre vide dans le feu.

– À Peter !

– À Peter ! répondit le roi en faisant de même.

Le verre alla s'écraser contre les briques couvertes de suie au fond de l'âtre et retomba dans les flammes. Pendant un instant, le feu s'illumina d'une affreuse lueur verte.

Roland porta la main à sa bouche comme pour étouffer un rot.

– Vous y avez mis des épices ? On aurait dit... du vin chaud.

– Non, Messire, dit gravement Flagg, mais Thomas perçut un rictus derrière la gravité du magicien et la flèche de glace s'enfonça plus profondément dans son cœur. Soudain, il n'eut plus du tout envie d'espionner, plus jamais. Il referma les panneaux et retourna discrètement dans sa chambre. Il se sentit frigorifié, puis brûlant. Le lendemain matin, il avait de la fièvre. Avant qu'il ne fût guéri, son père était mort et son frère emprisonné dans la cellule du sommet de l'Aiguille. À douze ans à peine, Thomas devint un enfant roi, et il fut surnommé Thomas l'Éclaireur, le jour de son couronnement. Et qui était son plus proche conseiller ?

Devinez !

30

Quand Flagg quitta Roland le vieil homme se sentait mieux que jamais, signe infaillible prouvant que le sable de dragon faisait son travail –, il retourna dans ses sombres appartements. Il sortit la pince et le sachet qui contenait encore quelques grains de sable et les posa sur son bureau. Ensuite, il retourna son sablier et reprit sa lecture.

Dehors, le vent hurlait et gémissait. Les vieilles femmes se retournaient dans leur sommeil et disaient à leur mari que la Sorcière noire des Roucoulades chevauchait encore son horrible balai et préparait un mauvais coup. Les maris grommelaient et ordonnaient à leurs femmes de se rendormir et de les laisser tranquilles. Ils étaient assez bornés pour la plupart. Quand on a besoin d'un œil assez curieux pour voir des brins de paille voler dans le vent, mieux vaut s'adresser à une vieille femme, c'est moi qui vous le dis !

Une araignée qui se trouvait sur le livre de Flagg effleura une formule – si épouvantable que Flagg lui-même n'osait pas s'en servir –, et se transforma immédiatement en pierre.

Flagg sourit.

Quand le sablier se fut vidé, Flagg le retourna encore. Et encore, et encore. Il le retourna huit fois. Quand le sable de la huitième heure se fut presque totalement écoulé, il se prépara à terminer son travail. Il gardait des tas d'animaux dans une pièce sombre qui donnait sur le couloir de son bureau. C'est là qu'il se rendit en premier. Les petites créatures coururent en tous sens et se tapirent dans les coins quand Flagg s'approcha. Il ne pouvait guère le leur reprocher.

Dans un coin se trouvait une cage contenant une douzaine de souris brunes. Il y en avait partout de semblables dans le château, et c'était là un point important. Flagg disposait aussi de rats, mais, cette nuit-là, il ne voulait pas de rats. D'ailleurs, tous les rats du château avaient été empoisonnés. Une simple souris suffirait pour que la culpabilité soit rejetée sur le rejeton royal. Si tout allait bien, Peter serait vite aussi bien enfermé que ces malheureuses souris.

Flagg plongea la main dans la cage et en sortit une pauvre bête qui tremblait de tous ses membres. Il sentait les rapides battements de cœur, et il savait que s'il la tenait trop longtemps, elle mourrait de frayeur.

Flagg pointa le petit doigt de sa main gauche vers la souris. L'ongle se mit à scintiller d'un faible éclat bleuté.

– Dors, ordonna-t-il, et la souris tomba sur le flanc et s'endormit dans sa paume ouverte.

Flagg l'emporta dans sa bibliothèque et la posa sur son bureau, là, à la place du presse-papiers en obsidienne. Il alla dans son garde-manger et versa un peu d'hydromel du tonneau de chêne dans une coupelle. Il l'adoucit au miel, posa la coupelle sur son bureau et se dirigea dans le couloir pour inspirer profondément à la fenêtre.

Retenant son souffle, il revint et se servit de la pince pour verser le contenu du sachet dans l'hydromel sucré, sauf trois grains. Ensuite, il ouvrit un tiroir de son bureau et en sortit un sachet vide. Puis, fouillant tout au fond de ce même tiroir, il prit un écrin très spécial.

Le nouveau sachet était ensorcelé, mais son pouvoir

n'était pas très fort. Il pouvait contenir le sable de dragon en toute sécurité pendant un certain temps. Ensuite, le sable ferait son travail. Il n'enflammerait pas le papier, pas dans l'écrin ; il n'y aurait pas assez d'air pour cela. Mais il fumerait et se consumerait, et cela suffirait. Ce serait parfait.

Flagg manquait terriblement d'air, mais il passa encore un instant à admirer l'écrin et à se féliciter intérieurement. Il l'avait volé dix ans plus tôt. Si, à l'époque, vous lui aviez demandé pourquoi il le prenait, il n'aurait pas pu vous répondre, pas plus qu'il ne pouvait expliquer pourquoi il avait montré le passage secret à Thomas. Son instinct du mal lui avait dicté de le prendre et il lui avait obéi. Après toutes ces années passées dans le tiroir, l'écrin trouvait enfin son utilité.

PETER était gravé sur le couvercle de l'écrin.

Sasha l'avait offert à son fils qui, un jour, l'avait laissé sur une table pour aller courir dans le couloir après une chose ou une autre. Flagg vint à passer par là, vit l'écrin et le fourra dans sa poche. Peter avait été très chagriné, bien sûr, et quand un prince a du chagrin, même s'il n'a que six ans, les gens le remarquent. On avait organisé une fouille, mais l'écrin resta introuvable.

À l'aide de sa pince, Flagg transféra les derniers grains de sable du paquet totalement enchanté au paquet partiellement enchanté. Il retourna dans le corridor pour inspirer une bouffée d'air frais. De nouveau, il ne respira pas tant que le nouveau sachet ne fut pas bien à l'abri dans le vieil écrin de bois, avec la pince à côté, et que le couvercle fut fermé. Puis Flagg jeta le premier sachet dans l'égout.

Il se pressait à présent, bien qu'il se sentît en sécurité. La souris dormait, l'écrin était fermé ; toutes les preuves l'innocentaient. C'était parfait.

Il pointa le petit doigt de sa main gauche vers la souris, toujours étendue sur son bureau tel un minuscule tapis de fourrure pour des lutins, et lui ordonna :

– Réveille-toi !

La souris tortilla ses pattes et ouvrit les yeux. Elle leva la tête.

En souriant, Flagg fit des cercles avec son petit doigt et lui dit :

– Cours !

La souris se mit à courir en rond.

Flagg agita son doigt de haut en bas.

– Saute !

La souris sauta sur ses pattes arrière comme un chien de cirque, tout en roulant les yeux sauvagement.

– Bois ! dit-il en pointant le doigt vers la coupelle d'hydromel sucré.

Dehors, les rafales de vent rugissaient. À l'autre bout de la ville, une chienne donna naissance à une portée de chiots à deux têtes.

La souris but l'hydromel.

– Maintenant, dit Flagg quand la souris eut assez bu pour remplir les desseins du magicien, rendors-toi ! Et la souris obéit.

Flagg se précipita vers les appartements de Peter, l'écrin dans l'une de ses poches – les magiciens ont toujours de nombreuses poches – et la souris dans une autre. Il croisa quelques serviteurs et quelques courtisans ivres et hilares, mais personne ne le vit. Il était toujours imperceptible.

Les appartements de Peter étaient fermés à clé, mais cela ne posait aucun problème pour les talents de Flagg. Il n'y avait personne, bien entendu ; le prince était encore avec sa jeune amie. Flagg ne connaissait pas Peter aussi bien que Thomas, mais il connaissait néanmoins deux ou trois petites choses ; il savait par exemple où Peter cachait les objets auxquels il tenait.

Flagg se dirigea immédiatement vers la bibliothèque et sortit deux ou trois manuels de classe fort ennuyeux. Il poussa une baguette de bois et entendit un ressort s'ouvrir. Ensuite, il fit coulisser un panneau qui laissa voir une cavité derrière la bibliothèque. Ce n'était même pas fermé. Dans le trou, il y avait un ruban de soie que sa jeune amie lui avait donné, quelques lettres si enflammées que Peter n'osait pas les envoyer et un petit médaillon avec le portrait de sa mère.

Flagg ouvrit l'écrin gravé et, avec beaucoup de précautions, déchira l'un des coins du sachet. On aurait dit qu'une souris l'avait rongé. Flagg referma le couvercle et mit l'écrin dans la cavité.

– Tu as tant pleuré quand tu as perdu ce coffret, mon cher Peter, murmura-t-il. Eh bien, tu vas pleurer encore plus quand on le trouvera !

Flagg posa la souris endormie près de l'écrin, referma le compartiment et rangea les manuels.

Ensuite, il sortit et dormit profondément. Un grand malheur était en marche, et il était sûr d'avoir agi comme il le souhaitait : dans l'ombre et à l'abri de tous les regards.

31

Pendant les trois jours qui suivirent, le roi Roland parut en meilleure santé, plus vigoureux et plus énergique qu'on ne l'avait vu depuis longtemps. La cour ne parlait plus que de cela. En allant rendre visite à son frère fiévreux et malade, Peter lui dit avec inquiétude que les cheveux de leur père lui semblaient changer de couleur ; ils perdaient le blanc vaporeux et transparent qu'ils avaient depuis plus de quatre ou cinq ans pour retrouver le gris d'acier de l'âge mûr.

Thomas sourit, mais fut saisi d'un frisson. Il demanda une autre couverture à son frère, mais ce n'était pas d'une couverture qu'il avait besoin. Il aurait voulu ne pas avoir assisté à cet étrange toast entre son père et le magicien, mais, évidemment, c'était impossible.

Puis, le troisième jour, après le dîner, Roland se plaignit d'une indigestion. Flagg lui proposa de faire appeler le médecin de la cour. Roland repoussa la proposition, disant que, en fait, il ne s'était pas senti si bien depuis des mois, des années...

Le roi rota, un long rot bruyant et rauque. Tous les convives de la salle de bal se turent, inquiets de voir le roi se courber en deux. Les musiciens de l'orchestre cessèrent de jouer. Quand Roland se redressa, tous ceux qui étaient présents eurent le souffle coupé. Le roi avait les joues écarlates. Des larmes fumantes coulaient sur son visage. De la fumée lui sortait de la bouche.

Il y avait peut-être soixante-dix personnes dans le hall, des cavaliers grossièrement vêtus – que nous appellerions sans doute chevaliers –, des courtisans et des courtisanes, des serviteurs, des bouffons, des musiciens, des acteurs, qui, plus tard, devaient présenter une saynète, mais ce fut Peter qui courut le premier vers son père. Ce fut Peter que tout le monde vit aller vers l'homme condamné, et cela ne déplut pas du tout à Flagg.

Peter. Tout le monde se souviendrait de Peter.

Roland se tenait l'estomac d'une main et la poitrine de l'autre. Soudain, un nuage de fumée noire lui sortit de la bouche. C'était comme si le roi venait d'apprendre une nouvelle manière de narrer ses exploits.

Mais, hélas, ce n'était pas un truc, et il criait tandis que la fumée s'échappait de sa bouche, de ses narines, de ses oreilles et de ses yeux. Il avait la gorge si rouge qu'elle en était presque pourpre.

– Dragon ! s'écria Roland en s'effondrant dans les bras de son fils. Dragon !

Ce furent ses dernières paroles.

32

Le vieil homme était très résistant, incroyablement résistant. Avant de mourir, il dégageait une telle chaleur que personne, pas même ses serviteurs les plus loyaux, ne pouvait approcher de moins d'un mètre de son lit. À plusieurs reprises, ils durent verser des baquets d'eau sur le roi agonisant car les draps commençaient à se consumer. À chaque fois, l'eau se transformait immédiatement en une vapeur brûlante qui se dispersait dans la chambre et dans le salon, où se tenaient courtisans et cavaliers dans un silence de mort et où les femmes pleuraient en se tordant les mains.

Juste avant minuit, une rafale de flammes vertes jaillit de sa bouche, et il mourut.

Flagg alla solennellement à la porte entre la chambre et le salon pour annoncer la nouvelle. Il s'ensuivit un long silence qui plana sur l'assemblée pendant plus d'une minute. Mais, soudain, il fut brisé par deux petits mots. Flagg ne savait pas qui les avait prononcés, mais peu lui importait. C'était déjà fantastique qu'ils aient été entendus de tous. En fait, il aurait volontiers payé quelqu'un pour les dire, si cela n'avait pas été si dangereux.

– Au meurtre ! avait-on dit.

Tout le monde en suffoqua.

Flagg leva lentement une main devant son visage pour dissimuler un sourire.

33

Le médecin de la cour ajouta deux autres mots : *meurtre par empoisonnement.* Il ne dit pas *meurtre dû au sable de dragon*, car ce poison était inconnu de tous à Delain, sauf de Flagg.

Le roi mourut donc peu de temps avant minuit, mais, à l'aube, la nouvelle s'était propagée dans toute la ville et atteignait les extrémités des baronnies de l'Est, de l'Ouest, du Sud et du Nord : *Meurtre ! Régicide ! Roland le Bon a été empoisonné !*

Bien avant l'aube, Flagg avait commencé à organiser une fouille des plus hauts recoins du château (la tour Est) aux souterrains les plus profonds (le donjon de l'Inquisition, avec ses instruments de torture, ses menottes et ses bottes à mâchoires). *Tout indice lié au crime*, avait-il dit, *devait être découvert et signalé sur-le-champ.*

Tout le château s'agitait. Six cents hommes, poussés par le chagrin, le passèrent au peigne fin. Deux endroits furent exempts de recherches : les appartements des deux princes, Peter et Thomas.

Thomas se rendit à peine compte de ce qui se passait ; sa fièvre avait empiré, au point d'inquiéter le médecin de la cour. Tandis que les premières lueurs de l'aube filtraient au travers de la fenêtre, Thomas était plongé dans un profond délire. Dans ses cauchemars, il voyait deux verres de vin, levés très haut, et entendait son père répéter et répéter : *Y avez-vous mis des épices ? On dirait du vin chaud.*

C'était Flagg qui avait donné l'ordre de la fouille, mais vers deux heures du matin Peter avait suffisamment retrouvé ses esprits pour diriger les opérations. Flagg le laissa faire. Ces quelques heures revêtaient la plus haute importance ; tout pourrait y être gagné ou perdu. Le roi était mort, le royaume était momentanément privé de chef. Mais pas pour longtemps ; le jour même, Peter serait couronné au pied de l'Aiguille, à moins que sa culpabilité ne soit prouvée avant.

En d'autres circonstances, Peter aurait été immédiatement soupçonné. Les gens soupçonnaient toujours ceux qui avaient le plus à gagner, et Peter profitait amplement de la mort de son père. Le poison était chose horrible, mais il lui apportait un royaume.

Mais les sujets parlaient plus volontiers du chagrin du prince que des avantages qu'il en tirait. *Bien sûr, Thomas aussi avait perdu son père*, pensaient-ils en réfléchissant un peu, presque honteux de l'avoir oublié. Mais Thomas était un garçon morose et boudeur qui se disputait souvent avec son père. La tendre affection de Peter, en revanche, était largement connue. *Et pourquoi?* se seraient-ils demandé si cette idée leur était venue à l'esprit, ce qui n'était pas encore le cas, *pourquoi tuer son père pour la couronne puisqu'il en hériterait dans un an ou deux, cinq au pire? Oui, pourquoi?*

En revanche, si l'on trouvait des preuves dans un endroit secret connu du seul Peter, une cachette dans la chambre même du prince, évidemment, le vent tournerait vite. Les gens se mettraient à voir un meurtrier sous le masque de la tendresse et de l'affection. Ils souligneraient que, pour les jeunes, un an cela paraissait long, aussi long que trois, trois aussi long que neuf, et cinq aussi long que vingt-cinq! Ensuite, ils remarqueraient que le roi avait semblé, dans les derniers jours de son règne, sortir d'un long tunnel, et avait retrouvé vigueur et santé. Peut-être Peter avait-il cru que le roi allait vivre un long été indien, florissant de santé; qu'il s'était affolé et avait commis une bêtise cruelle et monstrueuse?

Flagg savait aussi autre chose : au fond de leur cœur, les gens ne ressentent que méfiance pour les rois et les princes, car ils peuvent ordonner leur mort d'un simple signe de tête, et pour des crimes aussi futiles que laisser tomber un mouchoir en leur présence. Les grands rois sont aimés du peuple, les moins grands, tolérés, et les futurs rois représentent un inconnu terrifiant. Ils apprendraient sans doute à aimer Peter si on lui laissait une chance, mais ils le condamneraient facilement si on leur fournissait assez de preuves.

Et ces preuves n'allaient pas tarder à éclater au grand jour.

Une souris... une petite souris minuscule... mais assez grande pour ébranler un royaume jusqu'à ses fondements.

34

À Delain, il n'y avait que trois stades dans la vie des êtres humains : l'enfance, la demi-maturité et l'âge adulte. La demi-maturité durait de quatorze à dix-huit ans.

Quand Peter était entré dans la demi-maturité, ses nounous ronchonnes avaient été remplacées par Brandon, son majordome, et Dennis, le fils de Brandon. Brandon serait encore le majordome de Peter pour de longues années, mais sans doute pas pour la vie. Peter était jeune et Brandon approchait de la cinquantaine. Quand il ne pourrait plus tenir son service, il serait remplacé par Dennis. La famille de Brandon était au service de la famille royale depuis huit cents ans, et s'en enorgueillissait à juste titre.

Dennis se levait tous les matins à cinq heures, s'habillait, préparait le costume de son père et lui cirait ses chaussures. Puis, encore engourdi, il se rendait à la cuisine et prenait son petit déjeuner. À six heures et quart, il quittait le foyer familial dans les communs et entrait dans le château proprement dit par la petite porte Ouest.

À six heures, il arrivait dans les appartements de Peter, entrait sans bruit et effectuait les corvées matinales : allumer le feu, préparer des petits pains pour le déjeuner et faire chauffer l'eau pour le thé. Ensuite, il passait successivement dans les trois pièces pour tout ranger. Ce n'était pas une tâche ardue, car Peter était soigneux. Enfin, il retournait à la bibliothèque et installait le plateau du petit déjeuner, car c'est là que Peter aimait manger quand il était chez lui, en général sur le bureau, près de la fenêtre est, avec un livre d'histoire ouvert devant lui.

Dennis avait horreur de se lever de bonne heure, mais il aimait beaucoup son travail. Il aimait aussi Peter qui se montrait toujours patient avec lui, même quand il commettait des erreurs. La seule fois où Peter l'avait vraiment disputé, c'était le jour où Dennis lui avait apporté un plateau de petit déjeuner et avait négligé de mettre une serviette.

– Excusez-moi, Votre Altesse, je n'aurais jamais pensé...

– Eh bien, la prochaine fois, penses-y! dit Peter.

Il n'avait pas crié, mais c'était tout comme. Dennis n'oublia plus jamais de mettre une serviette sur le plateau de Peter, et, parfois, pour plus de sécurité, il en mettait deux.

Les corvées matinales accomplies, Dennis se retirait et laissait la place à son père. Brandon était un majordome parfait, avec sa cravate impeccablement nouée, ses cheveux plaqués en arrière et retenus par un catogan sur la nuque, sa vareuse et ses culottes sans un grain de poussière et ses chaussures brillantes comme des miroirs – grâce à Dennis. Mais, le soir, sans ses chaussures et son costume, la cravate dénouée et un verre de gin à la main, il revêtait un aspect beaucoup plus naturel pour Dennis.

– Je va te dire une chose qu'il faut que tu te mettes dans la tête, disait-il souvent à son fils dans ces occasions où il était détendu, y'a peut-être qu'une dizaine de choses qui durent dans la vie, pas plus, peut-être même moins. Perdre la tête pour une femme, ça ne dure point, le souffle d'un coureur, ça ne dure point, pas plus que le souffle d'un fanfaron. Mais y'a quand même une chose qui dure, c'est la royauté, et une autre, c'est le service. Si tu restes avec le jeune homme jusqu'à ce qu'il devienne vieux, et que tu prends ben soin de lui, il prendra ben soin de toi. Tu le serviras, et il te servira, si t'adoptes ma tournure d'esprit. Allez, maintenant, verse-moi donc un verre et prends une goutte pour toi, rien qu'une goutte, sinon ta mère va nous écorcher vifs tous les deux.

Sans aucun doute, pas mal de jeunes se seraient vite lassés de ce genre de sermons, mais pas Dennis. À vingt ans, il était encore l'un des rares à penser que son père était plus sage que lui-même.

Le matin qui suivit la mort du roi, Dennis n'eut pas besoin de s'extirper de son lit, encore tout engourdi à cinq heures. Il avait été réveillé à trois heures par son père qui lui avait appris la nouvelle.

– Flagg organise une fouille, lui dit son père les yeux pleins de détresse. Ça me semble juste, mais mon maître va diriger bientôt, j'en suis sûr, et je cours de ce pas l'aider à retrouver ce fumier d'assassin, s'il veut bien de moi.

– Moi aussi ! s'écria Dennis en attrapant ses culottes.

– Non, pas question ! dit son père avec une autorité qui fit immédiatement reculer Dennis. Faut que tout reste comme avant, meurtre ou pas. Plus que jamais, il faut conserver les traditions. Mon maître, ton maître, sera bientôt couronné roi et c'est bien ainsi, même s'il arrive au pouvoir à un ben mauvais moment. Pour un roi, la mort violente est toujours une mauvaise chose si cela ne se produit pas sur un champ de bataille. Les vieilles traditions seront préservées, je n'en doute pas, mais en attendant nous connaîtrons ben des ennuis. Pour toi, le mieux, c'est d'aller à ton travail comme d'habitude.

Il était parti avant que Dennis ait eu le temps de protester.

Et, à cinq heures, Dennis répéta à sa mère les paroles de son père et annonça qu'il allait à son travail comme d'habitude, même s'il était sûr que Peter ne serait pas là. La mère de Dennis se montra plus qu'aimable. Elle mourait d'envie d'avoir des nouvelles. Elle lui dit donc d'aller, bien sûr... et de revenir avant huit heures lui raconter tout ce qu'il avait appris.

Dennis se rendit donc dans les appartements de Peter, complètement déserts. Néanmoins, il se plia à la routine quotidienne et installa le petit déjeuner dans la bibliothèque du prince. Il regarda tristement l'assiette, le verre, les pots de confiture, songeant que rien ne servirait ce matin. Pourtant, pour la première fois depuis que son père l'avait réveillé, il se sentait quelque peu réconforté d'accomplir sa tâche. Il comprenait que, pour le pire ou le meilleur, rien ne serait plus jamais comme avant. Les temps avaient changé.

Il se préparait à partir quand il entendit un son. C'était si étouffé qu'il ne pouvait pas dire exactement de quoi il s'agissait, mais il savait à peu près d'où cela venait. Il regarda la bibliothèque de Peter et son cœur se mit à sauter dans sa poitrine.

Des filets de fumée s'échappaient d'entre les livres.

Dennis se précipita et enleva les livres par doubles poignées. La fumée sortait par une fissure derrière la bibliothèque. À présent que les livres ne gênaient plus, le son était plus clair. C'était une sorte d'animal qui couinait de douleur.

Sa terreur se changeant en panique, Dennis attaqua

le fond du meuble avec ses mains et ses ongles. S'il y avait une chose que les gens redoutaient par-dessus tout en ces temps et en ces lieux, c'était bien le feu.

Bien vite, ses doigts touchèrent le ressort secret. Flagg l'avait prévu. Après tout, ce panneau secret n'était pas vraiment secret ; de quoi amuser un enfant, pas plus. Le dos de la bibliothèque coulissa vers la droite et une bouffée de fumée grise jaillit. Elle avait une odeur extrêmement désagréable, un mélange de chair cuite, de cochon grillé et de papier brûlé.

Sans réfléchir, Dennis poussa le panneau. Bien sûr, l'air entra dans la cavité et les objets qui se consumaient lentement commencèrent à produire les premières flammes.

C'était le point crucial, le moment où Flagg devrait se satisfaire non seulement de ce qui se produirait à coup sûr, mais aussi de ce qui se produirait probablement. Tous ses efforts des soixante-quinze dernières années reposaient sur la fragile charnière et de ce que ferait ou ne ferait pas le fils du majordome dans les cinq prochaines secondes. Mais les Brandon étaient majordomes depuis plus longtemps que s'en souvenait la mémoire des hommes, et Flagg avait misé sur leur longue tradition de conduite irréprochable.

Si Dennis avait été paralysé de terreur à la vue de ces flammes naissantes ou s'il était allé chercher un seau d'eau, toutes les preuves que Flagg avait soigneusement mises en évidence auraient disparu dans les flammes vertes. On n'aurait jamais rejeté la culpabilité du meurtre de Roland sur Peter et ce dernier aurait été couronné à midi.

Mais Flagg avait un bon jugement. Au lieu de se figer sur place ou d'aller chercher de l'eau, Dennis plongea dans la cavité et étouffa les flammes de ses mains nues. Cela lui prit moins de cinq secondes, et il fut à peine brûlé. Les petits cris douloureux continuaient, et la première chose qu'il vit lorsqu'il eut chassé la fumée ce fut la souris, allongée sur le flanc. Elle agonisait de douleur. Ce n'était qu'une souris et Dennis en avait tué des dizaines et des dizaines dans son service sans le moindre scrupule, mais cette pauvre bestiole lui faisait pitié. Il lui était arrivé quelque chose d'affreux, quelque chose qu'il ne pouvait pas comprendre. Des rubans de fumée s'échappaient encore de sa fourrure. Il la toucha mais retira la main en criant ; c'était comme s'il avait touché un petit four, comme celui de la maison de poupée de Sasha.

De la fumée s'échappait aussi d'un écrin de bois au couvercle entrouvert. Dennis le souleva un peu plus et vit la pince et le sachet. Il était couvert de taches brunes et se consumait, mais il n'avait pas brûlé... et ne brûlait toujours pas. Les flammes venaient des lettres de Peter, qui bien sûr n'étaient pas enchantées. C'était la souris qui avait tout mis en feu avec son corps en fournaise. À présent, il ne restait plus que le sachet, et, obéissant à son instinct, Dennis se garda de le toucher.

Il avait peur. Il y avait là trop de choses qu'il ne comprenait pas et qu'il n'était pas sûr de vouloir comprendre. La seule chose dont il était sûr, c'est qu'il lui fallait parler au plus vite à son père. Son père saurait certainement quoi faire.

Dennis prit le seau et une petite pelle qui se trouvaient près de l'âtre et retourna vers le panneau secret. Avec la pelle, il prit le corps brûlant de la souris et le mit dans le seau. Il mouilla les lettres calcinées, pour plus de sûreté. Ensuite, il referma le panneau, replaça les livres et quitta les appartements de Peter. Il emporta le seau, et ne se sentit plus du tout dans la peau du loyal serviteur de Peter mais dans celle d'un voleur, qui n'avait pour butin qu'une misérable souris qui mourut avant même que Dennis eût franchi la porte Ouest du château.

Et avant même qu'il n'arrive chez lui, à l'autre bout des communs, un horrible soupçon avait pris naissance dans son esprit.

À Delain, il était le premier à entretenir ce soupçon, mais il ne serait pas le dernier.

Il essaya de repousser cette pensée, mais elle ne cessait de revenir. *Quel genre de poison avait bien pu tuer le roi ?* se demandait Dennis. *Quel poison, exactement ?*

Quand il parvint enfin à la maison des Brandon, il était en fort piteux état et refusa de répondre aux questions de sa mère. Il ne voulut pas non plus lui montrer ce qu'il y avait dans le seau. Il lui dit simplement qu'il devait voir son père dès qu'il rentrerait, à propos d'un sujet de la plus haute importance. Il alla dans sa chambre, se demandant toujours de quel poison il s'agissait. Il n'en savait qu'une chose, mais cela suffisait : c'était un poison brûlant...

35

Brandon arriva un peu avant dix heures, épuisé, énervé et peu d'humeur à plaisanter. Il était sale et en sueur ; il s'était légèrement coupé au front et de longs fils de toile d'araignée s'accrochaient à ses cheveux. On n'avait pas trouvé le moindre indice concernant le meurtre. Les seules nouvelles qu'il avait à donner, c'était que l'on préparait activement le couronnement de Peter sur la place de l'Aiguille, sous la direction d'Anders Peyna, le juge de la Cour suprême de Delain.

Quand sa femme lui parla du retour de Dennis, Brandon fronça les sourcils. Il alla frapper violemment à la porte de sa chambre avec son poing fermé.

– Sors de là, fils, et viens nous dire pourquoi tu es revenu avec le seau à cendres de la bibliothèque de ton maître.

– Non, répondit Dennis. Entre, papa, je ne veux pas que maman sache ce qu'il y a dans ce seau, et je ne veux pas qu'elle nous entende.

Brandon entra. La mère de Dennis attendait, inquiète, près de ses fourneaux. Elle redoutait plus ou moins que son fils eût inventé une histoire à dormir debout. Elle ne manquerait pas d'entendre bientôt ses pleurs... Brandon, qui entrerait à midi non plus au service d'un prince mais à celui d'un roi, exprimant ses peurs et ses rancœurs sur le derrière de son fils. Elle n'était pas vraiment fâchée contre Dennis. Un vent de folie semblait avoir soufflé sur les communs ; tout le monde courait en tous sens dès le saut du lit répandant des centaines de fausses rumeurs, qu'on démentait ensuite pour en répandre d'autres.

Mais il n'y eut pas d'éclats de voix derrière la porte fermée où le père et le fils passèrent plus d'une heure. Quand ils sortirent enfin, la pauvre femme crut qu'elle allait s'évanouir en voyant son mari livide. Dennis lui collait aux talons comme un chiot terrifié.

Brandon portait le seau de cendres.

– Où allez-vous ? demanda-t-elle craintive.

Brandon ne répondit pas et, apparemment, Dennis

était incapable de prononcer un seul mot. Il se contenta de regarder sa mère en roulant les yeux et sortit derrière son père. Elle ne les revit pas pendant vingt-quatre heures, et elle fut persuadée qu'ils étaient morts tous les deux ou, pis encore, qu'ils enduraient d'affreuses tortures dans la chambre de l'Inquisition du donjon.

Ses inquiétudes n'étaient pas si ridicules, car ces vingt-quatre heures furent absolument épouvantables pour le peuple de Delain. La journée n'aurait peut-être pas semblé aussi terrible en d'autres endroits où révoltes, insurrections, alertes et exécutions nocturnes sont presque un mode de vie... et, bien que je préférerais pouvoir affirmer le contraire, de tels endroits existent. Mais Delain, depuis des années, des siècles, même, était une contrée bien ordonnée et bien gouvernée, où les gens étaient peut-être un peu trop gâtés. Ce jour maudit commença par l'annulation du couronnement de Peter et se termina par l'horrible nouvelle annonçant qu'il allait être jugé pour le meurtre de son père. Si Delain avait eu un marché en Bourse, je suis sûr qu'il y aurait eu un krach.

Dès les premières lueurs de l'aube, on installa les dais qui devaient abriter le couronnement. L'estrade ne serait constituée que de vulgaires planches de bois, mais Anders Peyna savait qu'il y aurait assez de fleurs et de fanions pour couvrir les matériaux rugueux. Personne n'avait prévu la mort du roi Roland, car le meurtre est une chose que l'on ne peut pas prévoir. Si on le pouvait, il n'y aurait jamais aucun meurtre et le monde n'en serait que plus heureux. Et puis, couronnement en grande pompe ou pas, meurtre ou pas, ce n'était pas ça le plus important. Le plus important, c'était que les gens soient persuadés de la continuité de la monarchie. Si les citoyens sentaient que tout allait bien malgré les terribles événements, Peyna ne se souciait guère des échardes dans les pieds des danseuses.

Pourtant, à onze heures, tous les préparatifs cessèrent instantanément. On renvoya les fleuristes, en larmes pour nombre d'entre elles, à la maison des gardes.

À sept heures, ce matin-là, les gardes avaient enfilé leur uniforme de cérémonie rouge et leur grand shako gris. Ils devaient former la double haie d'honneur le long de l'aile que Peter suivrait pour aller se faire couronner. Pourtant, à onze heures, ils reçurent un contrordre, un contrordre étrange et inquiétant. Les vareuses de cérémonie furent enlevées dans une précipitation flamboyante, pour être remplacées par les uniformes de combat d'un brun triste. Les épées de cérémonie, balourdes mais voyantes, laissèrent place aux poignards meurtriers, l'équipement de tous les jours. Les shakos impressionnants mais peu pratiques furent rangés en faveur des casques plats, en cuir, qui faisaient partie de la tenue de combat normale.

Tenue de combat, rien que le terme est inquiétant. Est-ce qu'il existe seulement une tenue de combat normale ? Je ne pense pas. Pourtant, il y avait des soldats en tenue de combat partout, avec leurs visages austères et paralysants.

Le prince Peter s'est suicidé ! C'était la rumeur la plus courante qui faisait le tour du château.

Le prince Peter a été tué ! Celle-ci était presque aussi fréquente que la première.

Roland n'est pas mort ! on a commis une erreur de diagnostic ! Le médecin a été décapité, mais le vieux roi est fou et personne ne sait que faire ! C'en était une troisième.

Il y en avait bien d'autres, certaines plus stupides encore.

Lorsque la nuit tomba sur les communs en proie à la folie et à la tristesse, personne ne s'endormit. Toutes les torches de la place de l'Aiguille restèrent allumées ; le château étincelait de mille chandelles et, partout, dans les communs et sur les collines, des bougies et des lanternes brûlaient dans les maisons, tandis que les gens se rassemblaient pour commenter les terribles événements de la journée. Tout le monde s'accordait à penser qu'il se tramait de sinistres complots.

La nuit fut encore plus longue que la journée. Mme Brandon attendait ses hommes dans une veille anxieuse et solitaire. Elle resta près de la fenêtre, mais, pour la première fois de sa vie, l'air fourmillait de bien plus de ragots qu'elle n'aurait voulu en entendre. Et pourtant, pouvait-elle s'empêcher de les écouter ? Non, bien sûr !

Tandis que les heures du petit matin s'étiraient lentement vers l'aube, une nouvelle rumeur commença à supplanter les autres ; c'était incroyable, absolument incroyable, et, pourtant, elle était proférée avec de plus en plus d'assurance et même les soldats se chuchotaient la nouvelle à leur poste de garde. Cette rumeur terrifia Mme Brandon encore plus que les autres, car elle ne se souvenait que trop bien de la pâleur du pauvre Dennis quand il était rentré à la maison avec le seau de cendres. Il y avait quelque chose à l'intérieur, quelque chose qu'il ne voulait pas lui montrer et qui dégageait une odeur de brûlé nauséabonde.

Le prince Peter a été arrêté pour le meurtre de son père! disait l'affreuse rumeur. *Il a été arrêté... le prince Peter est en garde à vue... le prince a tué son propre père!*

Peu avant l'aube, désespérée, la pauvre femme mit sa tête dans ses mains et pleura. Un peu plus tard, ses sanglots s'estompèrent et elle s'endormit d'un sommeil agité.

36

– Alors, dis-moi ce qu'il y a dans ce seau, et sur-le-champ! Dennis, tu comprends bien que ce n'est pas le moment de plaisanter!

– Je vais te montrer, papa, mais avant je voudrais savoir quelle sorte de poison a tué le roi.

– Personne ne sait.

– Comment agit-il?

– Montre-moi ce qu'il y a dans le seau, mon garçon. Et en vitesse!

Brandon leva un poing énorme. Il ne le secoua pas et se contenta de le tenir en l'air, mais cela suffit.

– Tu me montres ce qu'il y a dans ce seau ou tu t'en repentiras!

Brandon regarda longuement la souris morte, sans mot dire. Terrifié, Dennis observait son père dont le visage devenait de plus en plus grave, de plus en plus pâle. Les yeux de l'animal avaient brûlé pour n'être plus que des petits points noirs calcinés. La fourrure grise avait entièrement grillé. De la fumée s'échappait toujours des minuscules oreilles, et les dents toujours visibles dans le rictus de la mort étaient d'un noir de suie, comme les dents d'une crémaillère de four.

Brandon approcha la main pour la toucher mais la

retira aussitôt. Il leva le visage vers son fils et chuchota d'une voix rugueuse.

– Où l'as-tu trouvée ?

Dennis se mit à bredouiller des bribes de phrases incompréhensibles.

Brandon écouta un moment et prit son fils par l'épaule.

– Inspire profondément, je suis de ton côté dans cette histoire, comme toujours, tu le sais bien. Tu as bien fait d'épargner la vue de cette pauvre bête à ta mère. Alors, dis-moi comment et où tu l'as trouvée.

Un peu rassuré, Dennis fut enfin capable de parler. Son récit fut un peu plus court que le mien, mais cela lui prit néanmoins plusieurs minutes. Son père écoutait, assis sur une chaise, se frottant le front du doigt, ce qui plongeait ses yeux dans l'ombre. Il ne posa pas une seule question, ne fit pas un bruit.

Quand Dennis eut terminé, son père lui murmura quatre mots à voix basse, quatre mots seulement, mais qui figèrent le cœur de Dennis comme de la glace bleue, ou du moins ce fut ce que Dennis ressentit.

– Exactement comme le roi.

Brandon avait les lèvres qui tremblaient de peur, mais on aurait dit qu'il essayait de sourire.

– Crois-tu que cet animal-là est une sorte de roi des souris ?

– Papa... papa... je...

– Il y avait un écrin, dis-tu ?

– Oui.

– Et un sachet ?

– Oui.

– Et le sachet était bruni, mais pas brûlé ?

– Oui.

– Et une pince ?

– Oui, comme celle que maman utilise pour s'enlever les poils du nez.

– Chut, dit Brandon en s'enfonçant encore le doigt dans le front.

Cinq minutes passèrent. Brandon restait immobile, comme s'il s'était endormi, mais Dennis savait qu'il n'en était rien. Brandon ne savait pas que Sasha avait donné l'écrin à son fils et que celui-ci l'avait perdu quand il était petit. Tout ceci s'était passé bien avant que Peter entre dans la demi-maturité et que Brandon devienne son majordome. Il connaissait le panneau secret, il l'avait découvert par hasard au cours de la première année de son service, tout au début d'ailleurs. Comme je l'ai peut-être dit, ce n'était pas un compartiment très secret, mais suffisamment secret pour un garçon comme Peter. Brandon le connaissait donc, mais il n'y avait jamais regardé après cette première fois, où il ne contenait rien d'autre que le glorieux bazar que tous les enfants considèrent comme leur trésor : un jeu de tarots avec quelques cartes manquantes, un sac de billes, un porte-bonheur et une mèche des poils de la crinière de Poeny. Si un majordome respecte quelque chose, c'est bien cette qualité que nous appelons la discrétion ; le respect des frontières de la vie de l'autre. Il n'avait donc jamais plus regardé dans ce compartiment, cela aurait été une sorte de vol.

– Papa, tu veux aller voir l'écrin ?

– Non, nous devons aller trouver le juge de la Cour suprême avec cette souris, et tu dois lui raconter ton histoire comme tu me l'as racontée.

Dennis se rassit lourdement. Il avait l'impression qu'on lui avait assené un coup de poing dans le ventre. Peyna ! L'homme qui prononçait les sentences et ordonnait qu'on tranchât des têtes ! Peyna ! avec sa petite épouse, toute pâle, au visage revêche et aux sourcils de cire ! Peyna ! La plus grande autorité du royaume, après le roi !

– Non, finit-il par murmurer. Non, papa, je... je ne peux pas.

– Tu le dois ! dit son père sévèrement. C'est une histoire horrible, la plus horrible que j'aie jamais entendue, mais il faut la faire connaître et redresser les torts. Tu lui diras tout ce que tu m'as dit, et ensuite l'affaire sera entre ses mains.

Dennis regarda son père droit dans les yeux et vit qu'il ne plaisantait pas. S'il refusait, son père le prendrait par la peau du cou et le traînerait comme un petit chat, qu'il ait vingt ans ou pas !

– Oui, papa, dit-il d'un air malheureux, pensant que lorsque Peyna baisserait sur lui ses petits yeux froids et calculateurs, il mourrait immédiatement d'une crise cardiaque.

Et puis, de plus en plus pris de panique, il songea qu'il avait volé un seau dans les appartements du prince.

Si par chance il ne mourait pas de frayeur à l'instant même où le juge lui ordonnerait de parler, il passerait sans doute le reste de ses jours dans l'une des oubliettes du donjon.

– Ne te fais pas de souci, Dennis, le moins de souci possible. Peyna est dur, mais il est juste. Tu n'as rien fait dont tu aies à rougir. Dis-lui la vérité.

– Bon, murmura Dennis. Il faut y aller maintenant ?

Brandon se leva et se mit à genoux.

– Non, avant, nous allons prier. Viens à côté de moi, mon fils.

Dennis s'agenouilla aussi.

37

Peter fut jugé, déclaré coupable de régicide et condamné à rester jusqu'à la fin de ses jours dans les deux pièces glacées du sommet de l'Aiguille. Tout ceci se passa en trois jours. Ce ne sera pas long de vous raconter comment le piège cruel de Flagg se referma sur le pauvre garçon.

Peyna n'ordonna pas immédiatement qu'on arrête toutes les préparations du couronnement. En fait, il pensait même que Dennis s'était peut-être trompé, qu'on devait trouver une explication raisonnable à tout cela. Malgré tout, la condition de la souris, si semblable à celle du défunt roi, ne pouvait être négligée et la famille Brandon avait une longue réputation d'honnêteté et de bon sens dans le royaume. C'était important, bien sûr, mais il importait encore plus que, lors du couronnement, aucune tache ne vienne souiller la réputation de Peter.

Peyna écouta donc Dennis et convoqua ensuite Peter. Dennis aurait sans doute pu mourir de terreur à la vue de son maître, mais on l'autorisa charitablement à attendre dans une pièce attenante avec son père. Peyna expliqua gravement au prince qu'une accusation avait été proférée contre lui... une accusation qui sous-entendait que Peter lui-même avait joué un rôle dans la mort de Roland. Anders Peyna n'était pas du genre à mâcher ses mots, même si ceux-ci pouvaient blesser.

Peter était abasourdi... stupéfait. N'oubliez pas qu'il essayait toujours de s'habituer à la mort de son père bien-aimé, tué par un poison mortel qui l'avait brûlé de l'intérieur. N'oubliez pas qu'il avait conduit les recherches toute la nuit et qu'il n'avait pas dormi. Et surtout, n'oubliez pas que bien qu'il eût la taille et les épaules d'un homme, il n'avait que seize ans. Cette nouvelle, qui venait par-dessus le reste lui fit faire quelque chose de très naturel, mais, sous le regard froid et perçant de Peyna, c'était une chose qu'il aurait dû éviter à tout prix : il éclata en sanglots.

Si Peter avait protesté avec véhémence ou s'il avait exprimé sa fatigue et son chagrin en éclatant de rire devant une idée aussi absurde, l'affaire se serait peut-être arrêtée là. Je suis sûr que Flagg n'avait jamais envisagé cette possibilité, mais l'une de ses faiblesses consistait à toujours juger les autres en fonction de son esprit sombre et méchant. Flagg soupçonnait toujours tout le monde et voyait des motivations cachées derrière les actions les plus anodines.

Flagg avait un esprit complexe, comme une galerie des glaces où tout se reflète deux fois à des tailles différentes.

La pensée de Peyna au contraire allait droit au but. Il trouvait très difficile, voire impossible, de croire que Peter avait empoisonné son père. Si Peter s'était mis en colère ou avait éclaté de rire, les choses se seraient effectivement arrêtées là, sans même une visite à la bibliothèque pour retrouver l'écrin, le sachet et la pince à épiler censés se trouver dans le compartiment secret. Les larmes, cependant, faisaient mauvais effet. Cela ressemblait à l'expression de culpabilité d'un garçon assez grand pour commettre un meurtre, mais pas encore assez pour dissimuler son geste.

Peyna décida donc de poursuivre l'enquête. Il ne le faisait qu'à contrecœur car cela signifiait se faire accompagner par des gardes, ce qui ne manquerait pas de provoquer des murmures et des ragots. Les soupçons du juge transpireraient sans doute et entacheraient les premières semaines du règne de Peter.

Il trouva donc un moyen d'esquiver ce problème. Il prendrait les gardes du château, une dizaine, pas plus. Il en laisserait quatre devant la porte. Une fois que cette histoire ridicule serait tirée au clair, on pourrait toujours les muter dans une région reculée du royaume. *Brandon et son fils aussi devraient partir*, pensa Peyna, *c'était dommage, mais les langues se déliaient toujours surtout quand la liqueur les y aidait, et l'amour du vieil homme pour le gin était chose bien connue.*

Peyna ordonna donc qu'on suspendit momentanément les préparatifs du couronnement. Il croyait sincèrement que le travail pourrait reprendre d'une minute à l'autre, et ne doutait pas que les travailleurs, suant, maudissant, jurant, feraient tout pour rattraper le temps perdu.

Hélas !

38

L'écrin, le sachet et la pince étaient bien là, comme vous le savez. Peter avait juré sur le nom de sa mère qu'il n'avait jamais eu de coffret gravé ; à présent, ses dénégations semblaient bien infantiles. À l'aide de la pince, Peyna prit le sachet bruni, regarda à l'intérieur et vit trois grains de sable vert. Ils étaient si petits qu'on les apercevait à peine, mais Peyna, se souvenant encore de ce qu'il était advenu du roi et de l'humble souris, reposa le sachet, le mit dans l'écrin et referma le couvercle. Se rendant compte petit à petit que l'affaire devenait sérieuse, il ordonna à deux des gardes de s'approcher.

On posa soigneusement l'écrin sur le bureau de Peter et, bien vite, des petits filets de fumée s'en échappèrent. On envoya l'un des gardes chercher l'homme qui en savait plus que personne sur les poisons dans tout le royaume.

Cet homme, c'était Flagg, bien sûr !

39

– Je n'ai rien à voir dans cette histoire, Anders, dit Peter.

Il avait retrouvé ses esprits, mais il était toujours pâle et abattu, et ses yeux avaient pris un bleu plus profond que d'habitude.

– L'écrin est à vous ?
– Oui.
– Alors, pourquoi avoir nié posséder un tel coffret ?
– J'avais oublié. Cela fait onze ans ou plus que je ne l'avais pas vu. C'est ma mère qui me l'avait donné.
– Que lui est-il arrivé ?
Il ne m'appelle plus Messire ou Votre Altesse, pensa Peter en frissonnant. *Il ne me manifeste plus aucun signe de respect. Est-ce que tout cela est vrai ? je me le demande ! Père empoisonné ? Thomas gravement malade ? Peyna qui m'accuse de meurtre ? Et cet écrin ? D'où sort-il par tous les dieux de la terre ? Qui l'a mis dans le compartiment secret derrière les livres ?*
– Je l'avais perdu, dit Peter lentement. Anders, vous ne croyez tout de même pas que j'ai tué mon père ?
Je ne le croyais pas... mais, maintenant, je me le demande, pensa Peyna.
– Je l'aimais tendrement.
C'est ce que j'ai toujours pensé... mais, à présent, je me pose des questions là-dessus également.

40

Flagg se précipita dans la pièce et, sans même regarder dans la direction de Peyna, se mit à bombarder de questions le prince terrifié, abasourdi et outragé. Avait-on trouvé des traces du poison ou du meurtrier ? Démasqué un complot ? Lui-même pensait que cela pouvait être l'œuvre d'un seul individu, un fou sans doute. Il avait passé la matinée entière devant sa boule de cristal qui restait obstinément noire. Peu importait, il pouvait faire mieux que regarder dans des boules de cristal ; il avait besoin d'action, pas de magie. Si le prince avait quelque chose à lui demander, voulait lui faire explorer quelque coin obscur...
– Nous ne vous avons pas fait appeler pour écouter vos fadaises comme votre perroquet qui parle avec ses deux têtes en même temps, dit froidement Peyna.
Il n'aimait pas Flagg. Pour lui, le magicien était tombé au rang de conseiller de Personne à la mort de Roland. Il était peut-être en mesure de leur dire ce

qu'étaient ces méchants grains verts, mais là s'arrêtaient ses compétences.

Peter n'aura que faire de ses lumières quand il sera roi, pensa Peyna. Mais il n'alla pas plus loin et ses pensées prirent le chemin du désespoir, car Peter voyait ses chances d'être couronné s'amenuiser de seconde en seconde.

– Non, vous avez raison. Pourquoi m'avez-vous fait appeler, mon Roi ?

– Ne l'appelez pas comme ça ! explosa Peyna, choqué malgré lui.

Flagg sut lire ce sentiment sur le visage de Peyna, et, bien qu'il feignît d'être intrigué, il comprenait parfaitement ce que cela signifiait et s'en réjouissait. Une graine de soupçon faisait son chemin dans le cœur froid du juge de la Cour suprême. Bien.

Peter détourna son visage pâle de ces deux personnages et regarda la ville, luttant une fois de plus pour contrôler ses émotions. Il avait les doigts crispés les uns contre les autres si bien que ses articulations étaient toutes blanches. À ce moment précis, il paraissait avoir beaucoup plus que seize ans.

– Vous voyez cet écrin ? dit Peyna.

– Oui, Monsieur le juge, répondit Flagg de sa voix la plus guindée et la plus affectée.

– À l'intérieur, se trouve un sachet qui semble se consumer lentement. Et à l'intérieur du sachet, on voit quelques grains de sable. J'aimerais que vous les examiniez et que vous me disiez ce que c'est. Je vous recommande vivement de ne pas y toucher. Je crois que c'est cette substance qui a provoqué la mort du roi Roland.

Flagg prit volontairement un air soucieux. Pour dire la vérité, il ne s'était jamais senti aussi bien. Jouer un rôle lui faisait toujours cet effet ; il adorait jouer.

Il prit le paquet à l'aide de la pince et regarda à l'intérieur. Son regard s'aiguisa.

– Je voudrais un morceau d'obsidienne, dit-il. Tout de suite.

– J'en ai un dans mon bureau, dit Peter d'une voix morne avant de sortir.

La pierre n'était pas aussi grosse que celle que Flagg avait utilisée plus tôt, mais elle était épaisse. Peter la donna à un de ses gardes qui la passa au magicien. Flagg la regarda à la lumière et fronça les sourcils... mais au fond de son cœur un petit bonhomme sautait de joie, faisait la roue et des pirouettes. L'obsidienne ressemblait beaucoup à la sienne, mais elle était cassée et ébréchée. Ah ! les dieux lui souriaient, sans aucun conteste !

– Je l'ai laissée tomber l'an dernier, dit Peter en voyant la réaction de Flagg. (Pas plus que Peyna il ne comprenait qu'il ajoutait une nouvelle pierre au mur qui se construisait autour de lui.) Le morceau que vous tenez en main est tombé sur un tapis qui a amorti sa chute. L'autre moitié a atterri sur la dalle et s'est brisée en mille morceaux. L'obsidienne est très dure, mais très friable.

– Ah ! vraiment, Messire ? dit Flagg gravement. Je n'en avais jamais vu, même si j'en avais entendu parler bien sûr.

Il posa l'obsidienne sur le bureau de Peter et renversa le contenu du sachet dessus. En un instant, des filets de fumée s'échappèrent de la pierre. Tous ceux qui étaient présents virent que chaque grain s'enfonçait lentement dans un petit trou qu'il perçait dans la pierre la plus dure du monde. Les gardes eurent un murmure embarrassé à cette vue.

– Chut ! taisez-vous ! dit Peyna en se tournant vers eux.

Ils avaient des visages livides de terreur. Pour eux, ce qu'ils voyaient tenait de la sorcellerie.

– Je crois savoir ce que c'est et je sais comment vérifier cette idée, dit Flagg, laissant échapper les mots rapidement. Si je ne me trompe pas, il faut pratiquer le test aussi rapidement que possible. Je crois que c'est du sable de dragon, dit Flagg. J'en ai eu quelques grains en ma possession autrefois, mais malheureusement le sable a disparu avant que j'aie eu le temps de l'étudier. On me l'a probablement volé.

Flagg ne manqua pas de voir les yeux de Peyna se diriger vers Peter à ces mots.

– Je n'ai pas arrêté de me faire du souci à ce sujet, car c'est une substance excessivement toxique et mortelle. Je n'ai jamais eu l'occasion d'étudier ses propriétés, si bien que j'avais des doutes sur ce qu'on m'avait dit, mais, déjà, bien des choses se vérifient.

Flagg montra l'obsidienne. Les petits trous creusés par les grains de sable avaient presque un pouce de profondeur. De la fumée s'échappait, comme si elle émanait d'un minuscule feu de joie.

– Voyez, ces trois grains de sable percent rapidement un trou dans la pierre la plus dure que nous connaissons, dit Flagg. On dit que le sable de dragon est si corrosif qu'il peut percer n'importe quel solide, n'importe lequel. Et il produit une chaleur d'enfer. Garde, par ici !

Flagg fit signe à l'un des gardes d'approcher. Le garde fit un pas en avant, visiblement pas très heureux d'avoir été choisi.

– Touchez le côté de la pierre. Simplement le côté, ajouta Flagg au garde qui avançait une main hésitante. N'approchez pas la main de ces trous !

Le garde toucha la pierre d'une main qu'il retira immédiatement en poussant un petit cri. Il porta les doigts à sa bouche, mais Peyna eut le temps de voir les cloques qui s'y formaient.

– L'obsidienne est un très mauvais conducteur de chaleur, d'après ce que je sais, mais cette pierre est brûlante comme un four... et cela à cause de trois petits grains qui tiendraient facilement sur la lune de l'ongle de votre petit doigt. Touchez le bureau du prince, Monsieur le juge.

Peyna obéit. Il fut surpris par la chaleur du bois. Bientôt, le bureau brunirait et se consumerait.

– C'est pour cela qu'il faut agir vite. Sinon, le bureau va prendre feu et si nous respirons la fumée, toujours d'après les récits que j'ai entendus, nous mourrons tous dans les trois jours. Mais. pour en être sûr, il faudrait un autre test...

À ces mots, les gardes parurent plus mal à l'aise que jamais.

– Bon, dit Peyna, en quoi consiste ce test ? Mais faites vite !

À présent, il détestait Flagg plus que jamais. Il avait toujours pensé qu'il ne fallait pas le sous-estimer, et ce sentiment devint encore plus fort. Cinq minutes plus tôt, il le reléguait au rang de conseiller de Personne, et, à présent, il semblait que leurs vies et la conclusion du procès dépendaient de lui.

– Je propose que l'on remplisse un baquet d'eau, dit Flagg parlant de plus en plus rapidement, les yeux brillants.

Les gardes regardaient les petits trous noirs dans la

pierre et les petits rubans de fumée, fascinés comme des oiseaux hypnotisés devant un nid de pythons. Quelle profondeur avaient-ils à présent ? S'approchaient-ils du bois ? Impossible à dire. Peter regardait lui aussi, bien que le mélange de tristesse, de fatigue et de confusion n'eût pas quitté son visage.

– De l'eau ! Allez chercher de l'eau à la pompe ! cria-t-il à l'un des gardes. Un baquet, un seau, vite, vite !

Le garde regarda Peyna essayant de ne pas paraître terrifié, pourtant il avait peur et Flagg le savait.

Le garde sortit. Ils entendirent l'eau qu'on tirait à la pompe se déverser dans un seau du placard du majordome.

Flagg reprit la parole.

– Je vais tremper mon doigt dans l'eau et laisser couler une goutte dans un des trous. Il faudra regarder attentivement, Seigneur juge. L'eau va peut-être prendre un instant une couleur verdâtre.

– Et ensuite ? demanda Peyna.

Le garde revint. Flagg prit le seau et le posa sur le bureau.

– Ensuite, je verserai deux gouttes dans les deux autres trous.

Il parlait calmement, mais ses joues, livides d'ordinaire, étaient toutes rouges.

– L'eau n'arrête pas les effets du sable de dragon, mais cela les ralentit.

C'était largement noircir la situation, mais Flagg voulait les effrayer.

– Pourquoi ne pas les noyer ? explosa l'un des gardes.

Peyna accueillit cette intrusion d'un regard menaçant, mais Flagg répondit tranquillement tout en plongeant le petit doigt dans le seau.

– Ah ! vous voudriez que je déloge ces grains de sable des trous qu'ils ont percés dans la pierre pour qu'ils se perdent dans le bureau ? demanda-t-il d'un ton presque jovial. On pourrait même vous laisser ici pour que vous éteigniez le feu quand l'eau aura séché, ce serait une excellente idée !

Le garde ne répliqua pas.

Flagg sortit son doigt mouillé du seau.

– Elle est déjà chaude rien que d'avoir été posée sur le bureau.

Il plaça soigneusement son doigt sur lequel pendait une seule goutte d'eau.

– Regardez bien ! dit-il d'un ton sec. À ce moment-là, Peter eut l'impression de voir un mauvais bouffon sur le point d'effectuer un tour monstrueux et trompeur.

Peyna se pencha, les gardes tendirent le cou. La goutte resta un instant suspendue, reflétant la chambre de Peter en une parfaite miniature courbe. Elle s'allongea... et tomba dans le trou.

Il y eut un sifflement qui rappelait le son d'une goutte de graisse qui tombe sur un poêlon de fer brûlant. Un petit geyser de vapeur émana du trou... mais avant, Peyna vit clairement l'éclat vert pareil à des yeux de chat. À ce moment, le sort de Peter en était joué.

– Grands dieux ! du sable de dragon ! murmura Flagg d'une voix rauque. Surtout, surtout, ne respirez pas cette vapeur !

Le courage de Peyna était légendaire, mais, à présent, il avait peur. Pour lui, cette lueur verte symbolisait le mal.

– Versez l'eau sur les deux autres trous, tout de suite ! ordonna-t-il.

– Je vous ai dit, commença Flagg calmement en retrempant son petit doigt dans le seau et en regardant l'obsidienne, que l'on ne pouvait pas annihiler les effets du sable. On raconte toutefois qu'il y a un moyen, un seul, mais je crains que le procédé ne vous déplaise. Mais on peut quand même ralentir le processus et se débarrasser du sable.

Il versa une goutte d'eau dans les deux autres trous. À chaque fois, il se produisit un éclair d'une triste lueur verte et un jet de fumée jaillit.

– Nous sommes tranquilles pour un moment, dit Flagg.

Un des gardes soupira de soulagement.

– Apportez-moi des gants ou des linges... n'importe quoi qui me permette de prendre cette pierre. C'est brûlant comme l'enfer, et ces gouttes d'eau vont s'évaporer en un rien de temps.

On lui apporta deux coussinets du placard du majordome. Flagg s'en servit pour prendre la pierre qu'il souleva soigneusement pour la garder horizontale. Ensuite, il la jeta dans le seau qui se teinta soudain d'une couleur vert pâle.

– Voilà, maintenant tout va bien. Que l'un des gardes

emporte ce seau en dehors du château, à la pompe du Vieil Arbre, au milieu de la cour des communs. Il faudra tirer une grande bassine d'eau dans laquelle vous placerez le seau. Cette bassine, vous l'emmènerez au milieu du lac Johanna et vous l'y plongerez. Le sable de dragon risque de chauffer les eaux du lac dans cent mille ans, mais laissons ceux qui seront là à ce moment, s'il y a encore quelqu'un, se faire du souci là-dessus.

Peyna marqua une pause, se mordant les lèvres dans un geste d'indécision peu caractéristique de sa personnalité et dit :

– Toi et toi, faites ce qu'on vient de vous dire.

On emporta le seau. Les gardes le portèrent comme s'il s'agissait d'une bombe vivante, ce qui amusa beaucoup Flagg car tout cela n'était en grande partie que des astuces de magicien, comme Peter l'avait soupçonné un instant. L'unique goutte qu'il avait laissée tomber dans les trous n'avait pas suffi à bloquer l'action corrosive du sable, du moins pas pour longtemps, mais l'eau du seau le mouillerait bien assez. Une petite quantité de liquide serait venue à bout de bien plus de sable... disons, un verre de vin. *Mais laissons les croire ce qu'ils veulent*, pensait Flagg ; *en temps voulu, ils s'acharneront contre Peter avec d'autant plus de fureur.*

Quand les gardes furent partis, Peyna se tourna vers le magicien :

– Vous avez dit qu'il y avait un moyen de neutraliser le sable de dragon ?

– Oui. On raconte que si le sable pénètre dans un être vivant, celui-ci brûlera dans des douleurs épouvantables jusqu'à ce que mort s'ensuive, mais, ensuite, quand tout est terminé, le sable de dragon meurt aussi. J'avais un moyen de vérifier ces dires, mais, hélas, mon échantillon a disparu avant que j'en aie le temps.

Peyna le fixait, les lèvres toutes blanches :

– Et sur quel être vivant aviez-vous l'intention d'essayer ce poison maudit, magicien ?

Flagg leva vers Peyna des yeux pleins d'innocence.

– Sur une souris, bien sûr, Seigneur juge.

41

À trois heures, cette après-midi-là, il se tint une bien étrange réunion à la Cour suprême de Delain, au rez-de-chaussée de l'Aiguille, une pièce immense qu'au fil des ans on s'était habitué à appeler le tribunal de Peyna.

Réunion... je n'aime pas beaucoup ce mot. C'est bien trop banal et trop insignifiant pour décrire la décision primordiale qui y fut prise. Je ne peux pas non plus parler d'audience ou de procès, car ce rassemblement n'avait aucune existence légale. Pourtant, il fut de la plus haute importance, et je crois que vous serez d'accord avec moi.

La pièce était assez gigantesque pour abriter cinq cents personnes, mais il n'y en avait que sept. Les six premières se collaient les unes aux autres, comme si cela les mettait mal à l'aise d'être si peu nombreuses dans une salle conçue pour une grande assemblée. Les armes du royaume, une licorne harponnant un dragon, étaient accrochées sur les murs de l'hémicycle, et Peter ne cessait d'y porter son regard. À côté de lui se tenaient Peyna et Flagg – Flagg, bien sûr, restait un peu à l'écart –, et quatre des plus grands avocats du royaume. Il y avait dix grands avocats en tout, mais les six autres étaient dispersés aux quatre coins du pays pour des procès importants. Peyna avait décidé de ne pas les attendre. Il devait agir vite et sans hésiter, sinon, le royaume en pâtirait. Il en était persuadé, mais cela l'écorchait vif de savoir qu'il aurait besoin de l'aide du jeune meurtrier pour éviter un bain de sang.

Que Peter fût l'assassin était désormais chose certaine dans le cœur de Peyna. Ce n'étaient pas tant l'écrin, le sable vert ni même la souris calcinée qui l'en avaient convaincu que les larmes de Peter. Peter, il fallait bien le lui reconnaître, ne paraissait plus ni coupable ni désemparé à présent. Il était pâle mais calme, et avait retrouvé sa maîtrise de soi.

Peyna s'éclaircit la voix. Le son se répéta en un sourd écho sur les murs austères de la salle d'audience. Il se passa la main sur le front et ne fut guère surpris d'y trouver des gouttes de sueur froide. Il avait entendu des témoignages au cours de centaines et de centaines de procès très solennels; il avait envoyé à l'échafaud plus de gens qu'il ne voulait bien s'en souvenir, mais il n'aurait jamais pensé devoir un jour assister à une telle réunion, pas plus qu'au procès d'un prince pour le meurtre de son père... et un tel procès ne manquerait pas de se dérouler si les choses se passaient comme il le prévoyait. C'était normal de transpirer, normal d'avoir des sueurs froides.

Juste une réunion. Rien d'officiel, rien de légal et, pourtant, personne, ni Peyna, ni Flagg, ni les avocats, ni Peter ne s'y trompèrent. C'était le véritable procès. C'était là que se trouvait le pouvoir. Cette souris calcinée avait bouleversé le cours des événements. Et ce cours pourrait bien être détourné ici, comme celui d'une rivière peut être détourné facilement près de la source ou peut suivre son chemin, rassemblant ses forces au passage, jusqu'à ce que plus rien ne soit capable de l'arrêter ou de s'y opposer.

Une simple réunion, pensa Peyna en essuyant la sueur de son front.

42

Flagg observait la scène d'un œil animé. Comme Peyna, il savait que tout se déciderait ici et il avait confiance.

Tête haute, le regard ferme, Peter croisa les yeux de chacun des membres de ce jury improvisé.

Les murs de pierre semblaient froncer les sourcils devant ces sept personnages, mais Peyna paraissait terrassé sous ce regard de fantôme, ce regard qui exigeait que justice fût faite en cette terrible affaire.

– Messire, dit enfin Peyna, le soleil vous a fait roi il y a trois heures.

Surpris, Peter regarda Peyna mais garda le silence.

– Oui, dit Peyna, comme si Peter avait répondu.

Les grands avocats hochèrent la tête d'un air terriblement solennel.

– Le couronnement n'a pas eu lieu, mais ce n'est qu'une cérémonie publique. Malgré toute sa solennité, ce n'est qu'un spectacle qui ne change rien fondamentalement. Dieu, la loi et le soleil font les rois, pas les couronnements. Vous êtes roi à cette minute et vous avez le droit de me donner des ordres, à moi comme à tous ceux qui sont ici, ainsi qu'au royaume tout entier. Cela me met dans un affreux dilemme. Vous comprenez pourquoi ?

– Oui, dit Peter gravement. Vous pensez que votre roi est un meurtrier.

Peyna fut quelque peu surpris par cette franchise, mais cela ne lui déplut pas. Peter avait toujours été d'une franchise excessive ; quel dommage qu'elle ait caché un tel esprit calculateur ! L'avantage, pourtant, c'était que cette franchise, une bravade d'adolescent sans doute, ferait accélérer les choses.

– Ce que nous croyons, Messire, n'entre pas en ligne de compte. Culpabilité ou innocence, c'est à la Cour d'en décider, du moins est-ce ce que j'ai toujours pensé. Il n'y a qu'une seule exception. Les rois sont au-dessus des lois. Vous me comprenez ?

– Oui.

– Mais, dit Peyna en levant le doigt, ce crime a été commis avant que vous ne soyez roi. D'après ce que je sais, cette terrible situation ne s'est jamais présentée devant le tribunal de Delain auparavant. Les conséquences pourraient être désastreuses. Anarchie, chaos, guerre civile. Et pour éviter tout cela, Messire, nous avons besoin de votre aide.

– Je ferai tout mon possible, dit Peter, le regard grave.

Et je pense – j'espère – que tu accepteras ma proposition, pensa Peyna. Il sentait encore la sueur perler sur son front, mais, cette fois, il ne se donna pas la peine de l'essuyer. Peter n'était encore qu'un enfant, mais un enfant intelligent qui aurait pu prendre ce geste pour un signe de faiblesse. *Tu accepteras pour le bien du royaume, mais un garçon à l'esprit aussi tortueux et monstrueux, assez courageux pour tuer son père, ne pourra pas s'empêcher de croire qu'il se tirera d'affaire de toute façon. Tu vas croire que nous t'aiderons à couvrir ce meurtre, mais oh ! Messire, comme tu te trompes !*

Flagg, qui pouvait presque lire intégralement ces pensées, porta la main à sa bouche pour dissimuler un sourire. Peyna le haïssait, mais Peyna était devenu son bras droit dans cette affaire sans même s'en rendre compte.

– Je veux que vous renonciez à la couronne, dit Peyna.

– Abdiquer ? demanda Peter, surpris et grave à la fois. Je ne... je ne sais pas, seigneur juge. Il faut que j'y réfléchisse avant de donner ma réponse. Cela pourrait être dommageable au royaume au lieu de l'aider... comme un médecin qui tue un malade en lui donnant une trop forte dose de médicament.

Vraiment, ce garçon est intelligent, pensèrent Peyna et Flagg en chœur.

– Vous m'avez mal compris. Je ne vous demande pas d'abdiquer, mais simplement de renoncer à la couronne tant que cette affaire n'est pas réglée. Si vous êtes déclaré innocent...

– Comme cela sera sûrement le cas, dit Peter. Si mon père avait régné jusqu'à ce que je parvienne à un âge avancé et que je perde toutes mes dents, je me serais senti parfaitement heureux. Je ne voulais que le servir, le soutenir et l'aimer de mon mieux.

– Pourtant, votre père est mort, et les circonstances vous accusent.

Peter hocha la tête.

– Si vous êtes déclaré innocent, vous reprendrez la couronne. Si vous êtes coupable...

Les grands avocats semblèrent un peu nerveux à ces mots, mais Peyna poursuivit sans hésiter.

– ... vous serez conduit au sommet de l'Aiguille où vous resterez jusqu'à la fin de vos jours. Il est interdit d'exécuter des membres de la famille royale. Cette loi remonte à plus de mille ans.

– Et Thomas sera roi ? demanda Peter, pensif.

Flagg se raidit un peu.

– Oui.

Peter fronça les sourcils, perdu dans ses pensées. Il paraissait épuisé, mais il avait l'esprit clair et n'éprouvait aucune crainte. Flagg sentit un frisson de peur l'envahir.

– Et si je refuse ?

– Si vous refusez, vous deviendrez roi malgré les terribles charges qui pèsent contre vous et qui n'ont pas trouvé de réponse. À la lumière des preuves, nombre de vos sujets seront persuadés d'être régentés par un jeune homme qui a tué son propre père pour conquérir le trône. Je crois qu'il y aura des révoltes, la guerre civile et que tous ces événements se produiront avant longtemps. Quant à moi, je donnerai ma démission et j'irai m'installer dans l'Ouest. Je suis vieux pour tout recommencer à zéro, mais il faudra que j'essaie malgré tout. J'ai consacré toute ma vie à la justice et je serais incapable de servir un roi qui ne s'est pas plié à la loi dans une affaire de cette importance.

Le silence tomba sur la salle, un silence très très long. Peter était assis, tête baissée, les mains devant les yeux. Tous l'observaient et attendaient. À présent, même Flagg sentait la sueur lui perler au front.

Finalement, Peter releva la tête et écarta ses mains.

– Très bien, dit-il, voici mes ordres en tant que roi. Je renonce à la couronne tant que je ne suis pas innocenté du meurtre de mon père. Vous, Peyna, vous serez Grand Chancelier de Delain pendant que le royaume sera sans chef. Je voudrais que le procès se déroule le plus vite possible, demain, si rien ne s'y oppose. Je me plierai aux décisions de la Cour. Mais ce n'est pas vous qui me jugerez.

Surprise, la petite assemblée cligna des yeux et se redressa devant une telle autorité. Mais Yosef, le maître palefrenier, n'aurait pas été surpris, lui. Il avait déjà entendu ce ton de commandement il y a bien longtemps, quand Peter n'était qu'un enfant.

– L'un des autres avocats s'en chargera, poursuivit Peter. Je ne serai pas jugé par l'homme qui détient le pouvoir à ma place... un homme qui, d'après son regard et ses façons, est déjà convaincu dans son cœur que j'ai commis un crime épouvantable.

Peyna se sentit rougir.

– L'un des autres, répéta Peter. Que l'on mette quatre cailloux, trois noirs et un blanc dans une coupe. Celui qui tirera la pierre blanche présidera le procès. Êtes-vous d'accord ?

– Oui, Messire, oui, dit Peyna lentement, maudissant la rougeur qui ne voulait pas quitter ses joues.

De nouveau, Flagg dut mettre la main sur sa bouche pour dissimuler un sourire. *Et cela, mon petit Seigneur condamné, sera le seul ordre que tu donneras jamais en tant que roi de Delain*, pensa-t-il.

43

La réunion qui avait commencé à trois heures précises fut terminée en un quart d'heure. Les sénats et les parlements tergiversent souvent pendant des jours et des mois avant de prendre une seule décision, qui n'est parfois jamais prise en dépit de nombreux débats, mais lors de grands bouleversements, les choses vont généralement plus vite. Trois heures plus tard, à la tombée de la nuit, un incident fit comprendre à Peter qu'il allait être déclaré coupable, si stupide que cela parût.

Il fut escorté à ses appartements par des gardes revêches et silencieux. Peyna avait dit qu'on lui monterait son repas.

Son dîner lui fut apporté par un grand gaillard avec une barbe de trois jours, très épaisse. Il tenait un plateau sur lequel on trouvait un verre de lait et un grand bol de ragoût fumant. Peter se leva en voyant entrer le garde et alla à sa rencontre.

– Un instant, Messire, dit le garde d'une voix méprisante. Il y manque un peu d'assaisonnement.

Sur ce, il cracha dans le ragoût. Puis, grimaçant, découvrant toutes ses dents écartées comme une barrière de piquets mal entretenue, il lui tendit le plateau.

– Voilà.

Peter ne fit pas un geste pour le prendre, tant il était abasourdi.

– Pourquoi ? Pourquoi avez-vous craché dans mon ragoût ?

– Parce que vous croyez qu'un enfant qui assassine son propre père mérite mieux, Messire ?

– Non, mais quelqu'un qui n'a pas encore été jugé pour ce crime, si. Allez me chercher un autre plateau et ramenez-le avant un quart d'heure, sinon vous passerez cette nuit sous les appartements de Flagg, dans les oubliettes du donjon.

Pendant un instant, l'affreuse grimace du garde s'estompa, mais elle revint aussitôt.

– Je ne crois pas, dit-il.

Il inclina le plateau, légèrement au début, puis encore un peu plus. Le verre et le bol allèrent s'écraser sur les dalles. Le ragoût gicla.

– Allez, lape, lape, comme le chien que tu es !

Il fit le geste de partir. Soudain, furieux, Peter se précipita sur lui et le gifla. Le bruit résonna dans la pièce comme un coup de pistolet.

Avec un beuglement, le garde crasseux dégaina son poignard.

Souriant, mais sans le moindre humour, Peter leva le menton et dénuda son cou.

– Vas-y ! Un homme qui crache dans la soupe d'un autre est sûrement capable de trancher la gorge d'un homme désarmé ! Vas-y ! Les cochons aussi sont des créatures de Dieu, et ma honte et mon chagrin sont immenses. Si les dieux veulent que je vive, je vivrai, mais si les dieux veulent ma mort et ont envoyé un cochon comme toi pour faire le travail, c'est parfait.

La colère du garde se changea en confusion. Un instant plus tard, il rengaina son épée.

– Je ne voudrais pas salir ma lame, dit-il, mais ses mots n'étaient plus qu'un murmure et il n'osait pas croiser le regard de Peter.

– Apporte-moi à manger et à boire, dit Peter doucement. Je ne sais pas à qui tu as parlé ni pourquoi tu es si prompt à me condamner alors qu'aucun témoignage n'a été entendu, et, en fait, cela m'est égal. Mais apporte-moi un nouveau plateau avant que l'horloge ne sonne six heures et demie, sinon je fais appeler Peyna et tu dormiras dans les oubliettes. Ma culpabilité n'est pas prouvée ; Peyna est encore sous mes ordres et je te jure que je dis la vérité.

En entendant ce discours, le garde devint de plus en plus pâle car Peter ne plaisantait pas. Pourtant, ce n'était pas la seule raison. Quand on lui avait dit que le prince avait été pris la main dans le sang, il l'avait cru, il avait eu envie de le croire, mais, à présent, il se posait des questions. Peter n'avait pas l'air coupable.

– Oui, Messire, dit-il.

Le soldat sortit. Quelques instants plus tard, le capitaine des gardes ouvrit la porte.

– Il me semble avoir entendu des éclats de voix, dit-il en baissant les yeux sur le verre et le bol cassés. Vous avez des ennuis ?

– Non, dit Peter calmement. J'ai fait tomber mon plateau, le garde est parti m'en chercher un autre.

Le capitaine hocha la tête et s'en alla.

Peter resta assis sur son lit pendant dix minutes, plongé dans ses pensées.

On frappa à la porte.
– Entrez.
Le garde barbu aux dents écartées arriva avec un nouveau plateau.
– Messire, je voudrais vous présenter mes excuses, dit-il d'une raideur un peu maladroite. Je ne m'étais jamais conduit comme ça de toute ma vie et je ne sais pas ce qui m'a pris. Sur ma tête, je...
Peter l'interrompit d'un signe de la main. Il était très fatigué.
– Est-ce que tout le monde ressent la même chose que toi ? Les autres gardes ?
– Messire, dit le garde en posant soigneusement le plateau sur le bureau de Peter, je ne suis pas sûr d'éprouver la même chose qu'avant.
– Mais les autres me croient coupable ?
Il y eut une longue pause, puis le soldat hocha la tête.
– Y a-t-il une raison particulière qui les dresse contre moi ?
– Ils parlent d'une souris qui a brûlé... Ils disent que vous avez pleuré quand Peyna vous a accusé...
Peter hocha tristement la tête. Oui, pleurer avait été une grave erreur, mais il n'avait pas pu s'en empêcher... et il était trop tard.
– Mais surtout, ils disent que vous avez été démasqué, que vous vouliez être roi et qu'il devait en être ainsi.
– Que je voulais être roi et qu'il devait en être ainsi... répéta Peter.
– Oui, Messire.
– Merci, laissez-moi maintenant.
– Messire, excusez-moi...
– Vos excuses sont acceptées. Mais laissez-moi, j'ai besoin de réfléchir.
Avec l'air de celui qui regrette d'être né, le garde quitta la pièce et ferma la porte derrière lui.
Peter étala sa serviette sur ses genoux mais ne mangea pas. Sa faim s'était envolée. Il joua avec sa serviette tout en pensant à sa mère. Il était content, très content, qu'elle ne soit plus là pour le voir subir cette infamie. Pendant toute sa vie, il avait eu de la chance ; il semblait béni, protégé, et parfois on aurait dit que la chance ne l'abandonnerait jamais. À présent, il semblait que toute la malchance qu'il aurait dû avoir au fil des ans s'était

accumulée et qu'il devait payer sa dette d'un seul coup, avec seize ans d'intérêts de retard.

On dit que vous vouliez être roi et qu'il devait en être ainsi.

D'une certaine manière, il comprenait. Ils avaient envie d'un bon roi, d'un roi qu'ils aimeraient. Mais cela les rassurait de voir qu'ils avaient échappé d'un cheveu à un mauvais roi. Ils avaient envie de noirceur et de complots ; ils avaient envie d'entendre les terribles légendes sur la corruption de la monarchie. *Ils disent que vous vouliez être roi et qu'il devait en être ainsi.*

Peyna le croit, et ce garde le croyait ; bientôt, ils le croiront tous. Ce n'est pas un cauchemar. J'ai été accusé du meurtre de mon père, et toutes mes bonnes actions et tout mon amour pour lui ne suffiront pas à m'innocenter. D'une certaine façon, ils ont envie de croire que c'est moi le meurtrier.

Peter replia sa serviette et la posa sur le bol de ragoût. Il n'avait pas faim.

44

Il y eut donc un procès, et ce fut un grand événement ; les historiens ont relaté les faits, si vous prenez la peine de lire leurs commentaires. Mais l'essentiel est ailleurs : Peter, fils de Roland, fut conduit devant le juge de la Cour suprême de Delain par une souris calcinée ; il fut jugé au cours d'une réunion entre sept personnes, en dehors du tribunal ; et condamné par un garde qui délivra son verdict en crachant dans sa soupe. Ça, c'est une anecdote, et souvent les anecdotes en disent plus que l'histoire, et plus rapidement, la plupart du temps.

45

Quand Ulrich Wicks, qui avait tiré le caillou blanc, prit place sur le banc à la place de Peyna et annonça le verdict de la Cour, les spectateurs, dont beaucoup avaient juré que Peter ferait le meilleur roi de Delain depuis fort longtemps, applaudirent sauvagement. Ils se levèrent comme un seul homme et se précipitèrent vers l'accusé. Si une ligne de gardes ne les avait pas retenus, ils auraient bien pu changer la sentence d'emprisonnement à perpétuité en peine de mort en lynchant le jeune prince. Quand on emmena Peter, il fut couvert par une pluie de crachats. Pourtant, il garda la tête haute.

Une porte sur la droite de la grande salle du tribunal conduisait à un étroit corridor. Quarante pas plus loin environ, commençait l'escalier. Ils montèrent en colimaçon, montèrent et montèrent au sommet de l'Aiguille, jusqu'aux deux pièces où Peter devrait vivre jusqu'à sa mort. Il y avait trois cents marches. Nous rejoindrons Peter au sommet en temps voulu, car, comme vous le verrez, cette histoire n'est pas terminée. Mais nous ne monterons pas avec lui, car ce fut une escalade de la honte où Peter, laissant sa légitime place de roi derrière lui, grimpa, le buste redressé et la tête haute, vers sa cellule de prisonnier du royaume du sommet. Cela ne serait pas sympathique de le suivre, lui ou tout autre homme, lors d'un tel affront.

Retournons plutôt vers Thomas, et voyons comment il réagit en découvrant qu'il était roi de Delain.

46

– Non, murmura-t-il d'une voix horrifiée.

Ses yeux paraissaient immenses dans son visage pâle. Sa bouche tremblait. Flagg venait juste de lui annoncer qu'il était roi de Delain, pourtant il ne ressemblait pas du tout à un garçon qui venait d'apprendre une telle nouvelle, mais plutôt à quelqu'un qui va être fusillé au petit matin.

– Non, répéta-t-il, non, je ne veux pas être roi.

C'était vrai. Pendant toute sa vie il avait été jaloux de Peter, mais une chose qu'il n'avait jamais enviée, c'était l'ascension au trône. C'était une responsabilité dont Thomas n'avait jamais rêvé, pas même dans ses rêves les plus fous. Et, à présent, un cauchemar s'ajoutait à l'autre. Non seulement il s'était réveillé en apprenant que son frère avait été jeté en prison pour le meurtre de son père, le roi, mais Flagg lui annonçait qu'il était roi à la place de Peter.

– Non, je ne veux pas, je ne serai jamais roi ! Je... je refuse ! JE REFUSE TOTALEMENT !

– Impossible, Thomas, dit Flagg sèchement.

Il avait décidé que c'était la meilleure attitude à adopter, amicale mais ferme. Thomas avait besoin de lui plus qu'il n'avait jamais eu besoin de personne dans toute sa vie. Flagg le savait bien sûr, mais il savait aussi qu'il était à la merci de Thomas. Le garçon serait désemparé et capricieux pendant un moment, prêt à faire n'importe quoi, et il fallait profiter de cette période pour établir son autorité.

Tu as besoin de moi, Tommy, mais ce serait une erreur de te le dire. C'est toi qui me le diras. Il ne faudra jamais que tu te demandes qui tient les rênes, ni maintenant, ni plus tard.

– Impossible ? murmura Thomas.

Il s'était redressé sur ses coudes à l'annonce de la terrible nouvelle, mais il retomba sur ses oreillers.

– Impossible ? Je ne me sens pas très bien. Je crois que la fièvre est revenue. Allez chercher le médecin. J'ai besoin d'une saignée. Je...

– Vous vous portez à merveille, dit Flagg en se levant. Je vous ai donné d'excellents remèdes. La fièvre a disparu ; tout ce qu'il vous faut, c'est un peu d'air pur. Mais si vous voulez qu'un médecin vienne vous dire la même chose, dit Flagg, une légère nuance de reproche dans la voix, eh bien, vous n'avez qu'à tirer la sonnette.

Flagg montra la sonnette en souriant. Ce n'était pas un sourire très gentil.

– Je comprends que vous ayez envie de vous cacher dans votre lit, mais je ne serais pas un ami si je ne vous disais pas qu'en vous réfugiant sous les couvertures ou dans la maladie, vous ne cherchez qu'un faux refuge.

– Un faux refuge ?

– Je vous conseille de vous lever et de commencer à rassembler vos forces. Vous serez couronné en grande pompe dans trois jours. Être porté de force le long de la haie d'honneur avec sceptre et couronne serait une manière bien humiliante d'entamer un règne, mais je vous assure que s'il faut en arriver là, personne n'hésitera. Les royaumes sont mal à l'aise sans chef. Peyna veut que le couronnement ait lieu le plus tôt possible.

Avec un regard de lapin terrifié, Thomas essayait d'absorber toutes ces informations.

Flagg attrapa sa cape bordée de rouge sur le lit, la balança autour de ses épaules et accrocha les chaînes d'or à son cou. Ensuite, il alla prendre sa canne à pommeau d'argent dans un coin, fit un moulinet avec et tira sa révérence à Thomas. La cape... le chapeau... la canne... tout cela faisait peur à Thomas. Plus que jamais, il avait besoin de Flagg et celui-ci semblait habillé comme... comme pour...

Il semblait habillé comme pour partir en voyage.

La panique qui l'avait assailli un instant plus tôt n'était rien comparée aux mains glaciales qui enserraient à présent le cœur de Thomas.

– Et maintenant, mon cher Tommy, je vous souhaite une excellente santé, toute la joie que la vie pourra vous apporter, un règne long et prospère et... adieu !

Il se dirigea vers la porte et commençait à croire que le garçon était paralysé de terreur à tel point qu'il faudrait que ce soit lui, Flagg, qui invente un stratagème pour retourner près du lit de ce petit imbécile, quand Thomas réussit à prononcer un seul et unique mot :

– Attendez !

Flagg se retourna, une expression d'inquiétude polie sur le visage.

– Votre Altesse ?

– Où... où allez-vous ?

– Comment ? dit Flagg, faussement surpris, comme s'il n'avait encore jamais pensé que cela pouvait intéresser Thomas. En Andua pour commencer. Il y a de grands marins et il existe nombre de terres au-delà de la mer de Delain que je n'ai encore jamais visitées. Parfois, les capitaines font monter un magicien à bord pour qu'il leur porte chance, pour conjurer la tempête ou prédire le temps. Si personne ne veut de magicien, eh bien, je ne suis plus aussi jeune que lorsque je suis arrivé ici, mais je peux toujours hisser une voile et dérouler des cordes.

En souriant, Flagg mima ses actions, sans pour autant lâcher sa canne.

Thomas s'était de nouveau redressé sur ses coudes.

– Non ! cria-t-il presque. Non !

– Mon Seigneur roi...

– Ne m'appelez pas comme ça !

Flagg alla vers lui, le visage marqué d'une profonde inquiétude à présent.

– Tommy, alors, mon cher Tommy. Qu'est-ce qui ne va pas ?

– Qu'est-ce qui ne va pas ? Qu'est-ce qui ne va pas ? Comment pouvez-vous être aussi stupide. Mon père a été empoisonné, Peter est enfermé au sommet de l'Aiguille, je vais être couronné, vous ne pensez qu'à vous en aller et vous osez me demander ce qui ne va pas ? dit Thomas avec un petit rire grinçant.

– Mais il doit en être ainsi.

– Je ne veux pas être roi ! dit Thomas.

Il saisit Flagg par le bras et enfonça ses ongles dans l'étrange chair du magicien.

– C'est Peter qui devait être roi. C'est Peter qui a toujours été le plus intelligent. Moi je suis stupide, stupide, stupide. Je ne peux pas être roi !

– C'est Dieu qui nomme les rois. *Et parfois les magiciens*, pensa Flagg intérieurement. C'est Dieu qui vous a choisi, et, croyez-moi, Thomas, vous serez roi, sinon on vous jettera des pelletées de terre sur le corps.

– Eh bien que cela soit la terre, alors ! Je me tuerai.

– Non, vous n'en ferez rien.

– Mieux vaut me tuer, sinon on se moquera pendant des millénaires du prince qui est mort de frayeur.

– Vous serez roi, Thomas, ne craignez rien. Mais je dois partir. Les journées sont froides et les nuits plus encore. Et je veux sortir de la ville avant que tombe le crépuscule.

– Non, restez ! Si je dois absolument être roi, restez, vous serez mon conseiller, comme vous étiez celui de mon père. Ne partez pas ! D'ailleurs, je ne sais pas pourquoi vous voulez partir, vous avez toujours été ici.

Ah ! enfin, voilà qui est bien ! Voilà qui est fantastique !

– Cela me fait de la peine de partir, beaucoup de peine. J'aime beaucoup Delain, et je vous aime beaucoup.

– Alors, restez !

– Vous ne comprenez pas bien ma situation. Anders Peyna est un homme puissant, très puissant. Et il ne m'apprécie guère. En fait, je crois qu'on peut même dire qu'il me hait.

– Pourquoi ?

En partie parce qu'il sait que je suis ici depuis longtemps, très longtemps. Et surtout parce qu'il pressent ce que j'ai envie de faire sur le royaume de Delain.

– C'est difficile à dire, Tommy. C'est peut-être lié au fait qu'il soit si puissant, car les hommes puissants n'aiment guère avoir de rivaux aussi puissants qu'eux-mêmes, des gens comme le conseiller du roi par exemple.

– Et vous étiez le premier conseiller de mon père ?

– Oui.

Il prit la main de Thomas et la pressa un instant dans la sienne avant de la relâcher et de soupirer tristement.

– Le conseiller du roi ressemble au cerf des jardins du palais. On le dresse, on le cajole, on le nourrit à la main. Les conseillers, comme les cerfs, mènent une vie agréable, mais bien souvent j'ai vu le cerf du château finir sur la table du roi quand les réserves royales ne voulaient plus fournir de gibier pour le dîner, comme le steak ou le ragoût de chevreuil. Quand un roi meurt, les vieux conseillers disparaissent.

– Peyna vous a menacé ? demanda Thomas à la fois en colère et inquiet.

– Non... il s'est montré très gentil, très patient. Mais j'ai lu son regard, et je sais que sa patience ne durera pas éternellement. C'est en lisant son regard que j'ai compris que le climat d'Andua serait meilleur pour ma santé. Alors, dit Flagg dans un autre mouvement de cape, bien qu'il m'en coûte...

– Attendez ! s'écria encore Thomas de sa voix pointue, le visage livide.

Tous les vœux de Flagg semblaient sur le point d'être exaucés.

– Si vous étiez protégé quand mon père était roi parce que vous étiez son conseiller, est-ce qu'il n'en serait pas de même si vous étiez le mien ?

Flagg feignit de réfléchir profondément.

– Si... je suppose. Si vous faisiez clairement comprendre à Peyna... très clairement... que tout geste contre ma personne serait considéré comme une atteinte aux désirs royaux, une très grave atteinte...

– Oh ! oui, je le dirai ! s'écria Thomas enthousiaste. Comme ça vous resterez ? Vous resterez ? S'il vous plaît ! Si vous partez, je me tuerai, pour de vrai. Je ne sais pas ce qu'il faut faire pour être roi, et j'ai vraiment envie de mourir !

Flagg se tenait toujours tête baissée, le visage dans l'ombre, réfléchissant profondément, en apparence.

Soudain, il leva un visage grave.

– J'ai servi le royaume de Delain pendant presque toute ma vie, et si vous m'ordonnez de rester... de rester et de vous servir au mieux de mes capacités...

– Je vous l'ordonne ! s'écria Thomas d'une voix fébrile et tremblante.

Flagg tomba sur un genou.

– Monseigneur ! dit-il.

Thomas, sanglotant de soulagement, se jeta dans les bras de Flagg, qui le souleva et le porta.

– Ne pleurez pas, mon Petit Seigneur roi, murmura-t-il. Tout ira bien. Tout ira bien pour vous, pour moi et pour le royaume.

Son sourire s'élargit en découvrant des dents très blanches, très puissantes.

47

Thomas ne put pas fermer l'œil de la nuit la veille du couronnement, et au petit matin de ce jour tant redouté il fut pris de crises de vomissement et de diarrhée... la nervosité, le trac... Le trac, ça paraît toujours un peu ridicule et un peu bête, mais il n'y avait pas de quoi rire. Thomas n'était encore qu'un enfant, un jeune garçon, et ce qu'il ressentait pendant la nuit, au moment où nous sommes le plus seuls, était une terreur si puissante qu'il ne serait pas exagéré de la qualifier de fatale. Il appela un serviteur et le pria d'aller chercher Flagg. Le serviteur, inquiet de la pâleur de Thomas et de l'odeur de vomi dans la chambre, courut tout le long du chemin et attendit à peine qu'on lui dise d'entrer pour se précipiter dans la pièce et annoncer que le jeune prince se sentait très mal et que, peut-être, il agonisait.

Flagg, qui se doutait de ce qui se passait, ordonna au serviteur de retourner près de son maître pour le rassurer et lui annoncer qu'il allait le rejoindre dans quelques instants. Flagg arriva dans la chambre vingt minutes plus tard.

– Je n'y arriverai pas, gémit Thomas.

Il avait vomi dans son lit et ses draps empestaient.

– Je ne pourrai jamais être roi. Je ne peux pas, s'il vous plaît, empêchez que cela arrive. Comment pourrais-je être roi si je vomis devant Peyna et tous les autres ou si...

– Tout ira bien, dit Flagg posément. Il avait préparé un breuvage qui calmerait à la fois l'estomac et les intestins de Thomas. Buvez ceci.

Thomas obéit.

– Je vais mourir, dit-il en reposant le verre. Ce ne sera même pas la peine de me suicider. Mon cœur explosera de terreur. Mon père me disait que parfois les lapins meurent ainsi quand ils sont pris au collet, même s'ils ne sont pas gravement blessés. Et c'est ce que je suis, un lapin pris au piège qui meurt de peur.

Tu as presque raison, cher Tommy, tu ne meurs pas de peur, mais tu es bel et bien un lapin pris au piège.

– Vous changerez d'avis.

Flagg avait préparé une deuxième potion d'un rose laiteux, une couleur reposante.

– Qu'est-ce que c'est ?

– Un remède pour vous aider à dormir.

Thomas le but. Flagg resta assis sur le bord du lit. Bientôt Thomas dormit d'un sommeil profond, si profond que si le serviteur l'avait vu à ce moment, il aurait pu croire que ses craintes s'étaient réalisées et que Thomas était mort. Flagg prit la main du garçon endormi dans la sienne et la caressa en un geste... d'amour, oui. À sa manière, il aimait Thomas, mais Sasha aurait compris la véritable nature de l'amour de Flagg : c'était l'amour d'un maître envers son chien fidèle.

C'est fou comme il ressemble à son père, pensait Flagg, *et dire que le vieux fou ne s'en est jamais rendu compte. Oh ! Tommy ! nous allons passer des moments merveilleux ensemble, toi et moi, et avant qu'on ne m'attrape, le sang royal coulera. Je ne serai plus là, mais je ne serai pas bien loin, au début du moins. Je reviendrai sous un déguisement pour voir ta tête empalée sur une flèche... et pour ouvrir la poitrine de ton frère de mon sabre, lui arracher le cœur et le croquer tout cru, comme ton père a croqué le cœur de son précieux dragon.*

En souriant, Flagg quitta la pièce.

48

Le couronnement eut lieu sans ennuis ni complications d'aucune sorte. Les serviteurs de Thomas – il n'avait pas de majordome car il était trop jeune, mais ce problème allait bientôt être réglé – le vêtirent de velours noir incrusté de pierres précieuses. *C'est à moi*, pensa Thomas émerveillé, avec une cupidité naissante, *tout est à moi à présent.* Il mit des bottes noires du daim le plus fin. Quand Flagg apparut promptement à onze heures trente et annonça qu'il était temps, Thomas se sentait beaucoup moins nerveux qu'il ne l'avait craint. Le sédatif que le magicien lui avait administré la nuit précédente agissait toujours.

– Prenez-moi le bras, au cas où je trébucherais.

Flagg prit le bras de Thomas. Dans les années à venir, c'était une posture qui deviendrait familière aux habitants de la cour. Flagg soutenait l'enfant roi comme si c'était un vieillard et non un adolescent respirant la santé.

Ils sortirent tous deux sous le pur soleil d'hiver.

Ils furent accueillis par une explosion de joie, aussi puissante que les vagues qui se fracassent le long des côtes désolées de la baronnie de l'Est. Surpris, Thomas regarda tout autour de lui. *Où est Peter?* pensa-t-il. *Ces acclamations sont sûrement pour Peter!* Puis il se souvint que Peter était enfermé au sommet de l'Aiguille. Le plaisir commençait à l'envahir, pas seulement parce que ces applaudissements lui étaient destinés, mais parce que du haut de sa tour solitaire Peter aussi les entendait.

Quelle importance qu'il ait toujours été plus fort que moi pour apprendre ses leçons? pensa Thomas avec une joie mauvaise qui l'aiguillonnait tout en le réchauffant. *Quelle importance? Tu es enfermé dans ta cellule... et je vais être roi. Quelle importance que tu lui aies apporté un verre de vin tous les soirs et...*

Mais cette pensée couvrit son front d'une étrange sueur pâteuse et il la repoussa.

Les acclamations montèrent encore lorsqu'il traversa la place de l'Aiguille et défila sous la haie d'honneur des épées croisées des gardes, parés de leur uniforme de cérémonie et de leur haut shako à mâchoires de loup.

Thomas commençait vraiment à apprécier le spectacle. Il leva le bras pour saluer ses sujets et les acclamations se transformèrent en rugissements. Les hommes lançaient leurs chapeaux en l'air et les femmes pleuraient de joie. *Le roi ! Le roi ! Vive le roi ! Vive Thomas l'Éclaireur ! Longue vie à notre roi !* Thomas, qui n'était encore qu'un enfant, pensait que ces acclamations lui étaient destinées. Flagg, qui avait plus d'expérience, savait qu'en fait les gens célébraient la fin d'une époque tourmentée. Ils se réjouissaient de savoir que les boutiques allaient bientôt rouvrir, que les soldats dans leur sombre tenue de combat ne monteraient plus la garde le soir autour du château et qu'ils pourraient rentrer saouls après cette nuit de festivités sans craindre de se réveiller au son d'une révolte nocturne. Ni plus ni moins. Thomas aurait pu être n'importe qui, absolument n'importe qui. Ce n'était qu'un symbole.

Mais Flagg s'arrangerait pour que Thomas ne s'en rende jamais compte.

De toute façon, pas avant qu'il ne soit trop tard.

La cérémonie fut brève. Anders Peyna, qui paraissait vingt ans de plus que la semaine précédente, officia. Thomas répondit *Oui, je le veux, je le jure*, aux bons moments, comme Flagg le lui avait appris. À la fin de la procédure qui se déroula dans un tel silence que les spectateurs les plus éloignés purent tout entendre, on plaça la couronne sur la tête de Thomas. De nouveau, les acclamations s'élevèrent, de plus en plus bruyantes ; Thomas leva les yeux vers la tour ronde de l'Aiguille, tout en haut, là où il n'y avait qu'une seule fenêtre. Il ne voyait pas si Peter regardait en se mordant les lèvres de frustration jusqu'à ce que le sang lui coule sur le menton, comme Thomas lui-même s'était souvent mordu les lèvres, si souvent qu'il lui restait encore tout un réseau de cicatrices. *C'est MOI qu'ils acclament ! MOI ! C'est MOI qui ai droit aux applaudissements !*

49

Lors de sa première nuit en tant que roi, Thomas l'Éclaireur se réveilla en sursaut, le visage figé et horrifié, les mains devant la bouche comme pour étouffer un cri. Il venait de faire un cauchemar, un cauchemar pire encore que ceux qui lui avaient fait revivre l'affreuse expédition dans la tour Est pleine de chauves-souris.

Là aussi, il avait vécu un événement. Il se trouvait dans le passage secret et espionnait son père. C'était la nuit où le roi, saoul et furieux, arpentait la pièce en hurlant devant les trophées accrochés aux murs. Mais quand son père s'approcha de Nini, il changea son discours.

Qu'est-ce que tu as à me regarder, comme ça? Il m'a tué et tu ne pouvais sûrement pas l'en empêcher, mais comment as-tu pu laisser emprisonner ton frère? Réponds-moi, petit idiot! J'ai fait de mon mieux! Regarde-moi! Regarde-moi!

Son père se mit à brûler. Ses joues prirent le rouge profond d'un feu bien attisé. De la fumée s'échappait de ses yeux, de son nez, de sa bouche. Il se tordit de douleur et Thomas vit que les cheveux de son père s'enflammaient aussi. C'est à ce moment-là qu'il se réveilla.

Le vin! pensa-t-il, horrifié. *Flagg lui a apporté un verre de vin cette nuit-là! Tout le monde savait que Peter lui apportait du vin tous les soirs, si bien que tout le monde avait pensé que Peter avait empoisonné le vin! Mais Flagg lui avait apporté un verre aussi ce soir-là, et lui ne l'avait encore jamais fait! Le poison, c'était Flagg! Il avait prétendu qu'on le lui avait volé des années auparavant, mais...*

Il ne voulait pas y penser. Non, car s'il y pensait...

– Il me tuerait, chuchota Thomas, terrifié.

Tu pourrais aller voir Peyna. Peyna ne l'aime pas.

Oui, bien sûr, c'était possible. Mais, soudain, sa vieille rancœur et sa vieille jalousie refirent surface. S'il parlait, Peter serait libéré et prendrait sa place de roi. Thomas ne serait plus personne ; un malheureux prince qui avait été roi pendant une seule journée.

Il ne lui avait fallu que ce premier jour pour se rendre compte qu'il aimait la royauté, que cela lui plaisait même beaucoup, surtout si Flagg était là pour l'aider. Et puis, en fait, il ne savait pas grand-chose. Il avait une intuition, c'était tout. Et ses intuitions s'avéraient toujours fausses.

Il m'a tué et tu ne pouvais sûrement pas l'en empêcher, mais comment as-tu pu laisser emprisonner ton frère?

Peu importait, c'était sûrement une erreur, il fallait que ce soit une erreur, et puis même si ça n'en était pas une, c'était bien fait pour Peter. Il se retourna dans son lit bien décidé à se rendormir. Après une longue, très longue attente, le sommeil vint enfin.

Dans les années qui suivirent, ce cauchemar revint encore et encore – son père accusant le fils qui l'espionnait, puis se courbant en deux, la chevelure en feu. À cette époque, Thomas découvrit deux choses : les secrets et la culpabilité avec lesquels malgré tout on pouvait vivre, comme avec les fantômes des personnes assassinées qui ne vous laissaient jamais en paix.

50

Si vous lui aviez posé la question, Flagg vous aurait répondu avec un sourire méprisant que Thomas était incapable de garder un secret, sauf peut-être envers des êtres moralement affaiblis, et encore. Il n'aurait jamais été capable de garder le secret d'un homme qui avait facilité son accession au trône, aurait affirmé Flagg. Mais les hommes comme Flagg sont imbus d'eux-mêmes et, même s'ils voient beaucoup de choses, ils sont parfois étrangement aveugles. Flagg ne se douta jamais que Thomas observait à travers le regard de Nini cette nuit-là et qu'il avait vu le magicien offrir le verre de vin empoisonné à Roland.

Ce secret-là, Thomas sut le garder.

51

Au-dessus du jubilé du couronnement, au sommet de l'Aiguille, Peter se tenait à la petite fenêtre et observait. Comme Thomas l'avait espéré, il avait tout vu et tout entendu, des premières acclamations, lorsque Thomas était apparu au bras de Flagg, aux dernières, lorsqu'il entra à l'intérieur du palais, toujours au bras du magicien.

Il resta à la fenêtre plus de trois heures après que la cérémonie fut terminée, à observer les groupes de curieux. Ils répugnaient à partir et à regagner leur foyer. Il y avait tant à raconter, tant à revivre. Untel voulait dire à son compagnon où il se trouvait lors de l'annonce de la mort du roi et ensuite tous deux devaient annoncer la nouvelle à un troisième. Les femmes versèrent les dernières larmes sur le pauvre Roland et s'extasièrent de voir à quel point Thomas avait belle allure et paraissait calme. Les enfants se poursuivaient, jouaient au roi, s'attrapaient au lasso, tombaient, s'écorchaient les genoux et se poursuivaient encore. Les hommes se donnaient de grandes claques dans le dos et se disaient que tout irait bien maintenant, que la semaine avait été épouvantable, mais que tout était rentré dans l'ordre. Pourtant, malgré ces propos rassurants, une traînée de malaise d'un jaune sale régnait, comme si, en leur for intérieur, ils avaient compris que tout n'allait pas pour le mieux, que les terribles événements qui avaient provoqué la mort du roi n'étaient pas encore terminés.

Peter ne voyait pas tout cela du haut de son repaire solitaire, mais il pressentait quelque chose. Oui, quelque chose.

À trois heures, trois heures plus tôt que d'habitude, les bars à hydromel ouvrirent leurs portes en l'honneur du couronnement, mais surtout parce qu'il y avait de l'argent à gagner. La foule avait envie de boire et de fêter le nouveau roi. Vers sept heures, la plupart des citoyens sillonnaient les rues, buvant à la santé de Thomas l'Éclaireur – à moins qu'ils ne se disputassent entre eux. La nuit était presque tombée lorsque les retardataires se résignèrent à se disperser.

Peter s'éloigna de la fenêtre et alla s'asseoir sur l'unique chaise de son boudoir – en lui-même, ce nom était une cruelle plaisanterie – et y resta longuement, les bras croisés sur les genoux. Il observait l'obscurité envahir la pièce. On lui apporta son dîner : de la viande trop grasse, de la bière délavée et un pain fruste si salé qu'il lui en aurait collé le palais s'il l'avait mangé. Peter ne mangea ni la viande ni le pain, pas plus qu'il ne but la bière.

Vers neuf heures, alors que le carrousel des rues recommençait – cette fois, la foule était plus bruyante et plus belliqueuse –, Peter alla dans la seconde pièce de sa prison, se déshabilla, se lava avec l'eau de la bassine, s'agenouilla près de son lit et pria. Ensuite, il se coucha. Il n'y avait qu'une seule couverture bien que la pièce fût très froide. Peter la remonta sur sa poitrine, croisa les mains derrière sa nuque et regarda dans le noir.

De l'extérieur, venaient des cris, des acclamations et des rires. De temps à autre, on entendait une fusée de feu d'artifice, et une fois, à minuit, on entendit une explosion de canon, car un soldat éméché avait tiré. (Le lendemain, le malheureux fut envoyé dans les confins est du territoire pour sa salve d'honneur car la poudre à canon, chose rare à Delain, était jalousement gardée.)

Un peu après une heure du matin, Peter ferma enfin les yeux et s'endormit.

Le lendemain, il se leva à sept heures. Il s'agenouilla, tout tremblant de froid, soufflant des nuages de buée blanche, les bras et les jambes couverts de chair de poule et pria. Quand il eut terminé, il s'habilla. Il se rendit à son boudoir et se tint près de la fenêtre pendant plus de deux heures à regarder en silence la cité s'éveiller sous ses pieds, un peu plus lentement, un peu plus engourdie que d'habitude. La plupart des adultes se réveillèrent avec la tête lourde d'alcool. Ils renâclaient à se rendre à leur travail et ronchonnaient, de fort méchante humeur. Souvent, leurs femmes qui n'éprouvaient que peu de pitié pour leurs maux de tête les harcelaient violemment. (Thomas aussi avait mal à la tête, il avait bu trop de vin, mais au moins, il n'avait pas de femme pour le sermonner.)

Beson, le geôlier en chef, qui lui aussi avait la gueule de bois, apporta son déjeuner à Peter : des céréales sans sucre, du petit lait tourné et encore un morceau de pain rugueux et salé. Quel contraste avec les agréables petits déjeuners que Peter aimait prendre dans sa bibliothèque ! Peter ne mangea pas.

À onze heures, un garde de rang inférieur vint rechercher le plateau en silence.

– Le jeune prince se laisse mourir de faim, je crois bien, dit-il à Beson.

– Parfait, répondit Beson indifférent. Nous serons quittes.

– Il a peut-être peur qu'on l'empoisonne ! hasarda le maton, et, malgré son mal de tête, Beson se mit à rire. La plaisanterie était bonne.

Peter passa presque toute la journée sur la chaise du boudoir. En fin d'après-midi, il alla s'installer à la fenêtre. Il n'y avait pas de barreaux. À moins d'être un oiseau, il n'y avait aucun moyen de ne pas tomber en chute libre. Personne, ni Peyna ni Flagg, ni Aron Beson, ne s'inquiétait à l'idée que le prisonnier pourrait escalader les murs. La pierre de la tour ronde de l'Aiguille était parfaitement lisse. Une mouche y serait peut-être arrivée, mais pas un homme.

Et si un jour Peter était assez déprimé pour faire le grand plongeon ? Quelle importance ? Cela éviterait au royaume d'avoir à nourrir un meurtrier au sang bleu.

Tandis que les rayons du soleil balayaient le sol puis le plafond, Peter observait. Son dîner – viande trop grasse, bière délavée et pain salé – arriva. Peter n'y toucha pas.

Quand le soleil eut disparu, Peter s'assit dans le noir puis alla dans sa chambre. Il se déshabilla, s'agenouilla et pria, des petites bouffées de buée blanche lui sortant de la bouche. Il se coucha, croisa les mains derrière la nuque et observa dans le noir. Il réfléchissait à ce qu'il était advenu de lui. Vers une heure du matin, il s'endormit.

C'était sa deuxième journée de prisonnier.

Puis sa troisième.

Puis sa quatrième.

Pendant toute une semaine, Peter ne mangea rien, ne dit mot et ne fit que s'asseoir sur sa chaise ou s'installer à la fenêtre, à regarder le soleil ramper sur le sol et grimper au plafond. Beson était convaincu que le garçon sombrait dans le désespoir et la culpabilité – il avait déjà vu situation semblable, surtout parmi les membres de la royauté. Le garçon en mourrait sans doute, comme un oiseau sauvage que l'on met en cage. Le garçon mourrait, et bon débarras !

Mais le huitième jour, Peter envoya chercher Aron Beson et lui donna certaines instructions... pas sur le ton d'un prisonnier.

Sur le ton d'un roi.

52

Peter était effectivement désespéré, mais pas tant que le pensait Beson. Il passa cette première semaine au sommet de l'Aiguille à réfléchir sur sa situation et à essayer de savoir ce qu'il devait faire. Il avait jeûné pour s'éclaircir les idées. Il finit effectivement par avoir les idées claires, mais, pendant un moment, il se sentit terriblement perdu et le poids de son malheur pesa sur son crâne comme l'enclume d'un forgeron. Ensuite il se souvint d'une vérité toute simple : il n'avait pas tué son père, quoi qu'en pensent tous les sujets du royaume.

Pendant les deux premiers jours, il s'accrocha à des pensées infantiles et futiles. *Ce n'est pas juste ! pas juste !* se répétait-il. Bien sûr, il avait raison, mais ce genre de réflexion ne le conduisait nulle part. Avec le jeûne, il commença à reprendre le contrôle de ses moyens. Son ventre creux eut raison de ses aspects enfantins. Il se sentait lavé, décortiqué, vidé comme un verre qui attend d'être rempli. Après deux ou trois jours de privations, les gargouillements de son estomac s'estompèrent et il commença à entendre ses véritables pensées. Il priait, mais, en fait, il faisait plus que prier ; il se parlait à lui-même, s'écoutait, se demandait s'il n'y avait pas dans le ciel où l'on avait si soigneusement placé sa prison un moyen de s'échapper.

Il n'avait pas tué son père. C'était la première chose. Quelqu'un avait rejeté la faute sur lui, c'était la deuxième. Qui ? Il n'y avait qu'une seule personne à Delain qui pouvait posséder un poison aussi terrible que le sable de dragon.

Flagg.

C'était parfaitement logique. Flagg savait qu'il n'aurait plus sa place dans un royaume dirigé par Peter. Flagg avait tout fait pour que Thomas devienne son ami... et le craigne en même temps. Flagg avait tué Roland et avait disposé les preuves de telle façon qu'elles accusent Peter.

C'était déjà le troisième jour du règne de Thomas.

Que faire ? Accepter ? Non, il ne voulait pas. S'échapper ? Il ne pouvait pas. Personne ne s'était jamais sauvé de l'Aiguille.

Sauf...

Une étincelle jaillit au cours de la quatrième nuit, en regardant son plateau de repas : viande grasse, bière délavée, pain noir et salé. Une assiette blanche. Pas de serviette.

Sauf...

L'étincelle se fit plus puissante.

Il y avait peut-être un moyen. Peut-être. Ce serait affreusement long et dangereux. À la fin d'un travail acharné il pourrait tout simplement mourir, mais...

Et s'il s'évadait ? Comment faire pour que le magicien soit accusé ? Peter ne le savait pas. Flagg était un vieux serpent rusé ; il aurait éliminé toute trace qui pourrait signer sa culpabilité. Peter obtiendrait-il des aveux ? Peut-être, mais, pour cela, il fallait pouvoir lui mettre la main dessus. Flagg pourrait bien disparaître en fumée s'il apprenait que Peter s'était évadé de l'Aiguille. Et puis, croirait-on à la confession de Flagg si Peter réussissait à l'obtenir ? *Ah bon !* dirait-on, *il a avoué le meurtre de Roland ! Peter le parricide évadé lui a mis le couteau sur la gorge. Moi, à sa place, j'aurais avoué le meurtre de Dieu en personne dans ces circonstances !*

Vous pourriez être tenté de vous moquer de Peter qui passait ainsi son temps à tourner et à retourner ces pensées dans son esprit, alors qu'il était emprisonné à cent mètres de haut. Vous pourriez considérer qu'il mettait la charrue avant les bœufs. Mais Peter avait imaginé un moyen de s'évader. Ce n'était peut-être en fait qu'un moyen de mourir jeune, mais cela avait malgré tout une petite chance de succès. Pourtant, tout ce travail en valait-il la peine, si c'était pour n'aboutir à rien en fin de compte ? Ou, pire encore, si cela causait au royaume de nouveaux dommages qu'il n'imaginait pas pour le moment ?

Ainsi, il réfléchissait et il priait. La quatrième nuit passa... la cinquième... la sixième. Lors de la septième nuit, Peter tira enfin des conclusions : mieux valait essayer que de ne rien faire ; mieux valait faire un effort pour que justice soit faite, même s'il devait en mourir. Une injustice avait été commise. Peter découvrit que le plus important n'était pas que l'injustice fût dirigée contre lui, mais qu'une injustice avait été commise et qu'il fallait la réparer.

Le huitième jour du règne de Thomas, il fit appeler Beson.

53

Beson écouta le discours du prince prisonnier avec une incrédulité et une fureur grandissantes. Quand Peter eut terminé, Aron Beson lâcha une bordée d'injures à en faire rougir un charretier.

Peter resta immobile devant lui, impassible.

– Espèce de petit morveux d'assassin ! dit Beson d'un ton proche de l'étonnement. Tu t'imagines peut-être que tu vis encore dans le luxe, avec une tripotée de serviteurs qui se précipitent au-devant de tes désirs dès que tu lèves le petit doigt. Mais ça ne marche pas comme ça ici, non, Monsieur !

Beson se pencha en avant, le menton sale dégoulinant de bave, et malgré la puanteur de vinasse et de crasse épouvantable qu'il dégageait, Peter ne recula pas. Il n'y avait pas de barreaux pour les séparer. Beson avait déjà eu l'occasion d'avoir peur d'un prisonnier et il ne craignait certes rien de cette jeune mauviette. Le geôlier en chef, la cinquantaine, était petit mais large d'épaules et il ne manquait pas de tripes. Ses cheveux gras retombaient en broussaille sur ses joues et sur son cou. Quand il était entré dans la pièce, l'un des gardiens de rang inférieur avait fermé la porte derrière eux.

Beson ferma le poing gauche et décocha un coup qui toucha Peter sur le nez. Sa main droite glissa dans la poche de sa chemise et saisit un cylindre de métal lisse. Un bon coup avec ce poing armé suffisait à briser la mâchoire d'un homme. Beson l'avait déjà fait.

– Ravale tes demandes et fiche-les-toi dans le nez avec ta morve ! mon cher petit prince. Et la prochaine fois que tu m'appelles pour ce genre d'imbécillités royales, tu t'en repentiras !

Beson se dirigea vers la porte, courbé en deux, si petit qu'on aurait dit un nain. Il avançait dans son propre nuage nauséabond.

– Vous risquez de commettre une très grave erreur, dit Peter, d'une voix calme mais sinistre qui fit son effet.

Beson se retourna, incrédule.

– Qu'est-ce que tu dis ?

– Vous m'avez parfaitement entendu. Et la prochaine fois que tu t'adresses à moi, sale petit navet puant, tu ferais mieux de te souvenir que tu parles à un membre de la famille royale, d'accord? Je n'ai pas changé de lignée en grimpant ces marches.

Pendant un instant, Beson fut incapable de parler. Il ouvrait et refermait la bouche comme un poisson qu'on vient de sortir de l'océan, bien qu'un pêcheur ayant récolté une proie aussi laide que Beson l'aurait sans doute immédiatement rejetée à la mer. Les requêtes de Peter, délivrées sur un ton qui en faisait de véritables exigences auxquelles il fallait se plier, bourdonnaient furieusement aux oreilles de Beson. L'une ne pouvait provenir que d'une poule mouillée ou d'un parfait cinglé. L'autre concernait les repas. Le tout, combiné avec le regard résolu du prince, laissait penser qu'il avait décidé de vivre.

La perspective de nuits d'oisiveté bien arrosées lui avait paru alléchante. À présent, elle s'estompait. Ce jeune garçon paraissait en très bonne santé et très résistant. Il pourrait fort bien vivre très longtemps. Beson risquait d'être obligé de regarder le jeune meurtrier les yeux dans les yeux pour le restant de ses jours; et cette éventualité le mettait sur les dents!

Navet puant? Il m'a traité de navet puant?

– Oh! mon petit prince, dit Beson, je crois bien que c'est toi qui commets une erreur fatale... mais je te promets que tu ne recommenceras jamais!

Il grimaça, découvrant quelques chicots noirâtres. Sur le point de passer à l'attaque, il se déplaçait avec une grâce surprenante. Sa main droite sortit de sa poche, bien serrée sur la barre de métal.

Peter fit un pas en arrière, regardant alternativement le visage de Beson et son poing fermé. La petite lucarne à barreaux derrière Beson, au milieu de la porte, était ouverte. Deux des gardiens de rang inférieur, joue crasseuse contre joue crasseuse, attendaient avec impatience que le spectacle commence.

– Tu sais que les prisonniers de sang royal ont droit à certaines considérations, à des avantages mineurs, dit Peter battant toujours en retraite, c'est la tradition. Et je n'ai rien demandé de mirobolant.

Le rictus de Beson s'élargit. Il s'imaginait percevoir une nuance de peur dans la voix de Peter. Il se trompait. Et il allait vite s'en rendre compte d'une manière à laquelle il était peu habitué.

– Mais on paie pour ce genre de tradition, mon petit prince, même si on est de sang royal.

Beson se frottait le pouce et l'index. Son poing droit restait toujours serré sur la barre de métal.

– Si vous dites par là que vous voulez trois francs six sous de temps en temps, ça peut s'arranger, dit Peter continuant à reculer en cercle. Mais seulement si vous laissez tomber l'engin stupide que vous tenez dans la main droite.

– Peur, peut-être ?

– Si quelqu'un doit avoir peur ici, je crois que c'est toi, dit Peter. Tu as apparemment l'intention de t'attaquer au frère du roi de Delain.

Le coup porta, et, pendant un instant, Beson flancha. Son regard devint incertain. Ensuite, il se tourna vers la lucarne ouverte, vit les visages des gardes de rang inférieur et sa mine s'assombrit. S'il renonçait, il aurait des ennuis avec eux ; oh ! rien dont il ne puisse venir à bout, bien sûr, mais toujours trop pour ce que valait ce petit enquiquineur !

Il se précipita en avant et balança son poing chargé. Il souriait. *Le prince tomberait sur le sol, le nez écrasé et sanguinolent, en poussant un cri perçant de bébé*, pensait Beson.

Peter recula agilement, presque comme s'il dansait. Il saisit le poing de Beson et ne fut pas le moins du monde surpris par son poids. Il avait aperçu une lueur métallique entre les doigts bouffis. Peter tira avec une force que Beson n'aurait pas soupçonnée cinq minutes plus tôt. Il se retourna et se cogna contre le mur incurvé du boudoir de Peter dans un grand fracas qui fit grincer les quelques dents qui lui restaient. Il avait des étoiles plein la tête. Le cylindre de métal alla rouler de l'autre côté de la pièce. Avant que Beson eût retrouvé ses esprits, Peter avait bondi pour le ramasser. Il se déplaçait avec la souplesse pure et fluide d'un chat.

C'est impossible, pensa Beson, envahi par une terreur naissante et un stupide étonnement. *C'est absolument impossible.*

Il n'avait jamais eu peur d'entrer dans la double cellule du sommet de l'Aiguille, car il n'y avait jamais eu de prisonniers de sang noble ou royal de taille à le surpasser. Oh ! il y avait eu de bonnes bagarres là-haut, mais il avait toujours montré qui était le chef ! Peut-être que les nobles régentaient le menu fretin en bas, mais en haut, c'était lui le patron, et ils finissaient par respecter son pouvoir de crasseux. Mais cette espèce de jouvenceau...

Hurlant de rage, Beson se repoussa du mur, secoua la tête pour s'éclaircir les esprits et se rua sur Peter qui avait enserré le cylindre métallique dans son propre poing. Les gardes de rang inférieur observaient ce développement inattendu avec une surprise hébétée. Aucun des deux ne pensa à intervenir ; encore moins que Beson, ils n'en croyaient leurs yeux.

Beson courut vers Peter, bras en avant. À présent que le prince lui avait pris son arme de poing, il ne pouvait plus se lancer dans une volée de coups tous azimuts qu'il prenait pour de la boxe. Il voulait s'approcher de Peter, le saisir au collet, le jeter par terre et l'étouffer jusqu'à ce qu'il perde connaissance.

Mais l'espace qu'occupait Peter se vida avec une rapidité magique, car le garçon fit un pas de côté et s'accroupit. Quand le geôlier en chef, aux allures de nain, passa près de lui, Peter lui assena trois coups de son poing serré autour du cylindre. *Pas très régulier,* pensa Peter, *mais ce n'est pas moi qui ai apporté ce morceau de métal.* Les coups ne paraissaient pas très violents. Si Beson avait observé le combat et vu ces trois mouvements rapides, il aurait appelé ça du chiqué. Pour Beson, un coup viril devait virevolter et siffler dans l'air.

Mais ce n'était pas du chiqué, quoi qu'en pensent les Beson et consorts. Les mouvements partaient de l'épaule, comme le lui avait enseigné le professeur de combat pendant les cours bihebdomadaires des six dernières années. C'étaient des coups économiques qui ne remuaient pas du vent pour rien, et Beson avait l'impression d'avoir été frappé par un tout petit poney aux sabots géants. Il y eut une rougeur douloureuse sur sa joue gauche et sa mâchoire se fendit. Beson crut entendre une branche se briser dans sa tête. De nouveau, il fut éjecté contre le mur, comme un pantin de chiffon. Il rebondit et tomba sur ses genoux. Il regardait le prince, épouvanté.

Les gardes de rang inférieur qui observaient toujours par la lucarne furent frappés de stupeur. Beson battu par un gosse ! C'était aussi incroyable que la pluie qui tombe d'un ciel bleu. L'un d'eux regarda la dé qu'il avait dans sa main, songea un instant à intervenir, mais se ravisa. C'était dangereux, là-dedans. Il glissa la clé dans sa poche. Il pourrait toujours prétendre après coup qu'il ne se souvenait pas de l'avoir sur lui.

– Alors, tu es prêt à te montrer raisonnable maintenant ? demanda Peter, pas même essoufflé. C'est stupide, je demande deux petites faveurs pour lesquelles tu seras grassement et amplement payé...

Dans un rugissement, Beson se rua à nouveau sur Peter. Cette fois, le prince ne s'attendait pas à l'assaut, et pareil au matador qui esquive une attaque-surprise du taureau – le matador peut être dérouté, voire même terrifié, mais il perd rarement son élégance – Peter conserva sa grâce mais fut néanmoins blessé. Beson avait des ongles longs, éraillés, crasseux, plus proches des griffes d'un animal que d'ongles humains, et il se plaisait à raconter aux gardes de rang inférieur, par les longues nuits d'hiver où le besoin d'une histoire sanglante se faisait ressentir, qu'il avait un jour ouvert la gorge d'un prisonnier d'une oreille à l'autre, d'un seul pouce.

Une ligne sanguinolente traversait la joue gauche de Peter. Elle zigzaguait de la tempe à la mâchoire en passant à moins d'un centimètre de l'œil. La joue s'ouvrit en deux, et toute sa vie Peter porterait la marque de ce combat avec Beson.

Peter était furieux. Tout ce qui lui était arrivé au cours des dix derniers jours semblait l'assaillir d'un seul coup, et, pendant un instant, il fut presque assez furieux pour tuer cette brute de geôlier au lieu de se contenter de lui donner une leçon dont il se souviendrait toute sa vie.

En se retournant, Beson reçut des coups de poing et des regards mauvais. Normalement, les coups ne lui auraient fait que peu de mal, mais la livre de métal que Peter avait en main les transformait en véritables torpilles. Peter frappa Beson à la mâchoire, lequel poussa un hurlement de douleur et essaya encore de se ruer sur le prince. C'était une erreur. Son nez se brisa dans un grand fracas ; le sang coula sur sa bouche et son menton, et inonda son pourpoint crasseux. Le poing heurta à nouveau sa lèvre dans un nouvel élan de torture. Beson cracha une dent et tenta d'esquiver Peter. Il avait oublié que les gardes de rang inférieur l'observaient, trop terrorisés pour intervenir. Il avait oublié sa colère contre le jeune prince. Il avait oublié son désir de lui donner une bonne leçon.

Pour la première fois dans sa vie de geôlier en chef, Beson avait tout oublié à part un désir aveugle de survie. Pour la première fois dans sa vie de geôlier, Beson avait peur.

Ce n'était pas tant que Peter lui décochât des coups à volonté qui l'effrayait. Il avait l'habitude de la bagarre, bien qu'il ne fût jamais tombé sous les mains d'un prisonnier. Non, c'était le regard de Peter qui le terrifiait. Le regard d'un roi. Le visage d'un roi. Sa fureur brûlait avec toute la chaleur du soleil.

Peter poussa Beson contre le mur, calcula la distance qui le séparait de son menton et assena un coup de son poing armé.

– Alors, il t'en faut encore, navet ?

– Non, pitié ! répondit Beson un peu groggy, dans un souffle court. Pitié, mon Roi ! Pitié !

– Comment ? demanda Peter abasourdi. Comment m'as-tu appelé ?

Mais Beson glissait lentement contre le mur courbe. Il avait appelé Peter mon Roi tout en perdant connaissance. Il ne se souviendrait jamais avoir prononcé ces mots, mais Peter ne l'oublierait jamais.

54

Beson resta inconscient pendant près de deux heures. Sans son ronflement éraillé, Peter aurait eu peur d'avoir vraiment tué le geôlier en chef. L'homme n'était qu'un porc vulgaire et vil, mais, malgré tout, Peter n'avait aucun désir de le tuer. Les gardes de rang inférieur se relayaient à la lucarne de la porte de chêne, les yeux écarquillés ; des yeux de garçonnets fascinés par le tigre mangeur d'hommes de la ménagerie du roi d'Andua. Ils ne firent aucun effort pour se porter au secours de leur supérieur, et, à leur regard, Peter savait qu'ils s'attendaient à le voir sauter à la gorge du pauvre Beson inconscient d'un moment à l'autre. Peut-être même à ce qu'il l'égorge avec ses dents.

Oui, et pourquoi penseraient-ils autrement ? se demandait amèrement Peter. *Ils croient que j'ai tué mon propre père, et un homme capable d'un tel crime est éga-*

lement capable de n'importe quelle bassesse, y compris de tuer un adversaire évanoui.

Finalement, Beson se mit à gémir et à bouger. Il cligna des yeux et tenta de les ouvrir. Mais l'œil gauche refusait obstinément ; d'ailleurs, il ne s'ouvrirait pas complètement avant plusieurs jours.

L'œil droit regardait Peter avec une inquiétude indicible.

– Alors, tu es prêt à te montrer raisonnable ?

Beson bredouilla des propos que Peter ne comprit pas. Cela ressemblait à de la bouillie.

– Je ne comprends pas.

– Vous auriez pu me tuer, recommença Beson.

– Je n'ai jamais tué personne. Il viendra peut-être un temps où je serai obligé de le faire, mais j'espère que je n'aurai pas à commencer par un gardien de prison inconscient.

Beson s'assit contre le mur, fixant Peter de son œil ouvert, une expression pensive, un peu absurde et légèrement effrayée sur son visage gonflé par les coups. Finalement, il réussit à bredouiller une autre phrase. Peter croyait avoir compris, mais il voulait en être absolument certain.

– Vous pouvez répéter, monsieur le geôlier en chef Beson ?

Beson eut l'air surpris. Comme Yosef, il ne s'était jamais entendu appeler monsieur le geôlier en chef auparavant.

– On peut s'arranger, dit-il.

– C'est parfait.

Beson se releva lentement. Il ne voulait plus avoir affaire à Peter, du moins plus pour aujourd'hui. Il avait d'autres chats à fouetter. Ses subordonnés venaient de le voir se faire battre comme plâtre par un garçon qui n'avait rien mangé depuis une semaine. De le voir, et rien de plus, bande de lâches ! Il avait horriblement mal à la tête, et il lui faudrait sans doute fouetter ces deux imbéciles avant de pouvoir se mettre au lit.

Il s'en allait déjà quand Peter le rappela.

Beson se retourna. Ce simple geste en disait long. Tous deux savaient qui tenait les rênes. Beson s'était fait battre. Si son prisonnier lui disait d'attendre, il attendrait.

– J'ai quelque chose à vous dire, quelque chose qui pourrait nous aider tous les deux.

Beson ne dit mot. Il regardait Peter d'un air méfiant.

– Dites-leur de fermer la lucarne.

Beson fixa Peter un moment, puis se tourna vers les gardes et transmit l'ordre.

Les gardes de rang inférieur, joue contre joue derrière la lucarne, restèrent sans comprendre les bredouillis de Beson, du moins faisant semblant de ne pas les comprendre. Beson passa la langue sur ses dents ensanglantées et fit des efforts visibles pour s'exprimer plus clairement. Cette fois, la lucarne se ferma et fut verrouillée de l'extérieur... mais pas avant que Beson n'eût entendu les rires méprisants de ses sous-fifres. Il soupira d'un air épuisé... oui, il faudrait qu'il leur donne une leçon avant de rentrer chez lui. Heureusement, les lâches apprennent vite. Ce prince, quel qu'il fût, n'était pas un lâche. Il se demandait s'il avait vraiment envie de trouver un arrangement avec Peter.

– Je veux que vous apportiez un billet à Anders Peyna. J'espère que vous viendrez le chercher ce soir.

Beson ne sourcilla pas, mais il essayait de réfléchir profondément. C'était vraiment un tournant extraordinaire. Peyna ! Un billet à Peyna ! Beson avait déjà eu un choc lorsque Peter lui avait rappelé qu'il était le frère du roi, mais ce n'était rien comparé à ça. Peyna, grands dieux !

Plus il y songeait, moins cela lui plaisait.

Le roi Thomas ne se souciait sans doute guère de voir son frère enfermé au sommet de l'Aiguille. Après tout, son aîné avait tué leur père. Thomas ne devait guère ressentir beaucoup d'amour fraternel pour le moment. Plus important encore, Beson n'éprouvait aucune crainte lorsqu'il entendait prononcer le nom de Thomas l'Éclaireur. Comme presque tout le monde à Delain, il avait commencé à considérer le roi avec un certain mépris. Mais Peyna, c'était une autre histoire !

Pour les Beson et consorts, Anders Peyna était plus terrifiant qu'un régiment entier de rois. Un roi est un être lointain, brillant et mystérieux comme le soleil. Peu importe que le soleil disparaisse derrière les nuages et vous glace les os ou qu'il darde de tous ses rayons et vous brûle vif, car le commun des mortels est loin de pouvoir comprendre ou contrôler les actions du soleil.

Peyna était un être plus terre à terre. Le genre de personnage que Beson pouvait comprendre... et redouter.

Peyna avec son visage de fouine et ses yeux de glace, Peyna avec sa robe à col monté de juge, Peyna qui décidait de la vie et de la mort des sujets du roi.

Ce garçon pouvait-il réellement donner des ordres à Peyna du haut de sa cellule ? Ou n'était-ce qu'une bravade désespérée ?

Comment cela pouvait-il être une bravade s'il avait l'intention d'écrire un billet que je délivrerais moi-même ?

– Si j'étais roi, Peyna obéirait à mes ordres, dit Peter. Mais je ne suis pas roi, je ne suis qu'un simple prisonnier. Pourtant, il y a peu de temps, je lui ai rendu un service pour lequel je crois qu'il m'est reconnaissant.

– Je vois, dit Beson, sans se compromettre.

Peter soupira. Soudain, il se sentit épuisé et se demanda quelle chimère il poursuivait. Croyait-il vraiment qu'il avait fait ses premiers pas vers la liberté en battant ce gardien stupide et en le pliant à sa volonté ? Comment pouvait-il savoir si Peyna lui rendrait ces deux petits services, si minimes fussent-ils ? Peut-être que ce n'était que dans son propre esprit que Peyna lui devait une faveur.

Pourtant, il fallait essayer. N'avait-il pas décidé, au cours de sa longue semaine de méditation solitaire à penser à son père et à lui-même, que le seul péché serait de ne rien tenter ?

– Peyna n'est pas mon ami, poursuivit Peter. Je ne veux pas essayer de vous le faire croire. J'ai été jugé coupable du meurtre de mon père le roi et je ne crois pas qu'il me reste un seul ami dans tout le royaume, du nord au sud. Vous êtes d'accord avec moi, monsieur le geôlier en chef Beson ?

– Oui, dit Beson en restant de marbre.

– Néanmoins, je crois que Peyna acceptera de vous donner les menues sommes que vous avez coutume d'accepter de vos prisonniers.

Beson hocha la tête. Quand un noble était emprisonné pour un certain temps, Beson s'arrangeait pour qu'il eût une nourriture un peu meilleure que la viande trop grasse et la bière délavée habituelle ; il lui fournissait des draps propres une fois par semaine et autorisait parfois la visite d'une épouse ou d'une petite amie. Bien sûr, il ne faisait pas tout ça pour rien. Les nobles venaient presque toujours de familles riches, et il y avait toujours quelqu'un pour récompenser Beson de ses services, quel que fût le crime commis.

Là, le crime était d'une nature exceptionnelle, et ce garçon prétendait qu'Anders Peyna en personne accepterait de verser un pot-de-vin !

– Autre chose, dit Peter doucement, je pense que Peyna sera d'accord, car c'est un homme d'honneur. S'il devait m'arriver quelque chose, ou si vous et quelques-uns de vos gardes de rang inférieur devaient venir ici pour vous venger de la leçon que je vous ai donnée, je crois que Peyna s'intéresserait fort à l'affaire... Peter marqua une pause... s'intéresserait personnellement à l'affaire. Vous m'avez bien compris ? demanda-t-il en regardant Beson droit dans les yeux.

– Oui, dit Beson avant d'ajouter, Messire.

– Vous m'apporterez une plume, un encrier, un buvard et du papier ?

– Oui.

Tremblant, Beson approcha.

La puanteur du geôlier en chef était toujours aussi épouvantable, mais la puanteur du crime dont on avait accusé Peter l'avait quasiment immunisé contre l'odeur de la sueur et de la crasse. Il regarda Beson avec l'esquisse d'un sourire.

– Chuchotez-le moi à l'oreille.

Beson cligna des yeux, mal à l'aise.

– Que dois-je chuchoter, Messire ?

– Un chiffre.

Après un instant de réflexion, Beson s'exécuta.

55

L'un des gardes de rang inférieur apporta à Peter le matériel qu'il avait demandé, en lui adressant le regard méfiant d'un chat de gouttière qui a l'habitude des coups, et s'éclipsa avant de récolter les restes de la colère qui était tombée sur la tête de Beson.

Peter s'installa à la table rugueuse près de la fenêtre, exhalant des nuages de fumée dans le froid mordant. Il écouta le sifflement infatigable du vent qui battait le sommet de l'Aiguille et regarda les lumières de la ville.

Cher juge général, écrivit-il avant de s'arrêter.

Quand vous verrez de qui vient ce billet, allez-vous le froisser entre vos doigts et le jeter au feu ? Allez-vous le lire et rire de mépris devant l'idiot qui a assassiné son père et ose ensuite solliciter l'aide du juge général du royaume ? Allez-vous lire entre les lignes et comprendre où je veux en venir ?

Peter, qui était d'assez joyeuse humeur ce soir-là, pensa que la réponse à toutes ces questions serait sans doute non. Son plan pouvait échouer, mais il aurait été étonnant qu'il fût démasqué par un homme aussi ordonné et méthodique que Peyna. Le juge général était aussi apte à se déguiser en femme et à danser la matelote sur la place de l'Aiguille pendant la pleine lune qu'à deviner ce que Peter avait en tête. *Et puis, je demande si peu de chose...* L'esquisse de sourire se dessina de nouveau sur ses lèvres. *Du moins j'espère et je crois que c'est ce qu'il pensera.*

Il trempa sa plume dans l'encrier et se mit à écrire.

56

Le lendemain soir, après le coup de neuf heures, le majordome de Peyna répondit à une visite bien tardive et baissa les yeux le long de son grand nez vers le geôlier en chef qui se tenait sur le palier. Arlen – c'était le nom du majordome – avait déjà vu Beson, bien sûr ; comme son maître, il faisait partie de la machine juridique du royaume. Mais Arlen ne le reconnut pas. La volée que lui avait assenée Peter ne datait que de la veille et le visage de Beson était un arc-en-ciel de rouges, de violets et de jaunes. Son œil gauche s'ouvrait un peu, mais d'une simple fente. On aurait dit un démon de nain, et le majordome faillit lui claquer la porte au nez.

– Attendez ! J'ai un billet pour votre maître, dit Beson d'une voix rocailleuse qui fit hésiter le majordome.

Pourtant, quelques secondes plus tard, il refermait la porte de nouveau. Ce visage morose et bouffi le terrifiait. Était-ce vraiment un nain venu du Nord ? Normalement, les derniers survivants de ces tribus sauvages vêtues de peaux de bêtes avaient péri ou avaient été tués au temps de ses aïeux, mais... on ne savait jamais.

– Cela vient du prince Peter. Si vous fermez cette porte, vous en entendrez parler par votre maître !

Arlen hésita encore, déchiré entre son désir d'échapper à ce démon et le pouvoir que détenait toujours le nom du prince Peter. Si cet homme était envoyé par Peter, ce ne pouvait être que le geôlier en chef de l'Aiguille et pourtant...

– Vous ne ressemblez pas à Beson.

– Et toi, tu ne ressembles pas non plus à ton père, Arlen, et je me suis demandé plus d'une fois où pouvait bien être passée ta mère... rétorqua brutalement le nain macabre, et il glissa une enveloppe à travers l'entrebâillement de la porte. Tiens ! va donner ça à ton maître, j'attendrai. Ferme cette fichue porte si tu veux, mais il fait un froid de canard ici.

Arlen se moquait bien qu'il fît moins vingt. Il n'avait pas l'intention de laisser cette horrible créature se rôtir les orteils devant l'âtre de la cuisine. Il attrapa l'enveloppe, ferma la porte, la verrouilla, fit quelques pas... puis rebroussa chemin pour la fermer à double tour.

57

Peyna se trouvait devant la cheminée de sa bibliothèque à réfléchir intensément. Thomas avait été couronné sous la nouvelle lune ; elle n'en était pas au premier quartier et, déjà, il n'aimait pas la façon dont les choses se déroulaient. Flagg, c'était lui le pire. Flagg. Déjà le magicien avait plus de pouvoirs qu'au temps de Roland. Au moins, Roland était un homme mûr, même s'il n'avait pas la pensée très vive. Thomas lui n'était qu'un enfant, et Peyna craignait que bientôt Flagg ne règne sur Delain à sa place. Cela serait terrible pour le royaume... et terrible pour Anders Peyna qui n'avait jamais caché son animosité contre Flagg.

Il faisait bon dans la bibliothèque au coin du feu qui crépitait ; pourtant, Peyna sentit un courant d'air froid sur ses chevilles. Un courant d'air qui pourrait bien prendre de l'ampleur et tout emporter...

Peter, pourquoi ? Pourquoi n'as-tu pas attendu ? Pourquoi paraissais-tu si parfait de l'extérieur, comme une belle pomme rouge en automne qui cache un ver dans sa chair. Pourquoi ?

Peyna ne savait pas... et ne voulait pas avouer, même à lui-même, que des doutes sur la méchanceté cachée de Peter commençaient à lui titiller le cœur.

On frappa à la porte.

Peyna se redressa, regarda autour de lui et cria impatiemment.

– Entrez ! Et il vaudrait mieux que ce soit pour une bonne cause !

Arlen entra, l'air troublé et confus. Il tenait une enveloppe à la main.

– Eh bien ?

– Messire... Il y a un homme à la porte... du moins, il ressemble à un homme... euh ! son visage est tout bouffi et enflé comme s'il s'était battu... ou...

Arlen laissa tomber sa voix.

– Et en quoi ça me concerne ? Tu sais bien que je ne reçois pas à cette heure. Dis-lui de s'en aller. Dis-lui d'aller au diable !

– Il prétend être Beson, Messire, dit Arlen, plus troublé que jamais. (Il leva l'enveloppe comme pour s'en servir de bouclier.) Il m'a donné ceci. Il dit que c'est un message du prince Peter.

Le cœur de Peyna sursauta, mais le juge se contenta de froncer les sourcils.

– Et c'est bien ça ? Un message du prince Peter ?

Arlen tremblait de tous ses membres. Il avait perdu toute contenance, ce qui intrigua Peyna. Il n'aurait jamais cru qu'Arlen puisse perdre sa contenance, qu'il y eût un incendie, une inondation, ou une invasion de dragons menaçants.

– Messire, je n'ai aucun moyen de savoir... C'est-à-dire...

– C'est vraiment Beson, espèce d'idiot ?

Arlen se lécha les lèvres ; un geste qu'il ne faisait jamais !

– Eh bien, Messire... il lui ressemble un peu... mais l'homme qui est à la porte est couvert de bleus et de boursouflures... Je... il ressemble à un nain, dit-il, décrivant le pire et en essayant d'adoucir ses propos avec un sourire maladroit.

C'est Beson, pensa Peyna. *C'est Beson et s'il a l'air d'avoir été battu, c'est parce que Peter lui a administré une bonne leçon. C'est pour ça qu'il a apporté le message. Parce que Peter l'a battu et qu'il a eu peur de désobéir. Il n'y a que les coups pour convaincre les Beson.*

Soudain Peyna se sentit envahi de joie, un peu comme s'il se trouvait enfermé dans une caverne et qu'une lumière venait de s'allumer.

– Donne-moi la lettre.

Arlen obéit. Ensuite, il se dirigea vers la porte en traînant les pieds. *Ça aussi c'était quelque chose de nouveau, car Arlen ne traînait pas les pieds, du moins*, pensa Peyna avec son esprit d'homme de loi, *je ne l'ai jamais vu traîner les pieds.*

Il laissa Arlen arriver devant la porte, puis, comme un pêcheur expérimenté laisse un poisson prendre du mou avant de tirer sur la ligne, il appela :

– Arlen ?

Arlen se retourna, s'armant de tout son courage, comme s'il allait recevoir une réprimande.

– Il n'y a plus de nains. Ta mère ne te l'a donc jamais dit ?

– Si, dit Arlen à contrecœur.

– Parfait, c'est une femme avisée. Toutes ces idées doivent venir de ton père. Fais entrer le geôlier en chef. Dans la cuisine, ajouta rapidement Peyna. Je n'ai pas envie de le voir ici. Il pue. Mais fais-le entrer qu'il puisse se réchauffer au coin du feu. La nuit est glaciale.

Depuis la mort de Roland, toutes les nuits avaient été très froides, comme si elles réprouvaient la façon dont le roi avait brûlé de l'intérieur.

– Oui, Messire, dit Arlen avec une répugnance non dissimulée.

– Je t'appellerai bientôt pour te dire que faire de lui.

Arlen sortit, tête basse, et referma la porte derrière lui.

Peyna tourna et retourna plusieurs fois l'enveloppe sans l'ouvrir. La saleté provenait sans doute des doigts gras de Beson. Il pouvait presque sentir son odeur nauséabonde sur l'enveloppe. Elle avait été scellée avec une goutte de cire à bougie.

Je ferais peut-être mieux de la jeter au feu sans plus y penser. Oui, la jeter au feu, appeler Arlen pour lui dire de donner du vin chaud au geôlier en chef bossu – c'est vrai qu'il ressemble à un nain maintenant que j'y pense – et le renvoyer. Oui, c'est ça que je devrais faire.

Mais il savait qu'il n'en était pas capable. Cette impression absurde, cette impression qu'il y avait un rai de lumière dans la noirceur désespérée ne le quittait pas. Il passa le doigt sous le rabat de l'enveloppe, cassa le sceau, sortit un billet assez court et le lut à la lueur du feu.

58

Peyna,

J'ai décidé de vivre.

Je n'avais lu que peu de chose sur la prison de l'Aiguille avant de m'y trouver, et bien que j'en eusse entendu un peu plus, ce n'était pour l'essentiel que des ragots. J'avais entendu dire par exemple que l'on pouvait acheter certaines petites faveurs. Il semblerait que c'est la vérité. Bien sûr, je n'ai pas d'argent, mais j'ai pensé que peut-être vous pourriez couvrir mes frais en cette matière. Je vous ai rendu service il y a peu de temps, et si vous aviez l'obligeance de verser la somme de huit florins au geôlier en chef, somme payable au début de chaque année que je passerai dans cet endroit sinistre, je le considérerais comme un échange de bons procédés. Cette somme, comme vous le remarquerez, est fort modeste car, en fait, je ne demande que deux choses. Si vous pouviez vous arranger pour que Beson se mouille afin que je les obtienne, je ne vous importunerai plus.

Je suis conscient que vous vous trouveriez dans une situation embarrassante si on apprenait que vous m'avez aidé, ne serait-ce qu'un tant soit peu. Je suggère donc que vous utilisiez mon ami Ben comme intermédiaire si vous décidez d'accéder à mes requêtes. Je ne lui ai pas parlé depuis mon arrestation mais je pense et j'espère qu'il me reste fidèle. Je lui aurais demandé cette faveur si je n'avais su que les Staad n'étaient guère riches, et Ben ne gagne pas encore sa vie. J'ai honte d'avoir à demander de l'argent à quiconque, mais je n'ai personne vers qui me tourner. Si vous ne pouvez pas satisfaire ma requête, je le comprendrai parfaitement.

Je n'ai pas tué mon père.

Peter.

59

Peyna regarda cette étrange missive pendant un long moment. Ses yeux retournaient sans cesse sur la première et la dernière ligne.

J'ai décidé de vivre.

Je n'ai pas tué mon père.

Cela ne le surprenait guère de voir le garçon continuer à protester de son innocence ; il avait connu des criminels qui avaient nié leur culpabilité toute leur vie malgré l'évidence, mais cela ne ressemblait guère à un coupable de se montrer si hardi dans sa propre défense... si autoritaire.

Oui, c'était ce qui l'ennuyait avec cette lettre : ce ton péremptoire. Un vrai roi ne change pas, malgré l'exil, la prison ou la torture. Un vrai roi ne perd pas son temps à se justifier et à s'expliquer. Un vrai roi fait simplement part de sa volonté.

J'ai décidé de vivre.

Peyna soupira. Après un long moment, il approcha son encrier, prit une feuille de magnifique parchemin dans son tiroir et écrivit. Son billet fut encore plus court que celui de Peter. Il lui fallut moins de cinq minutes pour le rédiger, le tamponner au buvard, y verser de la poudre, le plier et le sceller. Ceci fait, il appela Arlen.

Arlen, l'air rasséréné, apparut immédiatement.

– Beson est toujours là ?

– Il me semble, répondit Arlen.

En fait, il était sûr que Beson était toujours là, car il l'avait observé par le trou de la serrure et l'avait vu faire les cent pas d'un bout à l'autre de la cuisine avec une cuisse de poulet froid dans la main. Quand la viande fut avalée, Beson avait croqué l'os – quels horribles craquements ! – et avait avidement sucé la moelle.

Arlen n'était toujours pas convaincu qu'il ne s'agissait pas d'un nain... ou même d'un troll.

– Donne-lui ça, dit Peyna en tendant le billet, et ça aussi pour récompenser sa peine.

Deux florins sonnèrent dans la main gauche d'Arlen.

– Il y aura peut-être une réponse ; dans ce cas, qu'il me l'apporte à la nuit tombée, comme ce soir.

– Oui, Messire.

– Ne perds pas trop ton temps à bavarder avec lui, dit Peyna – c'était d'ailleurs le seul genre de plaisanterie dont il était capable.

– Non, Messire, dit Arlen, morose, avant de sortir, pensant toujours au fracas de la mâchoire quand Beson avait croqué l'os de poulet.

60

– Voilà, dit Beson d'une voix ronchonne en entrant dans la cellule de Peter le lendemain et en lui envoyant l'enveloppe. En fait, il se sentait vraiment grognon. Les deux florins que lui avait donnés Arlen étaient tombés comme une bonne aubaine, et Beson avait passé la plus belle partie de la nuit à les boire. Deux florins, cela permettait d'acheter pas mal d'hydromel, et il avait la tête prête à exploser.

– Un pauvre bougre de messager, voilà ce que je suis.

– Merci, dit Peter.

– Alors ? Vous ne l'ouvrez pas ?

– Si, dès que tu seras sorti.

Beson montra les dents et serra les poings. Peter se contenta de le regarder. Un instant plus tard, Beson desserra les poings.

– Un pauvre bougre de messager, c'est tout, répéta-t-il avant de sortir en claquant la porte derrière lui.

On entendit le bruit sourd de la poignée de fer qui se tournait puis les loquets qui glissaient en place ; trois, tous aussi épais que le poignet de Peter.

Quand le silence revint, Peter ouvrit le billet. Il n'y avait que trois phrases.

Je suis au courant de la longue tradition dont vous parlez. La somme mentionnée peut être trouvée. En fait, je m'en chargerai volontiers, mais pas avant de savoir quel genre de faveur vous avez l'intention d'acheter à notre ami commun.

Peter sourit. Le juge général Peyna n'était pas un

homme retors, non, cela ne faisait pas partie de sa nature mais plutôt de celle de Flagg ; pourtant, il était excessivement prudent.

Ce billet le prouvait. Peter s'était attendu aux conditions de Peyna. D'ailleurs il se serait méfié si le juge n'avait pas demandé ce qu'il voulait. Quand Ben servirait d'intermédiaire, Peyna cesserait d'être compromis dans l'affaire, mais pourtant, il avançait précautionneusement comme un homme qui craint de marcher sur un caillou glissant à tout instant.

Peter alla à la porte de sa cellule, frappa et, après un bref échange avec Beson, on lui donna un encrier et la plume d'oie crasseuse. Beson grommela encore qu'il n'était plus qu'un vulgaire messager, mais, finalement, la situation ne lui déplaisait pas. Il récupérerait peut-être encore deux florins.

– Si ces deux-là continuent à s'écrire, je deviendrai peut-être riche, dit-il dans le vide, et il éclata de rire en dépit de son mal de tête.

61

Peyna déplia le second billet de Peter et vit que, cette fois, il avait fait disparaître leurs deux noms. Parfait, le garçon apprenait vite. Mais en lisant la lettre, Peyna fronça les sourcils.

Sans doute votre requête est-elle trop présomptueuse, mais cela n'a guère d'importance puisque je suis à votre merci. Voici donc à quoi serviront vos huit florins :

1) Je voudrais avoir la maison de poupée de ma mère. Elle m'a toujours emmené dans des aventures plaisantes et des lieux agréables et je l'aimais beaucoup étant enfant.

2) Je voudrais que l'on m'apporte une serviette avec mes repas – une véritable serviette royale. Si vous voulez, vous pourrez faire retirer les armes.

Ce sont là les faveurs que je voudrais acheter.

Peyna lut et relut cette lettre avant de la jeter au feu. Il était perplexe, car il ne comprenait pas. Le prince avait-il quelque chose en tête ? Que voulait-il faire de la maison de poupée de sa mère ? D'après ce que Peyna savait, elle était toujours quelque part au château, à prendre la poussière sous un drap, et il n'y avait guère de raisons de la lui refuser, pas si on chargeait quelqu'un d'enlever tous les objets coupants, couteaux miniatures, etc. Peyna se souvenait bien du plaisir que Peter prenait avec la maison de poupée de Sasha quand il était enfant. Il se souvenait aussi, vaguement, très vaguement, que Flagg avait protesté disant que ce n'était pas un jouet pour un garçon destiné à la royauté. Roland avait passé outre les conseils de Flagg, cette fois-là, sagement, songeait Peyna, car Peter avait lui-même renoncé à la maison de poupée quand il en avait passé l'âge.

Jusqu'à aujourd'hui.

Était-il devenu fou ?

Peu probable.

Et les serviettes... ça, c'était plus facile à comprendre. Peter avait toujours insisté pour avoir une serviette à chaque repas, qu'il étalait toujours soigneusement sur ses genoux, comme une petite nappe. Même lorsqu'il allait camper avec son père, Peter n'oubliait jamais sa serviette. C'était malgré tout bizarre que Peter ne demande pas une meilleure nourriture que les rations ordinaires de la prison, comme l'aurait fait tout noble ou tout prisonnier royal. Non, lui préférait une serviette.

Cette insistance à toujours être propre... à toujours avoir une serviette... cela venait de sa mère, sans aucun doute possible. Est-ce que les deux allaient ensemble ? Mais comment ? Les serviettes et la maison de poupée de Sasha ? Qu'est-ce que cela signifiait ?

Peyna ne savait pas, mais cet espoir absurde planait toujours. Il n'arrivait pas à oublier que Flagg ne voulait pas que Peter jouât avec la maison de poupée. Et à présent, des années plus tard, Peter la redemandait.

Il y avait une autre pensée qui se glissait à l'intérieur de la première, bien emballée, comme la farce d'une tourte ; une pensée que Peyna osait à peine formuler. *Et si Peter n'avait pas tué son père ? Qui serait le coupable ? La personne qui possédait le poison, voyons ; une personne qui n'aurait plus eu de place dans le royaume si Peter avait pris la suite de son père... une personne qui était presque tout à présent que Thomas se trouvait sur le trône à la place de Peter.*

Flagg.

Mais cette pensée était insupportable pour Peyna. Elle suggérait que la justice s'était trompée, et c'était mauvais signe. Mais cela suggérait aussi que la froide logique dont il s'était toujours vanté avait cédé le pas devant la révulsion qu'avaient provoquée les larmes de Peter. Et ça, avoir pris la décision la plus importante de toute sa carrière en obéissant à ses émotions et non en se fondant sur les faits, c'était encore pire !

Quel mal peut-il faire avec la maison de poupée si on enlève tous les objets pointus ?

Peyna prit sa plume et écrivit brièvement. Beson reçut deux florins qu'il alla boire. Déjà, il avait reçu la moitié de la somme annuelle qui lui serait allouée pour les petites faveurs accordées au prince. Il espérait plus ample correspondance, mais il n'y eut plus rien.

Peter obtint ce qu'il voulait.

62

Ben Staad était un jeune garçon mince aux yeux bleus et aux cheveux blonds bouclés. Les filles soupiraient et gloussaient en tournant autour de lui dès qu'il eut neuf ans.

– Ça s'arrêtera bien assez vite, disait le père de Ben. Tous les Staad font d'assez beaux gosses, mais quand il grandira, il sera comme nous autres. Ses cheveux fonceront, il se promènera en plissant les yeux et il aura à peu près autant de chance qu'un cochon dans les abattoirs du roi !

Mais aucune des deux premières prédictions ne se réalisa. Ben fut le premier Staad mâle à rester aussi blond à dix-sept ans qu'il l'était à sept et à pouvoir reconnaître un faucon royal d'un épervier à quatre cents mètres. Loin d'être myope, il avait une vue très perçante, et les filles continuaient à lui tourner autour à présent qu'il avait dix-sept ans.

Quant à la chance... c'était une autre histoire. Que tous les Staad aient joué de malchance, du moins depuis près d'un siècle, était incontestable. La famille de Ben croyait que leur fils serait celui qui les sortirait de leur douce pauvreté. Après tout, ses cheveux n'avaient pas noirci et sa vue était presque toujours perçante, alors pourquoi n'échapperait-il pas aussi à la malédiction de la malchance ? Après tout, le prince Peter était son ami, et, un jour, Peter serait roi...

Pourtant, Peter fut condamné pour le meurtre de son père. Il fut enfermé au sommet de l'Aiguille avant que la famille Staad eût le temps de comprendre ce qui arrivait. Le père de Ben, Andrew, alla assister au couronnement de Thomas et en revint avec un bleu sur la joue, bleu dont sa femme trouva plus prudent de ne pas parler.

– Je suis sûr que Peter est innocent, dit Ben ce soir-là au dîner. Je ne peux pas croire...

La seconde suivante, il était allongé par terre avec les oreilles qui bourdonnaient. Son père se dressait au-dessus de lui, la soupe de pois dégoulinant de sa moustache, le visage si rouge qu'il en était presque écarlate. Emmaline, la petite sœur de Ben, pleurait dans sa grande chaise.

– Ne prononce plus jamais le nom de cet assassin dans cette maison ! cria son père.

– Andrew ! s'écria la mère. Andrew, il ne comprend pas !

Andrew, la crème des hommes d'ordinaire, se tourna vers son épouse.

– Tais-toi, femme ! et le ton de sa voix la força à se rasseoir.

Même Emmaline cessa de pleurer.

– Papa, dit Ben calmement, je ne me souviens même pas de la dernière fois où tu m'as frappé. Cela fait au moins dix ans, plus peut-être. Et je crois que tu ne m'avais jamais frappé sous le coup de la colère jusqu'à aujourd'hui. Mais cela ne change rien, je ne crois pas...

Andrew Staad leva un doigt menaçant.

– Je t'ai dit de ne jamais prononcer ce nom, et ce n'étaient pas des paroles en l'air, Ben. Je t'aime, mais si tu mentionnes son nom, tu devras quitter cette maison.

– Je ne le dirai plus, répondit Ben en se levant, mais simplement parce que je t'aime, papa, pas parce que j'ai peur de toi.

– Ça suffit ! s'écria Mme Staad. Vous n'allez pas vous chamailler comme ça ! Vous voulez me rendre folle ?

– Non, maman, ne t'inquiète pas, c'est fini. N'est-ce pas, papa ?

– C'est fini, dit Andrew. Tu es un bon fils, Ben, tu l'as toujours été, mais ne parle jamais de lui.

Il y avait des choses qu'Andrew Staad préférait ne pas dire à son fils, même s'il avait déjà dix-sept ans. Andy le voyait toujours comme un petit garçon. Il aurait été surpris de savoir que Ben comprenait assez bien pourquoi il l'avait frappé.

Avant que les événements ne prennent la malheureuse tournure que vous connaissez à présent, l'amitié de Ben et du prince avait déjà changé la vie des Staad. Autrefois, leur baronnie de l'Intérieur était importante, mais, au cours du dernier siècle, ils avaient été forcés de vendre leurs terres, les unes après les autres. À présent, il ne restait plus qu'une soixantaine de lopins, hypothéqués pour la plupart.

Pourtant, depuis les dix dernières années, la situation s'améliorait un peu. Les banquiers qui s'étaient montrés menaçants avaient accepté d'étendre les hypothèques et avaient proposé de nouveaux prêts à des intérêts si faibles que c'en était du jamais vu. Cela avait brisé le cœur d'Andrew de voir les terres de ses ancêtres s'en aller lopin par lopin, et cela avait été une grande joie pour lui d'aller trouver Halvay, le propriétaire de la ferme d'à côté, pour lui annoncer qu'il avait changé d'avis et qu'il ne lui vendrait pas les trois lopins que celui-ci convoitait depuis près de neuf ans. Il savait qui remercier pour ces merveilleux changements. Son fils... son fils qui était l'ami du prince, l'ami du futur roi.

Désormais, les Staad connaissaient de nouveau la malchance. S'il n'y avait eu que cela, si les choses s'étaient contentées de redevenir comme avant, Andy l'aurait supporté sans avoir à frapper son fils au beau milieu du dîner, geste dont il avait déjà honte. Mais, en fait, ce n'était pas un simple retour en arrière. La situation empirait.

Il avait connu un moment de repos quand les banquiers avaient cessé de se conduire comme des moutons de Panurge. Il avait beaucoup emprunté, en partie pour racheter les terrains déjà vendus, en partie pour installer de nouveaux équipements comme le moulin à vent. Il était sûr qu'à présent les banquiers allaient réendosser leurs peaux de moutons timorés et que, au lieu de perdre ses fermes une par une, il risquait de tout perdre d'un coup.

Et ce n'était pas tout! Son instinct l'avait poussé à interdire aux membres de sa famille d'assister au couronnement de Thomas. Aujourd'hui, il se réjouissait de l'avoir suivi.

Cela s'était passé juste après le couronnement, et, d'ailleurs, il aurait dû s'y attendre. Il se rendit dans un bar à hydromel pour boire un verre avant de rentrer chez lui. Il se sentait très déprimé par toute l'histoire de l'emprisonnement de Peter et du meurtre de Roland. Il avait vraiment besoin d'un remontant. Il fut immédiatement reconnu comme le père de Ben.

– Alors, Staad, ton fils s'est sali les mains dans l'affaire ? demanda un des ivrognes en riant méchamment.

– Il a tenu le vieux pendant que son fils lui versait le poison brûlant dans la gorge ? dit un autre.

Andrew avait reposé sa chope à moitié vide. Cela ne sentait pas bon, mieux valait partir, et vite.

Mais avant qu'il ne puisse s'échapper, un troisième larron, une espèce de géant qui dégageait une odeur d'ordures pourries, le repoussa.

– Alors, qu'est-ce que tu sais exactement ? demanda-t-il d'une voix grave et sourde.

– Rien, dit Andrew. Je ne sais rien de cette histoire et mon fils non plus. Laisse-moi passer.

– Tu passeras quand on décidera de te laisser passer ! dit le géant en l'envoyant dans les bras des autres ivrognes.

La bagarre commença. Andy Staad fut poussé de l'un à l'autre, recevait une gifle par-ci, un coup de coude par-là, parfois un croche-pied le faisait trébucher. Personne n'osa lui donner de coup de poing, mais il s'en faillit de peu ; il avait lu dans leurs yeux à quel point ils en avaient envie. S'il avait été un peu plus tard et les hommes un peu plus saouls, il aurait vraiment pu se trouver en difficulté.

Andrew n'était pas très grand, mais il était large d'épaules et musclé. Il pourrait se débarrasser de deux de ses adversaires en un combat loyal, sauf s'il s'agissait du géant ; peut-être même qu'il arriverait malgré tout à lui donner du fil à retordre. Un, deux, trois même... mais ils étaient huit ou dix dans cette taverne. S'il avait eu l'âge de Ben, sa fierté et sa fougue, il aurait sans doute tenté sa chance malgré tout. Mais il avait quarante-cinq ans, et l'idée de se traîner chez lui après avoir échappé à la mort d'un cheveu ne l'attirait guère. Cela le blesserait et effraierait inutilement sa famille... La malchance qui poursuivait les Staad avait encore frappé, et il n'y avait rien d'autre à faire qu'à en prendre son parti. Le tavernier observait la scène sans essayer de rétablir l'ordre.

Finalement, ils durent le laisser partir.

Andrew avait peur pour sa femme, pour sa fille... et surtout pour son fils Ben qui serait la victime de choix de ce genre de brutes. *Si cela avait été Ben au lieu de moi, ils n'auraient pas hésité à utiliser leurs poings. Ils auraient utilisé leurs poings et l'auraient battu jusqu'à ce qu'il perde connaissance ou pire.*

Comme il aimait son fils et qu'il avait peur pour lui, il l'avait frappé et menacé de le mettre à la porte s'il mentionnait encore le nom du prince.

Les gens sont bizarres parfois.

63

Ce que Ben Staad n'avait pas encore parfaitement compris à propos de la nouvelle situation, il le découvrit dès le lendemain de manière très concrète.

Il avait conduit six vaches au marché et les avait vendues pour un bon prix – à quelqu'un qui ne le connaissait pas, sinon le prix n'aurait peut-être pas été aussi intéressant. Il revenait vers les portes de la ville quand un groupe d'hommes oisifs vint vers lui, le traitant d'assassin, de complice et de qualificatifs encore plus désagréables.

Ben se défendit bien. Ils finirent par le battre assez méchamment – ils étaient sept en tout –, mais ils payèrent ce privilège de nez cassés, d'yeux au beurre noir et de dents perdues. Ben se releva et rentra chez lui après la nuit tombée. Bien qu'il fût perclus de douleurs, il était plutôt content de lui.

Au premier regard, son père sut ce qui s'était passé.

– Dis à ta mère que tu es tombé.

– Oui, p'pa, répondit Ben, sachant très bien que sa mère ne croirait jamais à ce genre de sornettes.

– Et puis, maintenant, c'est moi qui emmènerai les vaches au marché, ou le blé... ou tout ce qu'il faudra y vendre jusqu'à ce que les banquiers viennent nous chasser de chez nous.

– Non, papa, dit-il aussi calmement qu'il avait dit oui. Pour un jeune homme qui venait de se faire battre comme plâtre, il était de bien étrange humeur, presque joyeux en fait.

– Si je me sauve ou si je me cache, ils me chercheront. Si je reste à ma place, ils finiront par se fatiguer et se tourneront vers une cible plus facile.

– Ben, si quelqu'un sort un couteau de sa botte, tu n'auras pas le temps de les voir se fatiguer, dit Andrew, exprimant enfin ses plus grandes craintes.

Ben passa le bras autour de son père et le serra tendrement.

– Personne ne peut déjouer les dieux, dit Ben, citant le plus vieux proverbe de Delain. Tu le sais, p'pa, et je me battrai pour P..., pour celui dont tu ne veux pas que je prononce le nom.

– Tu ne le croiras jamais coupable ? dit son père en le regardant tristement.

– Non, dit Ben sûr de lui. Jamais.

– Je crois que tu es devenu un homme sans que je m'en aperçoive. C'est triste de devenir adulte en étant obligé de faire le marché la tête basse. C'est une époque bien triste que connaît Delain.

– Oui, une époque bien triste.

– Que Dieu te garde, et que Dieu garde notre pauvre famille.

64

Thomas avait été couronné à la fin d'un long et rude hiver. Le quinzième jour de son règne, le dernier orage de la saison ravagea Delain. La neige tombait dru, et, longtemps après la tombée de la nuit, le vent rugissait toujours, créant des amoncellements en forme de dunes de sable.

À neuf heures du soir, par cette rude nuit, bien longtemps après que les gens raisonnables furent rentrés chez eux, un poing martela la porte des Staad. Ce n'était pas un poing léger ou craintif ; il frappait violemment contre le chêne dur. *Allez, répondez, et vite, je n'ai pas de temps à perdre !*

Andrew et Ben lisaient près de l'âtre et Susan Staad, la femme d'Andrew et la mère de Ben, travaillait à une broderie qui dirait DIEU BÉNISSE LE ROI quand elle serait terminée. Emmaline dormait depuis longtemps. Tous trois levèrent les yeux vers la porte et se regardèrent. Le regard de Ben n'exprimait qu'une simple curiosité, mais Andrew et Susan eurent peur, immédiatement et instinctivement.

Andrew se leva et mit ses lunettes dans sa poche.

– P'pa ? demanda Ben.

– J'y vais, répondit Andrew.

Pourvu que ce ne soit pas un voyageur perdu dans la nuit qui cherche un abri. Mais quand il ouvrit la porte, un soldat du roi se tenait sur le palier, immense et large d'épaules, un casque de cuir, le casque de combat, sur la tête. Il avait un sabre à la ceinture, tout près de sa main.

– Votre fils, dit-il, et Andrew sentit ses genoux flageoler.

– Pourquoi ?

– Je suis envoyé par Peyna, dit le soldat, et Andrew comprit aussitôt qu'il n'en saurait pas plus.

– P'pa ?

Non, songea Andrew fort malheureux, *non, c'est trop de malchance à la fois, pas mon fils...*

– C'est lui ?

Avant qu'Andrew eût le temps de répondre non, aussi inutile que cela puisse être, Ben avait fait un pas en avant.

– Oui, c'est moi, que me voulez-vous ?

– Vous devez me suivre.

– Où ?

– Chez Anders Peyna.

– Non ! s'écria la mère. Non, il est tard, il fait froid, les routes sont enneigées...

– J'ai un traîneau, dit le soldat, inexorable, et Andrew vit la main se poser sur le sabre.

– J'arrive, dit Ben en prenant son manteau.

– Ben... commença Andrew.

Nous ne le reverrons jamais ! On va l'emprisonner parce qu'il était ami avec le prince !

– Tout ira bien, papa, dit Ben en le prenant dans ses bras.

En sentant cette force vive, Andrew le crut presque. Mais son fils ne connaissait pas encore la peur, n'avait pas encore découvert à quel point le monde est cruel.

Andrew Staad s'accrochait à sa femme. Tous deux, dans l'encoignure de la porte, regardèrent Ben et le soldat se frayer un chemin jusqu'au traîneau, ombre fantomatique éclairée de deux étranges lanternes. Ni l'un ni l'autre ne parlèrent tandis que Ben montait d'un côté et le soldat de l'autre.

Un seul soldat, c'est déjà un bon point. Peut-être qu'on veut simplement l'interroger. Si seulement ils ne voulaient que l'interroger! priait Andrew.

Immobiles, en silence, avec des gerbes de neige qui tournoyaient autour de leurs chevilles, les Staad virent le traîneau s'éloigner, avec ses lanternes qui dansaient au vent et ses cloches qui tintaient.

Quand il eut disparu, Susan éclata en sanglots.

– Nous ne le reverrons jamais! sanglota-t-elle. Jamais! Ils l'ont emmené, maudit Peter! Maudit soit-il pour ce qu'il a fait à mon fils! Maudit Peter, maudit Peter!

– Chut! murmura Andy en la prenant dans ses bras. Chut, chut! il sera là avant le jour. À midi, au plus tard.

Mais elle perçut le tremblement de la voix de son époux et pleura d'autant plus fort, si bien qu'elle en réveilla Emmaline – à moins que ce ne fût le courant d'air venant de la porte ouverte – et l'enfant mit longtemps à se rendormir. Finalement, Susan s'endormit à côté d'elle dans le grand lit.

Andy Staad ne ferma pas l'œil de toute la nuit.

Il resta près du feu, espérant contre tout espoir, mais, en son for intérieur, il était convaincu de ne plus jamais revoir son fils.

65

Une heure plus tard, Ben Staad se retrouvait dans la bibliothèque de Peyna. Il était curieux, un peu inquiet, mais il n'avait pas peur. Il avait écouté attentivement tout ce que Peyna lui avait raconté, et il y avait eu un tintement étouffé au moment où l'argent avait changé de main.

– Tu comprends, mon garçon ? demanda Peyna de sa voix sèche d'homme de loi.

– Oui, Messire.

– Je veux m'en assurer. Ce ne sont pas des gamineries. Répète-moi encore toutes les opérations dans l'ordre.

– Je dois aller au château parler avec Dennis, le fils de Brandon.

– Et si Brandon s'en mêle ? demanda vivement Peyna.

– Je dois lui dire d'aller vous parler.

– Très bien.

– Je ne dois pas dire : " Ne parlez à personne de cette histoire. "

– Exact, et tu sais pourquoi ?

Ben réfléchit un instant, tête baissée. Peyna le laissa faire. Il aimait ce garçon ; il paraissait raisonnable et sans crainte. La plupart des garçons de son âge auraient tremblé si Peyna les avait fait venir au beau milieu de la nuit.

– Parce que si je précise quelque chose comme ça, il aura encore plus envie de le raconter que si je ne dis rien.

– Bon, parfait, continue, dit Peyna en souriant.

– Vous m'avez donné dix florins. Je dois en donner deux à Dennis, un pour lui et un pour celui qui trouvera la maison de poupée de la mère de Peter. Les huit autres sont pour Beson, le geôlier en chef. Celui qui trouvera la maison de poupée devra la donner à Dennis. Dennis viendra me l'apporter, et moi je la donnerai à Beson. Pour les serviettes, c'est Dennis qui les livrera à Beson.

– Combien ?

– Vingt et une par semaine, répondit promptement Ben. Des serviettes de la maison royale, mais sans les armes. De temps en temps, vous me ferez envoyer de l'argent, soit pour Beson, soit pour Dennis.

– Et pour toi ?

Peyna le lui avait déjà proposé, mais Ben avait refusé.

– Non. Je crois que c'est tout.

– Tu comprends vite.

– J'aimerais pouvoir en faire plus.

Peyna se redressa, le visage soudain dur et sévère.

– Tu ne dois pas en faire plus, et tu n'en feras pas plus. C'est bien assez dangereux comme ça. Tu rends des services à un jeune homme qui a commis un meurtre affreux, l'un des meurtres les plus abominables qu'un homme puisse commettre.

– Peter est mon ami, dit Ben, avec une dignité et une simplicité impressionnantes.

Anders Peyna sourit légèrement et leva un doigt vers le bleu qui marquait encore la joue de Ben.

– Je parie que tu es déjà en train de payer pour cette amitié.

– Je paierais cent fois plus de bon cœur. Il hésita un moment et ajouta hardiment : je ne crois pas qu'il ait tué son père. Il aimait le roi Roland autant que j'aime mon propre père.

– Ah oui ? demanda Peyna, apparemment fort peu intéressé.

– Absolument ! s'écria Ben. Vous croyez qu'il a tué son père ? Vous le croyez vraiment ?

Peyna esquissa un sourire si féroce que même l'ardeur de Ben en fut glacée.

– Si je ne le croyais pas, je serais très prudent avant de le confier à qui que ce soit. Très, très prudent. Sinon, je sentirais bientôt le couperet du bourreau me transpercer la gorge.

Ben observait Peyna en silence.

– Tu dis que tu es son ami, et je te crois, dit Peyna, se redressant sur sa chaise et levant le doigt. Si tu veux vraiment être son ami, fais ce que je t'ai demandé, et c'est tout. Si tu nourris le vague espoir d'une libération future – et je vois dans tes yeux que tu y crois –, renonces-y tout de suite.

Plutôt que d'appeler Arlen, Peyna accompagna lui-même le jeune homme à la porte. Le soldat qui avait amené Ben devrait bientôt reprendre la route de la baronnie de l'Ouest.

– Une fois de plus, dit Peyna à la porte, ne t'écarte pas d'un pouce, pas d'un seul pouce des consignes que je t'ai données ce soir. On n'apprécie guère les anciens amis de Peter par les temps qui courent, et ce bleu en est la preuve.

– Je les battrai tous ! l'un après l'autre ou tous ensemble !

– Oui, dit Peyna, avec son sourire féroce. Et tu demanderas à ta mère d'en faire autant ? Ou à ta petite sœur ?

Ben en suffoqua. La peur éclosait en son cœur comme une petite rose délicate.

– Ça en arrivera là si tu ne prends pas toutes les précautions. L'orage n'est pas encore terminé, bien au contraire, il ne fait que commencer.

Il ouvrit la porte ; la neige s'engouffra portée par de noires rafales de vent.

– Allez, Ben, rentre chez toi. Je crois que tes parents ne seront pas mécontents de te revoir.

C'était un joli euphémisme ! Les parents de Ben attendaient à la porte, toujours en vêtements de nuit, lorsque leur fils entra. Ils avaient entendu les clochettes du traîneau. Sa mère le serra dans ses bras en pleurant. Son père, le visage tout rouge, les yeux incroyablement humides, lui serra la main à lui en faire craquer les os. *L'orage n'est pas encore terminé, bien au contraire, il ne fait que commencer*, pensait Ben.

Plus tard, allongé dans son lit, les mains croisées sur la nuque à regarder dans le noir, Ben se rendit compte que Peyna n'avait pas répondu à sa question : croyait-il Peter coupable ou non ?

66

Le dix-septième jour du règne de Thomas, le fils de Brandon, Dennis, apporta le premier lot de serviettes à l'Aiguille. Il les avait prises dans une remise dont ni Peter ni Thomas, ni Ben Staad ni Peyna ne soupçonnaient l'existence, mais qu'ils découvriraient tous avant que la sombre histoire de l'emprisonnement de Peter ne soit terminée. Dennis connaissait cet endroit car il était fils d'une longue lignée de majordomes. Mais la familiarité entraîne l'indifférence, dit-on, et il ne pensait pas grand-chose de la pièce dans laquelle il prenait les serviettes. Nous aurons l'occasion de reparler de cette remise ; disons simplement que vous auriez été frappé d'étonnement en la voyant, et Peter plus encore. S'il avait connu l'existence de cette pièce, si banale aux yeux de Dennis, il aurait pu tenter de s'évader au moins trois ans plus tôt, et, pour le meilleur ou pour le pire, beaucoup de choses auraient changé.

67

Une femme que Peyna avait engagée pour la rapidité de son aiguille et sa bouche bien cousue était chargée d'enlever les armes royales des serviettes. Jour après jour, elle s'installait sur un fauteuil à bascule devant la porte de la remise et décousait les très anciennes broderies. En effectuant ce travail, ses lèvres restaient fermées pour plus d'une raison : défaire un si bel ouvrage était presque un sacrilège, mais, pour sa famille misérable, l'argent de Peyna tombait comme une bénédiction. Donc, elle décousait tout en se balançant, et découdrait pendant les années à venir, passant et repassant son aiguille comme l'une des étranges jeunes femmes dont vous avez peut-être entendu parler dans d'autres contes. Elle ne parla à personne, pas même à son mari, des armes décousues.

Les serviettes avaient une étrange odeur assez légère, non pas de mildiou mais de moisissure, comme si on ne les avait pas utilisées depuis des siècles, mais, à part ça, elles ne présentaient pas le moindre défaut et, de deux coudées sur deux, elles suffisaient à couvrir les genoux du convive le plus délicat.

Il y eut une scène un peu comique, le jour de la première livraison. Dennis traîna un peu près de Beson, espérant un pourboire, et Beson attendait, car il espérait bien lui aussi que cet idiot finirait par se souvenir de lui donner un pourboire. Finalement, ils conclurent tous deux qu'ils n'allaient pas recevoir de pourboire en même temps. Dennis se dirigea vers la porte et Beson l'aida en lui donnant un coup de pied aux fesses, ce qui fit bien rire les gardes de rang inférieur. Ensuite, pour le plus grand amusement des gardiens, Beson fit semblant de s'essuyer le derrière avec la poignée de serviettes, seulement semblant, car, après tout, Peyna était mêlé à l'affaire et mieux valait ne pas forcer la dose.

Pourtant, Peyna ne l'ennuierait peut-être plus pour

longtemps. Dans les tavernes et les auberges, Beson avait entendu dire que l'ombre de Flagg commençait à obscurcir le juge général, et que, s'il ne se montrait pas extrêmement prudent, il serait bientôt convoqué à un procès de manière beaucoup plus impérieuse que jusqu'alors. Il pourrait bien, disait-on à mots couverts, regarder à son tour un jour par la lucarne d'une des tours du château.

68

Le dix-huitième jour du règne de Thomas, la première serviette se trouvait sur le plateau du petit déjeuner de Peter. Elle était si grande et le déjeuner si frugal qu'elle le couvrait presque totalement. Pour la première fois depuis qu'il résidait dans les hauteurs de ce lieu froid, Peter sourit. Ses joues et son menton s'assombrissaient sous un début de barbe qui s'allongerait bien vite dans ces pièces pleines de courants d'air et il avait l'air désespéré... sauf quand il souriait. Le sourire illuminait son visage d'une puissance magique qui le rendait fort et radieux, un visage auquel les soldats se seraient volontiers ralliés durant la bataille.

– Ben, murmura-t-il en soulevant la serviette par un coin. Ses mains tremblaient un peu. Je savais que tu accepterais. Merci mon ami, merci.

La première chose que Peter fit avec la serviette, ce fut d'essuyer les larmes qui coulaient librement sur ses joues.

Le judas de la porte de chêne s'ouvrit. Deux têtes de gardiens de rang inférieur apparurent, joue contre joue, dans l'espace minuscule, semblables aux deux têtes du perroquet de Flagg.

– J'espère que le joli môme ne va pas oublier d'essuyer son mignon petit menton ! dit l'un d'eux d'une voix éraillée et chantonnante.

– J'espère que le môme ne va pas oublier d'essuyer la petite tache d'œuf sur le col de sa chemise ! fit écho le second, et tous deux éclatèrent d'un rire moqueur. Peter ne leur prêta aucune attention et son sourire ne s'effaça pas.

Les gardiens virent ce sourire et ne plaisantèrent plus. Il y avait quelque chose qui leur interdisait la plaisanterie.

Ils fermèrent le judas et laissèrent Peter tranquille. On lui apporta une autre serviette avec son déjeuner. Et une autre avec son dîner.

On lui apporta des serviettes dans sa retraite solitaire perdue dans le ciel pendant les cinq années suivantes.

69

La maison de poupée arriva le trentième jour du règne de Thomas l'Éclaireur. À ce moment-là, les modiles, ces signes avant-coureurs du printemps que nous appelons aujourd'hui des bleuets, éclosaient en jolis bouquets le long des chemins. À cette même époque, Thomas l'Éclaireur avait signé une loi fiscale bientôt connue sous le nom de l'Impôt noir. Dans les tavernes et les auberges, on racontait une nouvelle blague ; Thomas l'Éclaireur allait bientôt changer de nom pour Thomas l'Imposeur. L'augmentation n'était pas de huit pour cent, ce qui aurait pu être juste, ni de dix-huit, ce qui aurait été supportable, mais de quatre-vingt pour cent ! Thomas avait éprouvé quelques doutes envers ce chiffre au début, mais Flagg n'avait pas mis longtemps à le convaincre.

– Il faut les imposer sur plus qu'ils n'admettent posséder, afin que nous puissions récupérer une partie de tout ce qu'ils cachent à nos percepteurs, disait Flagg.

Thomas, un peu groggy par le vin qui coulait incessamment dans le château, avait hoché la tête avec, espérait-il, une sage expression sur le visage.

Quant à Peter, il commençait à redouter que la maison de poupée n'eût été perdue après toutes ces années, et il n'était pas loin de la vérité. Ben Staad avait chargé Dennis de la retrouver. Après plusieurs jours de recherches infructueuses, Dennis s'était confié à son bon vieux père, la seule personne à qui il osait faire confiance pour un sujet aussi délicat. Brandon avait eu besoin de cinq jours pour la dénicher dans une minuscule remise du neuvième étage de la tourelle ouest, où ses joyeuses pelouses miniatures et ses longues ailes se dissimulaient sous un vieux chiffon à demi mangé par les mites et tout gris de poussière. Tous les meubles s'y trouvaient encore et il avait fallu trois jours à Brandon, Dennis et un soldat soigneusement choisi par Peyna pour s'assurer qu'il ne restait plus aucun objet pointu. Enfin, la maison de poupée fut livrée à l'Aiguille par deux jeunes écuyers qui grimpèrent l'escalier immense avec l'encombrante maison clouée sur une planche. Beson les suivait de près, jurant, hurlant, les menaçant de tous les maux de la terre si jamais ils la laissaient tomber. Les garçons ruisselaient de sueur mais ne répondaient pas.

Quand la porte de sa prison s'ouvrit pour qu'on puisse lui livrer son jouet, Peter suffoqua de surprise ; pas seulement parce que sa maison de poupée arrivait enfin, mais plutôt parce que l'un des écuyers n'était autre que Ben Staad.

Ne fais pas un signe ! lui disaient les yeux de Ben.

Ne me regarde pas trop longtemps ! répliquaient ceux de Peter.

Après les conseils qu'il lui avait donnés, Peyna aurait été abasourdi de voir Ben ici. Il avait oublié que la logique des hommes mûrs et sages ne pèse souvent pas lourd devant la logique du cœur d'un jeune garçon, si celui-ci est généreux, bon et loyal. Ben Staad possédait ces trois qualités.

Cela avait été la chose la plus facile du monde de changer de place avec l'un des écuyers chargés de monter la maison au sommet de l'Aiguille. Pour un florin – toute la fortune de Ben – Dennis avait arrangé ça.

– N'en parle pas à ton père.

– Pourquoi ? avait demandé Dennis. Je dis tout à mon père, ou presque, pas toi ?

– Avant, si, dit Ben, se souvenant que son père lui avait interdit de mentionner le nom de Peter. Mais quand on grandit, je suppose que cela change. De toute façon, tu ne dois rien lui dire. Il risquerait de le répéter à Peyna et, ensuite, je me retrouverai dans une marmite bouillante.

– D'accord, promit Dennis, et il tint sa promesse.

Dennis avait été profondément bouleversé quand son maître qu'il aimait beaucoup avait été accusé de meurtre. Et ces dix derniers jours, Ben avait rempli le vide du cœur de Dennis.

– Merci, dit Ben, en donnant une tape amicale sur l'épaule de Dennis. Je veux juste le voir une seconde et me rafraîchir le cœur.

– C'était ton meilleur ami ?

– Il l'est toujours.

Dennis l'avait regardé, surpris.

– Comment peux-tu prétendre avoir pour meilleur ami un homme qui a tué son propre père ?

– Parce que je le sais innocent.

À la grande surprise de Ben, Dennis avait éclaté en sanglots.

– Tout mon cœur me dit la même chose, et pourtant...

– Écoute-le, alors, avait répondu Ben en prenant Dennis dans ses bras. Et puis, sèche tes larmes avant que tout le monde te voie pleurnicher comme un bébé.

– Mettez-la dans l'autre pièce, dit Peter, inquiet de sentir sa voix trembler.

Beson ne se rendit compte de rien ; il était bien trop occupé à maudire les deux garçons pour leur lenteur, leur bêtise, leur existence même. Ils emportèrent la maison de poupée dans la pièce adjacente et s'apprêtèrent à la poser. L'autre garçon, qui avait l'air vraiment stupide, lâcha trop vite son extrémité. On entendit un léger craquement de quelque chose qui se brisait à l'intérieur. Peter eut le cœur serré. Beson frappa le jeune garçon, un sourire aux lèvres. C'était la première bonne chose qui arrivait depuis que ces mioches étaient arrivés avec ce détestable objet.

Le garçon stupide se leva, s'essuya le visage qui commençait déjà à enfler, et regarda Peter, bouche bée, terrifié. Ben resta un moment à genoux. Il y avait un petit tapis de paille devant la porte, que nous appellerions sans doute aujourd'hui un paillasson. Ben caressa de son pouce le tapis tout en cherchant les yeux de Peter.

– Allez-vous en maintenant ! cria Beson. Rentrez chez vous et maudissez vos mères d'avoir donné le jour à deux garçons aussi lents, aussi bêtes et aussi maladroits !

Les garçons passèrent devant Peter, le gros pataud se recroquevillant, comme si le prince avait été atteint d'une maladie contagieuse. Une fois de plus, le regard de Ben croisa celui de Peter, et Peter trembla d'émotion en voyant tout l'amour que lui exprimait son vieil ami. Ensuite, les garçons disparurent.

– Eh ! vous l'avez, votre jouet, mon bon petit prince ! dit Beson. Qu'est-ce qu'on va vous apporter maintenant ? Des robes de dentelle ? Des caleçons de soie ?

Peter se retourna et regarda Beson. Au bout d'un moment, Beson baissa les yeux. Il y avait quelque chose de terrifiant dans le regard de Peter, et Beson fut forcé de se souvenir que poule mouillée ou pas, Peter lui avait assené une correction qui lui avait fait mal aux côtes pendant plusieurs jours et qui lui avait donné des vertiges pendant plus d'une semaine.

– C'est vos histoires, grommela Beson, mais maintenant que vous avez votre maison, vous voudriez peut-être une table pour la poser... et une chaise pour vous asseoir pendant que vous... jouerez ? ajouta-t-il en grimaçant.

– Et combien ça me coûterait ?

– Pas plus de trois florins.

– Je n'ai pas d'argent.

– Oui, mais vous connaissez des gens puissants.

– Plus maintenant, j'ai échangé un service contre un autre, c'est tout.

– Eh bien, asseyez-vous par terre et récoltez des engelures plein les fesses ! Ce sera bien fait pour vous !

Beson quitta la pièce. Le petit flux de florins dont il avait bénéficié depuis l'arrivée de Peter s'était apparemment tari, et cela le mit de fort mauvaise humeur pour une bonne semaine.

Peter attendit que tous les verrous et serrures se ferment avant de soulever le paillasson que Ben avait caressé du doigt. En dessous, il trouva un petit carré de papier, pas plus gros qu'un timbre-poste. Les deux côtés étaient couverts d'une écriture fine et serrée. Les lettres étaient si minuscules que Peter dut plisser les yeux pour les déchiffrer. Ben avait sans doute écrit à l'aide d'une loupe.

Peter, détruis ce billet dès que tu l'auras lu. Je sais que tu n'es pas coupable. Je suis sûr que d'autres ressentent la même chose. Je suis toujours ton ami. Je t'aime toujours autant. Dennis ne te croit pas coupable non plus. Si jamais je peux t'aider, mets-moi en contact avec Peyna. Ne perds pas courage.

En lisant ces mots, Peter eut des larmes de gratitude.

L'amitié nous remplit toujours d'une douce reconnaissance, car le monde, la plupart du temps, n'est qu'un vaste désert, et les fleurs qui y poussent semblent lutter contre des forces contraires.

– Ce bon vieux Ben, murmura plusieurs fois Peter. Dans son émotion, aucun autre mot ne lui venait. Ce bon vieux Ben! Ce bon vieux Ben!

Pour la première fois, il songea que son plan, si risqué et dangereux qu'il fût, avait une chance de réussir.

Ensuite, il repensa au billet. Ben avait risqué sa vie pour l'écrire. Il était noble, mais il n'appartenait pas à la famille royale; il n'était donc pas protégé du couperet du bourreau. Si Beson ou l'un de ses sbires avait trouvé le mot, il aurait deviné qu'il venait d'un des deux garçons. Et comme le plus rustre des deux semblait tout à fait incapable de déchiffrer les grosses lettres d'un livre d'enfant, il était hors de question qu'il puisse produire une écriture si fine. Il se serait donc tourné vers l'autre garçon, et, de là, il n'y avait plus beaucoup de chemin à faire jusqu'au coupeur de têtes.

Peter ne voyait qu'un seul moyen de se débarrasser du papier, et, sans hésiter, il le froissa entre le pouce et l'index et l'avala.

70

Je suis sûr qu'à présent, vous avez déjà deviné en quoi consistait le plan d'évasion de Peter, car vous en savez beaucoup plus que Peyna quand il prit connaissance des requêtes du prince. De toute façon, je ne vous laisserai pas languir plus longtemps. Il projetait d'utiliser des fils pour en faire une corde. Les fils proviendraient, bien sûr, des bords des serviettes de lin. Il descendrait le long de cette corde et s'échapperait. Vous allez peut-être rire à cette idée. *S'évader d'une tour de cent mètres de haut avec des fils de serviettes de table! Qui est fou dans l'histoire? Le conteur ou Peter?*

Ni l'un ni l'autre! Peter connaissait la hauteur de l'Aiguille et pensait qu'il devrait enlever les fils des serviettes en petite quantité. S'il abîmait trop les serviettes, quelqu'un finirait par se poser des questions. Pas forcément le geôlier en chef, d'ailleurs ; cela pourrait aussi bien être la lavandière chargée de laver les serviettes sales qui le remarquerait la première. Elle pourrait en parler à une amie... et l'histoire se répandrait... Non, ce n'était pas Beson qui inquiétait Peter. Après tout, l'un dans l'autre, Beson était plutôt stupide.

Mais pas Flagg.

Flagg avait tué Roland...

... et Flagg écoutait toujours les ragots.

C'est dommage que Peter ne se soit jamais posé de questions sur la légère odeur de moisi des serviettes, ou qu'il ne se soit jamais demandé si la personne embauchée pour découdre les armes avait été libérée après un certain temps ou si au contraire elle était toujours au travail. Mais, bien sûr, il avait l'esprit occupé ailleurs. Il remarqua qu'elles étaient très vieilles ; c'était un avantage, car il pouvait ôter beaucoup plus de fils qu'il ne l'avait espéré dans ses plus grandes heures d'optimisme. Combien de fils supplémentaires aurait-il pu prendre ? Il ne l'apprit qu'au dernier moment.

Pourtant, j'entends certains d'entre vous murmurer : *des fils de serviettes pour faire une corde, une corde assez longue pour relier la plus haute fenêtre de l'Aiguille à la cour ? Des fils de serviettes pour faire une corde assez solide pour supporter soixante-quinze kilos ? C'est une plaisanterie !*

Mais ils oublient la maison de poupée... et le petit métier à tisser, un métier si minuscule que les fils étaient exactement à la taille de la petite navette. Ils oublient que si, dans la maison de poupée, tout était de taille réduite, tout fonctionnait à merveille. Les instruments pointus avaient été retirés ; le métier n'avait donc plus sa lame, mais, à part cela, il était intact.

C'était la maison de poupée envers laquelle Flagg avait éprouvé de vagues appréhensions, bien longtemps auparavant, qui désormais était le seul espoir de Peter.

71

Il faudrait que je sois bien meilleur conteur pour vous narrer la vie de Peter pendant les cinq années qu'il passa au sommet de l'Aiguille. Il mangeait, il dormait, il regardait par la fenêtre, ce qui lui permettait d'avoir une vue sur l'ouest de la ville, il faisait des exercices physiques matin, midi et soir, et il rêvait d'évasion et de liberté. Pendant l'été, ses appartements étaient étouffants; l'hiver, il y gelait.

Au cours du deuxième hiver, il attrapa une mauvaise grippe qui faillit l'emporter.

Fiévreux, Peter toussait sous sa mince couverture. Au début, il avait peur de délirer et de parler de la corde qu'il cachait dans un interstice sous deux grosses pierres du côté est de sa chambre. Mais plus la fièvre empirait, moins la corde qu'il avait tissée avec le minuscule métier de la maison de poupée avait d'importance, car il pensait qu'il allait mourir.

Beson et ses gardes de rang inférieur en étaient convaincus. En fait, ils avaient même commencé à parier sur le jour où cela se produirait. Une nuit, environ une semaine après le premier accès de fièvre, tandis que le vent faisait rage à l'extérieur et que la température tombait au-dessous de zéro, Peter vit Roland lui apparaître en rêve. Il était persuadé que son père était venu le chercher pour le conduire aux Lointains Territoires.

– Je suis prêt, papa ! s'écria-t-il. Je suis prêt à partir !

Dans son délire, il ne savait pas s'il avait parlé à voix haute ou simplement en pensée.

Non, tu ne mourras pas mon fils, lui répondit son père dans son rêve... ou son apparition... ou je ne sais quoi. *Il te reste beaucoup à faire, Peter.*

– Père ! cria Peter.

Sa voix était puissante, et les gardiens, Beson y compris, tremblèrent, pensant que le fantôme tout fumant du roi assassiné était venu chercher l'âme de Peter pour la conduire aux enfers. Ils ne prirent pas de paris cette nuit-là ; en fait, l'un d'eux se rendit même à la chapelle des Grands-Dieux dès le lendemain, embrassa à nouveau sa religion et se fit ordonner prêtre par la suite. Il s'appelait Curran, et peut-être qu'un jour je vous raconterai son histoire.

D'une certaine manière, Peter voyait réellement un fantôme, bien que je ne sache pas si c'était l'ombre de son père ou simplement une silhouette née de son esprit embrumé.

Sa voix retomba à un chuchotement et les gardiens n'entendirent pas la suite.

Mon pauvre garçon, dit le fantôme vacillant, *tu as vécu de dures épreuves, et d'autres t'attendent... Mais Dennis saura...*

– Saura quoi ? bredouilla Peter, les joues écarlates mais le front aussi blanc qu'une chandelle de cire.

Dennis saura où va le somnambule, murmura son père. Puis il disparut.

Peter perdit connaissance et fut bientôt plongé dans un profond sommeil. Sa fièvre tomba. Le garçon qui s'était entraîné à faire soixante pompes tous les jours et une centaine de tractions pendant un an se réveilla le lendemain, incapable de tenir debout... mais il avait recouvré sa lucidité.

Beson et les gardes de rang inférieur furent fort déçus. Mais, après cette nuit-là, ils traitèrent Peter avec une sorte de respect et n'osèrent plus guère s'approcher de lui.

Ce qui, bien sûr, facilita d'autant sa tâche.

Cette histoire était facile à raconter, bien que cela aurait été sans doute plus intéressant si j'avais pu dire si le fantôme était réel ou non. Comme en bien d'autres matières dans les longs récits, il vous revient d'en décider.

Mais comment vous parler du travail laborieux et incessant de Peter sur ce minuscule métier à tisser ? C'est au-dessus de mes forces. Toutes ces heures écoulées, avec parfois des nuages de buée qui s'échappaient de sa bouche et de ses narines, parfois des perles de sueur qui coulaient sur son visage, et toujours cette crainte d'être découvert, sans rien d'autre pour passer le temps que de longues réflexions et des espoirs sans doute vains ? Je peux vous dire certaines choses, et je n'y manquerai pas, mais transmettre la lenteur des heures et des jours dépasse mes capacités ; il faudrait pour cela un de ces grands conteurs dont la race est éteinte depuis fort longtemps. Peut-être que la seule chose qui donne une vague idée du temps que Peter passa dans ces deux pièces, c'est sa barbe. Quand il y entra, il n'y avait qu'une ombre sous son menton et un duvet sous son nez ; une barbe de jeune homme. Au fil des mille huit cent vingt-cinq jours qui suivirent, elle grandit et s'épaissit ; à la fin de son séjour, elle descendait jusqu'au milieu de sa poitrine, et, bien que Peter n'eût que vingt et un ans, elle était parsemée de blanc. Le seul endroit où elle ne poussa jamais était la longue cicatrice en zigzag laissée par l'ongle de Beson.

Peter n'osait prendre que cinq fils par serviette la première année, c'est-à-dire quinze par jour. Il les cachait sous son matelas, et, à la fin de chaque semaine, il en avait cent cinq. Dans notre système de mesures actuel, chaque fil mesurait environ cinquante centimètres.

Il tissa la première série une semaine après avoir reçu la maison de poupée, utilisant le métier avec précaution. Ce n'était pas aussi facile à dix-sept ans que cela l'avait été à cinq. Ses doigts avaient grossi, pas le métier. Et puis, il se sentait nerveux. Si l'un des gardiens le surprenait, il pourrait toujours dire qu'il tissait quelques fils égarés pour s'amuser... mais le croirait-on ? Et le métier fonctionnait-il vraiment ? Il n'en fut certain qu'après avoir vu le premier cordage tout mince sortir de l'extrémité du métier. Après ce premier succès, il devint un peu moins nerveux et réussit à travailler plus rapidement, enfilant les fils, les tirant pour qu'ils restent droits, appuyant sur la pédale à pied avec le pouce. Le métier grinçait un peu au début, mais, bientôt la vieille graisse se diffusa et il fonctionna aussi bien que dans son enfance.

Hélas ! le cordage était affreusement mince, à peine un demi-centimètre de diamètre. Peter attacha deux extrémités et tira dessus. Ça tenait. Cela l'encouragea un peu. C'était plus solide qu'il n'y paraissait et il pensa que ce serait peut-être assez solide. Il s'agissait de serviettes royales après tout, faites des meilleurs cotons de tout le pays, et il les avait tissées serrées. Il tira plus vigoureusement, se demandant quelle force il exerçait sur le minuscule cordage de coton.

Il tira encore ; la corde résistait et l'espoir lui emplit le cœur. Il repensa à Yosef.

C'était lui, le maître palefrenier, qui lui avait parlé pour la première fois d'un phénomène étrange et mystérieux appelé le point de rupture. C'était l'été et ils regardaient un bœuf anduais tirer des blocs de pierre pour construire la nouvelle place du marché. Peter n'avait guère plus de onze ans à l'époque, mais le spectacle lui avait beaucoup plu, bien plus qu'un numéro de cirque par exemple. Yosef lui fit remarquer que les bœufs portaient de lourds harnais de cuir. Les chaînes qui liaient les blocs de pierre étaient attachées au harnais de chaque côté de l'encolure de l'animal. Yosef lui expliqua que les tailleurs de pierre devaient faire très attention au poids de chaque bloc.

– Parce que s'ils sont trop lourds, les bœufs risqueraient de se blesser en les tirant, dit Peter.

Ce n'était même pas une question, tant cela lui paraissait évident. Il avait pitié des pauvres bœufs forcés de tirer de si lourdes charges.

– Non, répondit Yosef. Il alluma une cigarette de feuilles de maïs, manquant se brûler le bout du nez, et inspira profondément, très content de lui. Il appréciait beaucoup la compagnie du jeune prince.

– Non, reprit-il, les bœufs ne sont pas si bêtes ! Les gens les sous-estiment parce qu'ils sont gros, apprivoisés et utiles. Ça en dit plus sur les gens que sur les bœufs, si vous voulez mon avis, mais les choses sont comme ça. Non, si un bœuf peut tirer un bloc, il le tirera. S'il ne peut pas, il essaiera une fois ou deux et, ensuite, il restera sans bouger, la tête basse. Et il résistera, même si un crétin de maître essaie de le fouetter au sang. Les bœufs ont peut-être l'air idiot, mais il n'en est rien, c'est moi qui te le dis !

– Alors, pourquoi les tailleurs de pierre doivent-ils faire attention au poids des blocs si les bœufs savent reconnaître ce qu'ils peuvent tirer ou non ?

– Ce n'est pas à cause des blocs, c'est à cause des chaînes.

Yosef montra du doigt un bœuf qui tirait un bloc, lequel, aux yeux de Peter, paraissait presque aussi gros qu'une petite maison. L'animal avait la tête baissée et les yeux patiemment fixés en avant, tandis que son maître le guidait en le tapant légèrement de son bâton. Au bout de la double chaîne, le bloc bougeait un peu et creusait un sillon dans la terre, si profond qu'un enfant aurait eu du mal à l'escalader.

– Si un bœuf peut tirer une charge, il la tirera, mais les bœufs ne savent rien sur les chaînes et le point de rupture.

– Qu'est-ce que cela veut dire ?

– Si on exerce une pression suffisante sur un objet, il casse, expliqua Yosef. Et si une de ces chaînes cassait, elle s'envolerait, quelque chose de terrible. Personne n'aimerait se trouver dans les parages si une de ces chaînes cassait, surtout quand elle est tirée par une force aussi puissante que celle d'un bœuf. Elle risquerait de partir n'importe où. En arrière, le plus souvent. Elle risquerait de frapper le gardien de troupeau et de le déchirer en deux, ou même de déchiqueter les pattes du pauvre animal.

Yosef inhala une autre bouffée de cigarette et jeta le mégot par terre. Il regardait Peter d'un œil amical et rusé.

– Le point de rupture, c'est bien pour un prince de connaître ça, Peter. Les chaînes se brisent si on tire trop fort dessus, et les gens aussi. Garde bien ça en tête, Peter.

Il l'avait toujours à l'esprit en tirant sur son premier cordage. Quelle force exerçait-il ? Dix kilos ? Vingt ? Peut-être. Mais ce n'était sans doute qu'un rêve, disons plutôt quinze. Mieux valait se montrer trop pessimiste que le contraire. S'il se trompait dans ses calculs... eh bien les pavés de la place de l'Aiguille étaient vraiment très durs !

Il tira encore plus fort, faisant gonfler ses biceps. Quand le cordage finit par se rompre, Peter devait exercer une force d'environ trente kilos.

Il n'était pas trop mécontent de ce résultat.

Plus tard dans la nuit, il jeta le cordage par la fenêtre que les balayeurs de la place de l'Aiguille élimineraient le lendemain matin avec le reste des saletés.

La mère de Peter, en voyant sa passion pour la maison de poupée, lui avait appris à tisser les fils et à les torsader pour en faire de minuscules tapis. Mais quand on n'a pas fait quelque chose depuis longtemps, on oublie un peu la méthode exacte. Peter avait tout son temps, et, après quelques essais, il sut à nouveau torsader les fils.

Torsader était le mot que sa mère avait employé, et il y pensait toujours en ces termes. Mais ce n'était pas le mot exact ; en réalité, torsader est la façon d'entortiller deux fils ensemble. Peter, lui, entrelaçait, comme pour les tapis, trois fils ensemble. Pour entrelacer, on prend deux fils séparés, en faisant correspondre le haut et le bas de chacun. On place le troisième fil entre les deux, mais plus bas, pour que son extrémité dépasse. On opère de la même façon, longueur après longueur. Cela ressemble un peu à des fils de marionnettes chinoises ou aux dentelles favorites de votre grand-mère.

Il fallut trois semaines pour que Peter ait assez de fils pour se lancer dans cette technique, et une quatrième pour se souvenir exactement de la méthode d'entrelacement. Mais quand il fut prêt, il eut enfin un réel espoir. La cordelière était très fine, et vous auriez pu le croire fou d'essayer de lui faire supporter son poids, mais elle était beaucoup plus solide qu'elle ne le paraissait. Il réussit malgré tout à la rompre, mais seulement en l'entourant fermement autour de sa main et en tirant, contractant tous les muscles de son bras et de son torse.

Dans sa chambre, de nombreuses poutres supportaient le plafond. Il essaierait de se suspendre à sa corde lorsqu'elle aurait une longueur suffisante. Si elle cassait... il devrait tout recommencer. Mais il était inutile d'y penser... mieux valait poursuivre le travail.

Les fils mesuraient environ cinquante centimètres de long, mais Peter perdait environ cinq centimètres dans le processus du tissage. Il lui fallut trois mois pour fabriquer une corde de trois brins, chaque brin étant constitué de cent cinq fils de coton torsadés en un fil d'un mètre de long. Une nuit, alors que les gardiens saouls jouaient aux cartes dans la pièce du dessous, il attacha sa cordelette à l'une des poutres. Il fit un nœud coulant qui laissait moins de quarante centimètres suspendus dans le vide.

La corde semblait horriblement fine.

Néanmoins, Peter s'y suspendit, les lèvres pincées, craignant que les fils ne lâchent à tout moment et ne l'envoient par terre. Mais ils tenaient bon.

Ils tenaient bon.

Osant à peine croire ce qui se passait, Peter restait accroché à sa corde si mince qu'elle en était presque invisible. Il y resta plus d'une minute entière puis posa les pieds sur son lit pour défaire le nœud. Ses mains tremblaient et il dut s'y prendre à deux fois, car, en plus, ses yeux s'embuaient de larmes. Il ne s'était pas senti aussi ému depuis qu'il avait lu le petit mot de Ben.

72

Pour le moment, Peter cachait la corde sous son matelas, mais cela ne pourrait durer longtemps. L'Aiguille mesurait plus de cent mètres de haut à la pointe du sommet conique, et les fenêtres devaient bien être à quatre-vingt-dix mètres du sol. Peter mesurait un mètre quatre-vingt-deux et oserait sans doute sauter d'une hauteur de six mètres. Au mieux, il lui faudrait donc dissimuler une corde de quatre-vingt-deux mètres.

Il découvrit une pierre mobile dans le coin est de sa chambre et tenta de la déplacer. À sa grande surprise, il trouva un espace vide au-dessous de la pierre. Comme il ne voyait pas très bien, il y passa la main, nerveux et tendu, comme s'il s'attendait à ce qu'une bête rampante lui attrapât la main et le mordît.

Il ne se passa rien de tel, et il allait retirer sa main lorsqu'il frôla quelque chose... du métal froid. Peter sortit l'objet. C'était un médaillon en forme de cœur attaché à une jolie chaîne. On aurait dit de l'or ; d'ailleurs, à en juger au poids du médaillon ce ne pouvait être que de l'or. Après quelques manipulations, il trouva un délicat poussoir. Il exerça une pression et le médaillon s'ouvrit. À l'intérieur, se trouvaient deux portraits, un sur chaque face. Ils étaient encore plus jolis que les miniatures de la maison de poupée de Sasha. Peter observa les visages avec tout le ravissement d'un enfant. L'homme était splendide et la femme merveilleuse. L'homme avait un petit sourire aux lèvres et une expression de légère insouciance dans le regard. La femme avait au contraire un regard grave et sombre. Ce médaillon devait être très vieux, autant que Peter pouvait en juger d'après les vêtements, mais ce n'est pas cela qui le surprenait tant. Étrangement, ces visages lui paraissaient vaguement familiers. Il les avait déjà vus auparavant.

Il ferma le médaillon et regarda au dos. Il lui semblait qu'on y avait gravé des initiales, mais elles étaient trop alambiquées pour qu'il puisse les déchiffrer.

D'instinct, il fouilla une fois encore dans le trou. Cette fois, il y dénicha un papier. L'unique feuille qu'il retira était vieille et froissée, mais l'écriture était très lisible et la signature parfaitement reconnaissable : Leven Valera, l'infâme Duc noir de la baronnie du Sud.

Valera, qui aurait dû être couronné, avait passé les vingt-cinq dernières années de sa vie au sommet de l'Aiguille pour le meurtre de son épouse. Pas étonnant que les visages lui eussent paru familiers ! L'homme était Valera en personne et la femme, Eleonor, son épouse assassinée, dont nombre de ballades chantaient encore la beauté.

L'encre avait une étrange couleur rouille sombre, et la première ligne de la lettre fit frémir Peter. La lettre tout entière le fit frémir, et pas seulement parce que les coïncidences entre sa position et celle de Valera paraissaient si invraisemblables.

À qui trouvera cette lettre,

J'escris avec mon sang, extrait de la veine que j'ay ouverte sur mon poignet gauche, à l'aide d'un morceau de bois longuement affûté contre les pierres de ma chambrée. Cela fait presque un quart de siècle que je suis enfermé dans le ciel ; jeune homme je suis arrivé, vieillard, je suis. La toux et la fiesvre m'assaillent à nouveau, et cette fois je croys ne point y survivre.

Je n'ay point tué ma femme. En despit de toutes les preuves, je n'ay point tué ma femme. Je l'aymais et l'ayme toujours tendrement, bien que son visage s'estompoit dans les brumes de mon esprit.

Je croys que le magicien du roy est coupable du forfait et qu'il s'est arrangé pour se débarrasser de moy, qui lui entravois le chemin. Ses agissements ont réussi, aussi a-t-il prospéré. Cependant, je croys que les dieux puniront un jour le Malin. Son heure viendra, et plus je sens la mort approcher, plus je pressens qu'il sera un jour terrassé par celuy qui viendra en ce lieu de désespoir et lira ceste lettre de sang.

S'il en est ainsi, je crie : Vengeance, vengeance, vengeance ! Ousbliez-moy, s'il le faut, mais jamais n'ousbliez ma tendre Eleonor, assassinée dans son sommeil ! Je ne suis pas celuy qui a empoisonné le vin ! Voicy le nom du coupable en lettres de sang : Flagg ! Flagg ! Flagg et luy seul !

Lecteur, prends ce médaillon, et montre-le luy avant de débarrasser le monde de ce misérable, montre-le luy, afin qu'il sache que je joue un rosle dans sa chute, du tresfonds de mon infasme tombe de meurtrier.

Leven Valera

Peut-être comprenez-vous à présent les véritables raisons des frissons de Peter. Peut-être comprendrez-vous encore mieux si vous vous souvenez que Flagg, qui paraissait à l'apogée de la maturité, était en fait très, très vieux.

Peter avait entendu parler du crime de Leven Valera dans les livres d'histoire, de vieux livres d'histoire. Ce parchemin tout jauni parlait du magicien du roi et citait le nom de Flagg. Citait, que dis-je, criait, hurlait le nom du magicien en lettres de sang !

Mais le crime de Valera avait eu lieu sous le règne d'Alan II...

Et il y avait plus de quatre cent cinquante ans qu'Alan II avait régné sur Delain !

– Oh ! mon Dieu, mon Dieu ! murmura Peter.

Il chancela vers son lit et s'assit lourdement, juste avant que ses genoux se dérobent sous lui et qu'il tombe par terre.

– Il l'a déjà fait ! Il l'a déjà fait, et de la même façon ! Il y a plus de quatre siècles !

Peter était livide ; ses cheveux se hérissaient sur sa tête. Pour la première fois, il se rendait compte que le magicien était un monstre, un monstre en liberté, au service d'un nouveau roi, au service de son jeune frère, si vulnérable, si influençable !

73

Soudain, Peter fut pris de vertige et songea à promettre un autre pot-de-vin à Beson pour qu'il apportât le médaillon et le parchemin jauni à Anders Peyna. Dans son agitation, il lui semblait que cette lettre pourrait accuser Flagg et l'innocenter, lui, du même coup. Mais après quelques instants de réflexion, il fut convaincu que si les choses pouvaient se passer ainsi dans un livre de contes de fées, c'était impossible dans la vie réelle. Peyna éclaterait de rire devant ce qu'il prendrait pour un faux. Et s'il y croyait ? Cela risquerait de sonner le glas à la fois pour le juge général et pour le prince emprisonné. Peter savait tendre l'oreille, et écoutait les ragots des tavernes et des auberges dont parlaient sans cesse Beson et les gardes de rang inférieur. Il avait entendu parler de l'augmentation d'impôts, connaissait la vilaine blague qui prétendait que Thomas allait changer son nom de Thomas l'Éclaireur en Thomas l'Imposeur. Il savait même que quelques larrons audacieux n'hésitaient pas à rebaptiser son frère Tom le Benêt berné.

Le couperet du bourreau frappait avec la régularité d'un pendule depuis que Thomas était monté sur le trône, et ce pendule disait : *Trahison-soumission, trahison-soumission, trahison-soumission*, avec une constance qui aurait été monotone si elle n'avait pas été si terrifiante.

Peter commençait à comprendre les véritables desseins de Flagg : détruire la monarchie et la paix qui régnaient sur Delain. S'il montrait le médaillon et la lettre, ou on lui rirait au nez ou Peyna tenterait d'agir. Et, dans ce cas, c'était la mort assurée pour tous les deux.

Finalement, Peter rangea le médaillon et le parchemin à leur place. À côté, il plaça la petite cordelière d'un mètre qu'il avait mis un mois à tisser. Dans l'ensemble, il n'était pas mécontent de sa soirée. La corde tenait, et la découverte du parchemin et du médaillon vieux de quatre siècles prouvait au moins une chose : on ne risquait guère de découvrir sa cachette.

Pourtant, il avait matière à réflexion et il resta longtemps éveillé cette nuit-là.

Quand il s'endormit enfin, ce fut pour entendre la voix sèche et rocailleuse de Leven Valera lui murmurer à l'oreille : *Vengeance ! Vengeance ! Vengeance !*

74

Le temps... oui, le temps... Peter passa beaucoup de temps au sommet de l'Aiguille. Sa barbe s'allongeait, sauf à la place de la cicatrice qui lui traversait la joue comme un éclair d'orage. Pendant tout ce temps, il observa de nombreux changements par sa lucarne et entendit parler de bouleversements encore bien pires. Au lieu de ralentir, le pendule du bourreau accélérait son rythme, *trahison-soumission, trahison-soumission*, et, parfois, une demi-douzaine de têtes tombaient en un seul jour.

Pendant sa troisième année d'emprisonnement, l'année où pour la première fois Peter réussit à faire trente tractions d'affilée en se hissant à la poutre centrale de sa chambrée, Peyna, dégoûté, démissionna de son poste de juge général. Cela occupa les conversations des tavernes pendant une semaine, et celles des geôliers de Peter pendant une semaine et un jour. Ils croyaient que Flagg ferait emprisonner Peyna avant même que son siège ait eu le temps de refroidir au tribunal, et que, une fois pour toutes, les citoyens de Delain apprendraient enfin si le juge avait du sang ou de la glace qui lui coulait dans les veines. Mais comme Peyna resta en liberté, les conversations se turent. Peter se réjouissait que Peyna n'eût pas été arrêté. Il ne lui voulait aucun mal, bien que le juge fût convaincu de sa culpabilité. Après tout, c'était Flagg qui avait tout manigancé pour qu'il en fût ainsi.

Pendant cette troisième année également, Brandon, le bon vieux père de Dennis, mourut, d'une mort très simple et très digne. Il avait travaillé toute la journée, malgré la douleur qui lui lacérait la poitrine, et était rentré doucement chez lui. Il s'assit devant la cheminée, espérant que son mal s'apaiserait. Bien au contraire, cela ne fit qu'empirer. Il appela sa femme et son fils à ses côtés, les embrassa tous les deux et demanda un verre de gin qu'on lui apporta. Il le but, embrassa de nouveau sa femme et lui demanda de sortir.

– Dennis, sers fidèlement ton maître. Tu es un homme maintenant, et c'est un travail d'homme qui t'attend.

– Je servirai mon roi du mieux possible, p'pa, dit Dennis, bien que la simple pensée de prendre les responsabilités de son père le terrifiât.

Son visage amical et sympathique était tout luisant de larmes. Pendant les trois dernières années, Brandon et Dennis étaient restés au service de Thomas, et Dennis faisait pour son nouveau maître à peu près la même chose que pour Peter auparavant. Pourtant, cela n'avait jamais été exactement la même chose ; pas du tout la même chose, même.

– Oui... Thomas... dit Brandon avant de murmurer :

Si jamais tu as l'occasion de rendre service à ton premier maître, n'hésite pas. Je n'ai jamais cru qu'il...

À ce moment, Brandon se raidit, porta la main sur son cœur et mourut. Il mourut comme il avait voulu mourir, chez lui, sur son fauteuil, près de l'âtre.

Pendant la quatrième année de l'emprisonnement de Peter, alors que sa corde grandissait sensiblement, la famille Staad disparut. La couronne possédait désormais le peu qu'il restait de leurs terres, comme c'était le cas pour les terres de toutes les familles nobles qui disparaissaient.

Les Staad n'étaient qu'un des sujets des conversations de tavernes parmi d'autres; trois décapitations, une nouvelle dîme sur les artisans, l'incarcération d'une vieille femme qui avait passé trois jours à faire les cent pas devant le palais, en criant à tue-tête que son petit-fils avait été torturé pour avoir protesté contre l'impôt sur le bétail de l'année précédente. Mais quand Peter avait entendu prononcer le nom de Staad, son cœur s'était arrêté un instant.

La succession d'événements qui avait conduit à la disparition des Staad était à présent une histoire connue au royaume de Delain. Le pendule du bourreau avait considérablement réduit le nombre des nobles. Beaucoup périrent sous sa hache tout simplement parce qu'ils avaient servi le royaume pendant des centaines, voire des milliers d'années, et qu'ils ne se résignaient pas à croire qu'un sort aussi injuste leur serait réservé. D'autres, pressentant une fin sanglante, s'étaient enfuis. Les Staad faisaient partie de la deuxième catégorie.

Et les murmures commencèrent.

On racontait à mots couverts que tous ces nobles ne s'étaient pas simplement dispersés aux quatre vents, mais qu'ils s'étaient au contraire rassemblés quelque part, dans les bois touffus des contrées du Nord et qu'ils ourdissaient un complot pour renverser le pouvoir.

Ces histoires parvinrent aux oreilles de Peter comme des courants d'air qui s'infiltraient par les portes, s'engouffraient par les fenêtres... et apportaient des rêves d'un monde meilleur. La plupart du temps, Peter travaillait à sa corde. Durant la première année, elle s'allongea d'environ cinquante centimètres toutes les trois semaines. À la fin de la première année, il eut une corde de sept mètres cinquante de long, une corde qui, en principe, était capable de supporter son poids. Mais il y avait une différence entre se suspendre à une poutre du plafond et se suspendre au-dessus de quatre-vingt-dix mètres de vide, et Peter le savait bien. En fait, il risquerait sa vie au bout de cette maigre corde.

Sept mètres cinquante par an, ce n'était pas assez ; il lui faudrait plus de huit ans avant de pouvoir essayer de s'évader, et les rumeurs qu'il entendait par geôliers interposés le perturbaient beaucoup. Par-dessus tout, il fallait éviter que le royaume n'endure la révolte... le chaos. Il fallait remettre les choses en ordre, mais en respectant la force de la loi, pas celle des flèches, des lances, des massues et des bâtons. Thomas, Leven Valera, Roland et même Flagg passaient au second plan à côté de ce problème. Il fallait respecter la loi.

Comme Anders Peyna, qui vieillissait, amer, au coin du feu, aurait aimé l'entendre penser ainsi !

Peter décida donc de s'évader aussi vite que possible. Il fit des calculs interminables, toujours mentalement pour ne laisser aucune trace. Il les faisait et les refaisait, pour être sûr de ne commettre aucune erreur.

Au cours de la deuxième année qu'il passa au sommet de l'Aiguille, il commença à retirer dix fils par serviette ; au cours de la troisième année, il passa à quinze ; au cours de la quatrième, à vingt. La corde s'allongeait. Dix-sept mètres cinquante la deuxième année, trente et un mètre cinquante la troisième, quarante-huit mètres cinquante la quatrième.

À cette époque, il manquait encore quarante et un mètres cinquante pour atteindre le sol.

Pendant la dernière année, Peter se mit à retirer trente fils par serviette, et, pour la première fois, ces petits larcins se virent clairement : les serviettes étaient effilochées des quatre côtés, comme si elles avaient été rongées par les souris. Mourant d'anxiété, Peter attendait le moment où l'affaire serait découverte.

75

Mais le pot aux roses ne fut pas découvert, ni à ce moment ni plus tard. D'ailleurs, personne ne songea même à poser de questions. Peter avait passé des nuits interminables – du moins c'est ainsi qu'elles lui apparaissaient – à se demander, inquiet, quand Flagg aurait vent de ce qu'il mijotait. Il enverrait un de ses sous-fifres et une enquête s'ouvrirait. Peter avait pensé à tout, très méticuleusement, mais il s'était trompé sur une chose, une seule, mais qui en induisait une autre, comme c'est souvent le cas, et de taille en plus. Il croyait qu'il y avait un nombre déterminé de serviettes, mille en tout par exemple, dont on se servait tout le temps. Il ne se posa guère plus de questions en ce qui concernait les réserves de serviettes. Dennis aurait pu lui raconter tout autre chose et lui épargner presque deux ans de travail, mais la question ne lui fut malheureusement jamais posée. La vérité était toute simple, mais époustouflante : les serviettes de Peter ne venaient pas d'une réserve de mille, ni de dix mille ou de vingt mille. Il y en avait presque un demi-million. Dans l'un des profonds sous-sols du château, se trouvait une remise aussi gigantesque qu'une salle de bal et remplie... de serviettes de table, rien que de serviettes de table... Si Peter leur trouvait une odeur de moisi, il n'y avait rien d'étonnant à cela : la plupart, coïncidence ou pas, datait de l'époque qui suivit l'emprisonnement de Leven Valera, et la présence de ces serviettes indirectement du moins, était l'œuvre de Flagg.

Cela avait été une époque fort sombre pour Delain. Le chaos auquel Flagg aspirait si profondément avait quasiment ravagé le pays. Valera avait été éliminé et Alan le Fou était monté sur le trône à sa place. S'il avait vécu dix ans de plus, le pays se serait noyé dans le sang... mais Alan fut tué par un éclair alors qu'il jouait au croquet sur la pelouse noire, pendant l'orage – je vous avais dit qu'il était fou ! *Un éclair envoyé par les dieux*, chuchotaient certains. Sa nièce, Kyla, bientôt connue sous le nom de Kyla la Douce, lui succéda. De là provenait toute la lignée qui s'étendait jusqu'aux générations de Roland et de ses deux fils dont vous écoutez l'histoire. Ce fut Kyla la Douce qui sortit le pays de la misère et de la pauvreté. Elle avait failli mettre en faillite le trésor du royaume, mais elle savait que la monnaie, une monnaie solide, forme le sang de l'économie. Une grande partie des devises du pays s'était envolée sous le règne d'Alan II, le roi qui buvait parfois le sang des oreilles arrachées de ses serviteurs et qui prétendait savoir voler ; un roi plus intéressé par la magie noire et la nécromancie que par les pertes et profits et le bien-être de son peuple. Kyla n'hésita pas à dépenser sans compter amour et florins pour réparer les erreurs d'Alan, et elle s'attacha à confier une tâche à tous ceux qui étaient aptes au travail, du plus jeune au plus vieux.

La plupart des vieux du château se virent donc confier la fabrication de serviettes de table, non parce qu'on en avait besoin – je vous ai dit ce que les nobles de la cour en pensaient –, mais parce qu'il fallait leur donner du travail. Certaines mains, qui étaient restées oisives pendant plus de vingt ans, s'acharnèrent avec ardeur sur des métiers à tisser semblables à celui de la maison de poupée de Sasha, sauf par la taille, évidemment.

Pendant dix ans, tous ces vieillards, plus d'un millier, fabriquèrent des serviettes et reçurent des pièces de monnaie du trésor de Kyla en récompense. Pendant dix ans, ceux qui étaient un peu moins vieux et plus susceptibles de se déplacer, les avaient rangées dans la remise sombre et sèche du sous-sol. Peter avait remarqué que certaines des serviettes étaient mangées par les mites, en plus de leur odeur de moisi. Bien qu'il n'en sût rien, l'étonnant, c'était qu'il y en eût tant qui fussent restées intactes.

Dennis aurait pu lui dire d'où venaient les serviettes, utilisées une seule fois, reprises (avec quelques fils en moins) et simplement jetées. Et pourquoi pas ? Ce n'était pas ce qui manquait... Cela aurait suffi pour cinq cents princes pendant cinq cents ans... Si Anders Peyna n'avait pas été un homme charitable aussi bien que sévère, il aurait tout aussi bien pu y avoir un nombre déterminé de serviettes. Mais il savait à quel point la femme anonyme qui défaisait les armoiries dans son fauteuil à bascule avait besoin de l'argent et de la maigre pitance que cela lui apportait (Kyla la Douce avait compris ça, elle aussi, en son temps), si bien qu'il continua à l'employer, tout comme il continua à s'assurer que Beson recevait encore ses florins après que la famille Staad fut obligée de s'enfuir. Cette vieille femme était presque devenue une sorte de meuble, devant la remise, avec son aiguille à découdre plutôt qu'à coudre. Année après année, dans son fauteuil, elle découssait des milliers d'armes royales. Pas étonnant que les petits larcins de Peter ne soient jamais parvenus aux oreilles de Flagg dans ces conditions.

Vous voyez que sans cette erreur d'appréciation et cette seule question non posée, Peter aurait pu aller beaucoup plus vite. Parfois, il lui semblait quand même que les serviettes ne rétrécissaient pas aussi vite qu'elles auraient dû, mais il ne lui vint jamais à l'esprit de remettre en question l'idée que les serviettes lui étaient régulièrement retournées. S'il y avait réfléchi...!

Finalement, peut-être, tout alla malgré tout pour le mieux. Ou peut-être que non. C'est encore une chose que vous devrez juger par vous-même.

76

Au fil des ans, Dennis surmonta ses craintes. Après tout, la plupart du temps, Thomas ne faisait pas attention à lui, sauf pour lui reprocher d'avoir oublié de préparer ses chaussures (généralement, c'était Thomas lui-même qui ne savait plus où il les avait mises) ou pour l'inviter à prendre un verre de vin avec lui. Le vin le rendait toujours malade bien que le majordome appréciât une goutte de gin le soir. Il le buvait quand même. Dennis n'avait pas besoin de son bon vieux père pour savoir qu'on ne refusait pas de boire avec le roi. Parfois, généralement quand il était saoul, Thomas interdisait à Dennis de rentrer chez lui et voulait qu'il dorme dans ses appartements. Dennis supposait, à juste titre, que le roi se sentait trop solitaire pour supporter sa seule compagnie. Thomas se lançait dans de grandes tirades embrumées sur la difficulté d'être roi, expliquant qu'il faisait de son mieux pour se montrer juste, et que tout le monde le détestait néanmoins sans qu'il comprenne pourquoi. Il pleurait souvent en prononçant ce genre de discours ou riait bêtement pour rien, mais, la plupart du temps, il s'endormait au beau milieu d'une phrase bredouillée, cherchant à justifier un impôt ou un autre. Parfois, il chancelait jusqu'à son lit et Dennis pouvait dormir sur le divan. Le plus souvent, il s'endormait, ou plutôt s'évanouissait sur le divan, et Dennis se préparait une couche inconfortable près du feu qui se mourait. C'était peut-être la plus étrange des existences que pût mener un majordome, mais Dennis la trouvait assez normale, pour n'en avoir pas connu d'autre.

Que Thomas ne fît pas très attention à lui était une chose, mais que Flagg l'ignorât aussi en était une autre, bien plus importante encore. Flagg n'attribuait en fait aucun rôle à Dennis dans l'emprisonnement de Peter. Il n'avait été qu'un outil, un outil qu'on pouvait ranger après s'en être servi. Mais s'il avait pensé à Dennis, Flagg aurait estimé qu'il avait été suffisamment récompensé : il était le majordome du roi, après tout.

Par une nuit d'hiver, l'année où Peter eut vingt et un ans et Thomas seize, une nuit où la corde de Peter allait enfin bientôt s'achever, Dennis vit quelque chose qui changea tout. Et c'est avec ce que vit Dennis au cours de cette froide nuit d'hiver que je dois commencer à raconter le dernier épisode de ce conte.

77

Cette nuit ressemblait aux nuits glaciales qui entourèrent la mort de Roland. Le vent hurlait dans le ciel noir et gémissait dans les ruelles de Delain. Une épaisse couche de givre recouvrait les pâturages des baronnies Intérieures et les pavés du château. Au début, la lune joua à cache-cache avec les nuages, mais vers minuit, le ciel s'obscurcit totalement et elle disparut. À deux heures du matin, quand Thomas réveilla Dennis en faisant grincer le loquet de la porte du salon qui donnait dans le couloir, il commençait à neiger.

Dennis se redressa, grimaçant de douleur en sentant son dos courbatu et ses jambes pleines d'aiguilles de pin. Cette nuit-là, Thomas s'était écroulé sur le divan au lieu de se traîner jusqu'à son lit, et cela avait été le dur foyer pour le jeune majordome. Le feu était presque mort. Du côté de l'âtre, Dennis avait le dos qui brûlait, et de l'autre, il était glacé.

Son regard se dirigea vers le bruit... et pendant un instant, il fut paralysé de terreur. Il crut voir un fantôme devant la porte et faillit crier. Il s'aperçut que ce n'était que Thomas dans sa chemise de nuit blanche.

– Me... Mes... Messire ?

Thomas ne répondit pas. Il avait les yeux ouverts mais il ne regardait pas le loquet ; il rêvait et fixait droit dans le vide. Le jeune roi était somnambule !

Au moment où Dennis comprit ce qui se passait, Thomas sembla s'apercevoir que le loquet ne s'ouvrait pas parce qu'il y avait toujours la barre de sécurité. Il la repoussa et se dirigea vers le couloir, silhouette encore plus fantomatique dans la lumière vacillante des torches. On entendit un frou-frou de tissu, et Thomas s'en alla, pieds nus.

Dennis resta assis au coin de l'âtre, jambes croisées, oubliant courbatures et aiguilles, le cœur battant. Dehors, le vent projetait les flocons de neige contre les vitres ciselées et poussait ses longs hurlements. Que faire ?

Le roi était son maître, il devait le suivre.

C'était peut-être la tempête qui avait ravivé si intensément l'image de Roland dans l'esprit de Thomas, mais pas forcément. En fait, Thomas pensait souvent à son père. La culpabilité, c'est comme une égratignure, cela fascine, et le coupable ne cesse d'examiner et de gratter la plaie, si bien qu'elle ne cicatrise jamais. Ce soir-là, Thomas avait beaucoup moins bu que d'habitude, mais, étrangement, il paraissait bien plus saoul. Il bredouillait, s'arrêtait au milieu de ses phrases, les yeux vides et révulsés.

C'était dû en grande partie au départ de Flagg. D'après les rumeurs, il craignait que les nobles renégats, les Staad y compris, se soient rassemblés dans les Forêts lointaines du nord du royaume. Flagg était parti conduire un régiment de soldats endurcis à leur poursuite. Thomas se sentait toujours beaucoup plus timoré quand Flagg n'était pas là, car il se reposait entièrement sur le magicien.

Depuis longtemps, le vin n'était pas le seul mal dont souffrait Thomas. Comme pour tous ceux qui vivent avec des secrets, le sommeil lui était souvent refusé et Thomas avait des insomnies. Sans le savoir, il s'était accoutumé aux somnifères de Flagg. Le magicien lui avait laissé une réserve de potion avant de partir pour le

Nord, mais il pensait revenir trois jours plus tard, quatre au plus et depuis plusieurs nuits, Thomas dormait mal ou pas du tout. Il se sentait bizarre, pas tout à fait éveillé, pas tout à fait endormi. L'image de son père le hantait. Il lui semblait entendre sa voix dans le vent, criant à tue-tête : *Qu'est-ce que tu as à me regarder comme ça ?* Des visions de vin... des visions du sombre visage du magicien l'air joyeux... des visions de son père, la chevelure en feu... Tout cela éloignait le sommeil et lui laissait les yeux grands ouverts pendant les longues heures où le reste du château dormait profondément.

Comme Flagg n'était toujours pas rentré le huitième jour (avec ses soldats, il campait encore à près de dix lieues du château. Flagg était furieux ; la seule trace des nobles qu'ils avaient trouvée n'était que de vieilles empreintes de sabots gelées qui pouvaient bien dater de plusieurs semaines), Thomas avait envoyé chercher Dennis. Il était tard, très tard, cette nuit-là quand Thomas se leva et se mit à marcher.

78

Dennis suivit donc son seigneur et maître le long des corridors balayés de courants d'air, et, si vous avez été attentif jusque-là, je suis sûr que vous savez déjà où se dirigeaient les pas de Thomas l'Éclaireur.

La tempête de nuit se poursuivait en tempête du petit matin. Il n'y avait personne dans les corridors, du moins Dennis ne vit personne. S'il y avait eu quelqu'un, il ou elle se serait sûrement enfui dans l'autre direction en hurlant de terreur, croyant avoir vu deux fantômes, l'un dans une chemise de nuit qui pouvait très bien être prise pour un linceul, l'autre suivant en justaucorps, mais les pieds nus et si pâle, qu'on aurait dit un cadavre. Oui, je crois que la personne qui les aurait vus se serait enfuie et aurait récité de longues prières avant de s'endormir... et peut-être même que les prières n'auraient pas suffi à éloigner les cauchemars.

Thomas s'arrêta dans un corridor presque inconnu de Dennis et ouvrit une porte dérobée que Dennis n'avait jamais remarquée. Le roi entra dans un autre couloir (aucune femme de chambre ne les croisa, une pile de draps dans les bras, comme lorsque Flagg avait conduit Thomas dans le passage, bien des années auparavant, car toutes les femmes de chambre honnêtes étaient endormies depuis longtemps). Soudain, Thomas s'arrêta si brutalement que Dennis faillit lui rentrer dedans.

Thomas se tourna, comme pour s'assurer de ne pas avoir été suivi, et son regard endormi traversa Dennis, comme s'il était transparent. Dennis se sentit racornir ; c'est tout ce qu'il put faire pour éviter de crier. Les torches, dans ce couloir à demi oublié, diffusaient une odeur d'huile rance et donnaient une faible et sinistre lumière. Le jeune majordome sentit ses cheveux se redresser en pic sur sa tête quand des yeux morts, comme des lampes simplement éclairées par les reflets de la lune, le traversèrent.

Thomas le regardait, mais ne le voyait pas ! Pour Thomas, le majordome était imperceptible !

Il faut que je me sauve, murmurait intérieurement Dennis. Mais dans sa tête, ce simple murmure résonnait comme un cri. *Il faut que je me sauve, il est mort, il est mort dans son sommeil, c'est un cadavre ambulant !* Mais il entendait aussi la voix de son père, son bon vieux père, lui chuchoter : *Si tu as l'occasion de rendre service à ton premier maître, Dennis, surtout, n'hésite pas...*

Une voix plus secrète encore lui disait que l'heure était venue. Dennis, humble serviteur qui avait bouleversé un royaume en découvrant une souris calcinée, allait peut-être le bouleverser à nouveau en restant là, malgré la terreur qui lui glaçait les os et lui faisait remonter le cœur dans la gorge.

Sur un ton étrange et grave qui ne ressemblait en rien à sa propre voix, mais qui avait malgré tout une nuance familière pour Dennis, Thomas ordonna :

– Quatrième pierre en partant du bas. Vite !

Dennis avait une telle habitude de l'obéissance qu'il s'apprêta à s'exécuter avant même de s'apercevoir que, dans son sommeil, Thomas donnait des ordres avec la voix d'un autre. Thomas poussa la pierre avant que Dennis eût le temps de faire un seul pas. Elle coulissa d'une dizaine de centimètres. Il y eut un clic, et, bouche bée, Dennis vit le mur s'ouvrir vers l'intérieur. Thomas le poussa un peu plus et la grande porte secrète apparut.

Les passages secrets lui rappelaient les panneaux secrets, et les panneaux secrets, les souris calcinées. De nouveau, il lutta contre son envie de s'enfuir.

Thomas entra. Pendant un instant, il ne fut plus qu'une chemise de nuit vacillante dans la nuit, une chemise de nuit sans personne à l'intérieur. Ensuite, le mur se referma. L'illusion était parfaite.

Dennis se balançait d'un pied nu à l'autre se demandant que faire.

De nouveau, il lui sembla entendre la voix de son vieux père, impatiente à présent, ne tolérant aucun refus : *Suis-le poltron, suis-le, et vite ! C'est le moment, suis-le !*

Mais papa, il fait si noir...

Il lui sembla sentir une gifle cuisante et pensa nerveusement : *Même mort, tu as une bonne droite ! Bon, d'accord, papa, j'y vais !*

Il compta la quatrième pierre en partant du bas et la poussa. La porte s'ouvrit de quelques centimètres sur le trou noir.

On entendait un léger bruit qui résonnait dans le silence du corridor, comme les pas d'une souris de pierre. Soudain, Dennis s'aperçut qu'il claquait des dents.

– Oh ! papa, j'ai peur ! se lamenta-t-il.

Puis il suivit Thomas dans l'obscurité.

79

À quatre-vingts kilomètres de là, au même moment, enroulé dans cinq couvertures pour se protéger du froid mordant et du vent cinglant, Flagg cria dans son sommeil. Sur une colline, non loin de là, les loups hurlèrent à l'unisson. Le soldat qui dormait à la gauche de Flagg mourut instantanément d'une crise cardiaque, en rêvant qu'un lion gigantesque se précipitait sur lui pour l'engloutir. Le soldat qui dormait à la droite de Flagg se réveilla aveugle le lendemain matin. Parfois, les mondes tremblent et se retournent sur leur axe. C'était un de ces moments-là. Flagg le sentit, mais il ne le comprit pas. Souvent, la survie du bien ne tient qu'à cela : au moment crucial, les êtres maléfiques sont étrangement aveugles. Quand le magicien du roi se réveilla le lendemain matin, il se souvenait d'avoir fait un cauchemar, sans doute lié à un passé depuis longtemps oublié, mais rien de plus.

80

Dans l'air sec et immobile du passage secret régnait le noir complet. Dennis perçut un son, horrible et désespéré.

Le roi pleurait.

En l'entendant, Dennis eut moins peur. Il éprouvait une grande pitié pour Thomas qui semblait si souvent malheureux, qui avait grossi et attrapé des boutons depuis qu'il était roi, qui errait, le visage pâle, les mains tremblantes à cause de l'excès de boisson et qui empestait avec sa mauvaise haleine. Déjà, ses jambes commençaient à s'arquer, et, à moins que Flagg ne fût à ses côtés, Thomas marchait tête basse, les cheveux devant les yeux.

À tâtons, Dennis avança, les bras étendus devant lui. Le bruit des pleurs se faisait plus intense dans le noir... et, soudain, une lueur éclaira l'obscurité. Dennis entendit un léger bruit de glissement et aperçut Thomas. Il se tenait au bout du couloir, baigné d'une faible lueur ambrée provenant de deux petits trous dans le noir qui ressemblaient étrangement à des yeux flottants.

Au moment précis où Dennis commençait à croire que tout irait bien, qu'il survivrait probablement à cette étrange promenade nocturne, Thomas se mit à crier, à crier au point de s'en déchirer les cordes vocales. Dennis flageola et tomba à genoux, les mains devant la bouche pour retenir ses propres cris. Il lui semblait que le passage fourmillait de fantômes, de chauves-souris qui allaient s'accrocher à ses cheveux. Oh! oui, cet endroit sentait la mort!...

Il faillit s'évanouir... faillit seulement.

Il entendit des aboiements et comprit qu'il se trouvait au-dessus du chenil royal. Personne n'avait jamais remis dehors les quelques chiens de Roland encore vivants.

Ce furent les seuls êtres vivants, à part Dennis, à entendre ces cris. Mais les chiens étaient des êtres bien réels, et Dennis s'accrochait à cette pensée comme un noyé à une branche.

81

Thomas ne se contentait pas de crier. Il parlait. Au début, Dennis ne comprit qu'une seule phrase, sans cesse et sans cesse répétée :

– Ne bois pas ! Non, ne bois pas ce vin ! Ne bois pas !

Trois jours plus tard, on frappa à la porte du salon d'une des fermes des baronnies Intérieures, non loin de l'endroit où vivaient les Staad il n'y avait encore pas si longtemps.

– Entrez ! grogna Anders Peyna, et il vaudrait mieux que ce soit pour une bonne cause !

Arlen avait vieilli depuis que Beson était venu frapper chez Peyna avec le billet de Peter. Mais il avait peu changé, comparé à Peyna. L'ancien juge général avait perdu presque tous ses cheveux. Sa silhouette, déjà mince, était décharnée. Mais ses cheveux et sa maigreur n'étaient rien comparés aux changements de son visage. L'expression austère était devenue amère. De grands cernes noirs soulignaient ses yeux. La marque du désespoir se lisait sur son visage, et il y avait de bonnes raisons pour cela. Il avait vu s'écrouler tout ce qu'il avait passé sa vie à défendre... s'écrouler en un rien de temps, avec une facilité choquante. Oh ! il me semble que tous les hommes d'intelligence sont conscients de la fragilité de la justice, de la civilisation, mais ils y pensent rarement de gaieté de cœur car cela perturbe le sommeil et anéantit l'appétit !

Voir une vie de travail s'effondrer comme un vulgaire château de cartes était déjà pénible, mais autre chose encore hantait Peyna depuis quatre ans, autre chose de bien plus terrible. Il savait que Flagg n'avait pas encore accompli tous ses noirs desseins. Et Peyna l'avait aidé ! Qui d'autre avait organisé un procès peut-être trop rapide ? Qui d'autre avait été convaincu de la culpabilité de Peter... et pas tant par les preuves que par les larmes d'un pauvre gosse bouleversé ?

Depuis qu'on avait conduit Peter au sommet de l'Aiguille, l'échafaud de la place s'était teinté d'une sinistre couleur rouille. Même la pluie la plus drue ne parvenait pas à la nettoyer. Peyna croyait voir cette sinistre tache rouge se propager sur la place, le long des rues du marché et des allées de Delain. Dans ses cauchemars, il voyait des ruisselets de sang frais couler en filets accusateurs entre les pavés et le long des caniveaux. Il voyait les redans du château flamboyer de rouge sous le soleil. Il voyait la carpe de la douve flotter, ventre à l'air, empoisonnée par le sang qui se déversait des égouts et qui coulait des sources. Peyna voyait du sang partout, inondant champs et forêts. Parfois, le soleil lui-même, injecté de sang, ressemblait à un œil mort.

Flagg lui avait laissé la vie sauve et la liberté. Dans les tavernes, les gens l'accusaient, à voix feutrée, d'avoir passé un accord avec le magicien ou encore de lui avoir donné le nom de certains traîtres. On disait aussi qu'il savait quelque chose, un secret, qui serait mis au jour si Peyna mourait. Bien sûr, c'était ridicule. Flagg n'était pas homme à se laisser menacer – pas plus par Peyna que par quiconque. Non, il n'y avait pas de secret. Flagg lui avait simplement laissé la vie et la liberté et Peyna comprenait pourquoi. Mort, il aurait peut-être connu le repos. Vivant, il était sans cesse torturé par sa mauvaise conscience. Il ne lui restait qu'à observer les ravages que Flagg imposait sur le pays.

– Eh bien ? dit-il, irrité. Que se passe-t-il ?

– Il y a un garçon qui demande à vous voir, Messire.

– Renvoie-le, grommela Peyna, de mauvaise humeur. Ne serait-ce qu'un an plus tôt, il aurait entendu si on avait frappé à la porte, mais il devenait plus sourd de jour en jour. Je ne reçois personne après neuf heures. Beaucoup de choses ont changé, mais pas ça.

Arlen s'éclaircit la gorge.

– Je connais le garçon. C'est Dennis, le fils de Brandon. Le majordome du roi vous demande.

Peyna regarda Arlen, croyant à peine ce qu'il venait d'entendre. Il était peut-être encore plus sourd qu'il ne le croyait. Il fit répéter Arlen, mais comprit exactement la même chose.

– Bon, fais-le entrer.

– Très bien, Messire.

Soudain, Peyna fut frappé par la similarité avec la nuit où Beson était arrivé ; même les hurlements du vent étaient là.

– Arlen ?

– Oui, Messire ?

– Tu es sûr que ce n'est pas un troll ? dit Peyna, relevant très légèrement les coins de sa bouche.

– Tout à fait, Messire (le coin gauche de sa bouche se releva légèrement). Il n'y a plus de trolls, du moins, c'est ce que ma mère disait.

– Une femme de bon sens et de sagesse, qui s'est attachée à élever son fils correctement et à ne pas être responsable des tares de sa progéniture. Fais entrer ce garçon.

– Oui, Messire.

Peyna regarda encore le feu et frotta ses mains percluses d'arthrite dans un geste d'agitation inaccoutumé. *Le majordome de Thomas ? Ici ? Maintenant ? Pourquoi ?*

Inutile de spéculer, la porte s'ouvrirait dans un instant et toutes les réponses viendraient sous la forme d'un jeune homme tremblant de froid et peut-être rongé par les engelures.

Dennis aurait eu moins de mal à trouver Peyna si celui-ci avait toujours vécu dans sa maison, dans l'enceinte du palais. Mais on l'avait forcé à la vendre pour quelque impôt non payé après qu'il eut démissionné. Seuls les malheureux florins qu'il avait économisés pendant ses quarante ans de carrière lui avaient permis d'acheter cette ferme pleine de courants d'air et de continuer à payer Beson. Elle était théoriquement située dans les baronnies Intérieures, mais néanmoins à quelques lieues du château... et quel froid !

Dans le couloir, il entendait un murmure de voix qui approchait. Oui, *la réponse allait arriver.* Soudain, ce sentiment absurde, cet espoir absurde qui brillait comme un rayon de soleil dans une caverne obscure revint une fois de plus. *La réponse va venir !* Pendant un instant, il crut que c'était la vérité.

Les mains tremblantes, Anders Peyna prit sa pipe favorite du présentoir.

82

Le garçon était en fait un homme, mais le mot d'Arlen n'était pas si injustifié qu'il y semblait, cette nuit-là du moins. Il avait froid, mais le froid ne suffisait pas à expliquer les frissons qui secouaient Dennis, car Dennis frissonnait.

– Dennis ! dit Peyna en se penchant en avant et en ignorant la douleur perçante provoquée par le mouvement. Il est arrivé malheur au roi ?

Des images effroyables emplirent l'esprit de Peyna. Le roi mort, ivre mort, le roi qui s'était suicidé... À Delain, tout le monde savait que le roi était d'humeur morose.

– Non... oui... non... pas comme vous croyez... pas comme je pense que vous croyez...

– Viens, approche-toi du feu, aboya Peyna. Arlen, ne reste pas comme un fainéant. Va chercher une couverture ! Non, deux ! Enveloppe-moi ce garçon avant qu'il n'attrape la mort !

– Oui, Messire.

Arlen n'avait jamais été un fainéant et Peyna le savait, mais il reconnut la gravité de la situation et sortit immédiatement. Il ôta les deux couvertures de son propre lit – les deux seules autres couvertures de cette glorieuse chaumière de paysan étant sur le lit de Peyna – et les apporta à Dennis qui se tenait aussi près du feu que possible sans être pris dans les flammes. Le givre qui s'était collé dans ses cheveux commençait à fondre et à couler sur ses joues comme des larmes. Dennis s'enroula dans les couvertures.

– Et maintenant, du thé. Du thé bien fort. Une tasse pour moi et une théière pour ce garçon.

– Messire, il ne nous reste plus qu'une demi...

– Eh bien, mets tout ce qu'il reste. Une tasse pour moi, une théière pour ce garçon. Et, ajouta-t-il, fais-en une pour toi aussi et reviens ici écouter ce qui se dit.

– Messire ?

Malgré sa bonne éducation, Arlen ne put s'empêcher de paraître surpris en entendant ces propos.

– Enfin, je finirai par croire que tu es encore plus sourd que moi ! Dépêche-toi !

– Oui, Messire, dit Arlen en allant faire infuser les dernières feuilles de thé de la maison.

83

Peyna n'avait pas tout oublié de l'art de l'interrogatoire ; en fait, il avait très peu oublié, dans ce domaine comme dans les autres. Il passait de longues nuits sans sommeil à regretter d'avoir une si bonne mémoire.

Tandis qu'Arlen vaquait à la cuisine, Peyna s'attacha à mettre à l'aise ce jeune homme terrifié – non, terrorisé. Il lui posa des questions sur sa mère, lui demanda si le système d'égouts qui avait empoisonné la vie au château s'était enfin amélioré. Il s'inquiéta des opinions de Dennis sur les plantations du printemps. Il prenait bien garde à éviter tout sujet délicat, et, petit à petit, tout en se réchauffant, Dennis commença à se calmer.

Quand Arlen servit le thé très fort et fumant, Dennis avala la moitié de sa tasse en une seule gorgée, fit une grimace et engloutit le reste. Aussi impassible qu'à l'accoutumée, Arlen le servit de nouveau.

– Du calme, mon garçon, du calme, dit Peyna en allumant enfin sa pipe. C'est l'expression qui convient pour le thé trop chaud et les chevaux nerveux.

– J'ai froid. J'ai cru que j'allais geler en marchant jusqu'ici.

– Tu es venu à pied ? dit Peyna, incapable de cacher sa surprise.

– Oui. J'ai dit à ma mère de faire croire que j'étais cloué au lit avec la grippe. Ça tiendra quelques jours ; tout le monde l'a à cette époque de l'année. Enfin, ça devrait... J'ai marché. Tout du long. Je n'ai pas osé louer un traîneau. Trop risqué. Je ne voulais pas qu'on se souvienne de moi. Je ne savais pas que c'était si loin. Si je l'avais su, j'aurais peut-être quand même pris un traîneau. Je suis parti à trois heures.

Dennis lutta avec les mots qui s'étouffaient dans sa gorge et explosa.

– Je n'y retournerai jamais ! Jamais ! J'ai vu la façon dont il me regarde depuis qu'il est revenu ! Toujours de travers avec ses yeux noirs ! Il ne me regardait pas comme ça avant. Jamais ! Il sait que j'ai vu quelque chose, que j'ai entendu quelque chose ! Il le sait ! Il ne sait pas quoi exactement, mais il le sait ! Il l'entend résonner dans mes pensées, comme une cloche de la chapelle des Grands-Dieux ! Si je reste, il me fera avouer ! Il y arrivera !

Peyna observa le garçon, les sourcils froncés, essayant de comprendre quelque chose à cette surprenante déclaration.

Des larmes perlaient dans les yeux de Dennis.

– Si F...

– Du calme, Dennis, dit Peyna d'une voix douce, mais le regard sévère. Je sais de qui tu parles, mieux vaut ne pas prononcer son nom.

Dennis le regarda avec une expression de gratitude hébétée.

– Tu ferais mieux de raconter ce que tu as à me dire.

– Oui, oui.

Dennis hésita un instant, essayant de reprendre le contrôle de lui-même et de mettre de l'ordre dans ses idées.

Peyna attendait, impassible, tentant de dissimuler sa propre agitation.

– Voilà, commença Dennis, il y a trois nuits, Thomas m'a fait appeler pour que je dorme dans ses appartements, comme il le fait parfois. À minuit, ou à peu près...

84

Dennis raconta ce que vous avez déjà entendu, et on doit lui reconnaître qu'il ne chercha pas à dissimuler sa peur, ni à l'enjoliver. Le vent gémissait et le feu continuait à brûler. Peyna avait les yeux qui le piquaient. Les choses étaient encore plus graves qu'il ne l'avait imaginé. Non seulement Peter avait empoisonné le roi, mais Thomas avait tout vu !

Pas étonnant que Thomas fût souvent d'humeur si sombre ! Peut-être que les rumeurs des tavernes qui prétendaient que Thomas était fou n'étaient pas aussi dénuées de fondements qu'il le croyait.

Mais, tandis que Dennis marquait une pause pour boire un peu de thé (Arlen remplissait sa tasse avec le liquide amer du fond de la théière), Peyna se ravisa : si Thomas avait vu Peter empoisonner Roland, que faisait Dennis ici, terrorisé au seul nom de Flagg ?

– Je crois que tu n'as pas fini.

– Non, Messire juge général. Thomas... il a déliré pendant longtemps. Nous avons passé un long moment dans le noir, l'un contre l'autre.

Dennis tenta de s'expliquer plus clairement, mais il ne trouvait pas de mots pour exprimer toute l'horreur de ce passage obscur, des hurlements de Thomas dans le noir et des aboiements des chiens. Aucun mot ne pouvait décrire l'odeur de cet endroit, une odeur de secrets rancis, une odeur écœurante de lait renversé. Pas de mots pour parler de sa peur devant la folie de Thomas, prisonnier de ses rêves.

Il avait hurlé le nom du magicien, supplié son père de regarder au fond de la coupe la souris qui se calcinait et se noyait dans le vin. *Qu'est-ce que tu as à me regarder comme ça ?* Et ensuite : *Je vous ai apporté un verre de vin pour vous prouver que moi aussi, je vous aimais, mon Roi.* Enfin, il avait crié des mots que Peter aurait facilement reconnus ; des mots qui dataient de quatre siècles : *Flagg ! Flagg ! c'est Flagg, le coupable !*

Dennis reprit sa tasse, mais la laissa tomber en la portant à ses lèvres. Elle se brisa sur les pierres de la cheminée.

Tous trois regardèrent les éclats de terre cuite.

– Et ensuite ? demanda Peyna, d'une voix doucereuse.

– Il ne s'est rien passé pendant longtemps, répondit Dennis d'une voix hachée. Mes yeux s'étaient habitués à l'obscurité et j'apercevais Thomas. Il dormait, les yeux fermés, toujours devant les trous, le menton sur la poitrine.

– Combien de temps est-il resté ainsi ?

– Je ne sais pas vraiment, Messire. Les chiens s'étaient tus et je me suis peut-être...

– Endormi aussi ? C'est vraisemblable, Dennis.

– Ensuite, j'ai cru qu'il s'était réveillé. Il avait ouvert les yeux, et il a refermé les panneaux. C'était de nouveau le noir complet. Je l'ai entendu bouger et j'ai retiré mes jambes pour ne pas le faire tomber... et sa chemise de nuit... elle m'a frôlé.

Dennis frissonna en se souvenant de l'impression de toile d'araignée qui lui avait balayé le visage.

– Je l'ai suivi. Il est sorti et j'en ai fait autant. Il a refermé la porte, et on ne voyait de nouveau plus qu'un mur normal. Il est retourné à ses appartements.

– Vous avez rencontré quelqu'un ? dit Peyna d'un ton si brutal que Dennis en sursauta.

– Non, non, Messire juge général. Personne.

– Bon, très bien. Et après ?

– Il est allé se coucher et il a dormi comme un sonneur. Moi, dit Dennis après une pause, je n'ai pas fermé l'œil de la nuit, et, depuis, je n'ai guère dormi.

– Et le lendemain matin, il...

– ... ne se souvenait plus de rien.

Peyna grommela. Il mit ses doigts devant ses yeux et regarda le feu à travers.

– Tu es retourné dans le passage secret après cela ?

– Et vous, vous y seriez retourné ? demanda étrangement Dennis.

– Oui, répondit Peyna sèchement, mais la question, c'est de savoir si toi, tu l'as fait.

– Oui.

– Et on t'a vu ?

– Non. J'ai croisé une femme de chambre dans le couloir, la buanderie est tout près je crois. Oui, je sentais comme une odeur de savon, comme celui que ma mère utilise. J'ai attendu qu'elle passe, j'ai compté quatre pierres en partant du bas et je suis entré.

– Pour voir ce que Thomas avait vu ?

– Oui, Messire.

– Alors ?

– J'ai tout vu.

– Qu'est-ce qu'il y avait ? Qu'est-ce que tu as vu derrière ces panneaux ? demanda Peyna qui se doutait de la réponse.

– Les appartements du roi Roland, Messire. Avec toutes les têtes accrochées aux murs, répondit Dennis en tremblant malgré la chaleur du feu mourant. Toutes les têtes... on aurait dit qu'elles me regardaient...

– Pourtant, il y en a une que tu n'as pas vue...

– Non, Messire, je les ai toutes vues... Nini ! s'exclama soudain Dennis, les yeux écarquillés.

Le silence tomba dans la pièce. Dehors, le vent d'hiver gémissait. À des lieues de là, Peter, le légitime héritier du trône, travaillait sur son minuscule métier à tisser, haut dans le ciel, et fabriquait une corde si fine qu'elle en était presque invisible.

Peyna poussa un profond soupir. Dennis le regardait, d'un regard suppliant et plein d'espoir. Peyna se pencha légèrement et lui mit la main sur l'épaule.

– Tu as bien fait de venir, Dennis, fils de Brandon. Tu as bien fait de trouver une excuse à ton absence – une excuse plausible, d'ailleurs. Tu vas dormir ici avec nous cette nuit, dans le grenier, sous les combles. Il y fait froid, mais tu dormiras sans doute mieux que ces derniers jours. Je me trompe ?

Dennis hocha la tête ; une larme se forma dans son œil droit et roula sur sa joue.

– Ta mère ne connaît pas les véritables raisons de ton absence ?

– Non.

– Il y a donc de grandes chances pour qu'elle ne le sache jamais. Arlen te montrera le chemin. Ce sont ses couvertures, il faut que tu les lui rendes, mais il y a de la paille en haut et c'est propre.

– Je dormirai tout aussi bien avec une seule couverture, Messire, proposa Arlen.

– Pas question, Arlen. Le sang de la jeunesse reste chaud, même pendant le sommeil, mais le tien s'est refroidi. Tu seras bien content de trouver tes couvertures si tu rêves de nains et de trolls.

Arlen esquissa un sourire.

– Nous reparlerons de tout cela demain matin, Dennis, mais tu risques de ne plus revoir ta mère avant longtemps. Je crois que tu t'en doutes déjà, mais je dois te dire que, vu ton état de santé, il ne serait pas prudent de retourner à Delain.

Dennis essaya de sourire, mais il avait les yeux remplis de terreur.

– J'ai pensé à plus grave que la grippe en venant ici, pour vous dire toute la vérité. Mais, à présent, j'ai mis votre santé en danger aussi.

– Je suis vieux et Arlen aussi. Et les vieux sont très résistants. Parfois, ils sont plus prudents qu'ils ne devraient... mais parfois... cela les rend plus audacieux.

Surtout s'ils ont beaucoup à se faire pardonner !

– Bon, nous verrons ça demain. Entre-temps, tu as besoin de repos. Tu veux bien le conduire, Arlen ?

– Oui, Messire.

– Ensuite, tu reviendras me voir.

– Oui, Messire.

Arlen guida le pauvre Dennis exténué et laissa Peyna ruminer ses pensées devant le feu mourant.

85

– Arlen, il faut élaborer un plan, dit calmement Peyna quand Arlen revint. Mais si tu nous servais une goutte de vin ; autant attendre que le garçon soit endormi.

– Messire, il dormait avant d'avoir posé la tête sur la paille que j'avais rassemblée pour son oreiller.

– Parfait. Sers-nous une goutte de vin quand même.

– Une goutte, c'est d'ailleurs tout ce qu'il reste.

– Bien, comme ça, nous n'aurons pas mal à la tête demain au moment de partir.

– Messire ?

– On s'en va demain pour le Nord, tous les trois. Tu le sais aussi bien que moi. Dennis raconte qu'il y a une épidémie de grippe à Delain, et c'est la vérité. De toute façon, il y a quelqu'un qui aimerait bien nous agripper. Nous allons faire un voyage de santé.

Arlen hocha la tête.

– Ce serait un crime de laisser tout ce bon vin au percepteur. Alors, nous allons le boire avant de nous coucher. Mais avant de monter, il faut que tu ailles chercher la couverture que tu as prêtée à Dennis, malgré mon interdiction.

Arlen en resta bouche bée et Peyna l'imita avec une étrange virtuosité. Pour la première et la dernière fois dans son service de majordome, Arlen éclata de rire.

86

Peyna fut incapable de s'endormir. Ce n'était pas le bruit du vent qui le tenait éveillé, mais l'écho d'un rire froid qui résonnait dans sa tête.

Quand il ne put plus le supporter, il se leva et retourna au salon s'installer devant les braises, ses cheveux blancs flottant en petits nuages autour de son crâne. Sans s'apercevoir de son étrange allure – d'ailleurs, s'il s'en était aperçu, il s'en serait moqué –, il s'enroula dans ses couvertures, comme les premiers Indiens de l'univers.

L'orgueil s'enfuit devant la chute, lui avait dit sa mère quand il était enfant, et Peyna avait compris. *L'orgueil est une vaste plaisanterie qui fera rire l'étranger à l'intérieur de toi un jour ou l'autre*, lui avait-elle également dit, mais, cela, il ne l'avait pas compris... à présent, tout était clair. L'étranger qui se trouvait à l'intérieur de lui s'amusait vraiment beaucoup. Il riait aux éclats, au point de lui couper le sommeil alors que la journée du lendemain serait longue et difficile.

Peyna voyait parfaitement l'ironie de sa position. Toute sa vie, il avait servi la loi et les notions d'évasion ou de rébellion l'horrifiaient. C'était toujours le cas aujourd'hui, mais il fallait regarder la réalité en face : une machine à révolte était bel et bien en train de se mettre en place à Delain. Les nobles qui avaient fui dans le Nord se considéraient comme des exilés, mais à son avis, ils hésiteraient de moins en moins à se considérer comme des rebelles. Et, pour empêcher la révolte, il lui faudrait peut-être se servir de cette machine à rébellion afin d'aider un prisonnier à s'évader ! C'est pour cela que l'étranger qui l'habitait riait tant ; riait et riait si fort que tout sommeil était impossible.

Les actions auxquelles il songeait étaient en contradiction avec ce qu'il avait défendu toute sa vie, mais il irait jusqu'au bout, devrait-il en mourir, ce qui était fort possible. Peter avait été emprisonné à tort. Le véritable roi de Delain n'était pas sur le trône, mais enfermé dans deux pièces froides au sommet de l'Aiguille. Et s'il fallait user de l'illégalité pour retrouver la légalité, il n'hésiterait pas. Pourtant...

– Les serviettes, murmura Peyna. Il n'arrêtait pas d'y penser et d'y repenser. Avant d'avoir recours aux armes pour libérer le roi et le faire couronner, il fallait éclaircir ce point. Il faudrait se renseigner. Dennis... et le fils Staad peut-être... oui...

– Messire ? demanda Arlen derrière lui, vous ne vous sentez pas bien ?

En bon majordome, Arlen avait entendu son maître se lever.

– Non, mais ce n'est pas du ressort du médecin, avoua tristement Peyna.

– Je suis désolé, Messire.

– Avant de devenir hors-la-loi, je veux savoir pourquoi il a demandé la maison de poupée de sa mère... et une serviette de table à chaque repas.

87

– Retourner au château ? demanda Dennis le lendemain matin dans un murmure rauque. Aller me jeter dans ses griffes ?

– Si tu ne t'en sens pas capable, je n'insisterai pas. Mais tu connais assez bien le château pour rester hors de son chemin, et tu sais sans doute aussi comment entrer sans te faire remarquer. Il vaut mieux qu'on ne te voie pas. Tu parais bien trop en forme pour un garçon terrassé par la grippe.

C'était une belle journée d'hiver. Le long des collines vallonnées, la neige scintillait de mille éclats de diamants qui faisaient pleurer les yeux de Peyna. *Je serai probablement aveugle avant midi*, songea-t-il, *et ce sera bien fait pour moi.* L'étranger caché dans son cœur trouvait cette perspective hilarante.

Dans le lointain, on apercevait le palais, tout bleu, image de rêve avec ses enceintes et ses tours qui rappelaient les illustrations d'un conte de fées. Pourtant, Dennis n'avait rien du jeune héros en quête d'aventures. Le regard terrifié, il ressemblait plus à un homme qui venait juste de s'échapper de la fosse aux lions... pour s'entendre dire qu'il y avait oublié son casse-croûte et qu'il devait absolument aller le chercher, même s'il avait perdu tout appétit.

– Il y a sans doute un moyen d'entrer... mais s'il sent ma présence. S'il sent ma présence, je suis un homme mort !

Peyna ne voulait pas inutilement effrayer Dennis, mais, dans ces circonstances, seule la vérité pouvait l'aider.

– Tu dis vrai.

– Et vous voulez quand même que j'y aille ?

– Si tu t'en sens la force.

Devant un maigre petit déjeuner, Peyna avait expliqué à Dennis ce qu'il voulait savoir et lui avait suggéré de se renseigner. Dennis avait hoché la tête, perplexe.

– Les serviettes de table.

– Oui, les serviettes, acquiesça Peyna.

Dennis regarda encore le château féerique à l'horizon.

– Juste avant de mourir, mon père m'a dit de ne pas hésiter si j'avais l'occasion de rendre service à mon premier maître. Je croyais l'avoir fait en venant ici, mais si je dois y retourner...

Arlen qui s'était chargé de fermer la maison vint les rejoindre.

– Ta clé, s'il te plaît, Arlen.

Arlen la lui remit et Peyna la tendit à Dennis.

– Arlen et moi, nous allons dans le Nord, rejoindre les... (il hésita un instant, s'éclaircit la gorge et poursuivit)... exilés. Voilà la clé d'Arlen. Quand nous serons arrivés au campement, je donnerai la mienne à un garçon que tu connais, si je le trouve. Je crois qu'il y a de bonnes chances.

– À qui ?

– Ben Staad.

Un éclair de joie illumina le visage de Dennis.

– Ben ? Il est avec eux ?

– C'est fort possible.

En fait, Peyna savait pertinemment que toute la famille Staad avait fui dans le Nord. Il gardait l'oreille collée au sol, comme les Indiens, et il n'était pas encore assez sourd pour ne pas percevoir les mouvements qui agitaient le royaume.

– Et vous l'enverrez ici ?

– S'il accepte, oui.

– Pour quoi faire, Sire ? Je ne comprends pas bien.

– Moi non plus, répondit Peyna, l'air fâché.

Il était plus que fâché. Il était désemparé.

– J'ai passé ma vie à faire des choses qui semblaient logiques et à éviter celles qui ne l'étaient pas. J'ai vu ce qui se passe quand les gens obéissent à une impulsion ou défient la logique. Parfois, les conséquences sont ridicules ou gênantes, ou même épouvantables. Et voilà que je me conduis comme si j'avais perdu la tête.

– Je ne vous comprends pas, Messire.

– Moi non plus, moi non plus, mon garçon. Sais-tu quel jour nous sommes ?

Dennis fronça les sourcils devant ce changement de conversation soudain, mais répondit rapidement.

– Oui. Mardi.

– Mardi. Bien. Je vais te poser une question que je sens de la plus haute importance. Si tu ne connais pas la réponse ou si tu n'es pas sûr de toi, pour l'amour de Dieu, n'hésite pas à le dire. Tu es prêt ?

– Oui, messire, répondit Dennis. (Il n'en était pas si sûr pourtant. Le regard perçant du magistrat le rendait mal à l'aise. La question serait vraisemblablement des plus difficiles.) Enfin, je crois, ajouta-t-il.

Peyna posa enfin sa question. Dennis se détendit. Cela ne voulait pas dire grand-chose pour lui (il s'agissait toujours de ces maudites serviettes), mais au moins, il connaissait la réponse et la donna.

– Tu en es sûr ? insista Peyna.

– Oui, Messire.

– Bon, voilà ce que je veux que tu fasses.

Peyna s'expliqua longuement, tandis que tous trois se tenaient dans la neige et le froid devant la chaumière de villégiature où le vieux juge ne retournerait jamais. Dennis écouta gravement et quand Peyna lui demanda de répéter, il s'acquitta honorablement de sa tâche.

– Bien, très bien.

– Je suis content de vous faire plaisir.

– Dennis, dans cette histoire, il n'y a rien qui me fasse plaisir, rien du tout. Si Ben Staad est effectivement avec ces pauvres exilés dans le Nord, je vais l'obliger à quitter une sécurité relative pour prendre des risques et tout tenter afin de sauver le roi Peter. Je te renvoie au château parce que, du fond de mon cœur, j'ai l'impression qu'il y a quelque chose de louche derrière ces serviettes de table... et cette maison de poupée. Parfois, je pense être à deux doigts de la réponse et, ensuite, elle m'échappe à nouveau. Il n'a pas demandé ces objets pour le plaisir. Je parierais ma vie là-dessus, Dennis. Mais je ne connais pas ses véritables raisons.

Peyna se donna un coup de poing dans la cuisse, tant il se sentait frustré.

– Je mets deux jeunes gens en danger, mon cœur me dit que j'ai raison... et je ne sais pas pourquoi ! Pas pourquoi !

Et, caché dans l'esprit de celui qui avait autrefois condamné un garçon à cause de ses larmes, l'étranger riait, riait, riait...

88

Peyna et Arlen quittèrent Dennis. Ils se serrèrent la main et Dennis baisa la bague du juge, qui portait le sceau de Delain. Peyna avait abandonné son siège de juge, mais il ne s'était pas résigné à se séparer de sa bague qui, pour lui, incarnait la justice même. Il avait commis quelques erreurs de temps en temps, mais il ne les avait jamais laissées lui briser le cœur, pas même la dernière, la plus grave de toutes. Il savait bien que l'enfer est pavé de bonnes intentions mais, aussi, que les bonnes intentions, c'est parfois la seule chose que possèdent les êtres humains. Les anges sont sans doute à l'abri de la damnation, mais pour les êtres humains, l'enfer n'est jamais bien loin.

Il protesta quand Dennis fit le geste de baiser sa bague, mais Dennis insista. Arlen lui serra la main et lui souhaita d'être aussi rapide que les dieux. Ensuite, le jeune homme prit la route de l'est, vers le château, et les deux hommes, celle de l'ouest, vers la ferme d'un certain Charles Reechul. Reechul, qui élevait des chiens huskies, payait ses lourds impôts sans se plaindre. On le considérait loyal envers la couronne... mais il sympathisait avec les exilés et avait souvent aidé d'autres personnes à les rejoindre. Peyna n'aurait jamais songé avoir besoin des services de Reechul, pourtant, l'heure était venue...

La fille aînée du fermier, Naomi, conduisit Peyna et Arlen dans le Nord sur un traîneau tiré par douze des plus puissants huskies. Le mercredi soir, ils atteignirent l'orée des Forêts lointaines.

– Nous sommes encore loin du campement ? demanda Peyna à Naomi.

Naomi jeta son petit cigare nauséabond dans le feu.

– Encore deux jours, si le temps se maintient au beau. Quatre, s'il neige. Et peut-être jamais si le blizzard se lève.

Peyna rentra sous la tente et s'endormit presque immédiatement. Logique ou pas, il dormait mieux que depuis des années.

Il fit beau le jour suivant ainsi que le surlendemain. À l'aube du vendredi, quatre jours après qu'ils eurent quitté Dennis, ils atteignirent le petit hameau de tentes et de cabanes de bois que Flagg avait cherché en vain.

– Ho ! Qui va là ? Le mot de passe ? cria une voix sans peur, forte, joyeuse.

Peyna la reconnut immédiatement.

– C'est Naomi. Il y a trois semaines, le mot de passe était Académie. Si cela a changé, Ben Staad, tu n'as qu'à me transpercer avec ta flèche et mon fantôme viendra te hanter.

Ben sortit de derrière son rocher en riant.

– Non, j'aurais bien trop peur de ton fantôme, tu es déjà assez effrayante comme ça vivante !

– Voilà, nous y sommes, dit-elle à Peyna, sans relever la plaisanterie.

– Oui, oui, c'est ce que je vois.

Et je crois que nous avons eu raison de venir... car quelque chose me dit que le temps presse... que le temps presse vraiment.

89

Peter partageait le même pressentiment.

Le dimanche suivant, deux jours après que Peyna et Arlen furent arrivés au campement des exilés, d'après ses calculs, sa corde serait toujours trop courte de neuf mètres. Quand il se balancerait dans le vide à l'extrémité, les bras étendus, il lui resterait encore à affronter un saut de plus de six mètres. Il serait beaucoup plus sage de travailler à cette corde pendant encore quatre mois, deux à la rigueur. S'il se recevait mal et se cassait les jambes, les gardes le retrouveraient gémissant sur le sol au cours de leur ronde de nuit, et il aurait gâché plus de quatre ans pour ne pas avoir eu la patience d'attendre quelques mois.

C'est une logique que Peyna aurait sans doute appréciée, mais le sentiment d'urgence de Peter fut le plus fort. Autrefois, Peyna aurait haussé les épaules à l'idée que les pressentiments étaient parfois plus dignes de confiance que la logique, mais, à présent, il n'en était plus si sûr.

Depuis plus d'une semaine, Peter faisait et refaisait sans cesse le même rêve, qui devenait de plus en plus distinct. Il y voyait Flagg, penché sur un objet brillant qui éclairait le visage du magicien d'une vilaine lueur jaunâtre. À un moment, ses yeux s'écarquillaient soudain, comme sous l'effet de la surprise, et se refermaient immédiatement en deux fentes cruelles. Il fronçait les sourcils, son front s'assombrissait ; une grimace amère lui déformait les lèvres. Peter ne lisait qu'une seule chose dans cette expression, une seule : la mort. Flagg ne prononçait qu'un seul mot en se penchant et en soufflant sur l'objet brillant qui s'éteignait comme une chandelle sous l'haleine du magicien. Un seul mot, mais cela suffisait : sur le ton de la surprise et de la colère, le magicien prononçait le nom de Peter.

La nuit précédente, le samedi soir, un anneau de fées entourait la lune. Les gardes de rang inférieur en avaient déduit qu'il allait bientôt neiger. En observant le ciel le lendemain après-midi, Peter avait vu qu'ils ne s'étaient pas trompés. C'était son père qui lui avait appris à prédire le temps, et, devant sa lucarne, Peter éprouva un élan de tristesse... sentit une étincelle de colère froide et calme qui voulait que justice soit faite.

J'essaierai sous couvert de la nuit et de la tempête. Il y aura peut-être même de la neige pour amortir ma chute

Cette idée le fit sourire. Dix centimètres de neige légère et poudreuse ne changeraient pas grand-chose, ni dans un sens ni dans l'autre. Ou cette corde périlleuse tiendrait... ou elle casserait. Ou ses jambes supporteraient le choc... ou elles ne le supporteraient pas.

Et si elles le supportaient, où le conduiraient-elles ? chuchotait une petite voix. *Tous ceux qui auraient pu te protéger ou t'aider ont quitté depuis longtemps les abords du château, Ben Staad par exemple... ils ont même quitté le royaume d'après ce que tu en sais.*

Il s'en remettrait donc à sa bonne étoile. La chance des rois. C'était une chose dont son père lui avait beaucoup parlé. *Il y a des rois qui sont nés sous une bonne étoile, et d'autres pas. Toi, tu seras roi, et ton étoile te protégera. Je crois que tu auras beaucoup de chance.*

Il était roi de Delain, au moins dans son cœur, depuis cinq ans, et sa chance ressemblait plutôt à quelque chose que la famille Staad, avec sa célèbre malchance, aurait parfaitement compris. Peut-être que ce soir-là, tout allait changer.

Sa corde, ses jambes, sa chance. Tout tiendrait ou tout casserait, peut-être bien au même moment. Peu importe. Si piteuse fût-elle, il ferait confiance à sa bonne étoile.

– Ce soir, murmura-t-il en se détournant de la fenêtre...

Pourtant, au dîner, il se produisit un incident qui le fit changer d'avis.

90

Il avait fallu toute la journée du mardi pour que Peyna et Arlen couvrent les quinze kilomètres qui les séparaient de la ferme Reechul, et ils étaient arrivés exténués. Le château de Delain était deux fois plus loin, mais Dennis aurait sans doute pu frapper à la porte du château, s'il avait été assez bête pour ça, dès deux heures de l'après-midi, malgré sa longue marche du jour précédent. Telle est la différence entre la vieillesse et la jeunesse. Mais peu importe ce qu'il aurait pu faire, car Peyna lui avait donné des instructions très claires – surtout pour un homme qui prétendait ne pas savoir ce qu'il faisait et il devait les suivre à la lettre. Il mettrait donc un certain temps avant d'arriver au château.

Après avoir marché pendant la moitié du chemin, il se mit en quête d'un endroit où il pourrait se cacher pendant quelques jours. Jusque-là, il n'avait rencontré personne, mais il était plus de midi et, bientôt, les gens rentreraient du marché. Dennis ne voulait pas se faire remarquer. Après tout, il était censé être chez lui, malade et alité. Il n'eut pas besoin de chercher longtemps. Il tomba sur une ferme désolée qui avait dû être bien entretenue autrefois, mais qui tombait en ruine. Grâce à Thomas l'Imposeur, il y en avait beaucoup dans cet état aux alentours du château.

Dennis y resta jusqu'au samedi après-midi, très tard ;

quatre jours en tout. Ben Staad et Naomi étaient déjà en route pour la ferme de Peyna depuis longtemps. Naomi poussait ses chiens jusqu'à leurs dernières forces. Cela aurait un peu rassuré Dennis s'il l'avait su, mais il n'en savait rien et se sentait très solitaire.

Il n'y avait rien à manger en haut, mais dans la cave, il trouva quelques pommes de terre et une poignée de navets. Il mangea les pommes de terre (Dennis avait toujours eu horreur des navets) en se servant de son couteau pour enlever les parties pourries, c'est-à-dire les trois quarts de chaque légume. Il se retrouva avec une poignée de petits globes blancs de la taille d'un cœur de pigeon. Il en mangea quelques-uns et se retourna vers les navets en soupirant. Qu'il les aimât ou pas, il serait sûrement réduit à les avaler avant le vendredi.

Si j'ai très faim, ils me paraîtront peut-être bons. Peut-être même en redemanderais-je d'autres ?

Il dut effectivement en manger quelques-uns ; pourtant, il réussit à tenir jusqu'au samedi midi. Ce jour-là, ils commencèrent à paraître appétissants, mais si affamé qu'il fût, il en avait toujours horreur.

Dennis, qui soupçonnait que les jours suivants s'annonçaient difficiles, les mangea quand même.

91

Dennis trouva une vieille paire de bottes de neige au sous-sol. Les lanières étaient bien trop longues, mais il avait tout le temps de les raccourcir. Les lacets commençaient à pourrir. Dennis n'y pouvait rien, mais espérait que cela irait quand même.

Il dormit à la cave, de peur d'être découvert, mais pendant les longues heures de ces quatre journées, il passa le plus clair de son temps dans la salle commune de cette ferme déserte à observer les allées et venues des quelques rares passants. Les premiers apparaissaient vers trois heures, les derniers à cinq, alors que les longues ombres de l'hiver couvraient déjà le pays. C'était une pièce vide et triste. Autrefois, c'était là que la famille se rassemblait joyeusement pour discuter des événements de la journée. À présent, elle était abandonnée aux souris... et à Dennis, bien sûr.

Peyna avait entendu Dennis dire qu'il savait assez bien lire pour un employé de service, et l'avait vu dessiner les grandes lettres au petit déjeuner de mardi, le seul repas réel que Dennis avait pris après son déjeuner de lundi ; un repas auquel il repensait avec une nostalgie bien compréhensible. Il lui avait donc donné quelques feuilles de papier et une mine de plomb. La plupart du temps, dans la maison déserte, Dennis travaillait à une lettre. Il écrivait, effaçait, fronçait les sourcils en relisant, se grattait la tête, taillait son crayon avec son couteau, et écrivait de nouveau. Il était honteux de ses fautes d'orthographe et avait peur d'oublier un point crucial que Peyna tenait à voir figurer. Il y avait des moments où son pauvre esprit fatigué n'avançait plus d'un pouce. Il regrettait que Peyna ne soit pas resté éveillé une heure de plus la nuit où il était allé chez lui et prît la peine d'écrire cette maudite lettre lui-même ou de la dicter à Arlen. Souvent, malgré tout, cette tâche lui plaisait. Il avait travaillé dur toute sa vie, et l'oisiveté le rendait nerveux. Il aurait préféré fournir un effort physique plutôt que de se torturer les méninges, mais le travail, c'était le travail et il se réjouissait d'en avoir.

Le samedi matin, il avait enfin une lettre dont il était assez satisfait (ce qui tombait à pic car il en était à sa dernière feuille de papier). Il la regarda avec une certaine admiration. Elle était écrite des deux côtés, et c'était de loin la plus longue lettre qu'il eût jamais écrite. Il la plia à la taille d'un comprimé et regarda à la fenêtre du salon, attendant avec impatience qu'il fît assez sombre pour partir. Du haut de son misérable boudoir, au sommet de l'Aiguille, Peter voyait les mêmes nuages que Dennis dans sa ferme isolée. Leurs pères, un roi et son majordome, leur avaient appris à tous deux comment lire le temps. Dennis était persuadé lui aussi qu'il allait neiger avant le lendemain.

Vers quatre heures, la longue ombre bleutée de la maison commençait à ramper au pied du mur, et Dennis n'avait plus tellement envie de partir. Le danger l'attendait... un grave danger. Il devait aller à l'endroit où Flagg ruminait ses formules infernales et cherchait peut-être en ce moment des renseignements sur un majordome malade. Mais ses inquiétudes n'avaient pas réellement d'importance et il le savait... il était temps de faire son devoir, comme l'avaient fait tous les membres de sa famille depuis des siècles et des siècles. Dennis ferait de son mieux.

Il quitta la maison dans le pâle soleil couchant, enfila des raquettes et coupa par les champs, en direction du château. Soudain, inquiet, il pensa aux loups. Il ne pouvait qu'espérer qu'il n'en rencontrerait pas, et que, si c'était le cas, ils le laisseraient en paix. Il ne savait pas que Peter avait décidé d'entreprendre sa dangereuse évasion la nuit suivante. Comme Peyna et Peter, il sentait que le temps pressait. Tout comme le ciel, son cœur lui semblait strié de nuages.

Alors qu'il s'enfonçait dans la neige des champs désolés, Dennis réfléchissait à un moyen d'entrer dans le château sans se faire remarquer. Il y parviendrait sans doute... enfin, si Flagg ne reniflait pas sa présence.

Il avait à peine songé au nom du magicien qu'un loup hurla, quelque part, dans les vastes étendues blanches. Dans l'antre sombre du magicien, le sous-sol du château, Flagg se redressa soudain sur sa chaise où il s'était endormi, un livre de formules secrètes devant lui.

– Qui a prononcé mon nom ? murmura le magicien. Le perroquet à deux têtes se mit à crier.

Au beau milieu du champ blanc et solitaire, Dennis entendit intérieurement cette voix, aussi cinglante et venimeuse qu'un dard d'araignée. Il s'arrêta un instant, retenant son souffle. Quand, finalement, il se décida à respirer, une buée glacée sortit de sa bouche. Il était transi mais des gouttes de sueur coulaient sur son front.

Il entendit trois petits ploc alors que plusieurs lacets de ses raquettes cédaient.

Dans le silence, le loup hurlait toujours ; un cri impitoyable et affamé.

– Personne, murmura Flagg dans le salon de ses sombres appartements.

Il était rarement malade. Il n'avait été malade que deux ou trois fois au cours de sa très longue vie, mais il avait attrapé un mauvais rhume dans le Nord, à dormir sur le sol gelé, et, bien que son état s'améliorât, il n'était pas encore tout à fait remis.

– Personne, ce n'était qu'un rêve.

Il reprit son livre posé sur ses genoux, le ferma, le posa sur la table, généreusement recouverte de peau humaine, et se rassit sur sa chaise. Bientôt, il se rendormit.

À l'ouest du château, dans les champs emmitouflés de neige, Dennis se détendait un peu. Une perle de sueur piquante lui tomba dans l'œil et il l'essuya sans même y songer. Il avait pensé à Flagg... et d'une certaine manière, Flagg l'avait entendu. À présent, l'ombre du sombre magicien s'envolait au-dessus de lui, comme un vautour qui survole un lapin tapi dans les fourrés. Dennis poussa un long soupir tout tremblant. Il essaierait... il essaierait de toutes ses forces de ne plus penser au magicien, tandis que la nuit tombait et que la lune se levait auréolée de rose. Ce fut beaucoup moins facile qu'il ne le croyait.

92

À huit heures, Dennis quitta les champs et entra dans le domaine du château. Il le connaissait bien. Il avait servi de page quand son père Brandon accompagnait le vieux roi à la chasse, et Roland était souvent venu ici, même dans son vieil âge. Thomas y venait moins souvent, mais au cours des rares occasions où l'enfant-roi chassait, Dennis l'avait accompagné. Bientôt, il croisa une piste qu'il connaissait et, juste avant minuit, il atteignit l'orée de cette forêt miniature. Caché derrière un arbre, il observa les enceintes du château. Elles se trouvaient à huit cents mètres de l'autre côté d'un terrain ouvert emmitouflé de neige. La lune brillait toujours, et Dennis n'était que trop conscient de la présence des sentinelles qui faisaient leur ronde sur le parapet. Avant de traverser à découvert, il devrait attendre que le prince Ailon conduise son chariot d'argent de l'autre côté du monde. Et même ainsi, il serait terriblement exposé au danger. Dès le début, il avait su que ce serait le moment le plus risqué de toute cette aventure. En faisant ses adieux à Peyna et à Arlen, sous le soleil éblouissant, le risque semblait acceptable. À présent, cela paraissait de la pure folie.

Retourne sur tes pas, le suppliait une petite voix lâche, mais Dennis ne l'écoutait pas. Son père lui avait confié une responsabilité, et si les dieux voulaient qu'il meure en tentant d'accomplir sa mission, eh bien, il mourrait.

Faiblement, mais clairement, comme une voix entendue en rêve, le cri du veilleur de nuit résonnait de la tour centrale du château :

– Il est minuit, et tout va bien.

Tout va mal, pensa Dennis. *Tout va mal!* Il resserra son manteau trop mince autour de lui et commença à attendre que la lune disparaisse... une très longue attente.

Finalement, elle quitta le ciel et Dennis dut se mettre en route. Le temps pressait. Il se leva, fit une rapide prière et traversa l'espace vide aussi vite que possible, s'attendant à une pluie de *Qui va là?* d'un instant à l'autre. Il ne se passa rien de tel. Les nuages s'amoncelaient dans le ciel nocturne. Au pied du château, il n'y avait qu'une zone d'ombre profonde. En moins de dix minutes, Dennis atteignit le bord de la douve. Il s'assit sur la rive basse, faisant craquer la neige sous ses fesses, et ôta ses bottes. Il se glissa à l'intérieur du fossé gelé et recouvert de neige.

Le pouls de Dennis commença à s'apaiser. Il était protégé par l'ombre des massives enceintes et on ne le verrait pas à moins qu'une sentinelle ne plongeât le regard directement dans la douve, ce qui n'était même pas certain.

Dennis prit la précaution de ne pas traverser d'un coup toute l'étendue d'eau, car, au pied du mur, la glace était fine et fragile. Il savait que la minceur de la glace et l'odeur nauséabonde de mousse humide sur les immenses rocs des fondations représentaient son seul espoir de pénétrer discrètement à l'intérieur. Il avança prudemment vers la gauche, guettant tout ouïe le bruissement de l'eau qui court.

Enfin, il l'entendit, et leva les yeux. Là, à hauteur du regard, il y avait un trou noir dans la pierre de l'enceinte. Du liquide s'écoulait dans un flot nonchalant. C'était une bouche d'égout.

– Nous y voilà, murmura Dennis.

Il recula de cinq pas, se mit à courir et sauta. La glace, un peu fondue par le courant tiède permanent des eaux usées, lâcha sous ses pieds. Mais, déjà, il s'accrochait au rebord mousseux du tuyau d'évacuation. C'était glissant et il dut résister de toutes ses forces pour ne pas tomber.

Il se hissa, cherchant des appuis de ses pieds, et se propulsa à l'intérieur. Il s'arrêta un instant pour retrouver son souffle et se mit à ramper le long du tuyau qui montait en pente raide. Il avait découvert cette bouche d'égout avec des camarades quand il était enfant, mais les parents n'avaient pas tardé à les dissuader d'y aller, parce qu'on s'y perdait facilement, mais, surtout, parce que les égouts étaient infestés de rats. Dennis savait exactement où il déboucherait.

Une heure plus tard, dans un corridor désert de l'aile est, une plaque d'égout se souleva légèrement, redevint immobile et bougea encore. Elle glissa sur le côté et, un instant plus tard, un majordome très sale (et très nauséabond) du nom de Dennis se hissa hors du trou et s'allongea tout haletant sur les pavés glacials. Il aurait aimé se reposer plus longtemps, mais quelqu'un pouvait arriver, même à cette heure impromptue de la nuit. Il remit la plaque à sa place et regarda autour de lui.

Il ne reconnut pas tout de suite le couloir, mais cela ne l'inquiéta pas. Il se dirigea vers l'intersection en T à l'autre extrémité. Au moins, songea-t-il, il n'avait pas rencontré de rats dans les entrailles des égouts au-dessous du château. Quel soulagement ! Pourtant, il s'y était attendu, non seulement à cause des avertissements de son père, mais surtout parce qu'il en avait rencontré quelques-uns autrefois quand il s'y était aventuré avec ses amis d'enfance, en poussant des rires nerveux. Les rats faisaient même partie de la règle de ce jeu d'épouvante.

Ce n'étaient probablement que quelques misérables souris et mon imagination en a fait des rats, pensa Dennis. Ce n'était pas le cas, mais Dennis ne connaîtrait jamais la vérité. Son imagination ne le trompait pas ; il s'agissait bien de rats. Les égouts avaient été infestés par des rats porteurs de maladies depuis la nuit des temps. Cela ne faisait que cinq ans qu'il n'y en avait plus. Ils avaient été éliminés par Flagg. Le magicien s'était débarrassé d'un morceau d'obsidienne et de sa dague sous une plaque d'égout identique à celle dont sortit Dennis à l'aube de ce dimanche matin. Flagg s'était débarrassé de ces objets car ils avaient touché le sable de dragon mortel. Les effluves des quelques grains qui y restaient encore avaient tué tous les rats, brûlant vifs ceux qui nageaient dans les eaux boueuses des égouts et étouffant les autres avant qu'ils ne puissent s'enfuir. Cinq ans plus tard, les rats n'étaient toujours pas revenus, bien que les vapeurs meurtrières se fussent presque entièrement dissipées. Presque, mais pas tout à fait. Si Dennis s'était un peu trop approché des ramifications donnant sur les appartements de Flagg, il aurait pu en mourir. Il fut peut-être sauvé par sa bonne étoile, le destin, ou par les dieux auxquels il avait adressé ses prières ; je n'ai aucun avis sur la question. Je raconte des histoires, je ne lis pas dans le marc de café, et, sur les raisons de la survie de Dennis, je vous laisse tirer vos propres conclusions.

93

Il arriva au carrefour, pencha la tête de l'autre côté et aperçut un garde à demi assoupi faisant son tour de ronde un peu plus loin. Dennis recula. De nouveau son cœur tambourinait, mais il était content ; il savait où il était. Quand il regarda pour la deuxième fois, le garde était parti.

Dennis avança rapidement, longea le corridor, descendit une volée d'escaliers et traversa une galerie. Il avançait d'un pas sûr, car il avait passé toute sa vie dans ce château. Il le connaissait suffisamment pour retrouver son chemin de l'aile est, où il était sorti de l'égout, à l'aile ouest, où étaient remisées les serviettes.

Comme il voulait que personne, absolument personne, ne le vît, il emprunta les couloirs les plus obscurs et, au moindre bruit de pas (réel ou imaginaire, et bon nombre d'entre eux n'étaient qu'illusion), il se cachait dans la niche la plus proche. Il lui fallut plus d'une heure pour atteindre son but.

Jamais il n'avait été aussi affamé de sa vie. *Qu'importe ton ventre creux ! Prends soin de ton maître, tu t'occuperas de ta panse plus tard !*

Dennis se tenait à l'ombre d'une porte. Faiblement, il entendit le veilleur de nuit annoncer quatre heures du matin. Il allait avancer quand des pas résonnèrent dans le couloir... un tintement métallique, un grincement de guêtres de cuir.

Saisi de sueurs froides, Dennis s'enfonça au plus profond de l'ombre.

Le garde du tour de ronde s'arrêta juste en face de la poterne où Dennis se cachait. Il resta là un moment à fouiller dans son nez avec son petit doigt, puis se pencha pour moucher un flot de morve entre ses mains. Dennis aurait facilement pu le toucher. Le garde allait sûrement le voir d'un moment à l'autre... Il écarquillerait les yeux, dégainerait son sabre et c'en serait fini de Dennis, fils de Brandon.

Je vous en supplie..., je vous en supplie..., murmura Dennis dans son esprit transi de terreur.

Il sentait l'odeur du garde, l'odeur de vinasse et de viande grillée de son haleine, l'odeur de la vieille transpiration.

Le garde s'éloigna... Dennis se détendit un peu, mais le soldat s'arrêta encore quelques pas plus loin pour fouiller son nez. Dennis en aurait hurlé !

– La Madelon vient nous servir à boire ! se mit à chanter le garde d'une voix basse et bourdonnante, en fouillant toujours dans son nez. Il en sortit une croûte toute verte, l'examina soigneusement et la jeta contre le mur. Splatch ! La Madelon vient nous servir à boire... !

Il se passait quelque chose d'horrible. Dennis avait le nez qui le chatouillait et le piquait d'une manière à ne pas s'y tromper. Dans un instant, il éternuerait !

Oh ! va-t'en, mais va-t'en donc, vieil idiot !

Le garde ne semblait pas avoir la moindre intention de partir. Il venait de découvrir un filon dans sa narine gauche et tenait absolument à l'exploiter.

– La Madelon vient nous servir à boire...

Tu vas voir, c'est avec un tonneau que je vais te fracasser la tête, espèce de benêt ! Va-t'en donc ! Le picotement devenait de plus en plus intense, mais Dennis n'osait pas même toucher son nez, car le garde aurait sans doute vu quelque chose bouger du coin de l'œil.

Le garde fronça les sourcils, se pencha encore, se remoucha entre ses mains et s'en alla enfin, chantonnant toujours sa chanson à boire. Il était à peine hors de vue quand Dennis leva le bras pour éternuer dans le creux de son coude. Il s'attendait à entendre le bruit métallique du sabre qui sort de son fourreau, mais le garde était à moitié endormi et à moitié saoul de la fête qu'il avait dû faire avant de prendre son quart. Autrefois, une créature aussi misérable n'aurait pas tardé à se retrouver exilée dans une région reculée, mais les temps avaient changé. On entendit le bruit d'un verrou, le criii-criii d'une charnière qui grince, puis un claquement de porte qui étouffa le chant du garde à la reprise du refrain. Dennis se reposa au fond de sa niche, les yeux fermés, le front et les joues en feu, les pieds glacés.

Tiens, pendant quelques instants, je n'ai plus du tout pensé à mon ventre! pensa Dennis. Il dut bien vite porter la main à sa bouche pour réprimer un rire.

Il jeta un coup d'œil hors de sa cachette précaire, et, comme il n'y avait personne en vue, il s'engagea dans le couloir, vers la droite. Il connaissait cet endroit, bien qu'il n'eût jamais vu le fauteuil à bascule vide et le panier à couture. La porte conduisait à la remise où, depuis l'époque de Kyla la Douce, les serviettes dormaient. Elle n'avait jamais été fermée, et ne l'était toujours pas. Apparemment, ces vieilles serviettes ne valaient pas la peine qu'on se protégeât contre les voleurs. Dennis regarda à l'intérieur, espérant que sa réponse à la question de Peyna était toujours la bonne.

Sous le soleil éclatant de cette belle matinée d'hiver, cinq jours auparavant, Peyna lui avait demandé :

– Est-ce que tu sais à quel moment on va chercher les serviettes pour les emporter à l'Aiguille ?

La question paraissait simple, mais vous avez sans doute déjà remarqué que toutes les questions paraissent simples quand on connaît la réponse et horriblement difficiles quand on ne la connaît pas. Que Dennis connût la réponse était un témoignage de son honnêteté et de son sens de l'honneur, bien que ces qualités fussent si ancrées dans sa personnalité qu'il aurait été surpris de l'entendre dire. Il avait accepté de l'argent, l'argent d'Anders Peyna en fait, par l'intermédiaire de Ben Staad, pour s'assurer que ces serviettes étaient bien livrées. Un florin, un malheureux florin, en vérité, mais l'argent c'était de l'argent et un salaire un salaire. Il s'était senti l'obligation de vérifier de temps en temps que le service était correctement fait.

Il avait parlé à Peyna de l'immense remise (d'ailleurs, Peyna resta abasourdi devant la nouvelle) et lui avait dit que tous les samedis soir, vers sept heures, une servante prenait vingt et une serviettes, les secouait, les repassait, les pliait et les installait sur un petit chariot. Il était là, à l'intérieur, près de la porte. Tôt, le dimanche matin, à six heures – dans moins de deux heures ce jour-là – un jeune homme emmenait le chariot sur la place de l'Aiguille. Il frappait à la porte verrouillée du pied de cette horrible tour, et l'un des gardes de rang inférieur prenait le chariot et mettait les serviettes sur une table, d'où, une par une, à chaque repas, on les montait à Peter.

Peyna avait été satisfait de la réponse.

Hâtivement, Dennis fouilla dans sa poche de chemise à la recherche du billet qu'il avait rédigé à la ferme. Il s'affola un instant, car il ne le retrouvait pas, mais ses doigts finirent par tomber dessus et il poussa un soupir de soulagement. Il avait simplement glissé sur le côté.

Il souleva la serviette du petit déjeuner de dimanche matin. Puis celle du déjeuner. Pendant un moment, il faillit également soulever celle du dîner, et, s'il l'avait fait, mon histoire aurait une fin toute différente, pour le meilleur ou pour le pire, je ne sais, mais sûrement différente. Finalement, Dennis décida que trois serviettes, c'était assez sûr. Il avait trouvé une épingle dans une fente, entre deux planches de la salle commune de la ferme, et il l'avait accrochée à l'une des bretelles de la camisole rugueuse qu'il portait comme sous-vêtement. D'ailleurs, s'il avait réfléchi un peu plus longtemps, il aurait également accroché le billet au même endroit, ce qui lui aurait évité une pénible minute d'angoisse. Mais, comme je vous l'ai peut-être dit, Dennis n'était pas toujours très malin. Il retira l'épingle et attacha le mot sur un pan intérieur de la serviette.

– Pourvu que tu le trouves, Peter, murmura-t-il dans le silence fantomatique de la remise, avec ses piles de serviettes d'un autre âge. Pourvu que tu le trouves...

Dennis devait se reposer. Le château se réveillerait bientôt. Les garçons d'écurie sortiraient de leurs granges, les lavandières s'occuperaient du linge, les apprentis cuisiniers, les yeux bouffis de sommeil allumeraient les feux (en pensant aux cuisines, Dennis sentit son ventre gargouiller à nouveau. À présent, les affreux navets lui auraient paru un délice, mais, hélas, son estomac devrait attendre encore).

Il se dirigea dans le coin le plus éloigné de la pièce. Les piles de serviettes étaient si hautes et si bizarrement disposées qu'il avait l'impression de traverser un labyrinthe. Les serviettes dégageaient une douce odeur cotonneuse. Il arriva finalement dans un coin où il serait en sécurité. Il renversa une pile de serviettes, les étala et en prit une poignée pour se faire un oreiller.

C'était de loin le matelas le plus luxueux sur lequel il avait jamais dormi, et, bien qu'affamé, il avait encore plus besoin de sommeil que de nourriture après cette longue marche nocturne terrifiante. Il s'endormit en un clin d'œil d'un sommeil sans rêves. Nous allons le laisser là, la première partie de son travail courageusement accomplie. Nous allons le laisser là, allongé sur le côté, la main droite au-dessous de sa joue droite, endormi sur un lit de serviettes royales. Et si je peux formuler un souhait pour vous, lecteur : que votre sommeil, cette nuit, soit aussi doux et innocent que fut le sien durant toute cette journée.

94

Le samedi soir, au moment où Dennis, terrifié par les hurlements du loup, sentit l'ombre de Flagg planer sur lui, Ben Staad et Naomi Reechul campaient dans un trou enneigé à cinquante kilomètres de la ferme de Peyna... ou, plutôt, ce qui avait été la ferme de Peyna avant que Dennis ne vînt raconter l'histoire d'un roi somnambule qui parlait dans son sommeil.

Ils avaient installé un campement précaire, du genre de ceux qu'on installe pour quelques heures avant de poursuivre son chemin. Naomi s'était occupée de ses huskies bien-aimés pendant que Ben avait monté la tente et allumé un feu.

Un peu plus tard, Naomi vint le rejoindre et fit cuire de la viande de cerf. Ils mangèrent en silence avant que Naomi retourne vers ses chiens. Ils dormaient. Seul Frisky, son préféré, était encore éveillé. Il la regarda avec des yeux presque humains et lui lécha les mains.

– Ça, c'est un bon chien, dit Naomi. Allez, dors maintenant, et rêve d'un beau lapin de lune.

Obéissant, Frisky posa la tête sur ses pattes. Naomi sourit et retourna près du feu. Ben, assis les bras autour de ses genoux, réfléchissait d'un air sombre.

– Il va neiger.

– Je sais lire les nuages aussi bien que toi, Ben Staad.

Ben leva les yeux vers la lune et hocha la tête.

– Je suis très inquiet. J'ai rêvé de... de quelqu'un dont il vaut mieux ne pas prononcer le nom.

Elle alluma un cigare et offrit son petit paquet, emballé dans de la mousseline pour prévenir le dessèchement, à Ben, qui refusa.

– J'ai fait le même rêve, moi aussi. Il regarde un objet brillant et crie le nom de Peter. Je n'ai jamais été une poule mouillée qui hurle à la simple vue d'une souris ou d'une araignée, mais je me suis réveillée en criant.

Elle paraissait à la fois honteuse et furieuse.

– Tu as souvent fait ce rêve ?

– Deux fois.

– Et moi quatre. Le même que le tien, exactement. Ne crois surtout pas que je vais me moquer de toi ou te prendre pour une poule mouillée. Moi aussi, j'ai crié en me réveillant.

– Cette chose brillante... à la fin de mon rêve, elle s'éteint. Tu crois que cela pourrait être une bougie ?

– Tu sais très bien que non.

– Hum hum !

– C'est quelque chose de bien plus dangereux qu'une simple chandelle... Finalement, je fumerais bien un de tes cigares.

Elle lui en offrit un. Il l'alluma. Ils gardèrent le silence, regardant les étincelles s'envoler dans le vent qui soulevait des nuages de neige poudreuse dans le ciel noir. Comme la lumière de leur cauchemar, elles s'éteignaient rapidement. La nuit était très sombre. Ben sentait l'odeur de la neige... d'une tempête de neige.

Naomi semblait lire dans ses pensées.

– On dirait qu'il se prépare une de ces tempêtes dont aiment à parler les vieux paysans. Qu'en penses-tu ?

– La même chose que toi.

Avec une hésitation qui ressemblait peu à ses manières directes, Naomi demanda :

– Et ce rêve ? Qu'est-ce que cela signifie ?

– Je n'en sais rien. Un danger pour Peter, ça, c'est clair. Pour le reste, si toutefois cela signifie quelque chose, c'est que le temps presse, dit Ben avec un sentiment d'urgence qui fit battre le cœur de Naomi. Crois-tu que nous arriverons à la ferme de Peyna demain ?

– On devrait. À part les dieux, personne ne peut affirmer qu'un chien ne va pas se casser une patte ni que l'ours des bois ne va pas sortir de sa tanière pour nous tuer, mais... on devrait y arriver. J'ai changé tous les chiens que nous avions à l'aller sauf Frisky, et Frisky est infatigable. Si la neige tombe de bonne heure, cela nous ralentira, mais je crois que nous aurons quelques heures de répit... mais plus elle tardera, plus la tempête sera terrible. Du moins, c'est ce qu'il me semble. Si elle attend malgré tout et que nous nous relayions pour courir à la tête du traîneau, il nous reste une chance. Mais qu'est-ce qu'on pourra bien faire à part attendre que ton ami et le majordome reviennent ?

– Je ne sais pas, dit Ben en soupirant et en se passant la main sur le front.

À quoi bon effectivement ? Quels que soient les événements que le rêve annonçait, tout se passerait au château. Peyna y avait bien envoyé Dennis, mais comment parviendrait-il à y pénétrer sans se faire remarquer ? Ben n'en avait pas la moindre idée, car Peyna ne lui avait rien dit. Et si Dennis réussissait, où se cacherait-il ? Il y avait des milliers de cachettes au château... pourtant...

– Ben !

– Oui ? répondit Ben en sursautant.

– À quoi tu penses ?

– À rien.

– Non, tu pensais à quelque chose, ça se voyait dans la lueur de tes yeux.

– Je devais penser à une tarte aux pommes, alors. Il est temps de dormir si nous voulons partir à l'aube.

Sous la tente, Ben Staad resta éveillé bien après que Naomi se fut endormie. Il y avait des milliers de cachettes au château, mais il songeait à un ou deux endroits très particuliers. Il y avait une chance de trouver Dennis dans l'un... ou dans l'autre.

Finalement, il s'endormit...

... et rêva de Flagg.

95

Comme tous les matins, Peter commença la journée du dimanche par la prière et les exercices.

Il s'était réveillé frais et dispos. Après un bref regard sur le ciel pour juger des progrès de l'orage, il prit son petit déjeuner.

Et, comme d'habitude il utilisa sa serviette.

96

Le dimanche midi, à Delain, tout le monde était sorti de chez soi au moins une fois, ne fût-ce que pour observer le nord d'un œil inquiet. Tout le monde s'accordait à penser que la tempête, quand elle arriverait, serait une de celles dont on se souvient pendant des années. De gros nuages d'un gris de loup s'amoncelaient. La température s'éleva d'un coup à tel point que des glaçons suspendus aux combles se mirent à fondre pour la première fois depuis des semaines. Mais, entre eux, les vieux se racontaient, comme à tous ceux qui voulaient bien les écouter, qu'il ne fallait pas s'y tromper. La température baisserait et quelques heures plus tard, deux, quatre... la neige tomberait. Et elle pourrait bien tomber pendant des jours et des jours.

À trois heures, les fermiers des baronnies Intérieures, assez fortunés pour posséder encore du bétail, rentrèrent les animaux dans les granges. Les vaches mugirent leur mécontentement; pour la première fois depuis longtemps, la neige avait fondu par endroits et elles en avaient profité pour brouter les quelques brins d'herbe. Yosef, un peu plus vieux, un peu plus grisonnant, mais toujours énergique pour ses soixante-douze ans, se chargea de rentrer tous les chevaux du roi à l'écurie. Apparemment, il laissa quelqu'un d'autre prendre soin des soldats du roi! Les ménagères profitèrent de la clémence du temps pour faire sécher les draps qui, autrement, auraient gelé sur les fils à linge. Mais, fort déçues, elles durent les rentrer quand le ciel orageux s'obscurcit. Hélas, ils n'étaient pas secs, l'air était trop chargé d'humidité.

Les animaux se sentaient nerveux, les gens se sentaient nerveux. Les tenanciers des tavernes quelque peu raisonnables n'ouvriraient pas leurs portes ce soir. Leur longue expérience leur avait appris que les chutes du baromètre poussaient les hommes à se battre pour un oui ou pour un non.

Delain se préparait à l'orage menaçant et attendait.

97

Ben et Naomi se relayèrent pour courir devant le traîneau. Ils atteignirent la ferme de Peyna à deux heures, dimanche après-midi, au moment où Dennis se réveillait sur son matelas de serviettes royales et où Peter entamait son maigre repas.

Naomi était très belle, avec ses joues rosies par l'exercice sur sa peau mate qui la faisait ressembler à une rose pourpre d'automne. Tout en tirant le traîneau dans la cour de Peyna, les chiens aboyant joyeusement à ses côtés, elle regarda Ben en riant.

– C'est un record ! On est arrivés trois, non, quatre heures plus tôt que prévu ! Je n'y aurais jamais cru ! Et pas un chien ne nous a lâchés ! Ah, Frisky, mon brave Frisky, mon bon chien !

Frisky, un huskie d'Andua aux yeux gris vert, menait l'attelage. Il sautait en l'air, tirant sur son harnais. Naomi le détacha et dansa avec lui dans la neige en une valse étrange, gracieuse et barbare à la fois. Chien et maîtresse semblaient se sourire dans une affection puissante et partagée. Les autres chiens s'étaient déjà couchés, pantelants et épuisés, mais ni Frisky ni Naomi ne paraissaient fatigués.

– Frisky, Frisky, mon amour, mon bon chien, tu es un vrai champion !

– Oui, mais toute cette peine pour rien ! dit Ben tristement.

Naomi relâcha les pattes de Frisky et se tourna vers lui... furieuse ; mais le désespoir du visage de Ben fit vite retomber sa colère. Effectivement, ils étaient arrivés, mais à quoi bon ? La ferme serait toujours aussi déserte dans une heure, dans trois heures... Peyna et Arlen étaient dans le Nord. Dennis était enterré dans les profondeurs du château, ou dans une cellule, attendant son cercueil, si, par malheur, on l'avait surpris.

Elle s'approcha de Ben et lui posa la main sur l'épaule.

– Allez, ne sois pas si triste, nous avons fait tout notre possible.

– Je me le demande.

Il marqua une pause et soupira. Il avait ôté son bonnet de laine et ses cheveux d'or brillèrent d'une douce lueur dans la morne lumière.

– Excuse-moi, je ne voulais pas te faire de mal. Toi et tes chiens vous avez accompli des miracles. Mais j'ai l'impression que nous ne servons à rien ici. Je suis désespéré.

– Bon, rentrons, nous trouverons peut-être des signes qui nous indiqueront la marche à suivre. Au moins, nous serons à l'abri du vent quand il soufflera.

Il n'y avait aucun indice à l'intérieur. Ce n'était qu'une ferme vide pleine de courants d'air, abandonnée en catastrophe. Ben allait nerveusement de pièce en pièce où il ne trouva rien. Une heure plus tard, il s'effondra près de Naomi dans le salon, sur la chaise même où Peyna avait écouté l'incroyable histoire de Dennis.

– Si seulement nous avions un moyen de le retrouver !

– Il y en a peut-être un ! s'exclama Naomi, en le regardant les yeux écarquillés, tout illuminés de joie.

– Qu'est-ce que tu racontes ?

– Frisky ! Tu ne comprends pas ? Frisky peut le retrouver !

– L'odeur date sûrement de plusieurs jours, même le meilleur chien de piste du monde...

– Frisky est le meilleur chien de piste du monde, s'écria Naomi en riant. Et puis, suivre une trace en hiver, c'est bien plus facile qu'en été, Ben Staad. En été, les odeurs s'effacent rapidement, les feuilles pourrissent, il y a des milliers d'autres odeurs qui couvrent celle que l'on cherche, pas seulement celle des gens, mais aussi celle de l'herbe, des autres animaux, et même celle des ruisseaux, d'après mon père. Mais en hiver, les odeurs sont tenaces ! Si on avait quelque chose qui eût appartenu à Dennis, quelque chose qui eût gardé son odeur...

– Et que vont devenir les autres chiens ?

– Je laisserai la porte de la grange ouverte, dit Naomi

d'un ton neutre, et je mettrai mon sac de couchage dans l'abri. Je leur montrerai où il est, et je les lâcherai. Ils sont assez grands pour trouver leur propre nourriture. Des lapins, ou je ne sais quoi... et ils sauront aussi où s'abriter.

– Ils ne vont pas nous suivre ?

– Pas si on leur dit de rester.

– Et tu pourrais faire ça ? demanda Dennis, la regardant avec respect.

– Non. Je ne parle pas le langage des chiens, pas plus que Frisky ne parle le langage des hommes, mais lui, il le comprend. Si je le dis à Frisky, il le répétera aux autres. Ils partiront à la chasse, mais ils ne s'éloigneront pas au point de perdre la trace de mon sac de couchage, pas avec cet orage qui menace. Quand la neige se mettra à tomber, ils reviendront ici, qu'ils aient le ventre plein ou vide.

– Et si on trouve quelque chose qui appartienne à Dennis, tu crois vraiment que Frisky pourra le retrouver ?

– Oui.

Ben la regarda longuement d'un air songeur. Dennis avait quitté la ferme jeudi, et c'était dimanche. Il ne pensait pas qu'une odeur puisse résister aussi longtemps. Pourtant, il y avait bien quelque chose où Dennis avait laissé sa trace et mieux valait la chercher en vain que rester ici à ne rien faire. C'était de perdre son temps à se tourner les pouces qui le déprimait tant alors que de graves événements se préparaient ailleurs. Dans d'autres circonstances, l'idée de rester bloqué par la neige avec une fille aussi jolie lui aurait paru délicieuse, mais avec un royaume qui risquait d'être bouleversé à quelques lieues de là... Et puis, son meilleur ami était en danger de mort, avec, pour seule aide, un majordome un peu niais.

– Alors ? Qu'en penses-tu ? demanda Naomi impatiente.

– Ça ne tient pas debout, mais cela vaut la peine d'essayer.

– Tu as trouvé quelque chose qui porte son odeur ?

– Oui, Naomi, va chercher le chien. Nous allons au grenier.

98

Bien que la plupart des humains n'en sachent rien, pour les chiens, les odeurs sont comme des couleurs. Les odeurs faibles ont des couleurs pâles, comme les pastels délavés par le temps. Les odeurs nettes ont des couleurs vives. Certains chiens n'ont pas un nez très développé ; ils ressentent un peu la même chose que les hommes qui ne discernent pas bien les couleurs, prenant un bleu délicat pour un gris ou un brun foncé pour un noir. Mais Frisky avait un nez aussi efficace que le regard d'un homme aux yeux de lynx. L'odeur de Dennis était toujours très précise dans la paille où il avait dormi (c'était sans doute une chance qu'il n'eût pas pu se laver pendant plusieurs jours). Frisky renifla le foin, puis la couverture que Naomi tenait devant lui. Il sentit l'odeur d'Arlen, mais n'en tint pas compte ; elle était plus faible et ne ressemblait pas du tout à celle du foin. L'odeur d'Arlen était légèrement citronnée et fatiguée, c'était l'odeur d'un vieil homme. Celle de Dennis était bien plus excitante et dynamique. Pour Frisky, c'était le bleu étincelant d'un éclair d'été.

Il aboya pour montrer qu'il avait rangé l'odeur de Dennis dans un coin de sa bibliothèque personnelle.

– Très bien, mon gros chien, dit Ben. Tu peux la retrouver ?

– Bien sûr, dit Naomi, confiante.

– Il fera nuit dans moins d'une heure.

– Crois-tu ? demanda-t-elle en souriant.

Quand Naomi souriait ainsi, Frisky sentait son cœur se gonfler d'amour pour elle.

– Mais ce n'est pas ses yeux dont on a besoin, pas vrai ? poursuivit-elle.

Ben sourit lui aussi.

– Effectivement. Tu vas peut-être me prendre pour un fou, mais je crois que c'est notre dernière carte.

– Bon, alors Ben, autant profiter des dernières lueurs du jour, il fera nuit bien assez tôt.

Frisky, le nez plein du bleu étincelant de l'éclair d'été, aboya impatiemment.

99

Le dimanche soir, on apporta le dîner de Peter à six heures sonnantes. Les nuages d'orage étaient toujours suspendus sur la ville. La température tombait rapidement, mais le vent ne soufflait pas encore et il n'était pas tombé un seul flocon.

De l'autre côté de la place, tremblant de peur dans sa blouse de cuisinier volée, terré dans l'ombre la plus profonde qu'il avait pu trouver, Dennis observait le petit carré de lueur jaune du sommet de l'Aiguille... éclairé par la misérable bougie de Peter.

Peter n'était pas au courant de la veille de Dennis, tout empli qu'il était par l'idée, que, mort ou vif, ce serait son dernier repas dans cette maudite cellule. On lui servit encore de la viande trop salée, des pommes de terre à demi pourries et de la bière délavée. Depuis quelques semaines, il mangeait fort peu et il avait passé tout le temps qu'il ne consacrait pas à son minuscule métier à tisser à s'entraîner physiquement. Ce jour-là, pourtant, il termina son assiette; il aurait besoin de toutes ses forces.

Que va-t-il m'arriver? se demanda-t-il une fois de plus, assis à sa petite table, prenant la serviette qui protégeait son repas. *Où irai-je? Qui voudra de moi? On doit toujours faire confiance aux dieux, dit-on... mais toi, tu leur fais une telle confiance que c'en est ridicule.*

Arrête, qui vivra verra. Allez, mange et ne pense plus à rien...

De toute façon, ses pensées s'arrêtèrent là, car, en secouant sa serviette, il sentit une petite piqûre, une malheureuse piqûre d'aiguille.

En fronçant les sourcils, il baissa les yeux et vit qu'une goutte de sang perlait sur son doigt. La première pensée de Peter alla vers Flagg. Dans les contes de fées, les aiguilles sont toujours empoisonnées. *Peut-être allait-il mourir, succombant à la potion du magicien?* Ce n'était pas si ridicule que ça; après tout, cela n'aurait pas été la première fois que Flagg usait d'un poison.

Peter prit la serviette et aperçut un objet minuscule, tout couvert de signes noirs... Immédiatement il replia la serviette. Son visage resta impassible, et rien ne trahit la joie qui l'envahissait à la vue de ce minuscule billet accroché à la serviette.

L'air de rien, il jeta un coup d'œil vers la porte, redoutant de voir l'un des gardes de rang inférieur, ou même Beson, l'espionner, mais il n'y avait personne. Au début, le prince avait été l'objet d'une grande curiosité, comme un poisson rare dans un aquarium ! Les gardiens avaient même parfois fait secrètement monter leurs petites amies pour leur montrer le monstrueux assassin (au risque de se faire emprisonner eux-mêmes si jamais on les surprenait). Mais Peter était un prisonnier modèle, et l'intérêt s'était vite émoussé. Plus personne ne lui accordait un regard.

Peter se força à terminer son repas jusqu'à la dernière miette, bien qu'il n'eût plus faim. Il ne voulait pas prendre le risque d'éveiller des soupçons, ce soir moins que jamais. Il ne savait pas de qui venait le billet ni ce qu'il disait, ni pourquoi il provoquait une telle fièvre en lui. Mais qu'une lettre arrivât à quelques heures de son évasion lui paraissait de bon augure. Mais lequel exactement ?

Quand il eut enfin terminé, il regarda de nouveau la porte pour s'assurer que le judas était fermé. Il alla dans sa chambre, la serviette à la main, comme s'il avait simplement oublié de la reposer sur la table. Là, les mains si tremblantes qu'il se piqua de nouveau, il déplia le billet. Il était écrit des deux côtés, d'une écriture maladroite et enfantine, mais assez lisible. Il lut d'abord la signature... et n'en crut pas ses yeux. *Dennis, votre serviteur et ami, pour l'éternité.*

– Dennis ? murmura Peter, si abasourdi qu'il ne se rendit pas compte d'avoir parlé à voix haute. *Dennis ?*

Il retourna ensuite la lettre. L'en-tête suffit largement à lui faire tambouriner le cœur. Le billet commençait par *Mon Roi.*

100

Mon Roi,

Come vou le savé peutètre, depui sinq an, je sui au servise de votre frère Tomas. La semène derniere, je me suis appersu que vou n'avé pas tué votre père Rolan le bon. Je conné le coupable et Tomas aussi Vous le connétrié aussi le nom de cette infame assassin si j'osé l'écrire, mais je n'ose pas. Je sui allé voir Peyna. Il é parti rejoindre les éxilé avec son majord'homme, Arlen. Il m'a ordoné de venir au chato et de vou écrire cette letre. Il pense que vou avé un plan, mais il ne sé pas lequel. Peyna a di que je pouré vous rendre servise, et mon père me l'avé ordoné aussi avant de mourir. Mon cœur me di la mème chose, car notre famille a toujour servi le roi, et vou ète le vré roi. Si vou avé des projets, je vou aideré de tou mon pocible, maime si je doi en mouri. Quan vous liré se mot, je seré de l'autre coté de la plasse, et je regarderé l'aiguille ou vou ète enfermé. Si vou avé un plan, s'il vou plé, vené à la fenètre. Si vous avé de quoi écrire, alor jeté un mot, é j'essailleré de le trouvé tar dans la nui. Fètes deu signes de la main, si vous suivé cette idée.

Votre ami Ben é aussi avec les exilé. Si vous voulé, j'irai le cherché demain ou apré s'il y a tro de nège. Je sé que c'est dangereu d'envoyé un mot, mais je croi que le temps presse. Peyna é pareil. J'atten et je pri.

Dennis

Votre serviteur et ami pour l'éternité.

101

Peter eut du mal à remettre ses idées en ordre. Il revenait sans cesse et sans cesse sur le même point. Qu'avait donc vu Dennis pour changer d'avis aussi subitement et aussi radicalement ? Qu'avait-il vu, par tous les dieux ?...

Petit à petit, Peter comprit que cela n'avait pas d'importance. Dennis avait vu quelque chose, cela suffisait.

Peyna. Dennis était allé voir Peyna et le juge avait senti... Oui, ce vieux renard avait senti quelque chose. *Il pense que vou avé un plan, mais il ne sé pas lequel.* Un vieux renard, effectivement. Il n'avait pas oublié les serviettes et la maison de poupée. Il n'avait pas compris à quoi cela pourrait bien servir, mais il avait pressenti quelque chose dans l'air. Et à juste titre !

Alors, qu'allait faire Peter à présent ?

Une partie de lui-même avait envie d'aller jusqu'au bout, exactement comme prévu. Il avait rassemblé tout son courage pour cette aventure désespérée, et, désormais, il était difficile de tout abandonner et d'attendre.

Vous le connétrié aussi le nom de cette infame assassin, si j'osé l'écrire, mais je n'ose pas. Peter le savait, de toute façon, et c'était pour ça qu'il comprenait que Dennis avait découvert quelque chose de nouveau. Flagg préparait peut-être un de ses tours, et Peter préférait partir avant qu'il ne soit trop tard.

Un jour ? Serait-ce déjà trop long ?

Peut-être. Pas forcément.

Peter était déchiré d'incertitudes. Ben... Thomas... Flagg... Peyna... Dennis... Leurs images tournoyaient dans son esprit comme des images de rêve. Que faire ?

Finalement, ce fut l'apparition de la note elle-même plus que son contenu qui le décida. Si elle était arrivée accrochée à une serviette le jour où il avait projeté de s'évader, c'est qu'il devait attendre... Mais seulement une nuit, une seule nuit. Ben ne pourrait pas l'aider.

Et *Dennis ?* Pourrait-il l'aider ? Que pouvait-il faire ?

Soudain, une idée jaillit.

Assis sur son lit, les sourcils froncés, Peter était penché sur le billet. Brusquement, il se redressa, les yeux illuminés.

Si vous avé de quoi écrire, alor jeté un mot, é j'essaileré de le trouvé tar dans la nui.

Bien sûr, il avait de quoi écrire ! Pas la serviette, car on pourrait s'apercevoir de son absence. Pas le billet de Dennis, car il était déjà gribouillé des deux côtés de haut en bas.

Le parchemin de Valera !

Peter retourna dans la salle de séjour. Il regarda la porte. Le judas était fermé. Faiblement, il entendait les gardiens jouer aux cartes. Il alla vers la fenêtre et fit deux grands gestes, espérant que Dennis était bien là quelque part et qu'il le verrait. Il ne pouvait qu'espérer, de toute façon.

Peter retourna dans sa chambre, tira la pierre descellée et, après avoir fouillé dans le trou, il en retira le médaillon et le parchemin. Il tourna la lettre du côté vierge. Où allait-il trouver de l'encre ?

La réponse ne tarda pas à venir. Il utiliserait la même que Valera, bien sûr.

Peter s'acharna sur son mince matelas de paille et, après l'avoir torturé un moment, fit craquer une couture. Bien vite il en eut extrait quelques longues brindilles qui lui serviraient de plume. Ensuite, il ouvrit le médaillon. Il était en forme de cœur avec une extrémité pointue. Peter ferma les yeux et fit sa prière avant de s'enfoncer la pointe du médaillon dans le poignet. Le sang coula immédiatement ; beaucoup plus de sang que la simple goutte qui avait perlé un peu plus tôt. Il y plongea la première brindille et se mit à écrire.

102

De l'autre côté de la place, dans la froide obscurité, Dennis vit l'ombre de Peter s'approcher de la fenêtre au sommet de l'Aiguille. Il vit Peter lever les bras et les croiser deux fois au-dessus de sa tête. Il y aurait donc un message. Cela doublait... non, cela triplait ses risques, mais Dennis était content.

Ses pieds commençaient à s'engourdir et à se paralyser de froid, mais il s'installa pour attendre. Il lui sembla rester là une éternité. Le veilleur de nuit annonça dix heures... onze heures... et finalement minuit. Les nuages cachaient la lune, mais l'air semblait étrangement léger, autre signe annonciateur de la tempête imminente.

Il commençait à penser que Peter l'avait oublié ou qu'il avait changé d'avis, quand la forme apparut de nouveau à la fenêtre. Dennis se redressa en faisant la grimace, car il avait attrapé un torticolis à rester la tête rentrée dans son cou pendant des heures. Il lui sembla voir quelque chose tomber en arc de cercle... puis, Peter disparut de sa fenêtre haut perchée. Un instant plus tard, la lumière s'éteignit.

Dennis regarda à gauche et à droite. Personne. Rassemblant tout son courage, il courut de l'autre côté de la place. Il savait parfaitement qu'il risquait de rencontrer un garde un peu plus consciencieux que le mauvais chanteur de la veille, par exemple, mais qu'y faire ? Pourtant, non loin de là, on avait décapité des hommes et des femmes pour moins que cela ! Et si leurs fantômes venaient hanter les lieux ?

Ces idées noires ne donnaient rien de bon, si bien qu'il tenta de les écarter de son esprit. Mieux valait se concentrer sur l'objet que Peter avait lancé. Au pied de l'Aiguille s'étendait un champ de neige.

Se sentant terriblement exposé, Dennis commença à regarder tout autour de lui comme un chien de chasse sans cervelle. Il ne savait pas exactement ce qu'il avait vu scintiller dans l'air, il ne l'avait aperçu que pendant une fraction de seconde, mais cela lui avait paru solide. C'était logique. Peter n'aurait pas envoyé un bout de papier qui aurait voltigé n'importe où. Mais qu'est-ce que c'était ? Et où ?

Au fur et à mesure que les secondes se changeaient en minutes, Dennis était de plus en plus agité. Il tomba à quatre pattes et se mit à ramper et à regarder dans toutes les empreintes de pas, qui avaient pris la taille de pattes de dragon quand la neige avait fondu dans l'après-midi et qui regelaient à présent avec une lueur bleue glacée. La sueur inondait son visage. Il était torturé par la peur qu'une main tombe sur son épaule, et qu'en se retournant il voie le visage grimaçant du magicien du roi dans son manteau noir.

Un peu tard pour jouer à la chasse au trésor, Dennis ! dirait Flagg, un grand sourire aux lèvres, mais les yeux brillant d'une lueur rouge infernale. *Tu as perdu quelque chose ? Je peux t'aider ?*

Ne pense pas à lui, ne pense pas à son nom, pour l'amour de Dieu !

Pourtant, c'était difficile de s'en empêcher. Où était cet objet, où était-il ?

Dennis rampait de long en large, les mains aussi gelées que les pieds, de long en large, de long en large... Où était-ce ? Quelle catastrophe s'il n'arrivait pas à le trouver ! Et ce serait encore pire si la neige le cachait jusqu'au lendemain matin et que quelqu'un d'autre le découvre. Dieu seul savait ce qu'il pouvait contenir !

Faiblement, il entendit le veilleur de nuit annoncer une heure du matin. Il repassait là où il était déjà passé, totalement pris de panique.

Arrête, Dennis, arrête mon garçon !

C'était la voix de son père, bien trop claire pour être confondue avec une autre. À quatre pattes dans la neige, le nez contre le sol, Dennis se releva un peu.

Tu ne vois plus rien, mon garçon. Arrête-toi, ferme les

yeux un instant. Et quand tu les ouvriras de nouveau, regarde bien, regarde bien !

Dennis ferma les yeux très fort puis les ouvrit très grand. Cette fois, il regarda tout autour de lui, presque décontracté, balayant toute la zone neigeuse au pied de l'Aiguille.

Rien. Rien du tout.

Attends voir ! Là ! Oui, là !

Quelque chose scintillait.

Dennis apercevait un morceau de métal arrondi qui pointait légèrement hors de la neige. Juste à côté, il y avait une trace ronde laissée par un de ses genoux. Il avait failli écraser l'objet sans même le voir dans sa fouille frénétique.

Il essaya de le sortir de la neige mais ne fit que l'enfoncer un peu plus. Ses mains étaient trop engourdies pour pouvoir agripper quelque chose. Il creusa pour retrouver l'objet brillant. Il aurait risqué de le faire disparaître sans même s'en rendre compte ; ses genoux étaient au moins aussi engourdis que tout le reste de son corps. Il ne l'aurait jamais plus retrouvé. Il serait resté là, enterré jusqu'au printemps.

Il parvint à le toucher, se força à refermer les doigts et le sortit de la neige. C'était un médaillon, en or peut-être, en forme de cœur. Il était accroché au bout d'une très jolie chaîne. Il était fermé, mais un bout de papier dépassait de ses mâchoires. Un très vieux bout de papier.

Dennis libéra le billet, le cacha dans sa main et passa la chaîne du médaillon autour de son cou. Craquant de partout, il se remit sur ses pieds et courut vers l'ombre. Cette course fut sans doute le moment le plus épouvantable de toute sa vie. À chaque pas, l'ombre réconfortante de l'autre côté de la place semblait s'éloigner un peu plus.

Enfin, il retrouva une cachette presque confortable et resta un instant, pantelant et tremblant. Quand il eut retrouvé son souffle, il retourna vers le château, rasant les murs de la Quatrième Allée, et entra par la porte des cuisines. Il y avait un garde qui faisait sa ronde à la porte donnant sur le château, mais il était aussi négligent que son collègue de la veille. Dennis attendit un instant, et le garde s'en alla.

Vingt minutes plus tard, il était de nouveau en

sécurité dans la remise aux serviettes. Là, il déplia le papier.

Un des côtés était couvert d'une écriture archaïque. L'auteur avait utilisé une drôle d'encre couleur de rouille et Dennis ne comprenait pas un mot. Il retourna la feuille et écarquilla les yeux. Il avait compris la nature de l'encre que Peter avait utilisée pour rédiger ces quelques lignes.

– Oh ! Peter, mon Roi ! gémit-il.

Le message était un peu flou ; apparemment, Peter n'avait pas de buvard pour éponger son « encre ».

Voulais m'évader cette nuit. Attendrai jusqu'à demain. Sinon, ce sera trop tard. Ne va pas chercher Ben. Pas le temps. Trop dangereux. J'ai une corde. Fine, elle risque de casser. Trop courte. Il faudra sauter. Six mètres. Demain, minuit. Aide-moi si tu peux. Trouve une cachette. Je risque d'être blessé. Je remets mon sort entre les mains des dieux. Je t'aime, mon bon Dennis. Le roi Peter.

Dennis relut le billet trois fois et éclata en sanglots... des larmes de joie. La petite lumière que Peyna avait sentie étincelait aussi dans son cœur. Tout allait bien et, bientôt, tout irait mieux.

Sans cesse, ses yeux se reportaient à la ligne *Je t'aime, mon bon Dennis,* écrite en lettres de sang. Peter n'avait pas besoin de l'ajouter pour que son message eût un sens, et, pourtant, il avait pris cette peine...

Peter, je mourrais cent fois pour toi ! Il glissa le billet dans sa vareuse et s'allongea, le médaillon toujours accroché autour de son cou. Cette fois il mit très longtemps avant de trouver le sommeil. Il n'avait pas dormi bien longtemps quand il se réveilla en sursaut. On ouvrait la porte de la remise. Les charnières grinçaient en un hurlement inhumain. Avant que son esprit engourdi comprenne ce qui se passait, une ombre noire aux yeux de feu surgit devant lui.

103

La neige se mit à tomber vers trois heures, ce lundi matin. Ben Staad aperçut les premiers flocons voler devant ses yeux alors qu'il se trouvait avec Naomi à l'orée du domaine du château. Frisky était assis sur son arrière-train. Les humains étaient fatigués, le chien aussi, mais l'odeur se faisait de plus en plus fraîche et il était impatient de poursuivre.

Il les avait facilement conduits de la ferme à la maison désolée où Dennis s'était réfugié pendant quelques jours, se nourrissant de pommes de terre crues, torturé par l'idée d'avoir à manger des navets amers qui s'étaient révélés plus âpres encore qu'en pensée. Dans cette ferme déserte, Frisky courait de pièce en pièce, le nez à terre, remuant joyeusement la queue en retrouvant la force de cette odeur bleu électrique.

– Regarde ! Dennis a fait brûler quelque chose, dit Naomi en montrant l'âtre.

Ben s'approcha et resta intrigué devant les petits tas de cendres qui tombaient en poussière dès qu'on les touchait. Bien sûr, ce n'étaient que les premiers brouillons du billet de Dennis.

– Bon, alors, de là, il est parti au château. La question est de savoir si nous le suivons ou si nous passons la nuit ici ?

Il était déjà six heures ; dehors, la nuit était tombée.

– Je crois qu'il vaudrait mieux y aller, dit Ben lentement. Après tout, nous avons besoin du nez de Frisky, pas de ses yeux, c'est toi qui l'as dit. Et je peux témoigner devant tous les trônes des rois présents et à venir que Frisky a un nez merveilleux.

Frisky, assis devant la porte, aboya pour signifier son approbation.

– Allons-y ! dit Naomi.

Ben la regarda attentivement. Ils avaient fait un long voyage depuis le camp des exilés et n'avaient guère pris le temps de se reposer. Ce serait plus raisonnable de rester... mais l'impatience le démangeait.

– Tu t'en sens vraiment capable ? Ne dis pas oui si ce n'est pas vrai, Naomi Reechul.

Elle posa les mains sur ses hanches et le regarda avec hauteur.

– Je continuerai encore pendant quarante kilomètres après que tu seras tombé raide mort, Ben Staad !

– Eh bien, tu vas peut-être avoir la chance de le prouver. Mais d'abord, il faut manger.

Ils avalèrent rapidement quelques provisions. Après

le repas, Naomi s'agenouilla près de Frisky et lui dit de sentir à nouveau l'odeur. Frisky ne se le fit pas répéter deux fois. Tous les trois, ils quittèrent la ferme, Ben chargé d'un lourd fardeau et Naomi d'un poids à peine plus léger.

L'odeur de Dennis traçait une piste bleue dans la nuit, aussi éclatante qu'un fil parcouru par une décharge électrique. Frisky la suivit immédiatement et se sentit troublé car Naomi le rappela. Quand il comprit pourquoi, s'il avait été un être humain, Frisky se serait tapé le front et aurait grogné *quel idiot,* car, dans son impatience, il avait suivi la piste de Dennis dans le mauvais sens, vers la ferme de Peyna. À cette vitesse, avant minuit, il aurait été de retour.

– Ce n'est rien, ce n'est rien, Frisky, prends tout ton temps.

Naomi lança un regard inquiet vers Ben, qui, prudemment, ne dit rien. Tous deux observaient le nez de Frisky aller et venir à travers la cour de la ferme déserte puis le long de la route.

– Tu crois qu'il l'a perdue ? demanda Ben.

– Non, il la retrouvera dans une minute ou deux. *Je crois,* pensa intérieurement Naomi. Il y a beaucoup d'odeurs différentes sur la route, il faut qu'il fasse le tri.

– Regarde, dit Ben d'une voix sceptique, il retourne dans les champs, ça ne peut pas être le bon chemin !

– Je ne sais pas. Est-ce que Dennis a vraiment pris la route pour se rendre au château ?

Ben Staad, qui était un être humain, lui, se frappa violemment le front.

– Que je suis bête ! Bien sûr que non !

Naomi sourit gentiment sans répondre.

Au milieu des champs, Frisky marqua une pause. Il se tourna vers Naomi et Ben et aboya impatiemment. Les huskies anduais descendaient directement des grands loups blancs de la baronnie du Nord, autrefois sauvages et redoutés, mais désormais apprivoisés. Pourtant, chiens domestiques ou pas, c'étaient des chasseurs avant tout. Frisky avait retrouvé l'odeur bleu vif, et ne désirait rien tant que la suivre.

– Allez, dit Ben, j'espère simplement qu'il ne s'est pas trompé.

– Bien sûr que non ! dit Naomi en montrant quelque chose du doigt.

Ben aperçut de longues traces peu profondes dans la neige. Même dans le noir on ne pouvait s'y tromper! Des raquettes!

Frisky aboya de nouveau.

– Dépêchons-nous, dit Ben.

Vers minuit, tandis qu'ils approchaient du domaine du château, Naomi commençait à regretter d'avoir prétendu pouvoir courir encore quarante kilomètres une fois que Ben serait tombé raide mort, car elle avait l'impression que cela allait bientôt lui arriver.

Dennis n'avait pas mis si longtemps à parcourir le même trajet, mais il avait pris la route après quatre jours de repos, il avait des raquettes et il n'avait pas eu besoin de suivre un chien qui parfois perdait la trace et faisait des détours pour la retrouver. Naomi avait les jambes en coton et les poumons en feu. Elle avait un point de côté. Malgré les quelques poignées de neige qu'elle avait avalées, cela n'avait pas suffi à étancher sa soif.

Frisky, qui n'avait rien à porter et qui pouvait courir d'un pas léger sur la croûte de neige, n'était pas du tout fatigué. Parfois, Naomi aussi réussissait à marcher sur la croûte de neige gelée, mais ensuite elle tombait dans un trou et s'enfonçait dans la poudreuse jusqu'aux genoux ou même jusqu'aux hanches. À un moment, elle s'enfonça même jusqu'à la taille et se débattit furieusement malgré sa fatigue jusqu'à ce que Ben vînt l'aider.

– Si seulement nous avions un traîneau!

– Avec des si, on mettrait Delain en bouteille, répondit Ben, en souriant, lui aussi tout essoufflé.

– Ah, c'est drôle, tu devrais te faire engager comme bouffon, Ben Staad.

– Le domaine commence là. Il y a moins de neige, ce sera plus facile.

Ben se pencha, les mains sur ses genoux, et tenta de retrouver son souffle. Naomi se trouva soudain égoïste de ne penser qu'à elle, alors que Ben devait être encore bien plus épuisé. Il était plus lourd qu'elle, d'autant plus qu'il portait un énorme sac. Lui s'enfonçait dans la neige à chaque pas et pataugeait à travers champs comme un homme qui marche dans l'eau. Il ne s'était jamais plaint et n'avait pas ralenti l'allure.

– Ben? Ça va?

– Non, pas vraiment, mais j'y arriverai, ma belle enfant.

– Je ne suis plus une enfant ! s'exclama-t-elle, furieuse.

– Mais tu es très jolie, répondit Ben en lui faisant un pied de nez pour se moquer d'elle.

– Ah ça ! tu le regretteras !...

– Plus tard. Maintenant, vite, vers les bois.

Ils firent la course pour rejoindre Frisky qui suivait la piste en avant. Ben gagna, ce qui la rendit encore plus furieuse, mais elle ne put s'empêcher de l'admirer.

104

Ils restèrent un instant à observer les cinq cents mètres de terrain dégagé à l'orée de la forêt, où un jour le roi Roland avait tué un dragon – et les enceintes du château, où il avait été assassiné. Quelques flocons descendirent du ciel... puis quelques autres et, soudain, comme par magie, l'air s'emplit de petites taches blanches.

Malgré sa fatigue, Ben ressentit un moment de paix et de joie. Il regarda Naomi en souriant. Elle voulut lui répondre par une grimace, mais cela ne convenait pas à son visage, si bien qu'elle sourit elle aussi. Elle sortit sa langue pour attraper un flocon au vol. Ben rit doucement.

– Comment est-il entré ?

– Je ne sais pas, répondit Ben. Ben avait été élevé dans une ferme et ne connaissait rien au système des égouts du château. C'était peut-être aussi bien pour lui ! diriez-vous, et vous auriez sans doute raison.

– Notre champion va nous montrer le chemin.

– Tu crois qu'il a réussi, alors ?

– Oui, répondit Ben. Et toi, Frisky, qu'en penses-tu ?

En entendant son nom, le chien se redressa, poursuivit la piste quelques instants et se retourna vers eux.

– Non, pas tout de suite, dit Ben pour rappeler le chien.

Naomi rappela doucement son chien qui revint en gémissant.

– S'il parlait, il te dirait qu'il a peur de perdre la piste. La neige va couvrir les odeurs.

– Nous n'allons pas rester longtemps. Dennis avait des raquettes, mais nous allons avoir quelque chose qu'il n'avait pas.

– Quoi ?

– Une couverture, répondit Ben.

105

Malgré l'impatience grandissante de Frisky, Ben les fit attendre un quart d'heure. L'air n'était plus qu'un nuage de flocons virevoltants. La neige gelait dans les cheveux noirs de Naomi et dans la chevelure dorée de Ben. Frisky portait une étole d'hermine. Ils ne voyaient même plus les enceintes du château.

– Bon, allons-y, dit Ben doucement.

Ils traversèrent l'espace ouvert derrière Frisky. Le chien avançait lentement, le nez collé à la neige, éternuant de temps en temps de petits nuages froids. L'éclair bleu devenait plus pâle sous le manteau de neige.

– On a peut-être attendu trop longtemps ? dit calmement Naomi.

Ben ne répondit pas. Elle avait raison, et il avait l'impression qu'un rat lui mordillait le cœur.

Soudain, une masse sombre surgit devant eux... l'enceinte du château. Naomi marchait un peu en avant. Ben la rejoignit et la prit par le bras.

– La douve... N'oublie pas la douve. Elle n'est plus loin. Si tu glisses et que tu tombes sur la glace, tu ne...

Le regard de Naomi s'emplit d'inquiétude. Elle se dégagea brusquement.

– Frisky, hé, Frisky ! souffla-t-elle, fais attention, c'est dangereux par là !

Cette fille est un véritable volcan, pensa Ben avec une certaine admiration avant de se précipiter derrière elle.

Naomi n'avait pas à s'inquiéter. Frisky s'était arrêté devant le talus de la douve, le nez enfoncé dans la neige, agitant joyeusement la queue. Il mordit quelque chose et le sortit de sa cachette poudreuse. Il se tourna vers Naomi. *Alors, est-ce que je suis un bon chien, ou quoi ? Que dis-tu de cela ?*

Naomi se mit à rire et serra le chien dans ses bras.

– Chut ! murmura Ben. Si les gardes nous entendent, nous sommes bons pour les oubliettes. Où te crois-tu ? dans ton jardin ?

– Pouh ! S'ils avaient entendu quelque chose, ils auraient cru que c'étaient les lutins de la tempête et ils se seraient sauvés en courant et en appelant leur mère ! répliqua-t-elle, mais en prenant la peine de chuchoter.

Elle enfouit son visage dans la fourrure de l'animal et lui dit qu'il était un bon chien.

Ben gratta la tête de Frisky. Grâce à la neige, ils ne souffraient pas de l'horrible impression d'être exposés que Dennis avait éprouvée au même endroit en ôtant ses raquettes que Frisky venait de découvrir.

– Oui, un nez absolument divin, dit Ben, mais qu'a-t-il fait après avoir enlevé ses raquettes ? Tu le sais Frisky ? Des ailes lui ont poussé et il s'est envolé par-dessus les créneaux ? Où est-il allé ? Dis-moi ?

Pour toute réponse, Frisky s'éloigna et glissa sur les rebords du talus.

– Frisky ! s'exclama Naomi d'une voix faible mais inquiète.

Frisky se tenait sur la glace et les regardait tous les deux, les pattes enfoncées dans la neige fraîche. Il remuait légèrement la queue et, du regard, les suppliait de venir. Il n'aboya pas. Il était trop malin pour ça, bien que Naomi ne lui eût pas demandé de garder le silence. Mais il aboyait mentalement. L'odeur était toujours présente, et il voulait la suivre avant qu'elle disparût complètement, ce qui se produirait dans quelques minutes.

Naomi regardait Ben d'un air interrogateur.

– Oui, il faut y aller. Viens, mais reste sur ses talons, ne le laisse pas courir en avant. C'est dangereux, je le sens, répondit Ben.

Il la prit par la main et tous deux glissèrent sur la douve gelée.

Frisky les conduisit lentement vers le mur du château. À présent, il devait creuser pour sentir l'odeur, le nez plongé dans la neige. Tout se couvrait d'une odeur nauséabonde, une odeur tiède de putréfaction.

Dennis savait que la glace s'amenuiserait dangereusement près de la bouche d'égout. Et s'il ne l'avait pas su, il voyait au moins l'eau courante qui longeait la paroi.

Les choses n'étaient pas aussi faciles pour Ben, Naomi et Frisky. Ils supposaient tout simplement que la glace avait la même épaisseur partout. Et leurs yeux ne leur servaient pas à grand-chose parmi les flocons épais.

– Frisky ! Fris...

Ben lui mit la main devant la bouche. Elle se débattit pour s'échapper. Ben avait vu le danger et il la tenait bien.

Naomi avait tort de s'inquiéter. D'abord, tous les chiens savent nager, et avec son épaisse fourrure huilée, Frisky courait moins de risques dans l'eau glacée qu'un être humain. Il barbota immédiatement vers les murs du château parmi les morceaux de glace et les boules de neige crémeuse qui tourbillonnaient rapidement avant d'être englouties dans le noir. Il leva la tête, toujours en reniflant, à la recherche de l'odeur. Quand il l'eut trouvée, il fit demi-tour et nagea vers Ben et Naomi. Il trouva les rebords de glace. Ses pattes glissèrent, et il tenta de recommencer. De nouveau, Naomi cria.

– Chut, tais-toi ! sinon nous serons dans le donjon avant l'aube. Tiens-moi par les chevilles.

Ben la lâcha et s'allongea sur le ventre. Naomi s'accroupit près de lui et le saisit fermement par les bottes. Couché sur la glace, Ben entendait l'eau couler et murmurer. *Cela aurait pu être l'un de nous deux, et ça, cela aurait été une catastrophe.*

Il écarta un peu les jambes pour avoir une meilleure stabilité et attrapa Frisky par les pattes avant.

– Allez, viens, mon grand.

Pendant un moment, la glace ne fit que craquer sous le poids de Frisky, et Ben craignit d'être entraîné dans l'eau. En traversant la douve pour aller jouer avec son ami au château, avec le ciel bleu et les nuages qui se reflétaient à la surface, Ben avait toujours trouvé cet endroit magnifique, comme une peinture. Il n'aurait jamais pensé qu'il pourrait y mourir un jour sous une tempête de neige. Et, en plus, cela sentait mauvais.

– Tire-moi plus fort, cria-t-il, ton maudit chien pèse des tonnes !

– Ben Staad, je ne te conseille pas de dire du mal de mon chien !

Les yeux plissés sous l'effort, les dents serrées, Ben s'excusa malgré tout :

– Je te demande mille fois pardon. Mais si tu ne me tires pas, je crois que je vais prendre un bain.

Finalement, Naomi réussit, bien que Ben et Frisky pesaient ensemble près de trois fois son propre poids. Le corps allongé de Ben creusait un canal dans la neige, et une petite pyramide se dressait à l'entrejambe, tel le sillon d'une charrue de bois.

Enfin – c'est du moins ce que ressentaient Ben et Naomi, alors qu'en réalité ce ne fut qu'une question de secondes –, la poitrine de Frisky cessa de briser la glace et il put remonter. Un instant plus tard, les pattes arrière apparurent. Frisky s'ébroua vigoureusement, projetant des gouttes d'eau sale sur le visage de Ben.

– Pouah ! dit-il en s'essuyant et en faisant la grimace. Je te remercie, Frisky !

Frisky ne releva pas la remarque. Il regardait de nouveau le mur du château. Et, bien que l'eau gelât en glaçons noirâtres sur sa fourrure, il ne s'intéressait qu'à l'odeur bleue. Il l'avait sentie très clairement au-dessus de lui, juste au-dessus de lui. Tout était noir là-haut. Pas de neige froide et insipide !

Ben se remit sur ses pieds et se brossa.

– Excuse-moi d'avoir crié, murmura Naomi. Si cela avait été un autre chien que Frisky... Tu crois qu'on m'a entendue ?

– Si on t'avait entendue, on le saurait déjà. Ouf ! on l'a échappé belle !

Ils virent la bande d'eau courante au pied du mur de pierre, car ils la cherchaient du regard.

– Que fait-on ?

– On ne peut pas aller plus loin, murmura Ben, c'est évident. Mais lui, par où est-il passé ? Il s'est peut-être vraiment envolé ?

– Si on...

Mais Naomi ne put jamais exprimer sa pensée, car, à ce moment, Frisky prit les devants. Tous ses ancêtres étaient de fameux chasseurs, et il avait toujours cette qualité dans le sang. On l'avait mis sur la piste de cette odeur bleu électrique, et il était incapable d'abandonner les recherches. Il enfonça son arrière-train dans la glace, tendit tous ses muscles et sauta dans le noir. Comme je l'ai déjà dit, sa vue était le plus faible de ses sens. Il sauta à l'aveuglette, car il ne voyait pas le trou noir de l'égout depuis le tremplin de glace.

Pourtant, il l'avait vu quand il était dans l'eau et, même s'il n'avait pas eu un odorat aussi précis, il aurait su exactement où il se trouvait.

106

C'est Flagg! pensa Dennis, encore tout engourdi de sommeil en apercevant les yeux de feu braqués sur lui. *C'est Flagg, il m'a trouvé et maintenant il va me trancher la gorge avec ses dents pointues.*

Il essaya de crier mais aucun son ne sortit.

L'intrus ouvrit la bouche, découvrant de grands crocs blancs... et, soudain, une langue chaude lui lécha le visage.

– Non ! s'écria Dennis, en essayant de repousser la chose. Deux pattes lui tombèrent sur les épaules et Dennis s'écroula sur son matelas de serviettes comme un lutteur vaincu. Lap, lap, flic, floc... Non, répéta Dennis, et, dans la pénombre, l'animal hirsute poussa un long wouaf amical, comme pour dire : *Salut, je suis content de te voir.*

– Frisky ! appela une voix dans l'obscurité. Chut ! Frisky, assis !

Ce n'était pas Flagg. La forme noire n'était qu'un énorme chien, un peu trop semblable à un loup pour être rassurant. Quand la fille le rappela, il recula et s'assit. Il regardait joyeusement Dennis, sa queue battant en silence le matelas de serviettes.

Deux autres formes se tenaient dans l'ombre, l'une plus grande que l'autre... mais Flagg n'y était pas, c'était clair. Des gardes alors ! Dennis saisit son arme. Si les dieux étaient avec lui, il arriverait peut-être à s'en débarrasser. Sinon, il mourrait au service de son roi.

Les deux silhouettes s'arrêtèrent devant lui.

– Approchez, dit Dennis en levant son sabre en un geste audacieux. (Sabre est un bien grand mot, ce n'était guère plus qu'un canif, plutôt rouillé et émoussé.) Allez, approchez vous deux et votre maudit chien !

– Dennis ? appela une voix étrangement familière. Dennis, c'est toi ?

Dennis abaissa son arme, mais se ravisa aussitôt. C'était un piège. Pourtant, cette voix...

– Ben ? murmura-t-il. C'est toi, Ben Staad ?

– En personne ! confirma la plus haute des silhouettes.

Le cœur de Dennis s'emplit de joie, mais, quand la forme s'approcha, Dennis leva de nouveau son sabre.

– Attends ! Tu as une chandelle ?

– Oui.

– Allume-la.

– Oui.

Un instant plus tard, une étincelle jaune, sûrement fort dangereuse dans cette pièce remplie de serviettes de coton, jaillit dans l'obscurité.

– Ben, viens, dit Dennis en rangeant son misérable canif dans son étui.

Il se leva, tremblant de joie et de soulagement. Ben était là. Par quel enchantement, Dennis l'ignorait, mais il était là ! Il se prit les pieds dans les serviettes et trébucha. Pourtant, il ne risquait pas de tomber, car Ben le prit dans ses bras. *Ben était là et tout irait bien.* C'était tout ce qu'il pouvait se dire pour éviter de fondre en larmes.

107

Il s'ensuivit un échange de récits d'aventures. Vous les connaissez pour la plupart et le reste sera vite raconté.

En sautant, Frisky n'avait pas raté sa cible. Il se retrouva dans la conduite et se retourna pour voir si Ben et Naomi le suivaient.

S'ils n'en avaient rien fait, Frisky, à contrecœur, les aurait rejoints sur la glace, car il n'aurait jamais abandonné sa maîtresse, pas même pour la plus merveilleuse odeur du monde. Ça, Frisky le savait. Naomi en était moins sûre que lui. Elle n'osait même pas rappeler le chien de peur qu'un garde ne l'entendît. Elle essaya donc de le suivre ; elle ne voulait pas laisser Frisky seul. Si Ben tentait de la retenir, elle l'assommerait d'une droite.

Elle n'avait pas besoin de s'inquiéter. Dès qu'il aperçut la conduite d'égout, Ben comprit par où était passé Dennis.

– Quel nez fantastique ! Tu y arriveras ? demanda-t-il à Naomi.

– Si je prends mon élan, oui.

– Fais bien attention à l'endroit où la glace devient fragile, sinon tu vas faire un plongeon. Et avec tes vêtements lourds, tu seras tout de suite entraînée au fond.

– Je ferai attention.

– Laisse-moi y aller le premier, je pourrai peut-être t'aider.

Il recula de quelques pas et sauta si haut qu'il faillit se trancher la tête sur le rebord supérieur de la conduite. Frisky aboya son enthousiasme.

– Chut, Frisky !

Naomi alla au bord de la douve, resta immobile un instant (la neige tombait si dru que Ben ne la voyait pas) et se mit à courir. Ben retenait sa respiration, espérant qu'elle n'avancerait pas sur la glace fragile. Si elle faisait un pas de trop, les plus longs bras du monde ne suffiraient pas à la rattraper.

Elle visa juste. Ben n'eut même pas besoin de l'aider. Il se contenta de s'écarter un peu pour lui laisser la place. Elle ne se cogna pas même la tête.

– Le pire, c'était l'odeur, dit Naomi en racontant son histoire à un Dennis ébahi. Comment as-tu fait pour supporter ça ?

– Je me forçais à penser à ce qui m'arriverait si j'étais découvert, et, à chaque fois, l'odeur me semblait moins désagréable.

À ces mots, Ben se mit à rire et Dennis le regarda les yeux tout brillants.

– Quand même, ça sentait drôlement mauvais. Je me souvenais de l'odeur à l'époque où j'étais gosse, mais je ne pensais pas que c'était aussi affreux. Peut-être que les enfants ne sont pas très sensibles à la puanteur.

– C'est possible, dit Naomi.

La tête sur les pattes, Frisky se reposait sur les serviettes royales, tout en suivant attentivement la conversation. Il ne comprenait pas vraiment ce qui se disait, mais s'il avait pu comprendre et parler, il aurait dit à Dennis que sa perception des odeurs n'avait pas changé depuis l'enfance. Sans le savoir, ils avaient senti les derniers effluves du sable de dragon. L'odeur était beaucoup plus forte pour Frisky que pour Naomi ou Ben. Le bleu électrique était toujours présent, mais surtout par endroits sur les parois courbes, là où Dennis avait posé ses mains. Sur le sol, l'eau croupie avait effacé toute trace de son passage. L'autre odeur avait une couleur glauque qui effrayait le chien. Il savait que certaines odeurs pouvaient tuer, et c'était justement une de celles-là. Par chance, elle perdait de sa force et l'odeur de Dennis les conduisait à l'écart de l'endroit où elle était le plus concentrée. Un peu avant de parvenir à la plaque d'égout par laquelle Dennis était sorti, Frisky avait complètement perdu l'odeur verdâtre et, pour une fois, il se réjouissait d'avoir perdu une odeur.

– Vous n'avez rencontré personne ? Absolument personne ? s'inquiéta Dennis.

– Personne, dit Ben. Je marchais un peu en avant pour guetter. J'ai vu des gardes de temps à autre, mais on a toujours eu le temps de se cacher avant qu'ils ne nous voient. En fait, je crois que nous aurions pu rencontrer une bonne vingtaine de gardes sans qu'ils nous posent des questions plus d'une fois ou deux ; ils étaient tous saouls.

– Les gardes du tour de ronde ! Tous ivres morts, et pas à la frontière d'une lointaine baronnie du Nord dont personne n'a jamais entendu parler, non, ici, au château !

En se souvenant du chanteur qui se mouchait dans ses mains, Dennis hocha tristement la tête.

– On devrait s'en réjouir, je suppose. Si les gardes étaient encore ce qu'ils avaient été du temps de Roland, on serait tous à l'Aiguille avec Peter. Pourtant, cela ne me réjouit pas.

– Je vais vous dire quelque chose, dit Ben à voix basse. À la place de Thomas, je tremblerais de peur en regardant vers le Nord, si toute sa garde est dans cet état.

– Espérons que nous n'en arriverons jamais là, répondit Naomi fort inquiète.

Ben hocha la tête.

Dennis tendit la main et caressa la tête de Frisky.

– Alors, tu m'as suivi pendant tout le chemin de chez Peyna ? Ça c'est vraiment un bon chien !

Frisky agita joyeusement la queue.

– Moi, j'aimerais entendre cette histoire de roi somnambule, si tu veux bien nous la raconter, Dennis.

Dennis fit le récit qu'il avait raconté à Peyna et que

vous connaissez déjà. Ils écoutèrent, fascinés, comme des enfants qui découvrent pour la première fois l'histoire du *Petit Chaperon rouge.*

108

Il était déjà sept heures du matin quand il termina. Une triste lueur grisâtre emmitouflait Delain – cette clarté glauque était aussi lumineuse qu'elle le serait à midi, car le plus gros orage de l'hiver, peut-être même le plus gros orage de toute l'histoire de Delain, menaçait. Le vent hurlait sous les combles du château, telle une horde de sorcières. Même du sous-sol, on percevait les cris du vent. Frisky écoutait et gémissait, visiblement inquiet.

– Qu'allons-nous faire ? demanda Dennis.

Ben qui avait lu et relu le billet de Peter répondit :

– Rien jusqu'à ce soir. Le château est réveillé et nous n'avons aucun moyen de sortir sans nous faire remarquer. Autant dormir, reconstituer nos forces et ce soir avant minuit...

Ben s'expliqua brièvement. Naomi souriait. Dennis avait les yeux tout brillants d'enthousiasme.

– Oh ! oui ! Ben, par tous les dieux, tu es un vrai génie !

– N'exagérons rien, dit Naomi, avec un sourire si large qu'on aurait dit que son visage risquait de se fendre en deux.

Elle tendit les bras, enlaça Ben et lui fit deux grosses bises sonores.

Ben s'empourpra d'un rouge écarlate alarmant, comme si ses méninges allaient exploser, comme on disait en ces temps reculés. Je dois également préciser qu'il semblait ravi.

– Tu crois que Frisky nous aidera ? demanda-t-il quand il eut retrouvé ses esprits.

– Bien sûr, mais nous aurons aussi besoin de...

Ils mirent leur plan au point un peu plus longuement. Le visage de Ben sembla soudain englouti dans un long bâillement. Naomi aussi paraissait épuisée. Cela faisait vingt-quatre heures qu'ils n'avaient pas dormi et ils avaient fait un long chemin.

– Ben, ça suffit maintenant, il est temps de se reposer.

– Chic, dit Naomi, en se préparant un lit de serviettes, j'ai les jambes...

Dennis s'éclaircit la gorge poliment.

– Qu'est-ce qu'il y a ? demanda Ben.

Dennis regardait leurs bagages ; le gros sac de Ben et le petit sac de Naomi.

– Vous n'auriez rien à manger dans vos affaires, par hasard ?

– Bien sûr que si ! répondit Naomi impatiente.

Mais elle se souvint que Dennis avait quitté la ferme de Peyna six jours auparavant et que, depuis, le jeune majordome avait dû se cacher. Il avait l'air pâle et ses joues creuses et osseuses prouvaient qu'il n'avait pas mangé à sa faim.

– Oh ! Dennis, nous sommes vraiment stupides ! Quand as-tu mangé pour la dernière fois ?

– Je ne m'en souviens pas exactement, mais la dernière fois que je me suis assis à une table, ça remonte à la semaine dernière.

– Pourquoi ne l'as-tu pas dit tout de suite, gros bêta ! s'exclama Ben.

– Je crois que j'ai oublié, tant j'étais content de vous voir.

L'eau à la bouche, l'estomac plein de gargouillis, Dennis les regarda fouiller dans leurs sacs et chercher le reste de leurs provisions. Soudain, il pensa à quelque chose :

– Vous n'avez pas de navets ?

– Des navets ? demanda Naomi intriguée. Non, et toi, Ben, tu en as ?

– Non.

Un sourire de suprême bonheur illumina le visage de Dennis.

– Ouf !

109

Ce fut une tempête mémorable dont on se souvient encore aujourd'hui à Delain. Il était déjà tombé un mètre cinquante de neige quand la nuit terrifiante tomba sur le château. Un mètre cinquante en un seul jour, c'est déjà énorme, mais le vent formait des congères encore plus impressionnantes. Quand vint le soir, le vent avait la force d'un ouragan. Le long des murs du château, la neige s'amoncelait et obstruait les fenêtres du premier et du deuxième étage, mais aussi celles du troisième.

Vous pensez peut-être que c'était un avantage pour l'évasion de Peter. Cela aurait sans doute été le cas si l'Aiguille ne s'était pas dressée seule au milieu de la place, en plein courant d'air. L'homme le plus fort n'aurait pas résisté contre ce vent ; il aurait été projeté jambes par-dessus tête de l'autre côté de la place jusqu'à ce qu'il s'écrase sur les hauts murs de pierre. Car le vent avait un autre effet ; c'était un balai géant. Dès que la neige tombait, le vent la chassait de la place. La neige s'entassait contre les murs du château et bloquait presque toutes les ruelles, mais la place elle-même était propre comme un sou neuf. Les pavés glacés attendaient que la corde de Peter se casse et qu'il se rompe les os.

Et je dois bien avouer que la corde de Peter était toute prête à casser. Il l'avait essayée avec son poids, mais il y avait quelque chose que Peter ignorait à propos de ce mystérieux point de rupture. Yosef ne le savait pas non plus d'ailleurs. Mais les charretiers, eux, étaient au courant, et si Peter leur avait posé la question, ils lui auraient parlé de l'axiome bien connu des marins, des bûcherons, des couturières et de tous ceux qui travaillent avec des cordes ou des fils : *plus longue est la corde, plus vite elle se casse.*

Oui, la corde était prête à casser, c'est moi qui vous le dis, et les pavés n'attendaient qu'une chose, lui rompre les os et lui arracher la vie.

110

Il y eut de nombreuses catastrophes en ce jour de tempête. De nombreux actes d'héroïsme aussi, certains couronnés de succès, d'autres voués à l'échec. Dans les baronnies Intérieures, des fermes furent soufflées, comme les maisons de paille et de bois des petits cochons inconscients sous le souffle puissant du loup. Parfois, les sinistrés sans abri réussirent à se rendre jusqu'au château, encordés les uns aux autres, pour plus de sûreté ; parfois, ils empruntèrent la Grand-Route et se perdirent dans les champs immaculés, où ils moururent de froid. Leurs corps, rongés par les loups, ne seraient pas retrouvés avant le printemps.

Pourtant, vers sept heures du soir, la neige tombait moins dru et le vent se calma un peu. Apaisés, les gens se couchèrent de bonne heure. Il n'y avait pas grand-chose d'autre à faire. On couvrit les feux, mit les enfants au lit, but une dernière tasse de thé des champs en récitant une dernière prière.

Une par une, les lumières s'éteignirent. Le veilleur de nuit annonça l'heure aussi fort qu'il le pouvait, mais le vent emporta le son de sa voix à huit heures, comme à neuf heures. Ce ne fut qu'à dix heures qu'on l'entendit de nouveau, et, à ce moment-là, la plupart des gens dormaient.

Thomas aussi dormait, mais d'un sommeil agité. Dennis n'était pas là pour le veiller et le réconforter. Il était toujours chez lui, malade. Thomas avait songé envoyer un page pour prendre de ses nouvelles, ou même y aller lui-même (il aimait beaucoup Dennis), mais, toujours, quelque chose le retenait ; des papiers à signer, des doléances à écouter et, bien sûr, ses sempiternelles bouteilles de vin. Thomas espérait que Flagg lui apporterait une potion... mais depuis son voyage infructueux dans le Nord, le magicien se montrait étrange et distant... comme s'il s'attendait à quelque désastre, sans savoir lequel. Thomas espérait que le magicien viendrait, mais il n'avait pas osé le convoquer.

Comme toujours, les hurlements du vent lui rappelaient la mort de son père, et il avait peur d'avoir du mal à s'endormir, peur de faire d'horribles cauchemars, des cauchemars dans lesquels son père crierait avant de prendre feu. Si bien que Thomas fit ce dont il avait à présent l'habitude : il passa la journée une bouteille de vin à la main. Et si je vous disais combien de bouteilles avait bues ce pauvre garçon, encore presque enfant, vous ne me croiriez pas, alors je ne dirai rien. Mais, beaucoup, ça, je peux vous l'assurer.

Malheureux, avachi sur son divan, regrettant que Dennis ne fût pas à sa place habituelle près de l'âtre, Thomas songeait : *J'ai mal à la tête et j'ai mal au cœur... Est-ce que cela vaut la peine d'être roi ? Je me le demande.* Vous aussi, vous vous posez peut-être la question, mais avant que Thomas eût le temps de s'interroger plus longuement, il s'endormit.

Il dormit pendant presque une heure, puis il se leva et marcha le long des corridors, véritable image fantomatique dans sa chemise de nuit. Cette fois, une servante le vit et cria en laissant tomber sa pile de draps tant il ressemblait au roi Roland.

Dans son esprit ensommeillé, Thomas entendit ces cris et les prit pour ceux de son père.

Il continua sa route vers un couloir désert. En chemin, il s'arrêta et poussa la pierre secrète. Il entra dans le passage, ferma la porte derrière lui et alla jusqu'au fond. Il ouvrit les panneaux, et, bien que toujours endormi, il mit ses yeux en face des trous et regarda à travers le regard de Nini les appartements de son défunt père. Nous laisserons là ce pauvre garçon, empestant le vin, avec des larmes de chagrin qui roulaient sur ses joues.

Parfois, c'était un enfant cruel, souvent un enfant triste, ce pantin de roi, et presque toujours, il était faible... Pourtant, je ne crois toujours pas que c'était un mauvais garçon. Vous pouvez sans doute le détester pour le mal qu'il avait fait ou laissé faire... je le comprendrais. Mais si vous n'avez pas un peu pitié de lui en même temps, cela m'étonnerait beaucoup.

111

Vers onze heures et quart, la tempête crachait son dernier souffle. Une gigantesque rafale de vent glacé balaya le château à plus de cent cinquante kilomètres à l'heure. Comme un coup de sabre, elle déchira les nuages qui s'amenuisaient dans le ciel. La lune, sinistre et blafarde, se mit à briller.

Dans la Troisième Allée, se trouvait, depuis des temps immémoriaux, une lourde tour de pierre : la chapelle des Grands-Dieux.

Les croyants venaient y pratiquer leur culte, mais ce soir-là elle était vide. Cela tombait bien. La tour n'était pas très haute, rien de comparable à l'Aiguille, mais elle se dressait néanmoins bien au-dessus des autres constructions. Toute la journée, elle avait été battue par les vents. Cette dernière rafale fut trop pour elle. Les dix derniers mètres, tout en pierre, s'envolèrent, comme le chapeau d'un épouvantail dans les champs. La tour s'écrasa dans la rue et sur les maisons alentour dans un vacarme infernal.

Les gens des communs, exténués par l'orage, ne firent guère attention à la chute de la chapelle des Grands-Dieux (pourtant, ils s'étonneraient grandement le lendemain, en voyant les ruines couvertes de neige). Ils se contentèrent de grommeler, à demi assoupis, de se retourner dans leur lit et de se rendormir aussitôt.

Les gardes du tour de ronde, du moins ceux qui n'étaient pas trop ivres, entendirent et coururent voir ce qui s'était passé. À part ces quelques individus et quelques autres qui entendirent le fracas, l'événement passa inaperçu sur le moment...

Ben, Dennis et Naomi, qui se préparaient dans leur remise à serviettes à porter secours à leur véritable roi, l'entendirent et se regardèrent, les yeux écarquillés.

– Peu importe, dit Ben un instant plus tard, je ne sais pas ce qui s'est passé, mais cela ne fait rien, continuons comme si de rien n'était.

Beson, pas plus que les gardes de rang inférieur, absolument ivres morts, ne l'entendit, mais Peter, si. Il était assis par terre dans sa chambre et passait la corde entre ses doigts, cherchant les points faibles. Il leva la tête en entendant le bruit de tonnerre étouffé par la neige et alla à la fenêtre. Il ne voyait rien ; cela s'était passé bien plus loin. Après avoir réfléchi un instant, il retourna à sa corde. Minuit approchait, et il en arrivait à la même conclusion que ses amis. Peu importe. Les dés étaient jetés. Il devait continuer.

Dans l'obscurité du passage secret, Thomas entendit la chute de la chapelle des Grands-Dieux et se réveilla. Il entendit les chiens aboyer au-dessous de lui et, horrifié, comprit où il se trouvait.

Un autre individu qui dormait aussi d'un sommeil léger et tourmenté se réveilla. Il se réveilla bien qu'il fût profondément enterré dans les entrailles du château.

– Catastrophe ! cria l'une des têtes du perroquet.
– Incendie, inondation, évasion ! cria l'autre.

Flagg s'était réveillé. Je vous ai déjà dit que le mal est parfois étrangement aveugle, et je ne mentais pas. Parfois, le mal s'assoupit sans raison et s'endort.

Mais à présent, Flagg était réveillé.

112

Flagg était revenu de son voyage dans le Nord avec une forte fièvre, une mauvaise grippe et un esprit confus.

Quelque chose ne tourne pas rond, quelque chose ne tourne pas rond, semblaient lui murmurer les murs de pierre... mais que Flagg fût pendu s'il savait de quoi il s'agissait. La seule chose dont il était sûr, c'est que ce quelque chose avait des crocs acérés. Il lui semblait qu'un furet lui mordillait la cervelle. Il se souvenait exactement du moment où l'animal avait commencé à le ronger : pendant le trajet du retour de sa vaine expédition à la recherche des rebelles. Car... car...

Car les rebelles auraient dû être là !

Et pourtant, il n'avait trouvé personne. Flagg avait horreur de se laisser induire en erreur. Il avait encore plus horreur d'avoir l'impression de s'être trompé. S'il s'était trompé sur le repaire des rebelles, il avait peut-être commis d'autres erreurs. Lesquelles ? Il l'ignorait. Mais il faisait des cauchemars. Ce petit animal agressif qui fouinait dans sa tête l'inquiétait, oui, lui rappelait qu'il oubliait des éléments et que des événements se produisaient derrière son dos. Il courait, grignotait, lui gâchait son sommeil. Flagg avait des potions pour guérir sa grippe, mais rien ne pouvait s'attaquer à ce méchant furet.

Que se passait-il ?

Il se posait et se reposait la question, et il lui semblait que rien ne pouvait arriver. Depuis des siècles et des siècles, il avait haï l'ordre et la clarté qui régnaient sur Delain et il avait travaillé dur à leur destruction, travaillé dur pour tout briser comme cette rafale de vent qui avait démoli la chapelle des Grands-Dieux. Toujours, quelqu'un lui avait barré la route ; une Kyla la Douce, une Sasha... quelqu'un, quelque chose... Mais là, il ne voyait rien qui s'opposait à ses desseins, quelle que fût la direction où il se tournait. Thomas était entre ses mains ; si Flagg lui demandait de se jeter du plus haut parapet du château, ce pauvre idiot se contenterait de demander à quelle heure il devrait obéir ! Les fermiers croulaient sous le poids des impôts que Thomas avait levés sous l'influence de Flagg.

Yosef avait dit un jour à Peter que les gens, comme les cordes, avaient un point de rupture. Les marchands et les paysans de Delain s'en approchaient dangereusement... Les cordes qui relient les lourds impôts aux citoyens sont simplement tissées de loyauté... la loyauté envers le roi, envers la patrie, le gouvernement... Si le fardeau devenait trop lourd... toutes les cordes sauteraient, et les stupides bœufs... – car c'est ainsi que Flagg voyait les citoyens de Delain – fonceraient, tête baissée, écrasant tout sur leur chemin. Les premiers bœufs s'étaient déjà sauvés et rassemblés dans le Nord. Ils se donnaient le nom d'exilés, mais ils ne tarderaient plus à se considérer comme des rebelles. Peyna était éliminé et Peter moisissait au sommet de l'Aiguille.

Alors ? Qu'est-ce qui n'allait pas ?

Rien, mais rien. Absolument rien !

Pourtant, le furet courait, sautillait, gigotait, dansait. Souvent, ces dernières semaines, Flagg s'était réveillé, pris de sueurs froides, non pas à cause d'un nouvel accès de fièvre, mais à cause d'un cauchemar. Lequel ? Il ne s'en souvenait jamais. Il se réveillait en sursaut, la main devant l'œil gauche comme s'il avait été blessé et que son œil le brûlait, bien qu'il n'y eût pas même une minuscule poussière.

113

Cette nuit-là, le rêve était encore frais dans son esprit, car il s'était réveillé en sursaut, juste avant la fin. Bien entendu, c'était la chute de la chapelle des Grands-Dieux qui l'avait tiré de son sommeil.

– Haah ! cria Flagg en se redressant sur sa chaise.

Il avait le regard fixe, les yeux tout blancs, les joues humides et luisantes de transpiration.

– Catastrophe ! cria l'une des têtes du perroquet.

– Incendie, inondation, évasion ! cria l'autre.

Évasion ! Évasion ! c'est ça qui me rongeait l'esprit, c'est ça qui me rongeait !

Il baissa les yeux et vit que ses mains tremblaient. Furieux, il se leva d'un bond.

– Il a l'intention de s'échapper, murmura-t-il en se passant la main dans les cheveux. Mais comment ? Comment ? Quel est son plan ? Qui va l'aider ? Ils le paieront de leur vie, ça je le jure ! Et ils ne mourront pas d'un coup net, oh ! que non ! Ils brûleront à petit feu, tout doucement... Ils seront fous de douleur...

– Fou ! hurla l'une des têtes.

– Douleur ! hurla l'autre.

– Taisez-vous et laissez-moi réfléchir !

Flagg saisit une jarre remplie d'un liquide brunâtre et la jeta sur la cage du perroquet qu'elle heurta et fit tomber. Il y eut un éclair de lumière froide. Les deux têtes du perroquet couinèrent de terreur. Il tomba de son perchoir et s'écroula au fond de la cage, assommé, jusqu'au lendemain matin.

Flagg faisait les cent pas dans la pièce, découvrant ses dents. Il se tordait les mains, dans une furieuse bataille de doigts. Sous ses bottes, des étincelles verdâtres jaillissaient du sol de son laboratoire badigeonné de nitrate. Elles avaient l'odeur d'un éclair d'été.

Comment ? Quand ? Avec l'aide de qui ?

Il ne savait plus... déjà, le rêve s'estompait.

– Il faut que je sache, il *faut* que je sache !

Le temps pressait, ça, il le sentait. Ce serait bientôt, très bientôt.

Il prit son porte-clés et ouvrit le dernier tiroir de son bureau. Il en sortit un écrin de bois de fer finement gravé et en retira un sac de cuir. Il dénoua la cordelette et libéra une pierre qui semblait luire de l'intérieur, d'une couleur aussi laiteuse que les yeux d'un aveugle. On aurait dit une vulgaire pierre à savon, mais c'était du cristal : la boule de cristal magique de Flagg.

Il fit le tour de la pièce, éteignant toutes les lumières. Bientôt ses appartements furent plongés dans le noir. Dans l'obscurité, Flagg retourna vers son bureau d'un pas sûr, contournant des objets que vous ou moi aurions heurtés et qui nous auraient fait trébucher. L'obscurité n'était rien pour le magicien ; il l'aimait et voyait dans le noir, comme un chat.

Il s'assit, posa les mains sur la pierre, et, de la paume, en caressa les contours rugueux.

– Montre-moi, c'est un ordre !

Au début, il ne se passa rien, puis, peu à peu, le cristal se mit à scintiller de l'intérieur. Ce n'était qu'une faible lueur, diffuse et pâle. Flagg toucha encore la pierre, du bout des doigts cette fois. La pierre devenait toute chaude.

– Montre-moi Peter ! C'est un ordre ! Montre-moi cet infâme qui ose se mettre en travers de mon chemin, montre-moi ce qu'il veut faire !

La lueur devenait de plus en plus brillante... brillante... brillante... Les yeux étincelants, les lèvres minces découvrant ses dents, Flagg se pencha sur la pierre. Là, Peter, Ben, Dennis et Naomi auraient reconnu leur rêve, auraient reconnu la lueur qui éclairait le visage du magicien et qui n'avait rien de la lumière d'une bougie.

Soudain, l'éclat laiteux s'évanouit pour laisser la place à une lumière vive. Flagg voyait au cœur de la pierre. Ses yeux s'écarquillèrent... puis se plissèrent sous la surprise.

C'était Sasha, enceinte, assise au pied du lit d'un petit garçon. Celui-ci tenait une ardoise. Deux mots y étaient écrits, CHIEN et BIEN.

Impatient, Flagg repassa les mains sur la pierre qui émettait des vagues de chaleur.

– Ah ! montre-moi ce que je veux savoir, c'est un ordre !

De nouveau, le cristal s'éclaircit.

C'était Peter, jouant avec la maison de poupée de sa mère ; il faisait semblant d'être attaqué par les Indiens ou des dragons, ou une ânerie de ce genre. Le vieux roi se tenait dans un coin et observait son fils, démangé par l'envie de jouer avec lui...

– Bah ! cria Flagg en passant de nouveau ses mains sur la pierre. Qu'est-ce que c'est que ces vieilleries insignifiantes ? Je veux connaître son plan d'évasion... et la date ! C'est un ordre !

La pierre devenait de plus en plus chaude. S'il ne la laissait pas se reposer, bientôt elle éclaterait en mille morceaux. Et les boules de cristal magiques n'étaient pas faciles à trouver. Il lui avait fallu trente ans de recherches avant d'en dénicher une. Mais Flagg préférait la voir éclater plutôt que d'abandonner.

– C'est un ordre ! répéta-t-il, et, pour la troisième fois, l'apparence laiteuse disparut. Flagg se pencha sur la pierre jusqu'à ce que la chaleur lui tire les larmes des yeux. Il les plissa et, malgré la souffrance, les écarquilla sous le choc et la fureur.

C'était Peter. Il descendait lentement le long de la paroi de l'Aiguille. Il faisait sans doute appel à un quelconque tour de magie, car il n'y avait pas de corde...

Ou alors... ?

Flagg passa la main devant son visage pour dissiper la chaleur. Une corde ? Non, pas vraiment... plutôt un fil de toile d'araignée... pourtant, il supportait son poids !

– Peter ! souffla Flagg, et, en entendant son nom, la minuscule silhouette se retourna.

Flagg souffla sur la pierre et sa lumière vive et scintillante s'éteignit. Il vit son éclat se ternir sous ses yeux, alors qu'il était toujours assis dans le noir.

Peter. Peter allait s'évader. Quand ? Dans la pierre, cela se passait la nuit. Des flocons de neige épars et cristallisés voguaient autour de la silhouette et descendaient le long du mur courbe. Alors ? Plus tard dans la nuit ? Demain soir ? La semaine prochaine ? Ou...

Flagg repoussa son bureau et sauta d'un bond. Ses yeux s'emplirent de feu alors qu'il regardait son laboratoire sombre et nauséabond.

... ou était-il déjà trop tard ?

Non, ça suffit, par tous les dieux passés et à venir, ça suffit !

Il traversa la pièce à grands pas et saisit une immense arme accrochée au mur. Elle était encombrante, mais il la maniait avec aise et familiarité. Familiarité ? Oh ! que oui ! Il s'en était servi bien souvent quand il était venu à Delain sous le nom de Bill Hinch, le bourreau le plus redouté de tous les temps. Cette lame avait déjà tranché des milliers de têtes. Au-dessus de la lame, faite d'acier anduais deux fois trempé, Flagg avait apporté des petites modifications : des petites boules métalliques, remplies de poison.

– ÇA SUFFIT ! s'exclama une fois encore Flagg, dans un accès de fureur, de rage et de frustration.

Dans les profondeurs de son inconscience, le perroquet à deux têtes gémit en entendant ce cri.

Flagg prit son manteau au crochet près de la porte, le passa sur ses épaules et ferma l'attache, un scarabée d'argent.

Il en avait assez. Cette fois, il ne laisserait personne déjouer ses plans, et surtout pas cet infâme gamin. Roland était mort, Peyna destitué, les nobles exilés... Il n'y aurait personne pour pleurer la mort du prince... d'autant plus qu'il avait assassiné son propre père.

Si tu ne t'es pas encore évadé, mon cher prince, tu n'auras jamais plus l'occasion de le faire. Mais quelque chose me dit que tu es toujours présent à l'appel. Une partie de toi s'en ira ce soir, ça, je te le promets, et cette partie-là, je l'emporterai par les cheveux.

En courant dans le couloir qui menait à la porte du donjon, Flagg se mit à rire... un rire qui aurait donné des cauchemars à une statue de pierre.

114

L'intuition de Flagg était juste. Peter avait terminé l'inspection de sa corde de coton tressé, mais il attendait toujours que le veilleur de nuit annonce minuit quand Flagg déboucha de la porte du donjon et traversa la place de l'Aiguille. La chapelle des Grands-Dieux s'était écroulée à onze heures et quart ; il était minuit moins le quart quand la boule de cristal avait enfin appris à Flagg ce qu'il voulait savoir (mais vous serez peut-être d'accord avec moi pour penser qu'elle avait essayé de lui dire la vérité de deux autres manières, dès le début). Quand Flagg arriva à la place de l'Aiguille, il restait encore dix minutes avant qu'il fût minuit.

La porte du donjon se trouvait au nord-est de l'Aiguille. Du côté sud, se trouvait une petite entrée connue sous le nom de Porte des camelots. On aurait pu tracer une diagonale parfaite entre la porte du donjon et la Porte des camelots. Et au beau milieu, bien sûr, se dressait l'Aiguille.

Au moment précis où Flagg débouchait sur la place, Ben, Naomi, Dennis et Frisky sortirent par la Porte des camelots. Sans le savoir, ils allaient les uns vers les autres. L'Aiguille les séparait, mais si le vent était tombé, Ben et ses amis auraient entendu les talons de Flagg claquer sur les pavés ; et Flagg aurait entendu le faible grincement d'une roue mal huilée. Mais ils étaient tous perdus dans leurs propres pensées, même Frisky qui avait repris son ancien travail et tirait un fardeau.

Ben et ses amis arrivèrent les premiers au pied de l'Aiguille.

– Bon, commença Ben, et, à ce moment-là, de l'autre côté, à moins de quarante pas, Flagg se mit à cogner sur la lourde porte aux triples gonds.

– Ouvrez ! Au nom du roi, ouvrez !

– Qu'est-ce..., commença Dennis, mais Naomi lui mit une main aussi ferme que l'acier sur la bouche et regarda Ben les yeux remplis de terreur.

115

La voix monta en spirale dans l'air glacé de l'après-orage jusqu'à la cellule de Peter. Elle était faible, mais parfaitement compréhensible.

– Au nom du roi, ouvrez !

Au nom du diable, ouvrez ! devrais-tu plutôt dire.

Peter était un garçon courageux, mais quand il entendit cette voix et se souvint des petits yeux rouges, toujours dissimulés sous un capuchon, il sentit ses os se glacer et son estomac s'enflammer. Sa bouche devint aussi sèche qu'une bûche de bois, ses cheveux se dressèrent sur sa tête. Si quelqu'un vous a déjà raconté qu'être courageux cela signifie n'avoir jamais peur, je peux vous affirmer le contraire. Peter n'avait jamais eu si peur de sa vie.

C'est Flagg, il est venu me chercher !

Peter se leva, et, pendant un instant, il crut que ses jambes seraient incapables de le soutenir. Le destin frappait à la porte des gardes.

– Ouvrez ! Allez, debout, bande d'ivrognes ! Beson, lève-toi, vaurien !

Ne te presse pas, se dit Peter. *Pas de précipitation. Sinon, tu vas commettre des erreurs et jouer le jeu de Flagg. Personne ne lui a encore ouvert. Beson est saoul ; il chancelait déjà à l'heure du dîner et il est sûrement ivre mort à présent. Flagg n'a pas la clé, sinon il ne perdrait pas son temps à frapper. Alors, prends les choses une par une, exactement comme prévu. Il faut qu'il entre et qu'ensuite il monte toutes ces marches. Trois cents marches. Tu as encore une chance de le prendre de vitesse.*

Il retourna dans sa chambre et retira les attaches de fer qui retenaient le cadre du sommier rustique. Le lit s'écroula. Il prit l'une des barres de côté et l'apporta dans le salon. Il avait déjà longuement mesuré cette barre. Il savait qu'elle était plus large que la fenêtre, et bien que la surface fût rouillée, il pensait que l'intérieur était encore sain. *Il vaudrait mieux. Quelle mauvaise blague si la corde tenait et que la barre se brisait!*

Peter regarda par la fenêtre. Il ne voyait personne, mais il avait vu trois petites silhouettes traverser la place de l'Aiguille juste avant que Flagg se mît à tambouriner. Dennis avait donc recruté des amis. Ben était-il parmi eux ? Peter l'espérait, mais n'y croyait pas vraiment. Qui était le troisième ? Et à quoi servait ce chariot ? Il n'avait guère le temps de trouver la réponse à toutes ces questions.

– Bandes de chiens ! Ouvrez cette porte ! Au nom du roi, ouvrez ! Au nom de Flagg, ouvrez ! Ouvrez !

Dans le silence de minuit, Peter entendit qu'on tirait les lourdes traverses de bois, tout en bas, au pied de l'Aiguille. Sans doute la porte s'ouvrit-elle, mais cela, il ne l'entendit pas. Le silence...

... puis un cri, un gargouillis étouffé.

116

Le malheureux garde qui répondit enfin aux sommations de Flagg vécut moins de quatre secondes après avoir retiré la dernière traverse de la porte. Il eut une vision cauchemardesque d'un visage pâle, d'yeux étincelants et d'un manteau noir qui volait au vent comme les ailes d'un immense corbeau. Il cria. Soudain, l'espace s'emplit d'un son de métal qui déchira l'air. Le garde du rang inférieur, toujours à moitié ivre, leva les yeux au moment où la hache de guerre de Flagg lui fendit la tête en deux.

– La prochaine fois qu'on vous demande d'ouvrir au nom du roi, dépêchez-vous, ça vous évitera d'avoir du nettoyage à faire le lendemain matin ! hurla Flagg.

Riant aux éclats, il donna un coup de pied dans le corps et se dirigea vers l'escalier. Tout allait bien, il avait pris conscience du danger à temps.

Il le sentait.

Il ouvrit une porte sur sa droite et entra dans le couloir principal proche du tribunal où autrefois Peyna avait rendu justice. À l'extrémité du couloir, l'escalier commençait. Flagg leva les yeux, en souriant de son horrible sourire de requin.

– Ha, ha ! Peter ! coucou, me voilà ! coucou, me voilà ! cria-t-il joyeusement.

Sa voix grimpa dans le colimaçon et arriva jusqu'à Peter qui attachait sa mince corde à la barre qu'il avait retirée de son lit.

– Me voilà, mon cher Peter, je suis venu faire ce que j'aurais dû faire il y a bien longtemps !

Le sourire de Flagg s'élargissait. Il était horrible ; l'air d'un démon qui serait ressorti des entrailles de l'enfer. Il brandit sa hache de bourreau ; quelques gouttes de sang du garde lui tombèrent sur le visage et coulèrent sur ses joues, comme des larmes.

– Coucou, me voilà ! mon cher Peter, je suis venu te trancher la tête ! cria Flagg en courant dans l'escalier.

Une marche, deux marches. Trois. Six. Dix...

117

Les mains tremblantes de Peter s'agitaient vainement. Le nœud qu'il avait réussi des centaines de fois ne cessait de lâcher, et il devait sans cesse recommencer.

Ne te laisse pas envahir par la panique.

C'était idiot, il avait peur ; une peur bleue. Thomas aurait été surpris d'apprendre que Peter avait toujours eu peur de Flagg lui aussi. Il parvenait mieux à le cacher, c'était tout.

S'il veut te tuer, qu'il se débrouille tout seul, ne lui facilite pas la tâche.

Ces pensées se formaient dans la tête de Peter, mais

elles prenaient la voix de sa mère. Sa main s'affirma un peu, et, une fois de plus, il noua l'extrémité de sa corde à la barre.

118

– Je garderai ta tête sur le pommeau de ma selle pendant cent ans ! cria Flagg. Oh ! quel beau trophée tu feras !

Vingt. Trente. Quarante.

Ses talons faisaient jaillir des étincelles vertes sur la pierre. Ses yeux brûlaient. Son sourire n'était que poison. *COUCOU ! ME VOILÀ, PETER !*

Soixante-dix. Plus que deux cent trente marches.

119

Si vous vous êtes déjà réveillé dans un endroit inconnu en plein milieu de la nuit, vous savez à quel point cela peut être terrifiant de se retrouver seul dans le noir. Essayez de vous imaginer en train de regarder, derrière des yeux de dragon, la pièce où vous avez vu votre propre père se faire assassiner !

Thomas hurla. Personne ne l'entendit à part peut-être les chiens du chenil, mais j'en doute, car ils étaient vieux, à moitié sourds et faisaient beaucoup de bruit.

Il y avait une croyance à Delain, que l'on tient encore souvent pour vraie de nos jours : c'est que si un somnambule se réveille avant d'être retourné dans son lit, il devient fou.

Thomas avait sûrement déjà entendu cette fable. Dans ce cas, il aurait pu affirmer qu'elle ne contenait pas une once de vérité. Il eut si peur qu'il en cria, mais il était loin d'avoir perdu la raison.

En fait, sa première terreur s'estompa assez rapidement, plus rapidement que vous pourriez le penser, et il regarda de nouveau à travers les trous. Cela peut vous paraître étrange, mais il faut vous souvenir qu'avant la terrible nuit où Flagg était venu voir son père avec un verre de vin, Thomas avait passé des heures agréables dans ce passage secret. Elles avaient été souvent entachées de culpabilité, mais jamais il ne s'était senti aussi proche de son père. En s'y retrouvant, il éprouvait une étrange nostalgie.

La pièce n'avait guère changé. Les têtes empaillées se trouvaient toujours là : Bouboule, l'élan, Farceur, le lynx, et Gros Dur, l'ours blanc. Et, bien sûr, Nini, le dragon, à travers les yeux duquel il voyait tout, avec la flèche Massacreuse et l'arc Exterminateur, au-dessus.

Bouboule... Farceur... Gros Dur... Nini.

Je me souviens de tous les noms, pensa Thomas, émerveillé. *Et je me souviens de toi, papa. Je voudrais que tu sois là et que Peter soit libre, même si cela signifiait que personne ne s'apercevrait que je suis encore vivant. Au moins, je dormirais tranquille la nuit.*

Quelques meubles avaient été recouverts de draps blancs poussiéreux, mais la plupart restaient nus. L'âtre était froid et noir, mais on avait installé des bûches. De plus en plus étonné, Thomas s'aperçut que la vieille robe de chambre de son père était toujours là, accrochée à sa place habituelle près de la salle de bains. L'âtre était froid, mais il aurait suffi d'une allumette pour lui rendre chaleur et vie. La pièce aussi n'avait besoin que de son père pour retrouver chaleur et vie.

Soudain, Thomas sentit un étrange désir monter en lui. Il voulait aller dans cette pièce ; il voulait allumer le feu, il voulait enfiler la robe de chambre de son père, boire un verre de son hydromel, même si le temps l'avait frelaté. Il croyait... il croyait qu'il pourrait trouver le sommeil dans cette pièce.

Un faible sourire fatigué éclaira son visage, et il décida d'y aller. Il n'avait pas peur du fantôme de son père, au contraire, il espérait sa présence. Il avait quelque chose à lui dire.

Il lui demanderait pardon.

120

– J'ARRIVE, PETER ! J'ARRIVE ! cria Flagg, en grimaçant.

Il avait l'odeur du sang et de la mort ; ses yeux étincelaient de feu. La hache du bourreau sifflait, et les dernières gouttes de sang de la lame éclaboussaient les murs.

– J'ARRIVE ! ATTENTION À TA TÊTE !

Toujours plus haut, toujours plus haut ! Le diable en personne animé d'une volonté de meurtre.

Cent. Cent vingt-cinq.

121

– Plus vite ! dit Ben à Dennis et à Naomi.

La température commençait à redescendre, mais ils étaient en nage, tous les trois. À cause de l'effort – ils travaillaient dur –, mais aussi à cause de la peur. Ils entendaient les hurlements de Flagg. Même Frisky, malgré sa bravoure, tremblait. Il baissait la croupe et gémissait.

122

– J'ARRIVE, VAURIEN !

Il s'approchait. La voix était plus plate, presque sans écho.

La hache sifflait et soufflait.

123

Cette fois, le nœud tenait bon.

Grands dieux, aidez-moi ! pensa Peter en regardant une fois de plus dans la direction d'où venait la voix de Flagg. *Grands dieux, venez à mon secours !*

Peter passa une jambe par la fenêtre. Il se tenait à califourchon, comme autrefois sur la selle de Poeny, un pied toujours sur le sol de pierre de son salon, l'autre se balançant dans le vide. Il tenait sa corde en tas et la barre de fer sur ses genoux. Il lança la corde par la fenêtre et la regarda tomber. Elle s'emmêla à mi-chemin et il perdit un temps précieux à la secouer comme une ligne de pêcheur, avant qu'elle se démêlât.

Puis, prononçant une dernière prière, il attrapa la barre de métal et la tira contre la fenêtre. Sa corde était accrochée au milieu. Peter glissa la jambe qui était encore à l'intérieur et se tourna en se tenant à la barre. Il n'avait plus que les fesses sur le rebord de la fenêtre. Il fit un demi-tour et son ventre se retrouva tout contre la pierre froide. Il avait les jambes dans le vide. La barre de fer tenait bon.

Peter lâcha la main droite et attrapa sa corde mince. Il marqua une pause pour vaincre sa peur.

Il ferma les yeux et lâcha la barre de son autre main. Tout son poids était suspendu à la corde. Pour le meilleur ou pour le pire, sa vie reposait sur les serviettes de coton. Peter amorça sa descente.

124

– J'ARRIVE !

Deux cents.

– GARE À TA TÊTE...

Deux cent cinquante.

– ... MON CHER PRINCE !

Deux cent soixante-quinze.

125

Ben, Dennis et Naomi apercevaient Peter, sombre silhouette humaine qui se détachait contre la courbe du mur de l'Aiguille, haut dans le ciel, plus haut que le plus audacieux des acrobates n'oserait aller.

– Plus vite ! gémit Ben à l'intention de Dennis et Naomi, plus vite ! Votre vie est en jeu !... sa vie est en jeu !

Ils finirent de vider le chariot en hâte... mais, en vérité, ils avaient fait presque tout ce qu'ils pouvaient faire.

126

Flagg se précipitait dans l'escalier, le capuchon tombé en arrière, les cheveux raides et noirs volant derrière ses oreilles.

Il y était presque... presque...

127

Le vent était faible, mais glacial. Il soufflait sur les joues et les mains nues de Peter qui s'engourdissaient. Lentement, lentement, il descendait, avec une prudence délibérée. S'il perdait le contrôle de ses mouvements, il tomberait. Au-dessus de lui, les grands blocs de pierre semblaient grimper régulièrement... Bien vite, il eut l'impression de rester immobile alors que l'Aiguille s'élevait dans le ciel. Il avait le souffle court. Des flocons de neige froide lui déchiraient le visage. La corde était trop mince ; si ses mains s'engourdissaient encore, il ne la sentirait plus.

Avait-il beaucoup progressé ?

Il n'osait pas regarder en bas.

Au-dessus de lui, des fils isolés, habilement tissés, un peu comme ceux d'un tapis tressé, avaient commencé à s'effilocher. Peter ne s'en aperçut pas, ce qui valait mieux sans doute. La corde approchait dangereusement du point de rupture.

128

– Plus vite, Roi Peter ! murmurait Dennis.

Ils avaient terminé de vider le chariot ; ils n'avaient

plus qu'à attendre. Peter avait parcouru à peu près la moitié de la descente.

– C'est haut..., gémit Naomi, si jamais il tombe...

– S'il tombe, il se tuera, dit Ben d'un ton plat et froid qui les réduisit au silence.

129

Flagg parvint en haut de l'escalier et courut dans le couloir, tout pantelant. Des gouttes de sueur perlaient sur son horrible sourire grimaçant.

Il posa sa hache et tira la première des traverses de la porte de la cellule. Il tira la deuxième... et marqua une pause. Non, ce ne serait pas malin de se ruer à l'intérieur, non, pas malin du tout. L'oiseau risquait de tenter une évasion à ce moment précis, mais il pourrait aussi se cacher derrière la porte, prêt à sauter sur Flagg dès qu'il entrerait.

Il ouvrit la lucarne et, quand il vit la barre passée en travers de la fenêtre, il comprit et hurla de rage.

– Ne crois pas t'en tirer comme ça, mon joli ! On va voir comment tu voles quand ta corde sera coupée, pas vrai, mon bel oiseau ?

Flagg ouvrit la troisième traverse et se précipita dans la cellule, brandissant sa hache au-dessus de sa tête. Finalement, après un bref regard par la fenêtre, il décida de ne pas couper la corde.

130

Peter descendait. Tous ses muscles tremblaient d'épuisement. Il avait la bouche sèche. Jamais il n'avait eu si soif de sa vie. Cela faisait une éternité qu'il était suspendu à cette corde, et une certitude l'envahissait : il n'aurait jamais à boire. Il allait mourir, et, plus pénible encore, il allait mourir de soif. À ce moment-là, cela lui paraissait pire que tout.

Il n'osait toujours pas regarder en bas, mais il ressentait une étrange compulsion à regarder en haut ; une compulsion aussi forte que celle qui poussait son frère à aller dans la chambre du roi. Il y obéit donc et, à quelque soixante mètres de lui, il vit le visage pâle et meurtrier de Flagg qui lui souriait.

– Alors, mon petit oiseau, on veut s'envoler ? J'ai une hache, mais, finalement, je n'aurai pas besoin de m'en servir. Tu vois, je l'ai rangée.

Et le magicien montra ses mains nues.

À cette simple vue, Peter sentit toute la force de ses bras et de ses jambes l'abandonner. Il se concentra sur sa corde. Il ne la sentait plus. Il la tenait toujours, car il la voyait sortir de son poing, mais c'était tout. Il suffoquait et respirait par saccades.

Il regarda en bas, et vit les trois petits cercles blancs des visages, tournés vers lui, des cercles minuscules. Il n'était pas à six mètres des pavés gelés, ni même à quinze. Il était à trente mètres : au niveau du dixième étage d'un immeuble !

Il tenta de bouger mais en fut incapable. S'il faisait un geste, il tomberait. Il resta donc suspendu à la façade de la tour, le visage battu par les flocons de neige glacée. En haut, dans son ancienne prison, Flagg se mit à rire.

131

– Pourquoi ne bouge-t-il pas ? s'écria Naomi, enfonçant une main emmitouflée dans l'épaule de Ben.

Elle avait les yeux rivés sur la petite silhouette tournoyante de Peter. Là, pivotant légèrement sur lui-même, suspendu dans le vide, on aurait dit un pendu.

– Qu'est-ce qui lui arrive ?

– Je ne sais...

Le rire glacial de Flagg les interrompit soudain.

– Qui va là ? s'écria-t-il d'une voix de tonnerre. Répondez, si vous tenez à vos têtes ! Qui va là ?

Frisky gémit et se blottit contre Naomi.

– Oh ! grands dieux, nous sommes pris ! dit Dennis. Qu'allons-nous faire ?

– Attendre, dit Ben, morose. Si le magicien descend,

nous nous battrons. Attendons de voir ce qui se passe. Attendons.

Mais ils n'eurent pas à attendre longtemps, car dans les secondes qui suivirent, l'affaire, presque toute l'affaire, fut résolue.

132

En voyant la minceur de la corde de Peter, Flagg avait tout compris en un éclair du début à la fin, des serviettes à la maison de poupée. Peter préparait son évasion sous son nez, et il avait failli ne rien voir ! Mais il voyait malgré tout quelque chose... les fils lâchaient, la corde s'usait à quelques mètres de lui.

Flagg aurait pu tourner la barre de fer et envoyer Peter à la mort, avec elle derrière lui qui lui aurait peut-être fracassé la tête avant qu'il ne tombe. Il aurait pu prendre sa hache et couper le fil.

Il préféra pourtant laisser les choses suivre leur cours, et, après qu'il eut donné de la voix contre les trois silhouettes en contrebas, les choses suivirent leur cours, effectivement.

La corde avait atteint son point de rupture. Elle se rompit dans un petit sbling, comme une corde de luth trop serrée.

– Au revoir, mon petit oiseau ! s'écria Flagg joyeusement en se penchant pour le regarder tomber. Au revoiii...

Soudain, sa voix retomba et ses yeux s'écarquillèrent. Comme lorsqu'il avait regardé dans la boule de cristal, il aperçut la petite silhouette qui descendait le long de l'Aiguille. Il ouvrit la bouche et hurla de rage. Et ce cri effroyable réveilla plus de gens que la chute de la chapelle des Grands-Dieux.

133

Peter entendit le petit sbling et sentit la corde se casser. Une rafale glacée lui balaya le visage. Il essaya de se préparer à la chute, sachant qu'il lui restait moins d'une seconde. S'il ne mourait pas sur le coup, la douleur serait épouvantable.

Et ce fut là que Peter s'enfonça dans l'épais monticule de serviettes royales que Frisky avait tirées hors du château dans un chariot volé ; les serviettes royales que Ben, Dennis et Naomi s'étaient empressés d'empiler. On ne sut jamais la hauteur du tas, car Ben, Dennis et Naomi avaient des estimations fort différentes à ce sujet. Peut-être que Peter pouvait plus facilement en juger, après tout, c'était lui qui était tombé dedans. Lui pensait que ce drôle de matelas de sauvetage devait avoir au moins six mètres d'épaisseur, et, ma foi, il pourrait bien avoir raison.

134

Il s'enfonça en plein milieu et y creusa un cratère. Ensuite, il retomba sur le dos et resta immobile. Très haut au-dessus de sa tête, Ben entendit le magicien hurler de rage. *Inutile de t'énerver, tout va bien pour toi, magicien. Il est mort, malgré tous nos efforts !* pensa Ben.

Ensuite, Peter s'assit. Il paraissait abasourdi, mais parfaitement en vie. Malgré Flagg, malgré les gardes du tour de ronde qui se précipitaient vers eux, Ben Staad hurla de joie. Dans un cri de triomphe, il prit Naomi dans ses bras et l'embrassa.

– Hourra ! s'écria Dennis, pris de vertige. Hourra ! Vive le Roi !

Flagg hurla encore, tel un rapace qui vient de se faire voler sa proie. Les hourras, les embrassades et les baisers cessèrent d'un coup.

– Vous me le paierez ! cria-t-il, fou de rage. Vous le paierez de vos têtes, tous autant que vous êtes ! Gardes, tous à l'Aiguille ! Tous à l'Aiguille ! Le meurtrier s'est évadé ! Tous à l'Aiguille ! Tuez le prince assassin ! Lui et toute sa bande ! Tuez-les tous !

Au château, qui entourait la place des quatre côtés, les fenêtres commencèrent à s'éclairer. De tous côtés, on entendait des bruits de bottes et le tintement des épées.

– Tuez le prince régicide ! hurlait Flagg de sa voix diabolique. Tuez-les tous ! TUEZ-LES !

Peter essaya de se lever, de se débattre, mais il retomba. Il savait qu'il fallait qu'il se redresse sur ses pieds le plus vite possible, car sinon il se ferait tuer... mais il se croyait déjà mort ou grièvement blessé, et pensait que tout n'était qu'illusion de son esprit agonisant. Il rêvait qu'il était tombé dans un lit fait des serviettes qui l'avaient obsédé pendant tant et tant d'années... Comment aurait-ce pu être autre chose qu'un rêve ?

La main ferme de Ben lui attrapa le bras, et, tout d'un coup, le prince comprit qu'il n'avait rien imaginé.

– Peter ? Ça va ? Ça va ?

– Pas une égratignure ! Il faut partir d'ici !

– Mon Roi ! s'exclama Dennis, tombant à genoux devant Peter encore abasourdi et, avec un sourire idiot, il poursuivit : Je vous jure fidélité et loyau...

– Tu jureras plus tard, dit Peter, riant malgré lui. Alors que Ben l'avait redressé sur ses pieds, il releva Dennis.

– Sortons d'ici !

– Par où ? demanda Ben, qui savait comme Peter que Flagg était déjà en chemin. Ils viennent de tous les côtés.

En vérité, Ben pensait qu'ils ne pourraient jamais éviter l'affrontement inéluctable, et qu'ils se feraient tous massacrer. Mais, abasourdi ou pas, Peter savait exactement où il voulait aller.

– La porte Ouest. Vite ! Courez !

Ils se mirent à courir tous les quatre, Frisky derrière leurs talons.

135

À une cinquantaine de mètres de la porte Ouest, Peter et ses amis rencontrèrent un groupe de sept gardes, assoupis et groggy. La plupart avaient cherché à s'abriter de la tempête dans les cuisines, à boire de l'hydromel et à se dire qu'ils auraient au moins quelque chose à raconter à leurs petits-enfants. Ils ne connaissaient pas la moitié de ce qu'ils auraient pu raconter, cependant. Leur chef n'était qu'un adolescent d'à peine vingt ans, et ce n'était qu'un faucon, ce que nous nommerions caporal aujourd'hui. Pourtant, comme il n'avait pas bu, il était encore assez conscient de son devoir et bien déterminé à le faire.

– Au nom du roi, qui va là ? cria-t-il alors que le groupe de Peter s'approchait.

Il essaya de parler avec une voix de tonnerre mais un conteur se doit de dire la vérité autant que possible, et j'avoue que sa voix ressemblait plutôt à un couinement.

Peter n'était pas armé, mais Ben et Naomi portaient des sabres et Dennis avait toujours son poignard rouillé. Tous trois passèrent devant Peter, Ben et Naomi la main sur le fourreau ; Dennis avait déjà sorti son arme.

– Arrêtez ! cria Peter, d'une véritable voix de tonnerre. Pas d'armes !

Surpris, abasourdi, Ben le regarda.

Peter passa à l'avant du groupe, les yeux étincelants au clair de lune, la barbe frissonnante dans la lumière et le vent glacé. Il portait l'uniforme grossier des prisonniers, mais son visage imposait le respect.

– Vous nous avez demandé où nous allions au nom du roi, dit Peter en avançant vers le faucon terrifié jusqu'à ce qu'ils fussent poitrine contre poitrine.

Malgré son épée sortie de son fourreau, le garde recula d'un pas alors que Peter était désarmé.

– Eh bien, faucon, je suis le roi !

Le garde se mordit les lèvres et regarda ses compagnons.

– Mais... vous...

– Comment t'appelles-tu ? demanda calmement Peter.

Le faucon en resta bouche bée. Il aurait pu fendre Peter en deux, mais il resta bouche bée, comme un poisson qu'on vient de sortir de l'eau.

– Ton nom, faucon ?

– Messire... euh... prisonnier... vous... je..., bredouilla le garde : je m'appelle Galen.

– Et tu sais qui je suis ?

– Oh ! oui, on te connaît ! grommela un autre garde, on te connaît, assassin !

– Je n'ai pas tué mon père, répondit tranquillement Peter. C'est le magicien du roi le coupable. Il est à nos trousses, et je vous conseille vivement, fermement, de vous méfier de lui. Bientôt, Delain sera tiré d'embarras, je vous le promets, sur le nom de mon père. Mais maintenant, laissez-moi passer !

Il y eut un long moment de silence. Galen brandissait de nouveau son épée comme pour transpercer Peter, mais Peter ne broncha pas. Il avait une dette envers les dieux, une dette qu'il avait contractée dès qu'il était sorti tout nu du ventre de sa mère : la mort. Et s'il devait la payer maintenant, qu'il en fût ainsi. Mais il était le roi, pas un simple rebelle, pas un usurpateur ; il ne se sauverait pas, ne s'esquiverait pas et ne laisserait pas ses amis blesser un innocent.

L'épée vacilla. Galen la baissa jusqu'à ce que la pointe heurte les pavés gelés.

– Laissez-les passer, murmura-t-il. Peut-être bien qu'il a assassiné son père, peut-être bien que non. Tout ce que je sais, c'est que c'est du sang royal et que je n'y tremperai pas, à moins que je ne sois englouti dans du sable mouvant de rois et de princes.

– Ta mère était une femme bien sage, faucon, dit Ben.

– Oui, laissez-le passer, dit une deuxième voix. Par tous les dieux, je ne vais pas y planter ma lame ; rien qu'à son air, j'ai l'impression que je me brûlerais la main en enfonçant mon épée !

– Je me souviendrai de vous, dit Peter. Suivez-moi, maintenant, et vite ! lança-t-il à ses amis. Je sais ce qu'il me faut, et je sais où le trouver.

Au même moment, Flagg sortit de l'Aiguille et poussa un tel cri de rage et de fureur dans la nuit que les jeunes gardes en tombèrent par terre. Ils se relevèrent et se dispersèrent en courant en tous sens.

– Venez, suivez-moi, la porte Ouest !

136

Flagg courut comme il n'avait jamais couru de sa vie. Au dernier moment, il voyait tous ses plans s'écrouler. Il devait l'empêcher. Et il savait aussi bien que Peter où tout cela se terminerait.

Il passa les gardes sans même se retourner. Ils soupirèrent de soulagement, pensant qu'il ne les avait pas vus... Mais Flagg les avait vus, et avait enregistré tous les visages. Après la mort de Peter, leurs têtes décoreraient les murs d'enceinte pendant un an et un jour. Quant au petit chef de la patrouille, il souffrirait toutes les agonies dans la chambre de torture du donjon.

Il passa l'arche de la porte Ouest, se faufila dans la galerie Ouest et entra dans le château proprement dit. Une foule ensommeillée, qui était sortie pour voir d'où venaient tous ces bruits de bataille, se recroquevilla devant le visage blanc illuminé de feu, et s'écarta de son chemin en pointant deux doigts vers lui pour conjurer le mauvais sort... car, à présent, Flagg ressemblait à ce qu'il était vraiment : un démon. Il sauta par-dessus la balustrade de la première cage d'escalier qu'il rencontra, atterrit sur ses pieds dans une gerbe d'étincelles aussi vertes que des yeux de lynx et continua à courir.

Tout droit vers les appartements de Roland.

137

– Le médaillon, demanda Peter tout essoufflé à Dennis. Tu as toujours le médaillon que je t'ai lancé ?

Dennis fouilla dans son col et sortit le cœur d'or, avec une goutte de sang de Peter sur la pointe.

– Donne-le moi.

Dennis le lui passa tout en courant. Peter n'enfila pas la chaîne autour de son cou, mais l'entoura autour de son poignet, si bien qu'il rebondissait, projetant les éclats de lumière dorée des torches du corridor.

– Nous y sommes bientôt.

Ils bifurquèrent dans un couloir. Devant eux, se trouvait la porte des appartements de Roland. C'était là que Peter avait vu son père pour la dernière fois. C'était le roi, responsable de la vie et du bien-être de ses milliers de sujets ; mais c'était aussi un vieil homme, reconnaissant envers son fils qui lui apportait un verre de vin réconfortant et passait quelques minutes à bavarder avec lui. C'était là aussi que tout se terminerait.

Un jour, son père avait tué un dragon avec une flèche nommée Massacreuse.

Maintenant, pensa Peter, le cœur et les tempes battantes, *je dois tuer un dragon plus dangereux encore avec cette même flèche.*

138

Thomas alluma le feu, enfila la robe de chambre de Roland et approcha la chaise de son père plus près de l'âtre. Il allait bientôt s'endormir, tant mieux. Pourtant, en regardant les trophées des murs avec leurs yeux de verre qui étincelaient étrangement sous les flammes, il lui sembla vouloir encore deux choses, des choses presque sacrées qu'il n'aurait pas même osé toucher du vivant de son père. Mais Roland était mort, alors, Thomas prit une autre chaise, monta dessus et décrocha l'arc et Massacreuse suspendus au-dessus de Nini. Pendant un instant, il regarda le dragon droit dans ses yeux d'ambre. Il avait beaucoup vu à travers ces yeux, mais, à présent, en les regardant, il ne voyait rien d'autre que son visage livide, un visage de prisonnier qui regarde hors de sa cellule.

Bien que dans la pièce tout fût glacial (le feu réchaufferait un peu, au moins près de l'âtre, mais pas tout de suite), il trouva la flèche étrangement chaude. Il se souvint vaguement d'une vieille légende qu'il avait entendue enfant et qui racontait que l'arme qui avait tué un dragon ne perdait jamais sa chaleur. *La légende disait vrai,* pensa Thomas tout ensommeillé. Il n'y avait rien d'effrayant dans cette chaleur, bien au contraire, elle paraissait réconfortante. Thomas s'assit, Exterminateur dans une main et Massacreuse dans l'autre, sans se rendre compte que son frère venait à ce moment même à la recherche de cette arme et que Flagg, maître d'œuvre de la naissance de Thomas, geôlier de sa vie, collait aux talons de son frère.

139

Thomas n'avait pas songé à ce qu'il ferait si la porte de son père avait été fermée, et Peter non plus d'ailleurs... autrefois, elle n'était jamais fermée, et elle ne l'était toujours pas.

Peter n'eut qu'à soulever la poignée. Il se précipita à l'intérieur, suivi de près par ses amis. Frisky aboya furieusement, le poil hérissé. Le chien comprenait mieux que les hommes la véritable nature des choses, je vous l'assure. Quelque chose se préparait, quelque chose avec une odeur noire, comme les fumées empoisonnées qui tuaient parfois les mineurs de charbon des baronnies de l'Est quand ils creusaient trop profondément. Frisky se battrait avec celui qui possédait cette odeur, dût-il en mourir. Pourtant, s'il avait pu parler, Frisky leur aurait dit que cette odeur à leur trousse n'était pas celle d'un homme, mais celle d'un monstre, celle d'une créature abominable.

– Peter, que... commença Ben, mais Peter ne répondit pas.

Il se précipita de l'autre côté de la pièce sur ses jambes exténuées et tremblantes, leva les yeux vers la tête de Nini et tendit le bras vers l'arc et la flèche qui s'étaient toujours trouvés là... Sa main retomba.

Il n'y avait plus rien.

Dennis, le dernier à entrer, avait refermé la porte derrière lui et poussé le verrou. Soudain un coup unique et puissant retentit à la porte. Les solides panneaux de bois, renforcés de bandes de métal, grondèrent.

Peter regarda par-dessus son épaule, les yeux écarquillés. Dennis et Naomi firent un pas en arrière. Frisky vint se poster devant sa maîtresse en grognant furieusement, découvrant le blanc de ses yeux gris vert.

– Laissez-moi entrer ! laissez-moi entrer ! hurla Flagg.

– Peter ! cria Ben en dégainant son épée.

– Reculez ! cria Peter. Si vous tenez à la vie, reculez, tous !

Ils s'écartèrent de la porte au moment précis où le poing de Flagg, étincelant de flammes bleues, frappa de nouveau.

Charnières, gonds, traverses de fer, tout explosa dans un vacarme de canon. La lumière bleue filtrait à travers les interstices des planches en rais étroits. Puis, les planches éclatèrent. Des éclats de bois sautèrent dans toute la pièce. La porte ravagée résista encore un moment, puis s'effondra vers l'intérieur dans un grand fracas.

Flagg était dans le couloir, le capuchon en arrière, le visage d'une pâleur de cire. Ses lèvres verdâtres découvraient ses dents. Ses yeux brûlaient d'un feu d'enfer. À la main, il tenait sa hache de bourreau.

Il resta un moment immobile avant d'entrer. À sa gauche, il vit Dennis, et à sa droite, Ben, Naomi et Frisky, le dos rond, qui grognait aux pieds de sa maîtresse. Il les observa, photographia leur visage pour plus tard... et les ignora. Il passa à travers les lambeaux de porte ne regardant plus que Peter.

– Tu es tombé, mais tu n'es pas mort. Tu crois peut-être que Dieu t'a accordé une faveur. Mais moi, je sais que les dieux t'ont sauvé pour moi. Prie donc pour que ton cœur explose dans ta poitrine, car la mort que je te réserve sera pire que tout ce que tu peux imaginer.

Peter resta à sa place, entre Flagg et la chaise de son père, où Thomas se trouvait encore, bien que les autres ne l'eussent pas vu. Peter croisa le regard infernal de Flagg, sans la moindre peur. C'est Flagg qui semblait chancelant sous le regard de Peter, mais son sourire inhumain s'élargit encore.

– Toi et tes amis, vous m'avez donné bien du souci, murmura Flagg, bien du souci. J'aurais dû mettre fin à ta vie bien plus tôt, mais, maintenant, tous mes ennuis vont disparaître.

– Je vous connais, dit Peter d'une voix ferme et sans crainte, bien qu'il ne fût pas armé. Et mon père vous connaissait aussi, malgré ses faiblesses. Maintenant, je suis roi, et c'est moi qui donne les ordres, sale démon !

Peter se redressa de toute sa hauteur ; les flammes de la cheminée se reflétaient dans ses yeux et les faisaient étinceler. À cet instant, Peter fut roi de Delain, de la tête aux pieds.

– Va-t'en hors d'ici ! Quitte Delain pour n'y plus jamais revenir. Je te chasse. VA-T'EN !

Peter prononça ces mots d'une voix de tonnerre, bien plus forte que la sienne ; c'étaient toutes les voix à la fois, les voix des rois et des reines de Delain depuis les temps reculés où le château n'était encore qu'un village de huttes de terre et que les gens se blottissaient en groupe au coin du feu pendant l'hiver, alors que les loups hurlaient et que les vampires hantaient les Grandes Forêts d'Antan !

Flagg sembla défaillir à nouveau, presque se racornir. Ensuite, lentement, très lentement, il fit un pas en avant, sa grande hache se balançant à son bras.

– Tu commanderas peut-être dans l'autre monde, chuchota-t-il, mais en t'évadant, tu as joué mon jeu. Si j'y avais pensé... et je suis sûr que j'y aurais pensé un jour, j'aurais organisé ton évasion moi-même. Oh ! Peter, ta tête roulera dans le feu, et tu sentiras ta chevelure griller avant que ta cervelle comprenne que tu es mort ! Tu brûleras, comme ton père... Et on me décernera une médaille sur la Grand-Place. Car n'as-tu pas tué ton père pour prendre la couronne ?

– C'est *toi* qui l'as tué !

Flagg éclata de rire.

– Moi ? Moi ? Tu as perdu la tête en prison, mon pauvre garçon ! Mais supposons, supposons simplement, dit Flagg d'une voix plus calme, que c'est moi qui l'aie tué. Qui le croirait ?

Peter tenait toujours le médaillon autour de son poignet droit. Il leva la main et le petit cœur se balança en un mouvement hypnotique, projetant des lueurs rouges sur le mur. À cette vue, Flagg écarquilla les yeux. *Il le reconnaît, grands dieux, il le reconnaît !*

– Tu as tué mon père, et ce n'est pas la première fois que tu agis ainsi. Tu avais oublié, je le vois dans tes yeux. Quand Leven Valera s'est dressé en travers de ton chemin à l'époque d'Alan II, on a retrouvé sa femme empoisonnée. Les circonstances accusaient Valera sans le moindre doute... tout comme elles m'accusaient moi.

– Où as-tu trouvé ça, petite charogne ! chuchota Flagg.

Naomi faillit pousser un cri.

– Oui, tu avais oublié. J'ai comme l'impression que les gens comme toi finissent toujours par se répéter, car ils ne connaissent que deux ou trois trucs. Et il y a toujours un moment où quelqu'un perce leur secret. C'est d'ailleurs ce qui nous sauve. Le médaillon se balançait toujours dans la lumière des flammes. Alors, qui le croirait ? Beaucoup de gens, et s'ils ne croyaient rien d'autre, ils sauraient que tu es aussi vieux que leur cœur le leur dit.

– Donne-moi ça !

– Tu as tué Eleonor Valera, et tu as tué mon père !
– Oui, c'est moi qui lui ai apporté le vin, dit Flagg, les yeux enflammés. Et j'ai bien ri quand ses entrailles ont pris feu, et j'ai encore plus ri quand on t'a emmené au sommet de l'Aiguille. Mais tous ceux qui m'ont entendu dans cette pièce ne tarderont pas à mourir, et personne ne m'a vu lui apporter du vin. C'est toi qu'on a vu !

Là, derrière Peter, une nouvelle voix prit la parole. Elle n'était pas très puissante, cette voix, à peine un souffle, et elle tremblait. Mais elle les frappa tous de stupeur, Flagg plus encore que les autres.

– Si, quelqu'un vous a vu, dit Thomas, le frère de Peter, derrière l'obscurité de la chaise de son père. Moi, je vous ai vu, magicien.

140

Peter fit volte-face, la main tenant le médaillon toujours tendue devant lui.

Thomas ! essaya-t-il de dire, mais aucun son ne sortit de sa bouche, tant il fut surpris et horrifié de voir son frère si changé. Il était gros, semblait vieux et s'il avait toujours plus ressemblé à Roland que son frère, à présent la similitude était frappante.

Thomas ! tenta-t-il de dire à nouveau, quand soudain il comprit pourquoi il n'avait pas trouvé l'arc et la flèche à leur place habituelle au-dessus de la tête de Nini. Ils se trouvaient sur les genoux de son frère, la flèche en position de tir.

À ce moment, Flagg hurla, bondit en avant et brandit sa hache de bourreau.

141

Ce n'était pas un cri de rage, mais au contraire un hurlement de terreur. Il avait les traits tirés, les cheveux hérissés et ses lèvres tremblaient. Peter avait été frappé par la ressemblance de son frère avec Roland, mais il l'avait reconnu ! Flagg, lui, s'était laissé duper par les flammes vacillantes et les ombres profondes projetées par les bras du fauteuil.

Il oublia totalement Peter. C'était la silhouette de fantôme qu'il visait avec sa hache. Autrefois, il avait empoisonné le vieil homme, mais, de nouveau, il était là, dans sa robe de chambre maculée d'hydromel avec son arc et sa flèche, regardant le magicien d'un œil hagard et accusateur !

– Un revenant ! s'écria Flagg. Un fantôme sorti de l'enfer ! Que m'importe ! Je t'ai tué une fois, je peux recommencer. Haaaaaaah !

Thomas avait toujours été un excellent archer. Bien qu'il allât rarement à la chasse, il s'était souvent entraîné pendant les longues années d'emprisonnement de Peter. Et, ivre ou sobre, il avait la vue perçante de son père. L'arc de bois d'if qu'il avait en main était très précis, mais il ne s'en était jamais servi. Il semblait léger et flexible, pourtant, il y avait une force extraordinaire dans la tige. C'était une arme imposante, mais élégante, mesurant deux mètres cinquante d'une extrémité à l'autre. Thomas n'avait pas la place de le tendre au maximum, coincé dans son fauteuil. Pourtant, il lui imprima une force de quarante kilos presque sans effort.

Massacreuse était sans doute la meilleure flèche jamais fabriquée, avec sa tige de bois de santal, ses trois plumes arrachées à un faucon pèlerin anduais et sa pointe d'acier acérée. Lorsqu'il la tendit sur l'arc, elle dégagea une chaleur qui lui brûla le visage, telle une véritable fournaise.

– Tu m'as toujours menti, magicien, dit-il en la laissant partir.

La flèche traversa la pièce, transperça en plein centre le médaillon de Valera qui se balançait toujours sous le poing fermé de Peter. La chaînette d'or se brisa dans un petit *chink*.

Comme je vous l'ai déjà dit, depuis cette terrible nuit dans les forêts du Nord où ses troupes avaient campé après leur vaine expédition à la recherche des exilés, Flagg était hanté par un rêve dont il n'arrivait jamais à se souvenir. Il se réveillait toujours la main sur l'œil gauche, comme s'il était blessé. Son œil le brûlait toujours après ce rêve, pourtant, il n'y trouvait pas même une poussière.

La flèche de Roland, avec le médaillon de Valera accroché au bout, vola à travers le salon et plongea dans cet œil.

Flagg hurla. La double hache du bourreau lui tomba des mains et le métal explosa en heurtant le sol. Le magicien chancela en arrière, un œil toujours fixé sur Thomas. L'autre avait été remplacé par un petit cœur d'or, taché du sang de Peter. Des bords du médaillon suinta un liquide noir et nauséabond, et, cela, ce n'était sûrement pas du sang !

Flagg hurla encore, tomba à genoux...

... et disparut !

Peter écarquilla les yeux. Ben Staad cria. Pendant un instant, les vêtements gardèrent la forme du corps de Flagg et la flèche resta accrochée en l'air avec le petit cœur qui se balançait à l'extrémité. Puis, les vêtements s'écroulèrent et Massacreuse tinta sur les pavés. L'acier de la pointe fumait. Elle avait déjà fumé, il y avait bien longtemps, quand Roland l'avait arrachée de la gorge du dragon. L'âtre étincela d'une lueur sombre et, lorsque le magicien disparut, la forme de la flèche resta gravée dans la pierre pour l'éternité.

Peter se tourna vers son frère.

Le calme surnaturel de Thomas s'effondra. Il ne ressemblait plus du tout à Roland, mais à un petit garçon épuisé et terrifié.

– Peter, je te demande pardon, dit-il, et il se mit à pleurer. Je regrette plus que tu ne le sauras jamais. Tu vas me tuer, et ce ne sera que justice, je le sais, mais avant, je voudrais te dire quelque chose. J'ai payé, oui, j'ai payé, et très cher. Maintenant, tue-moi, si tel est ton bon plaisir.

Thomas tendit le cou et ferma les yeux. Les autres retenaient leur souffle, les yeux écarquillés.

Doucement, Peter leva Thomas du fauteuil de leur père et l'embrassa.

Peter serra son frère dans ses bras jusqu'à ce que ses sanglots s'apaisent. Il lui dit qu'il l'avait toujours aimé et l'aimerait toujours. Tous deux se mirent à pleurer ensemble, là, sous la tête de Nini, avec l'arc et la flèche de leur père à leurs pieds. Un instant plus tard, les autres sortirent de la pièce et laissèrent les deux frères seuls.

142

Alors ? Vécurent-ils heureux après ces retrouvailles ?

Non, pas exactement. Personne n'est jamais totalement heureux, quoi qu'en disent les contes de fées. Ils eurent de bons moments, comme vous tous, et de mauvais moments, comme vous en connaissez sûrement aussi. Parfois, ils avaient honte d'eux-mêmes, car ils n'étaient pas sûrs d'avoir fait de leur mieux ; parfois ils se sentaient bien, car ils savaient avoir fait ce que les dieux attendaient d'eux. Tout ce que j'essaie de vous faire comprendre, c'est qu'ils vécurent du mieux qu'ils purent, tous autant qu'ils étaient ; certains plus longtemps que d'autres, mais tous menèrent une vie courageuse. Moi, je les aime tous et je n'ai pas honte de mon amour.

Thomas et Peter se rendirent ensemble auprès du nouveau juge général, et Peter fut remis en garde à vue. Son second séjour en prison fut beaucoup plus court que le premier, deux heures seulement. Il fallut un quart d'heure à Thomas pour raconter son histoire, mais le juge général, nommé avec l'accord de Flagg, étant un être timoré, il eut besoin d'une heure trois quarts pour vérifier que le magicien avait bel et bien disparu.

Ensuite, Peter fut innocenté.

Ce soir-là, Peter, Thomas, Ben, Naomi, Dennis et même Frisky se retrouvèrent dans les anciens appartements de Peter. Peter servit du vin et en donna une petite ration à Frisky. Seul Thomas refusa de boire.

Peter aurait aimé que son frère reste avec lui, mais Thomas répondit, sans doute avec raison, que, s'il restait, les citoyens de Delain le lyncheraient.

– Tu n'étais qu'un enfant sous l'influence d'une créature immonde qui te terrifiait, dit Peter.

– Oui, peut-être, répondit Thomas avec un sourire triste. C'est vrai, mais les gens ne voudront pas s'en souvenir. Ils se souviendront de Thomas l'Imposeur et ils viendront me chercher. Ils démoliront ces murs, s'il le faut. Flagg est parti, mais moi, je suis là. Je n'ai pas grand-chose dans la cervelle, mais j'ai décidé de garder la tête sur les épaules un peu plus longtemps. Il marqua une pause et sembla réfléchir. De toute façon, je serai mieux ailleurs, ajouta-t-il. Ma haine et ma jalousie, c'était comme de la fièvre. Elle est tombée maintenant, mais si je reste dans ton ombre, après un an ou deux de ton règne, elle risquerait de revenir. J'ai appris à me connaître, tu sais. Oui, je dois partir, Peter, et dès ce soir. Le plus tôt sera le mieux.

– Mais... pour aller où ?

– Poursuivre ma quête, dit simplement Thomas. Vers le sud, je crois. On se reverra peut-être un jour, mais ce n'est pas sûr. J'ai beaucoup de choses sur la conscience et beaucoup de choses à me faire pardonner.

– Quelle quête ? demanda Ben.

– Flagg, répondit Thomas. Il est quelque part, dans ce monde ou dans un autre. Je le sais, je sens son poison dans le vent. Il nous a échappé au dernier moment. Vous le savez tous. Je le trouverai et je le tuerai. Je vengerai mon père et je réparerai mes péchés. J'irai vers le sud, car j'ai l'impression que c'est là qu'il se trouve.

– Mais qui emmèneras-tu avec toi ? dit Peter. Je ne peux pas partir, il y a trop à faire ici, mais je ne te laisserai pas y aller seul !

Peter semblait inquiet, et si vous aviez vu une carte de cette époque, vous auriez compris pourquoi : le sud n'était en fait qu'une immense tache vide.

À la surprise de tous, Dennis intervint :

– Je vous accompagne, Messire le roi, dit-il.

Les deux frères le regardèrent. Ben et Naomi se retournèrent aussi et Frisky leva le nez de son écuelle qu'il lapait avec enthousiasme. (Il aimait cette odeur fraîche, pourpre et veloutée, pas aussi alléchante que le goût, mais presque.)

Dennis devint écarlate, mais il resta debout.

– Vous avez toujours été un bon maître, Thomas, et je vous en demande pardon, roi Peter, mais quelque chose me dit que Thomas est toujours mon maître. Comme c'est moi qui ai trouvé la souris et qui vous ai envoyé en prison, mon Roi...

– Fi ! tout est oublié !

– Moi, je n'ai pas oublié, dit Dennis obstinément. Vous me direz que j'étais jeune, que je ne savais rien de la vie, mais, moi aussi, j'ai des erreurs à réparer.

Dennis regarda timidement Thomas.

– J'irai avec vous, Messire Thomas, si vous voulez bien de moi. Je serai à vos côtés dans votre quête.

– Je serai toujours heureux de t'avoir près de moi, mon bon Dennis, dit Thomas, au bord des larmes. J'espère simplement que tu es meilleur cuisinier que moi !

Ils partirent le soir même, sous le couvert de l'obscurité ; deux petites silhouettes à pied, chargées de lourds bagages, qui se frayaient un chemin dans la nuit. Ils se retournèrent et firent un signe d'adieu.

Les trois autres les saluèrent en retour. Peter pleurait, comme si son cœur allait éclater.

Je ne le reverrai plus jamais, se dit-il.

Peut-être avait-il raison, peut-être avait-il tort ; mais moi, je pense qu'il se trompait. Tout ce que je peux vous affirmer c'est que Ben et Naomi se marièrent et que Peter régna longtemps et sagement. Thomas et Dennis vécurent des aventures bien étranges, et, effectivement, ils retrouvèrent Flagg et l'affrontèrent.

Mais à présent il est bien tard, et cela est une autre histoire, que je vous raconterai un jour.

OUVRAGES DE LA COLLECTION « TERREUR »

Roderick Anscombe
La vie secrète de Laszlo, comte Dracula

Iain Banks
Le seigneur des guêpes

Clive Barker
Secret Show
Le royaume des devins
Imajica 1
Imajica 2
Everville

Robert Bloch
Psychose
Contes de terreur

J. R. Bonansinga
Black Mariah
Pire que le mal

Randall Boyll
Froid devant
Monssstre
Territoires du crépuscule

Marion Zimmer Bradley
Adagio pour une ombre

Ramsay Campbell
Envoûtement
La secte sans nom
Soleil de minuit

Jonathan Carroll
La morsure de l'ange
L'enfant arc-en-ciel
Collection d'automne
Flammes d'enfer

Cathy Cash Spellman
Dans les griffes du diable
(L'élue)

Jean-Christophe Chaumette
L'arpenteur de mondes

Thomas Disch
Le caducée maléfique

Jeanne Faivre d'Arcier
Rouge flamenco
La déesse écarlate

John Farris
Sacrifice

Christopher Fowler
Le diable aux trousses
L'illusionniste

Christopher Golden
Des saints et des ombres

William Hallahan
Les renaissances de Joseph Tully

Barbara Hambly
Le sang d'immortalité
Voyage avec les morts

Elisabeth Hand
L'éveil de la lune

Thomas Harris
Dragon rouge
Le silence des agneaux

James Herbert
Dis-moi qui tu hantes
Fluke
Fog
La lance
La trilogie des rats
1. Les rats
2. Le repaire des rats
3. L'empire des rats
Le survivant
Sanctuaire
Sépulcre
Présages
La conspiration des fantômes
Ballade pour un ange déchu

Tom Holland
La malédiction des Pharaons

Shirley Jackson
Maison hantée / Hantise
La loterie
Le cadran solaire
Nous avons toujours habité le château

Graham Joyce
L'enfer du rêve
Requiem
Sorcière ma sœur
L'intercepteur de cauchemars
Indigo
Rêves oubliés

Jeanne Kalogridis
Pacte avec le vampire
Les enfants du vampire
Le sang du vampire

Stephen King
La part des ténèbres
Salem
Dolores Claiborne
Les yeux du dragon

Andrew Klavan
Il y aura toujours quelqu'un derrière vous
L'heure des fauves

Dean Koontz
Le masque de l'oubli
Miroirs de sang
La mort à la traîne
La nuit des cafards
La nuit du forain
La peste grise
Une porte sur l'hiver
La voix des ténèbres
Les yeux des ténèbres
La maison interdite
Fièvre de glace
Lune froide
La cache du diable
Mr Murder
Démons intimes
Tic Tac
Etranges détours
Les larmes du dragon
Le rideau des ténèbres
Le visage de la peur
L'heure des chauves-souris
Spectres
L'antre du tonnerre
La semence du démon
La porte rouge
Intensité
La clé interdite
Feux d'ombre
Seule survivante

Steven Laws
Train fantôme
Macabre

Tanith Lee
L'OPÉRA DE SANG
1. La danse des ombres
2. Le festin des ténèbres
3. Caïn l'obscur

Peter Lerangis
Sixième sens

Bentley Little
Le postier
Révélation

Tim Lucas
Salles obscures

Brian Lumley
Nécroscope

Graham Masterton
Apparition
Démences
Hel
Le démon des morts
Le djinn
Le jour « J » du jugement
La maison de chair
Le maître des mensonges
Le miroir de Satan
La nuit des salamandres
Le portrait du mal
Les puits de l'enfer
Rituel de chair
Transe de mort
LA TRILOGIE DU MANITOU
1. Manitou
2. La vengeance du Manitou
3. L'ombre du Manitou
Le trône de Satan
Les visages du cauchemar
LA TRILOGIE DES GUERRIERS DE LA NUIT
1. Les guerriers de la nuit
2. Les rivages de la nuit
3. Le fléau de la nuit
Sang impur
Tengu
Cycle de rook
1. Magie indienne
2. Magie maya
3. Magie vaudou
4. Magie des neiges
Walhalla
Les escales du cauchemar
L'enfant de la nuit
Sphinx

Robert McCammon
L'heure du loup
La malédiction de Bethany
Scorpion
Le mystère du lac
Soif de sang

George R.R. Martin
Armageddon rag

Mouly Marc
Azram, le démon des profondeurs

Andrew Neiderman
L'avocat du diable
Confessions androgynes

Pierre Pelot
La nuit sur terre

D. Preston / L. Child
Relic
Le grenier des enfers

John Pritchard
Les anges du désespoir
Les cavaliers du crépuscule
Les sœurs de la nuit

Garfield Reeves-Stevens
Contrat sur un vampire

Anne Rice
Chronique des vampires
1. Entretien avec un vampire
2. Lestat le vampire
3. La reine des damnés
4. Le voleur de corps
5. Memnoch le démon
La momie
La saga des sorcières
1. Le lien maléfique
2. L'heure des sorcières
3. Taltos
Le violon
Le sortilège de Babylone
NOUVEAUX CONTES DES VAMPIRES
1. Pandora

Fred Saberhagen
Les chroniques de Dracula
Le dossier Holmes-Dracula
Les confessions de Dracula
Un amour de Dracula
Un vieil ami de la famille
Dracula et les spirites

John Saul
Cassie
Hantises

John Steakley
Vampires

Peter Straub
Ghost Story
Julia
TRILOGIE BLUE ROSE
1. Koko
2. Mystery
3. La gorge
Sans portes, ni fenêtres
Le club de l'enfer
Magie de la terreur

Sheri S. Tepper
Ossements

Thomas Tessier
L'antre du cauchemar
Cœur de brume

Thomas Tryon
L'autre
Noire magie

Chet Williamson
La forêt maudite

Paul F. Wilson
La forteresse noire
Liens de sang
Mort clinique

Paul F. Wilson / Matthews Costello
Mirage

Bari Wood / Jack Geasland
Faux-semblants

T. M. Wright
L'antichambre
Manhattan Ghost Story
L'autre pays

XXX
Michèle Slung présente :
22 histoires de sexe et d'horreur
Nouvelles histoires de sexe
et d'horreur
Dernières nouvelles de Dracula

Jeff Gelb présente :
Shock Rock

Douglas E. Winter présente :
13 histoires diaboliques

OUVRAGES DE LA COLLECTION « SCIENCE-FICTION »

ANTHONY Patricia
Frère Termite

ASIMOV Isaac
Avenir commence demain (l')
Azazel
Azazel 2 : Légende
Courants de l'espace (les)
Destination cerveau
Fils de Fondation (les)
Mais le docteur est d'or
Némésis
Cycle de fondation
1. Prélude à Fondation
2. Aube de Fondation (l')

ASIMOV Isaac
SILVERBERG Robert
Retour des ténèbres (le)
• Tout sauf un homme (l'homme bicentenaire)

BRADLEY Marion Zimmer
Chute d'Atlantis (la)
Fantôme de lumière
Gladiatrice (la)
Voix de l'espace (les)
Tombe de lumière
La tour et la ruche
LA ROMANCE DE TÉNÉBREUSE
Les premiers temps
1. Planète aux vents de folie (la)
2. Cycle des légendes (le)
Les âges du chaos
1. Ages du chaos (les)
2. Reine des orages !
3. Belle Fauconnière (la)
Les cent royaumes
1. Cent royaumes (les)
2. Loup des Kilghard (le)
3. Héritiers d'Hammerfell (les)
Le temps des comyne
1. Redécouverte
Les amazones libres
1. Amazones libres (les)
2. Chaîne brisée (la)
3. Maison des Amazones (la)
4. Cité mirage (la)
L'âge de Damon Ridenow
1. Empire débarque (l')
2. Épée enchantée (l')
3. Tour interdite (la)
4. Étoile du danger (l')
5. Captive aux cheveux de feu (la)
L'âge de Régis Hastur
1. Alliance (l')
2. Soleil sanglant
3. Héritage d'Hastur (l')
4. Projet Jason
5. Exil de Sharra (l')
6. Chanson de l'exil
7. Matrice fantôme (la)
8. Soleil du traître (le)
9. Casseurs de mondes (les)
Unité
1. Chasse sur la lune rouge
2. Survivants (les)
3. Ruines d'Isis (les)

BRADLEY Marion Zimmer/
NORTON Andre/MAY Julian
Trois amazones (les)

BRIN David
Jeune fille et les clones (la)

CRICHTON Michael
Mangeurs de morts (les)

CROWLEY John
Le parlement des fées
1. Orée du bois (l')
2. Art de la mémoire (l')
Aegypt
Amour et sommeil

Eddings David
LA GRANDE GUERRE DES DIEUX
Les préquelles
Belgarath le sorcier
1. Années noires (les)
2. Années d'espoir (les)
Polgara la sorcière :
1. Années d'enfance (les)
2. Temps des souffrances (le)
La belgariade
1. Pion blanc des présages (le)
2. Reine des sortilèges (la)
3. Gambit du magicien (le)
4. Tour des maléfices (la)
5. Fin de partie de l'enchanteur (la)
La mallorée
1. Gardiens du Ponant (les)
2. Roi des Murgos (le)
3. Démon majeur de Karanda (le)
4. Sorcière de Darshiva (la)
5. Sibylle de Kell (la)
LA PIERRE SACRÉE PERDUE
La trilogie des joyaux
1. Trône de diamant (le)
2. Chevalier de rubis (le)
3. Rose de saphir (la)
La trilogie des périls
1. Dômes de feu (les)
2. Ceux-qui-brillent
3. Cité occulte (la)

Evangelisti Valerio
Fragments d'un miroir brisé

Farland Dave
La douleur de la terre
1. Don d'amour (le)
2. Anneau du serpent (l')
La confrérie des loups
1. Dernière chance (la)
2. Seau de la désolation (le)

Herbert Frank
Barrière Santaroga (la)
Champ mental
Dragon sous la mer (le)
Fabricants d'Éden (les)
Preneur d'âmes (le)
Prêtres du Psi (les)
Prophète des sables (le)
Yeux d'Heisenberg (les)
Cycle de dune
1. Dune 1
2. Dune 2
3. Messie de Dune (le)
4. Enfants de Dune (les)
5. Empereur-Dieu de Dune (l')
6. Hérétiques de Dune (les)
7. Maison des Mères (la)
Le bureau des sabotages
Dosadi
Le programme conscience
1. Destination vide
2. Incident Jésus (l')
Prélude à Dune
Et l'homme créa un dieu

Huxley Aldous
Meilleur des Mondes (le)
Retour au meilleur des mondes

Jordan Robert
LA ROUE DU TEMPS
L'invasion des ténèbres
1. Roue du Temps (la)
2. Œil du monde (l')
La grande chasse
1. Cor de Valère (le)
2. Bannière du dragon (la)
La roue du temps
1. Le dragon réincarné
2. Le jeu des ténèbres

Kurtz Katherine
LES DERYNIS
La trilogie des rois
1. Roi de folie
2. Roi de douleur
3. Roi de mort
La trilogie des héritiers
1. Calvaire de Gwynedd (le)
2. Année du roi Javan (l')
3. Prince Félon (le)

La trilogie des magiciens
1. Réveil des magiciens (le)
2. Chasse aux magiciens (la)
3. Triomphe des magiciens (le)
La trilogie du roi Kelson
1. Bâtard de l'Évêque (le)
2. Justice du roi (la)
3. Quête de Saint Camber (la)

LACKEY Mercedes
LES HÉRAUTS DE VALDEMAR
La trilogie du héraut-mage
1. Proie de la magie (la)
2. Promesses de la magie (les)
3. Prix de la magie (le)
La magicienne et la guerrière
1. Sœurs de sang
2. Parjures (les)
La trilogie des flèches
1. Vol de la flèche (le)
2. Flèches de la reine (les)
3. Chute de la flèche (la)
L'histoire de Kerowin
Par le fer
La trilogie des vents
1. Vents du destin (les)
2. Vents du changement (les)
3. Vents furieux (les)

LACKEY Mercedes/DIXON Larry
La guerre des images
1. Griffon noir (le)
2. Griffon blanc (le)

LEIBER Fritz
Le cycle des épées
1. Épées et démons
2. Épées et mort
3. Épées et brumes
4. Épées et sorciers
5. Royaume de Lankhmar (le)
6. Magie des glaces (la)
7. Crépuscule des épées (le)

LOVECRAFT Howard Phillips/DERLETH August
Légendes du mythe de Cthulhu
1. Appel de Cthulhu (l')
2. Chose des ténèbres (la)
3. Livre noir (le)

LUMLEY Brian
Terre des rêves
1. Héros des rêves (le)
2. Vaisseau des rêves (le)
3. Lune des rêves (la)

MARSHALL SMITH Michael
Avance rapide
Frères de chair
Proie des rêves (la)

MCDEVITT Jack
Anciens rivages

MAY Julian
Éperon de persée (l')

MCCAFFREY Anne
Acorna
Le cycle des hommes libres
Terre de défi
Terre de liberté
Terre d'élection
Cycle des partenaires
Vaisseau qui chantait (le)
LA BALLADE DE PERN
Les origines
1. Aube des dragons (l')
2. Chute des Fils, chroniques (la)
3. Dauphins de Pern (les)
4. Œil du dragon (l')
L'épidémie
1. Dame aux dragons (la)
2. Histoire de Nerilka
Autres mondes de Pern
1. Renégats de Pern (les)
La grande guerre des fils
1. Vol du dragon (le)
2. Quête du dragon (la)
3. Dragon blanc (le)
4. Tous les Weyrs de Pern
Les harpistes
1. Chant du dragon (le)
2. Chanteuse-dragon de Pern (la)
3. Tambours de Pern (les)

La transse du crystal
1. Chanteuse crystal (la)
2. Killashandra
3. Mémoire du crystal (la)

Le vol de pégase
1. Galop d'essai (le)
2. Bond vers l'infini (le)
3. Rowane (la)
4. Damia
5. Enfants de Damia (les)
6. Orgueil des Lyon (l')

McCaffrey Anne et
Scaborough Dorothy Anne
Cycle des forces
1. Forces majeures (les)
2. Lignes de forces (les)
3. Jeu des forces (le)

Le cycle des hommes libres
Terre d'élection

Moorcock Michael
Contes du loup blanc
1. Par-delà le multivers
2. Gloire d'Elric (la)

I - Les livres du Corum
1. Chevalier des épées (le)
2. Reine des épées (la)
3. Roi des épées (le)
4. Lance et le taureau (la)
5. Chêne et le bélier (le)
6. Glaive et l'étalon (le)

II - Le cycle d'Elric
1. Elric des dragons
2. Forteresse de la perle (la)
3. Navigateur sur les mers du destin (le)
4. Elric le nécromancien
5. Sorcière dormante (la)
6. Revanche de la rose (la)
7. Épée noire
8. Stormbringer
9. Elric à la fin des temps

III - La légende de Hawkmoon
1. Joyau noir (le)
2. Dieu fou (le)
3. Épée de l'aurore (l')
4. Secret des runes (le)

Le pacte de von Bech
1. Chien de guerre et la douleur du monde (le)
2. Cité des étoiles d'automne (la)

IV - La quête d'Érékosé
1. Champion éternel (le)
2. Guerriers d'argent (les)

V - Le nomade du temps
1. Seigneur des airs (le)
2. Léviathan des terres (le)
3. Tsar d'acier (le)

Nasir Jamil
Tour des rêves (la)

Pratchett Terry
Eric
Face cachée du soleil (la)
Strate-à-gemmes
Zinzins d'Olive-Oued

Le disque-monde
1. Huitième couleur (la)
2. Huitième sortilège (le)
3. Huitième fille (la)
4. Mortimer
5. Sourcellerie
6. Trois sœurcières
7. Pyramides
8. Au guet !

Roberson Jennifer
Chroniques des Cheysulis
1. Métamorphes (les)
2. Ballade d'Homana (la)
3. Épée du destin (l')
4. Piste du loup blanc (la)
5. Une nichée de princes
6. Fille du lion (la)
7. Vol du corbeau (le)
8. Tapisserie aux lions (la)

Russel (M.)
Moineau de dieu (le)

Silverberg Robert
Livre des crânes (le)

Simmons Dan
Les cantos d'Hypérion
1. Hypérion 1
2. Hypérion 2
3. Chute d'Hypérion 1 (la)
4. Chute d'Hypérion 2 (la)
Les voyages d'Endymion
Endymion 1
Endymion 2
Eveil d'Endymion (l') 1
Eveil d'Endymion (l') 2

Sterling Bruce
Feu sacré (le)

Tarr Judith
L'aube d'Avaryan
1. Héritier du soleil
2. Dame d'Han-Gilen (la)

Tolkien J. R. R.
Livre des Contes Perdus (le) tome 1
Silmarillion (le)
Chansons pour J.R.R. Tolkien
1. Adieu au roi (l')
2. Sur les berges du temps
3. Éveil des Belles au Bois (l')
Contes et légendes inachevés
1. Premier âge (le)
2. Second âge (le)
3. Troisième âge (le)
Histoire de la terre du milieu II
Second livre des contes perdus (le)
Le seigneur des anneaux
1. Communauté de l'anneau (la)
2. Deux tours (les)
3. Retour du roi (le)

Vance Jack
Mémoire des étoiles (la)
La geste des princes-démons
1. Prince des étoiles (le)
2. Machine à tuer (la)
4. Visage du démon (le)
5. Livre des rêves (le)
Lyonesse
1. Jardin de Suldrun (le)
2. Perle verte (la)
3. Madouc
Escales dans les étoiles

Weis Margaret
L'étoile des gardiens
1. Quête du roi (la)
2. Épreuve du roi (l')
3. Sacrifice du roi (le)
4. Légion fantôme (la)

Weis M./Hickman T.
La légende de l'épée noire
1. Naissance de l'épée (la)
2. Malédiction de l'épée (la)
3. Triomphe de l'épée (le)
4. Renaissance de l'épée
La rose du prophète
1. Désir du Dieu errant (le)
2. Paladin de la nuit (le)
3. Prophète d'Akhran (le)
Le bouclier des étoiles
Épée de la nuit (l')
Les portes de la mort
1. Aile du dragon (l')
2. Étoile des elfes (l')
3. Mer de feu (la)
4. Serpent mage (le)
5. Main du chaos (la)
6. Voyage au fond du labyrinthe
7. Septième porte (la)

Williams Tad
L'ARCANE DES ÉPÉES
La ligue du parchemin
1. Trône du dragon (le)
2. Roi de l'orage (le)
La citadelle assiégée
1. Livre du Nécromant (le)
2. Cri de Camaris (le)
3. Ombre de la roue (l')
4. Tour de l'ange vert (la)
La route des rêves
1. Maison de l'ancêtre (la)
2. Pierre de l'adieu (la)

Zahn Timothy
Les conquérants
1. Orgueil du conquérant (l')
2. Sang du conquérant (le)
3. Héritage du conquérant (l')

Achevé d'imprimer sur les presses de

BUSSIÈRE
GROUPE CPI

à Saint-Amand-Montrond (Cher)
en juin 2002

POCKET - 12, avenue d'Italie - 75627 Paris Cedex 13
Tél. : 01-44-16-05-00

— N° d'imp. : 23346. —
Dépôt légal : février 1998.

Imprimé en France